# 뷔히너 전집

# 뷔히너 전집

## 당통의 죽음 · 보이체크 외

Gesammelte Werke

게오르크 뷔히너 지음  박종대 옮김

## GESAMMELTE WERKE
### by GEORG BÜCHNER (1837)

**일러두기**

1. 이 책은 독일 dtv 출판사의 판본(1988년 초판, 2015년 15쇄)인 『게오르크 뷔히너: 작품과 편지들 *Georg Büchner: Werke und Briefe*』(엮은이: 카를 푀른바허 Karl Pörnbacher, 게르하르트 샤우프 Gerhard Schaub, 한스요아힘 짐 Hans-Joachim Simm, 에다 치클러 Edda Ziegler)을 원본으로 삼아 번역했다.

2. 각주는 원본에 수록된 것을 주로 참조했으며, 옮긴이가 따로 붙이기도 했다.

이 책은 실로 꿰매어 제본하는 정통적인 사철 방식으로 만들어졌습니다.
사철 방식으로 제본된 책은 오랫동안 보관해도 손상되지 않습니다.

# 당통의 죽음

드라마

# 등장인물

조르주 당통 ┐
르장드르
카미유 데물랭
에로 드 세셀
라크루아             국민 공회 대의원
필리포
파브르 데글랑틴
메르시에
토머스 페인 ┘

로베스피에르 ┐
생쥐스트
바레르               공안 위원회 의원
콜로 데르부아
비요바렌 ┘

쇼메트   파리 코뮌 수장

딜런   장군

**푸키에탱빌** 검사

**에르망** ─┐
            ├ 혁명 재판소 재판관
**뒤마** ───┘

**파리스** 당통의 친구

**시몽** 프롬프터

**라플로트** 밀고자

**쥘리** 당통의 아내

**뤼실** 카미유 데물랭의 아내

**로잘리** ─┐
**아델레드** ─┤ 매춘부
**마리옹** ─┘

**그 외 일반 백성, 다른 창녀, 국민 공회 대의원, 사형 집행인 등**

# 제1막

## 제1장

에로 드 세셸[1]과 부인 몇 명이 테이블에 앉아 카드놀이를 하고 있다. 당통[2]과 쥘리는 테이블에서 약간 떨어져 있는데, 당통은 쥘리 발치의 스툴에 앉아 있다.

**당통**  저 예쁘장한 부인 좀 봐, 정말 멋지게 카드를 돌리지 않아? 카드를 좀 아는 사람이야. 다들 그러더군. 자기 남편한테는 항상 하트를 주고 다른 사람들한테는 다이아몬드[3]를

---

1 Marie-Jean Hérault de Séchelles(1759~1794). 프랑스 혁명 당시의 유력 정치인. 1791년 국민 공회 의장으로 헌법 제정에 기여했으며, 나중에 당통과 함께 처형되었다.
2 Georges Jacques Danton(1759~1794). 로베스피에르, 마라와 함께 프랑스 혁명의 세 거두 중 한 명. 변호사 출신으로, 자코뱅파에 가입하여 왕정을 무너뜨리고 혁명 재판소를 세우는 데 주도적인 역할을 했다. 그러나 로베스피에르의 공포 정치에 반대하여 자코뱅파 내에 온건파(당통파)를 형성했고, 혁명적 독재와 공포 정치의 완화를 요구하다가 1794년 4월 단두대에서 처형당했다.
3 속어로 여자의 음부를 가리킨다.

돌린다고. 당신네 여자들은 거짓말로 남자를 사랑에 빠지게 하는 데는 선수야.

**쥘리** 난 믿어요?

**당통** 내가 뭘 알겠어? 우린 서로에 대해 아는 게 별로 없어. 우린 둔감한 동물이라고. 서로를 향해 손을 뻗어 보지만 그마저도 헛수고야. 만질 수 있는 거라고는 상대의 딱딱한 가죽밖에 없으니. 우린 서로 무척 외로운 존재야.

**쥘리** 당신은 나를 잘 알잖아요, 당통.

**당통** 그래, 남들이 아는 만큼은 알지. 짙은 눈, 곱슬머리, 고운 혈색, 그리고 나한테 항상 〈사랑하는 조르주〉 하고 말하는 것 정도는. 하지만 (쥘리의 이마와 눈을 가리키며) 여기, 이 안에는 뭐가 있을까? 관두자고. 우리의 감각은 무디기 짝이 없어. 서로를 잘 안다고? 그러려면 각자의 두개골을 열어 뇌의 섬유 조직에서 생각을 꺼내 봐야 해.

**한 부인** 당신, 손가락으로 뭘 하는 거예요?

**에로** 아무것도!

**부인** 엄지손가락을 그렇게 손바닥 안에 숨기지 말아요. 보기 안 좋아요.

**에로** 그렇지 않아요, 이거 아주 특이하지 않소?

**당통** 그래, 쥘리, 난 당신을 무덤처럼 사랑해.

**쥘리** (몸을 돌리며) 무슨 그런 말을!

**당통** 내 말을 들어 봐. 흔히 무덤은 안식이고, 무덤과 안식은 같다고들 해. 그게 맞다면 당신 품에 안기는 순간 나는 땅속에 눕는 거야. 오, 나의 달콤한 무덤이여, 당신의 입술은

망자의 종이요, 당신의 목소리는 나의 죽음을 알리는 종소
리요, 당신의 가슴은 나의 봉분이요, 당신의 심장은 나의
관이요!

**부인**  내가 졌어요.

**에로**  이건 사랑의 모험이었소. 모든 게 그렇지만 거기엔 돈
이 들어요.

**부인**  그럼 당신은 벙어리처럼 손가락으로 사랑을 고백하셨
군요.

**에로**  안 될 게 뭐 있소? 심지어 누구나 쉽게 이해할 수 있는
게 손가락이라고 하지 않습니까? 나는 카드의 퀸과 연애를
도모했소. 내 손가락은 거미로 변한 왕자들이었고, 부인은
요정이었소. 그런데 일이 꼬여 버렸어. 퀸은 항상 산욕기
에 있고, 매 순간 사내애를 낳았으니까. 아마 내 딸자식이
라면 절대 그런 놀이를 못 하게 할 거요. 남자와 여자가 난
잡하게 뒤엉켜 붙자마자 바로 사내애가 나오니까.

카미유 데물랭[4]과 필리포[5]가 등장한다.

**에로**  필리포, 왜 그리 표정이 안 좋은가? 빨간 모자[6]에 구멍

---

4 Camille Desmoulins(1760~1794). 혁명가이자 언론인. 로베스피에르
와 학교 동창 사이로, 자코뱅파 소속으로서 정치적으로 대립하던 지롱드파
를 향한 공격에 앞장섰다. 그러나 공포 정치 시대가 시작되자 당통과 함께 로
베스피에르의 공포 정치에 반대하다가 단두대의 이슬로 사라졌다.
5 Pierre Philippeau(1754~1794). 국민 공회 대의원이자 당통의 추종자.
6 자코뱅파의 표시.

이라도 났나? 성 야코보[7]가 화라도 내던가? 단두대에서 목을 자르는 동안 비라도 내렸나? 아니면 좋은 자리를 받지 못해 아무것도 못 봤나?

**카미유**  소크라테스를 패러디하는군. 언젠가 알키비아데스가 침울한 표정으로 풀이 죽어 나타나자 그 성현이 뭐라고 했는지 아나? 〈왜 그런가? 전장에서 방패라도 잃어버렸나? 시합이나 검투에서 지기라도 했나? 자네보다 노래를 더 잘 부르거나 치터를 잘 켜는 사람이라도 있었나?〉 그랬다고? 고풍스러운 공화주의자 같으니! 그런 소리는 집어 치우고 우리의 단두대 예찬론이나 펼쳐 보지 그러나!

**필리포**  오늘 또 스무 명이 죽었네. 우리가 뭘 잘못하는 것 같아. 일을 체계적으로 처리하지 못했다는 이유로 에베르[8]파 사람들만 골라 단두대로 보냈어. 하지만 거기엔 아마 다른 이유도 있을 걸세. 공안 위원회, 그 친구들은 사람들이 자기들보다 더 무서워하는 에베르파가 일주일만 더 살았더라면 자기들이 단두대에 섰을 거라고 생각하는 것 같아.

**에로**  그 친구들은 우리를 원시인으로 만들고 싶은가 봐. 생 쥐스트[9]는 우리가 다시 네 발로 기어다닌다고 해도 별로

---

7 파리의 도미니크 수도원인 성 야코보 수도원은 자코뱅파의 집회 장소였으며, 자코뱅이라는 이름도 여기서 나왔다.

8 Jacques René Hébert(1757~1794). 혁명기의 강경파 정치인이자 언론인. 혁명 정부와 공포 정치 성립에 큰 역할을 했으며, 파리의 급진적 소시민과 무산자의 지지를 얻어 자코뱅파 내의 초과격파인 에베르파를 형성했다. 그러나 1794년 3월 파리 시민을 선동해 로베스피에르파의 공안 위원회에 반발하다가 사형당했다.

9 Louis Antoine Léon de Saint Just(1767~1794). 로베스피에르의 오른

싫어하지 않을 걸세. 그래야 아라스의 변호사[10]가 제네바 시계공[11]의 메커니즘에 따라 우리에게 베이비 모자와 교실 의자뿐 아니라 신까지 만들어 줄 수 있을 테니까.

**필리포**  그 친구들은 자신들의 목적을 위해서라면 마라[12]가 말한 처형자 수에다 영(零)을 몇 개 더 붙여도 전혀 개의치 않을 걸세. 우리는 앞으로 얼마나 더 갓 태어난 아이처럼 몸에 피를 묻힌 채 더럽혀지고, 관을 요람으로 삼고 머리를 자르는 놀이를 계속해야 하나? 이제 우리는 앞으로 나아가야 하네. 사면 위원회를 구성하고, 쫓겨난 국민 공회 대의원들을 다시 불러들여야 해.

**에로**  혁명은 이제 재정비의 단계로 접어들었네.

혁명은 중단되어야 하고 공화정이 시작되어야 해. 헌법에는 의무 대신 권리가, 도덕 대신 안녕이, 처벌 대신 정당방위가 들어가야 해. 또한 모든 개인은 그 자체로 인정받아야 하고, 자신의 본성을 실현할 수 있어야 해. 개인이 똑똑하건 똑똑하지 않건, 교육을 받았건 받지 못했건, 선하건

---

팔로서 공포 정치의 실시에 큰 역할을 했다. 혁명 반대파뿐 아니라 혁명에 무관심한 자들도 처단해야 한다고 생각한 과격파였다.

10 로베스피에르를 가리킨다.

11 제네바 출신의 철학자 장자크 루소를 가리킨다. 시계공의 아들이었던 루소는 로베스피에르가 존경하는 인물이었다.

12 Jean Paul Marat(1744~1793). 산악당의 급진적인 지도자. 로베스피에르, 당통과 함께 자코뱅파의 거두였으나, 지롱드파 지지 여성인 샤를로트 코르데에게 암살당했다. 이후 혁명의 순교자의 아이콘이 되었다. 그는 이렇게 말한 바 있다. 〈그대들은 5백~6백 명의 머리를 잘라야 휴식과 자유, 행복을 보장받을 수 있을 것이다.〉

악하건 상관없이 국가는 그걸 보장해야 하네. 우리는 모두 바보이고, 누구도 타인에게 자기만의 고유한 어리석음을 강요할 권리가 없어. 인간은 모두 각자의 방식으로 즐길 수 있어야 해. 물론 자신의 즐거움을 위해 타인을 희생시키거나, 타인의 즐거움을 방해해서는 안 되겠지.

**카미유**  국가 체제는 백성의 몸에 딱 맞는 투명한 옷 같아야 해. 그래서 그 옷 속으로 혈관이 불거지고, 근육이 당겨지고, 힘줄이 실룩거리는 것이 보여야 하지. 인간은 겉모습이야 아름답든 추하든 상관없어. 누구든 생긴 대로 살아갈 권리가 있어. 우린 남의 치마 길이를 우리 마음대로 재단할 권리가 없네. 〈프랑스〉라는 이 세상에서 가장 사랑스러운 죄인의 어깨 맨살이 드러났다고 해서 수녀의 베일로 덮어씌우려는 자들은 손가락을 잘라 버려야 해.

우리가 원하는 건 벌거벗은 신들과 바쿠스의 무희와 올림포스의 유희네. 게다가 〈아, 이 온몸을 녹이는 나쁜 사랑아!〉라고 달콤하게 속삭이는 입술도 원해.

물론 그렇다고 해서 로마인 같은 인간들이 한구석에 앉아 비트 요리를 하는 것을 막고 싶지는 않네. 다만 그 작자들이 우리에게 검투사 경기를 보여 주는 건 더 이상 원치 않아.

우리는 성스러운 마라와 샬리에[13] 대신 멋진 쾌락주의자 에피쿠로스와 아름다운 엉덩이를 가진 비너스를 우리 공화국의 수문장으로 삼아야 하네.

---

13  Joseph Chalier(1747~1793). 1793년 6월 왕당파에 의해 처형된 리옹의 혁명 지도자. 마라와 함께 순교자로 숭배되었다.

당통, 자네가 국민 공회에서 공세를 취해 주게.

**당통** 나도 그렇고, 자네도 그렇고, 그 사람도 그러고 싶을 걸세. 흔히 하는 말처럼 우리가 그때까지 살아 있다면 말이네. 맞는 말이지. 한 시간이 지나면 60분이 지나는 것처럼. 그렇지 않은가, 친구?

**카미유** 그게 무슨 소린가? 너무 당연한 말을 가지고.

**당통** 오, 모든 게 당연하다는 말일세. 아무리 좋은 일도 그걸 누가 하느냐는 거지!

**필리포** 우리와 그 신실한 사람들[14]이 해야지.

**당통** 자네는 우리와 그 사람들을 한 묶음으로 얘기하지만, 사실 우리하고 그 사람들 사이는 아주 멀어. 노정도 길고. 그 사람들의 신실함은 우리가 모이기 전에 사라질 수 있어. 물론 그래도 그 사람들한테 돈을 빌려줄 수는 있고, 그 사람들의 대부가 되어 줄 수도 있고, 딸자식을 그 사람들과 혼인시킬 수는 있겠지. 하지만 그게 다야!

**카미유** 그걸 알면서 자네는 왜 그 싸움을 시작했나?

**당통** 그 사람들이 역겨웠어. 카토[15]처럼 미풍양속 운운하며 거들먹거리는 그런 자들을 눈뜨고 지켜볼 수가 없었네. 내가 원래 그렇게 생겨 먹었거든. (자리에서 일어난다)

**쥘리** 가시게요?

**당통** (쥘리를 보며) 가야겠어. 이 친구들이 자꾸 나를 정치로

---

14 옛 체제의 옹호자인 프랑스 귀족들.
15 Marcus Porcius Cato(B.C. 234~B.C. 149). 로마 정치인. 전통과 풍속의 엄격한 수호자.

귀찮게 하니까.

(밖으로 나가면서)

말이 나온 김에 잠깐 자네들한테 예언을 하자면, 자유의 여
신상은 아직 만들어지지 않았네. 용광로만 활활 불타고 있
다고. 우리 모두가 거기에 손을 델 수도 있네.

(퇴장)

**카미유**  그냥 내버려 두자고. 일단 일이 시작되면 저 친구가
설마 손을 떼겠나?

**에로**  그건 그렇지. 하지만 체스를 두듯 그저 심심풀이로 하
겠지.


# 제2장


골목.
시몽과 그의 아내.


**시몽**  (아내를 때리며) 야, 이 포주 년아, 이 매독 같은 쪼그랑
할망구야, 이 벌레 먹은 죄악의 사과야!

**시몽의 아내**  사람 살려! 사람 살려!

**사람들**  (달려오며) 떼어 놔요! 저 사람들 떼어 놔요!

**시몽**  내버려 두쇼, 이번에는 저년 갈비뼈를 아예 분질러 놓
을 테니까. 베스타 여신의 시녀 같은 년!

**시몽의 아내**  내가 베스타 여신의 시녀라고? 어디가? 어딜 봐

서 시녀냐고!

**시몽**   네년 옷을 어깨서부터 찢어서 발가벗긴 다음

네년의 썩은 몸뚱이를 햇볕에 내동댕이쳐 버릴 거야.

이 갈보 년아, 네년 몸뚱이 주름마다 음탕함이 줄줄 흘러.

(마침내 사람들이 둘을 떼어 놓는다)

**시민 1**   무슨 일이요?

**시몽**   우리 집 동정녀 어디 갔어? 아니지, 그렇게 부르면 안
되지. 처녀? 아니, 그것도 아냐. 여자? 계집? 그것도 아냐!
그럼 이름이 딱 하나밖에 안 남았군! 아, 그런데 그 이름을
부르려고 하니까 숨이 막혀. 숨을 쉴 수가 없어!

**시민 2**   잘됐구려. 안 그랬으면 그 이름에서 술 냄새가 났을
텐데.

**시몽**   늙은 비르기니우스[16]여, 그대의 대머리를 가려라! 치
욕의 까마귀가 네 머리 위에 앉아 눈알을 쪼아 대고 있구
나. 칼을 주시오, 로마인들이여! (천천히 쓰러진다)

**시몽의 아내**   어휴, 평소엔 착한 사람인데, 술만 마시면 버티
지 못하고 저런다니까요. 방금도 술 때문에 자기 다리에
걸려 넘어졌잖아요.

**시민 2**   그럼 남편은 세 다리로 걷겠네요.[17]

**시몽의 아내**   아뇨. 넘어진 거예요.

---

16 로마의 평민 비르기니우스는 권력자 아피우스 클라우디우스가 자신
의 딸 비르기니아를 겁탈하려 하자 딸을 죽임으로써 딸의 순결을 지켰다.

17 말장난이다. 독일어로 *ein Bein stellen*은 자기 다리에 걸려 넘어지는
것을 의미하는데, 직역하면 〈다리를 하나 세운다〉이다. 앞서 시몽의 아내가
쓴 이 표현을 시민 2가 직역으로 받아들여 비꼬고 있다.

**시민 2**  아하, 그러니까 처음에는 세 다리로 걷다가 세 번째 다리에 걸려 넘어지고, 그러다 결국엔 세 번째 다리도 넘어지는군요.

**시몽**  망할 놈! 나의 뜨거운 심장의 피를 빨아먹는 흡혈귀 같은 혀를 가진 놈이구나!

**시몽의 아내**  그냥 내버려 둬요. 한바탕 소란을 피울 시간이라 그래요. 좀 있으면 괜찮아질 거예요.

**시민 1**  대체 무슨 일인데요?

**시몽의 아내**  들어 보세요, 글쎄. 나는 양지 바른 바위에 앉아 햇볕을 쬐고 있었어요. 우리 집에 불을 피울 장작이 없거든요.

**시민 2**  남편 코나 비틀어 버리지 그랬어요.

**시몽의 아내**  근데 내 딸이 저 아래 모퉁이를 돌아 내려갔어요. 부모를 먹여 살리는 착한 아이예요.

**시몽**  그래, 이제 실토를 하는군.

**시몽의 아내**  이 유다 같은 인간아! 그 젊은 신사들이 우리 딸아이 옆에 바지를 벗어 놓고 가지 않았으면 당신이 입을 바지라도 있을 줄 알아? 이 술통아, 우물이 말랐다고 가만히 앉아 목말라 죽을 셈이야, 응? 우리 같은 인간들은 온몸뚱이를 팔아 일하는데, 그 짓이라고 못 할 이유가 어디 있어? 개 엄마도 그 짓을 하며 개를 낳았어. 그 짓이 고통스러웠는데도 말이야. 그럼 개도 자기 엄마를 위해 그 짓을 하면 안 된다는 법이 어디 있어, 응? 게다가 개도 아프지 않았겠어, 응? 이 바보 멍청아!

**시몽**  아, 루크레티아![18] 칼을 줘, 어서 칼을 달라고, 로마인
들이여! 이 빌어먹을 아피우스 클라우디우스!

**시민 1**  그래, 칼을 줘. 하지만 불쌍한 창녀를 죽이라고 주는
칼이 아냐! 걔가 뭘 잘못했다고? 걔는 잘못한 거 없어! 그
저 배가 고파 몸을 팔고 구걸한 거야. 우리 마누라랑 딸들
의 몸뚱이를 사는 인간들에게 칼을 써야 해. 민중의 딸을
함부로 짓밟는 것들에게 똑같이 고통을 돌려줘야 해! 여러
분 배는 꼬르륵거리는데, 그자들의 배는 너무 처먹어 더부
룩해. 여러분은 구멍 난 저고리를 입는데, 그자들은 따뜻
한 외투를 걸치고 있어. 여러분의 손은 굳은살이 박였지만,
그자들의 손은 비단결처럼 부드러워. 그러니까 여러분이
힘들여 벌어 놓은 것을 그자들이 훔쳐 가는 거야. 여러분
이 도둑맞은 재산을 몇 푼이라도 건지려고 하면 몸을 팔고
구걸하는 수밖에 없어. 그자들은 천하의 몹쓸 도둑놈들이
야. 때려죽여야 해!

**시민 3**  그놈들의 혈관 속에는 우리한테서 빨아먹은 피밖에
없어요. 놈들은 우리한테 귀족들을 쳐 죽이라고 말했습니
다. 귀족들은 늑대라고 하면서요. 그래서 우리는 귀족들을
가로등에 매달았어요. 또 국왕의 거부권[19]이 우리의 빵을
빼앗아 간다고 해서 우리는 놈들의 말대로 거부권을 박살
냈습니다. 또 지롱드파 때문에 우리가 굶주린다고 해서 지

18  술에 취해 비르기니아를 루크레티아로 혼동하고 있는 듯하다. 루크레
티아는 왕의 아들에게 능욕을 당한 후 자살한 로마의 여인이다.

19  국왕은 1791년의 헌법에 따라 국민 공회의 결정에 거부권을 행사했
다. 국왕이 죽자 거부권도 폐지되었다.

롱드파도 단두대에 세웠습니다. 하지만 저들은 무슨 짓을 했습니까? 죽은 자들의 옷을 벗겨 자기들이 입었습니다. 우리는 예전처럼 바지도 입지 못하고 추워서 덜덜 떨고 있는데 말입니다. 놈들의 허벅지 가죽을 벗겨 바지로 만들고, 놈들 몸의 기름을 짜서 수프로 끓입시다. 자, 갑시다! 가서 구멍 난 저고리를 입지 않은 놈들을 때려죽입시다!

**시민 1** 글을 읽고 쓸 줄 아는 것들도 때려죽이자!

**시민 2** 외국과 내통하는 것들도 때려죽이자!

**일동** 때려죽이자! 때려죽이자!


몇 사람이 한 젊은이를 끌고 온다.


**몇 사람** 이자는 손수건을 갖고 있어. 귀족이다! 가로등에 매달자! 가로등!

**시민 2** 뭐? 이자는 손으로 코를 풀지 않는다고? 가로등으로!

(사람들이 가로등 하나를 내린다)

**젊은이** 아, 신사 여러분!

**시민 2** 여기에 신사는 없어! 가로등으로!

**몇 사람** (노래한다)

　　　저기 땅속에 누우면

　　　벌레들이 갉아먹지.

　　　무덤에서 썩는 것보다

　　　공중에 매달리는 게 낫지.

**젊은이** 자비를 베푸시오!

**시민 3**  별것 아냐. 목에 밧줄만 걸면 돼! 아주 잠깐이야. 우
　　　리 너희들보다 자비로워. 우린 평생 일만 하다가 죽으니까.
　　　60년 동안 밧줄에 매달려 버둥거린다고. 하지만 이제 우린
　　　우리의 목에 묶어 놓은 밧줄을 잘라 버릴 거야. 가로등에
　　　매달아!

**젊은이**  나는 어찌 되든 상관없어요. 하지만 그런다고 당신
　　　들의 삶이 더 나아지지는 않소!

**둘러선 사람들**  그래, 그건 맞는 말이야!

**몇몇 사람들**  그 친구를 놔줘!

　　　(젊은이가 재빨리 도망친다)


　　로베스피에르[20]가 몇몇 여자와 상퀼로트[21]를 대동하고 등장
한다.


**로베스피에르**  시민 여러분, 무슨 일입니까?

**시민 3**  무슨 일이냐고요? 민중들은 8월과 9월의 피 몇 방울
　　　로는 성이 안 찹니다. 단두대는 너무 느려요. 소나기가 필
　　　요합니다.


---

　　20  Maximillien Robespierre(1758~1794). 법률가 출신으로 1789년에
자코뱅파에 들어갔다. 자코뱅파의 산악당 지도자로 군림하며 지롱드파를 무
너뜨렸고, 초과격파 에베르와 온건파 당통의 처형을 주도했다. 공포 정치를
펼치다 실각해 1794년 7월에 처형당했다.

　　21  프랑스 혁명 때 과격한 하층 계급 세력. 상퀼로트*sans-culotte*는 〈반바
지를 입지 않은 사람들〉이라는 뜻으로, 프랑스 혁명 당시 귀족들이 입는 반
바지를 입지 않고 긴 바지를 입었다는 뜻에서 유래했다.

**시민 1**  우리 마누라와 자식들은 빵을 달라고 아우성입니다. 우리는 귀족들의 살을 잘라 처자식에게 먹일 겁니다. 구멍 난 저고리를 입지 않은 사람들은 다 때려죽이자!

**일동**  때려죽이자! 때려죽이자!

**로베스피에르**  법의 이름으로!

**시민 1**  법이 뭔데요?

**로베스피에르**  민중의 뜻입니다.

**시민 1**  우리가 민중입니다. 우리는 법 같은 건 원치 않아요. 이런 우리의 뜻이 법입니다. 그렇다면 법의 이름으로 말하건대, 법은 더 이상 필요 없어요! 그냥 때려죽입시다!

**몇 사람**  아리스티데스[22]의 말부터 들어 봅시다. 이 청렴한 분의 말부터 들어 봅시다!

**한 여자**  그래요, 선택하고 심판하기 위해 우리에게 내려온 메시아의 말을 들어 봐요. 이분은 날카로운 검으로 악한 무리들을 처단할 거예요. 이분의 눈은 선택의 눈이고, 이분의 손은 심판의 손이에요!

**로베스피에르**  가난하지만 훌륭한 품성을 갖춘 민중이여! 여러분은 여러분의 의무를 다했고, 적을 제물로 바쳤습니다. 민중 여러분은 위대합니다. 여러분은 천둥 번개를 치면서 마침내 이 땅에 모습을 나타냈습니다. 하지만 민중이여, 여러분이 휘두른 칼에 여러분이 다쳐서는 안 됩니다. 원한

---

22 Aristides(B.C. 530~B.C. 468). 고대 아테네인들 사이에서 〈정의로운 사람〉으로 불릴 만큼 공평무사한 정치인이자 사령관. 나중에 왕이 되어 독재를 꾀한다는 중상모략을 받아 추방당했다. 여기서는 로베스피에르를 가리킨다.

에 눈멀면 여러분 자신이 죽습니다. 여러분을 쓰러뜨릴 수 있는 건 오직 여러분 자신의 힘뿐입니다. 적들도 그걸 잘 압니다. 하지만 여러분을 국민 공회에서 대변하는 입법자들은 깨어 있고, 여러분의 손을 잡고 이끌 것이며, 그들의 눈은 현혹되지 않고, 여러분의 손에서 빠져나갈 수가 없습니다. 나와 함께 자코뱅파로 갑시다. 여러분의 형제들이 두 팔 벌려 환영할 것입니다. 우리는 적들에게 피의 심판을 내릴 것입니다.

**많은 사람들** 자코뱅파로 갑시다! 로베스피에르 만세!


일동 퇴장.


**시몽** 아, 괴롭구나. 나는 버림받았어! (몸을 일으키려 한다)

**시몽의 아내** 자! (남편을 부축한다)

**시몽** 오, 내 바우키스[23]여, 당신이 내 머리 위에 숯을 쌓는구려.[24]

**시몽의 아내** 자, 일어서 봐요!

**시몽** 날 버릴 건가? 날 용서해 줄 수 있어, 포르키아?[25] 내가 당신을 때렸나? 그랬다면 내 손이 그런 게 아냐. 내 팔도

---

23 그리스 신화에서 필레몬과 바우키스는 모범적인 부부로 나온다.

24 신약 성경 「로마인들에게 보낸 편지」 12장 20절. 〈원수가 배고파하면 먹을 것을 주고 목말라하면 마실 것을 주십시오. 그렇게 하면 그의 머리에 숯불을 쌓아 놓는 셈이 될 것입니다.〉

25 Porcia(B.C. 70~B.C. 43). 카토의 딸이자 브루투스의 아내. 정절을 지킨 여인으로 유명하다.

아니고. 내 광기가 그랬어.

　　불쌍한 햄릿의 적도 광기였어.

　　햄릿이 그런 게 아니었어. 햄릿도 그걸 부인해.

우리 딸은 어디 있지? 우리 딸 잔은 어디 있지?

**시몽의 아내**　저기 길모퉁이에 있어요.

**시몽**　그 애한테 가자고, 내 정숙한 아내여. (두 사람 퇴장)


# 제3장


자코뱅 클럽.


**리옹 사람**　리옹[26]의 형제들은 여러분의 가슴에 대고 쓰라린
불만을 토로하기 위해 우리를 보냈습니다. 우리는 롱생[27]
을 단두대로 싣고 간 마차가 자유의 운구 마차인지는 모릅
니다만, 그날 이후 샬리에를 살해한 자들이 마치 이 땅에
자신들의 무덤은 없다는 듯 버젓이 활개 치고 다니는 것은
압니다. 여러분은 리옹이 배신자들의 해골로 뒤덮여야 할
이 프랑스 땅의 일부라는 사실을 잊었습니까? 여러분은 국
왕의 주구들이 론강의 물로만 그들의 문둥병을 씻을 수 있
다는 것을 잊었습니까? 여러분은 혁명의 물결이 지중해에

26 리옹에서 1793년 5월 왕당파가 주도한 반정부 봉기가 일어났고, 이
와중에 자코뱅파 샬리에가 처형당했다.

27 Charles Philippe Henri Ronsin(1751~1794). 혁명군 사령관으로
1793년 리옹을 탈환했으나 1794년 에베르 일파와 함께 처형당했다.

서 귀족들의 시체로 피트[28]의 함대를 좌초시켜야 한다는 것을 잊었습니까? 여러분의 자비심이 혁명을 죽이고 있습니다. 귀족의 편안한 숨소리가 혁명의 숨구멍을 틀어막고 있습니다. 비겁한 사람은 혁명을 위해 죽을 뿐이고, 자코뱅파는 혁명을 위해 죽입니다. 여러분은 아십니까? 저 8월 10일과 9월, 그리고 3월 31일의 용사들이 지녔던 기개가 여러분 속에 없다면, 애국지사 가이야르[29]에게 카토의 비수밖에 남지 않은 것처럼 우리에게도 그것밖에 남지 않았다는 사실을. (박수와 함성이 어지럽게 터져 나온다)

**자코뱅파 일원** 우리는 여러분과 함께 소크라테스의 독배를 들겠소!

**르장드르**[30] (연단으로 훌쩍 뛰어오르며) 리옹까지 눈을 돌릴 필요도 없습니다. 비단옷을 입고, 마차를 타고, 극장의 로열석에 앉아 점잖은 말만 할 줄 아는 인간들이 며칠 전부터 고개를 빳빳이 쳐들고 다닙니다. 웃기지도 않는 일이죠. 그 인간들이 뭐라고 하는지 아십니까? 마라와 샬리에의 초상화를 단두대에 올려서라도 두 사람을 한 번 더 순교자로 만들어야 한다고 합니다. (집회에 모인 사람들이 술렁댄다)

**몇 사람** 이미 죽은 사람들이오. 혀를 잘못 놀려 죽은 거요.

**르장드르** 이 성자들의 피가 흘러내리고 있습니다. 여기 참석

---

28 William Pitt the Younger(1759~1806). 1783년부터 영국 총리를 역임했으며 프랑스에 해양 봉쇄령을 내렸다.

29 에베르의 추종자이며 카토처럼 자살로 생을 마감했다.

30 Louis Legendre(1752~1797). 정육점 주인 출신의 혁명가. 자코뱅파와 코르들리에파의 신봉자였으나, 나중에 로베스피에르 타도에 앞장섰다.

하신 공안 위원회 위원들에게 묻겠습니다. 대체 당신들의 귀는 언제부터 그렇게 먹었습니까?

**콜로 데르부아**[31] (르장드르의 말을 끊으며) 그 사람들이 활개를 치고 감히 그런 말을 하고 다닌다고 누가 그럽디까? 이제 가면을 벗길 시간이 되었소. 여러분, 내 말을 들어 보시오! 원인이 있으면 결과가 있고, 외침이 있으면 메아리가 있고, 동기가 있으면 결말이 있는 법이오. 우리 공안 위원회는 르장드르 당신이 생각하는 것보다 훨씬 더 많은 생각을 하고 있소. 그러니 안심하시오! 그 성자들의 흉상은 누구도 건드리지 못하게 할 것이오. 오히려 성자들의 흉상은 메두사의 머리처럼 배신자들을 돌로 만들어 버릴 것이오!

**로베스피에르** 나도 한마디 합시다.

**자코뱅파 일원들** 들어 봅시다, 청렴한 분의 말씀을!

**로베스피에르** 우리는 사방에서 터져 나오는 불만의 외침을 기다려 왔습니다. 듣고 나서 말을 하기 위해서였죠. 우리는 눈을 부릅뜨고 있습니다. 덕분에 적이 무장하고 일어나는 것을 똑똑히 보았습니다. 하지만 경고 신호를 보내지는 않았습니다. 민중 스스로 지켜 내게 하기 위해서였죠. 역시 민중은 잠들지 않고 무기를 들었습니다. 우리는 적들이 매복지에서 나와 살금살금 다가오길 기다렸습니다. 그리

---

31 Jean-Marie Collot d'Herbois(1750~1796). 연극배우이자 극작가 출신의 혁명가. 공안 위원회 위원과 국민 공회 의장을 지냈다. 처음에는 로베스피에르 편에 섰으나, 나중에 비요바렌과 바레르와 함께 로베스피에르 타도에 앞장섰다.

고 이제 저들의 정체가 백일하에 드러났습니다. 타격만 가하면 모조리 무찌를 수 있습니다. 발견되는 족족 저들은 죽은 목숨입니다.

나는 언젠가 여러분에게 이런 말을 했습니다. 공화국 내부의 적은 마치 두 진영의 군대처럼 두 패로 나뉘어 있다고요. 이들은 깃발의 색깔도 다르고, 가는 길도 천차만별이지만 좇는 목표는 동일합니다. 그런데 한쪽 패거리[32]는 이미 존재하지 않습니다. 그들은 허세에 찌든 광기로 정말 믿을 만한 애국지사들을 낡아 빠진 겁쟁이로 몰아붙임으로써 공화국을 떠받치는 가장 강력한 군대를 없애 버렸습니다. 또한 신성한 종교와 사유 재산에 전쟁을 선포하는 바람에 오히려 왕에게 유리한 상황을 조성해 주었고, 숭고한 혁명의 드라마를 조롱함으로써 혁명을 웃음거리로 만들고 먹물 든 것들의 일탈 행위 정도로 비치게 했습니다. 그런 에베르파가 승리했더라면 공화국은 혼란의 도가니로 변했을 테고, 전제 정치가 횡행했을 것입니다. 그런 배신자들에게는 당연히 법의 칼이 내려졌습니다. 하지만 그들 말고도 또 다른 부류의 범죄자들이 똑같은 목표를 달성하기 위해 존재한다면 외국의 적들은 어떻게 생각하겠습니까? 우리에겐 말살해야 할 또 다른 당파[33]가 있지만, 우리는 아무것도 하지 않고 있습니다.

그들은 앞서 나타난 무리와는 정반대입니다. 그들은 우리

32 에베르파를 가리킨다.
33 당통파를 가리킨다.

를 줄곧 유약한 방향으로 몰아붙이면서 우리에게 〈자비를 베풀라!〉라고 고함을 지릅니다. 또한 민중에게서 무기와 무기를 쓸 힘을 빼앗음으로써 민중을 벌거벗고 무기력한 상태로 만들어 왕에게 넘겨주려고 합니다.

공화국의 무기는 공포이고, 공화국의 힘은 미덕입니다. 미덕 없는 공포는 부패하기 쉽고, 공포 없는 미덕은 무기력하기 마련입니다. 공포는 미덕의 발로로서 신속하고 엄격한 불굴의 정의와 다름없습니다. 저들은 공포가 전제 정부의 무기이고, 우리 정부가 전제 정치와 비슷하다고 말합니다. 물론 자유의 용사들이 쥔 검이 전제 군주의 친위대가 무장한 검과 비슷한 건 사실입니다. 하지만 전제 군주가 짐승과도 비슷한 신하들을 공포로 다스린다면, 그건 전제 군주의 권리입니다. 그렇다면 공화국의 옹호자인 여러분에게도 자유의 적들을 공포로 박살 낼 권리가 있습니다. 혁명 정부는 폭정에 맞서는 자유의 전제 정치입니다.

일부에선 〈왕당파에게 자비를 베풀라〉고 외칩니다. 나쁜 인간들에게 자비를 베풀라고요? 안 됩니다. 자비는 무고한 사람, 약한 사람, 불행한 사람, 인간적인 사람에게 베풀어야 합니다. 우리 사회가 마땅히 보호해야 할 사람은 오직 평화로운 시민뿐입니다. 공화국에서는 공화주의자만이 시민이고, 왕당파와 외부 세력은 적입니다. 인간성을 탄압하는 자들을 처벌하는 건 은총이고, 그들을 용서하는 건 야만 행위입니다. 그릇된 감상주의를 부르짖는 소리는 내 귀에 영국이나 오스트리아로 도주한 인간들을 옹호하는 한

숨 소리로밖에 들리지 않습니다.

민중을 무장 해제하는 것에 그치지 않고, 악덕을 통해 민중이 지닌 힘의 가장 성스러운 원천에 독을 뿌리는 인간들도 있습니다. 이는 자유에 대한 가장 은밀하고 위험하며 추악한 공격입니다. 악덕은 귀족 정치가 남긴 카인의 표식입니다. 공화국에서 악덕은 도덕적 범죄일 뿐 아니라 정치적 범죄이기도 합니다. 악덕을 행하는 자는 자유의 정치적 적입니다. 그런 자가 겉보기에 자유를 위해 크나큰 업적을 쌓을수록 공화국의 자유엔 더 위험합니다. 가장 위험한 시민은 보란 듯이 빨간 모자를 쓰고 다니지만 훌륭한 행위와는 담을 쌓은 사람들입니다.

예전엔 다락방에 살았지만 지금은 화려한 마차를 타고, 과거의 후작 부인이나 남작 부인들 못지않게 음탕한 짓을 하고 다니는 자들을 생각해 보면, 여러분은 내 말을 쉽게 이해할 수 있을 것입니다. 민중의 입법자라는 인간들이 악덕과 사치 면에서는 예전의 고관대작들에 뒤지지 않고, 혁명 공신이라는 인간들이 부유한 여자와 결혼해서 성대한 향연을 열고, 놀이를 즐기고, 하인을 거느리고, 비단옷을 걸치고 다니는 것을 볼 때마다 여러분은 어떤 생각이 드십니까? 그들 역시 민중의 수탈자 아닌가요? 왕과 결탁한 인간들 아닌가요? 그들이 훌륭한 착상이 떠올랐다거나, 아름다운 문학을 읊조리거나, 멋진 악상이 떠올랐다거나 하는 말을 들으면 경탄하는 마음이 들기도 합니다. 그런데 얼마 전에 누군가 부끄러운 줄도 모르고 나를 타키투스로 패러

디했더군요.[34] 물론 나도 살루스티우스의 말을 빌려 그 사람을 카틸리나로 패러디할 수는 있습니다.[35] 하지만 그런 싸움은 이제 필요 없다고 생각합니다. 그들의 영정 사진은 이미 완성되었으니까요.

민중을 수탈할 생각만 하는 자들, 그런 수탈을 자행하고도 처벌받지 않을 거라고 기대하는 자들, 공화국을 투기 대상으로 여기고 혁명을 장사 수단으로 생각하는 자들과는 타협이나 휴전 협정은 없습니다. 자신들의 비행이 봇물처럼 터져 나오면서 공포에 사로잡힌 저들은 은밀하게 정의의 용광로를 식히려 합니다. 아마 저들은 속으로 이렇게 생각하고 있을 것입니다. 현명한 입법자들이여, 우리 유약한 인간들에게 자비를 베푸소서. 우리는 스스로 부도덕한 인간이라고 말할 용기가 없습니다. 그래서 차라리 이렇게 말하겠습니다. 우리를 잔인하게 처단하지는 말아 주십시오! 안심하십시오, 선량한 민중 여러분! 안심하십시오, 애국 동지 여러분! 리옹의 형제들에게 전해 주십시오. 당신들이 우리에게 믿고 맡긴 법의 칼날은 녹슬지 않았다고. 우리는 이 공화국에 위대한 모범을 보여 줄 거라고.

**많은 사람들**  (일동 박수) 공화국 만세! 로베스피에르 만세!

---

34 카미유 데물랭이 로마 역사가 타키투스의 『연대기』를 인용해서 로베스피에르의 공포 정치를 티베리우스 황제의 전제 정치에 비유한 것을 가리킨다.
35 로마 역사가 살루스티우스의 작품에는 로마 공화국을 전복하려다가 실패한 로마 문벌 카틸리나에 대한 기록이 나오는데, 카미유 데물랭이 로베스피에르를 티베리우스에 비유한 것에 맞서, 로베스피에르는 당통을 카틸리나에 비유하고 있다.

**의장**  이것으로 회의를 마치겠습니다.


# 제4장

골목.
라크루아,[36] 르장드르.


**라크루아**  르장드르, 자네 대체 무슨 짓을 하고 다니는 건가? 그 흉상들[37]로 누구의 머리가 날아갈지 알기나 하나?

**르장드르**  잔뜩 멋이나 부리는 몇몇 남자나 우아한 여자들의 머리통이 날아가겠지.

**라크루아**  자넨 지금 스스로 무덤을 파고 있어. 자신의 원래 모습을 덮어 버림으로써 스스로를 죽이는 그림자란 말이야.

**르장드르**  무슨 말인지 모르겠네.

**라크루아**  콜로가 분명히 얘기했을 텐데.

**르장드르**  그럼 뭐 하나? 술에 취해 지껄이는 소린데.

**라크루아**  원래 바보와 아이들, 그리고 술 취한 사람들이 진실을 말하는 법이네. 로베스피에르가 누굴 보고 카탈리나라고 한 줄 아나?

**르장드르**  누군데?


36  Jean-François de Lacroix(1754~1794). 장교 출신으로 당통의 동조자. 1794년 4월 5일에 당통과 함께 처형당했다.
37  마라와 샬리에의 흉상.

**라크루아**  문제는 간단해. 그사이 무신론자와 과격 혁명 분자들이 처형장으로 보내졌네. 그런데도 민중은 만족하지 못하고 있어. 귀족들의 가죽으로 신을 만들어 신겠다며 여전히 맨발로 골목길을 쫓아다니고 있지. 민중들의 요구는 간단해. 단두대의 온도를 떨어뜨려서는 안 되고, 오히려 몇 도 더 올려야 한다는 걸세. 그에 걸맞게 공안 위원회도 혁명 광장에 진영을 꾸려야 한다는 것이네.

**르장드르**  근데 그게 흉상이랑 무슨 관계가 있다는 건가?

**라크루아**  아직도 모르겠나? 이런 시절에 자넨 반혁명을 공공연히 외치고 있어. 공안 위원들에게 칼을 쥐어 주며 칼 쓸 구실을 만들어 주고 있다고. 민중은 잡아먹지도 않을 거면서 매주 사람들의 시신을 원하는 미노타우로스[38]와 같네.

**르장드르**  당통은 어디 있나?

**라크루아**  난들 어떻게 알겠냐마는 팔레 루아얄[39]의 유곽을 누비며 메디치가의 비너스를 찾고 있을 가능성이 크네. 그 친구 말로는 여러 여자에게서 가장 아름다운 부분만 따로 모아 모자이크를 만들겠다는 거지. 지금 어떤 여자를 더듬고 있을지 누가 알겠나? 어쨌든 메데이아[40]가 남동생을 토막 냈듯이 자연이 아름다움을 토막 내어 인간들의 육신 속

---

38 그리스 신화에서 몸은 사람이고 머리는 황소인 괴물. 미노스왕에 의해 크로노스의 미로에 갇혀 인간 제물을 먹고 살았다고 한다.

39 도박장과 레스토랑, 사창가가 즐비한 파리의 환락가.

40 그리스 신화에서 이아손의 아내로 나오는 마법사. 아버지를 피해 달아나면서 이복동생인 압시르토스를 죽인 뒤 사체를 토막 내어 바다에 던졌다고 한다.

에 나누어 놓은 것은 참으로 애석한 일이지.
우리 팔레 루아얄로 가보세. (두 사람 퇴장)

# 제5장

방.
당통과 마리옹.

**마리옹**  이러지 말아요. 그냥 가만있어요. 당신 발치에 앉아
내 이야기나 들려주고 싶어요.

**당통**  당신 입술을 다른 데 쓰면 더 좋을 것 같은데.

**마리옹**  싫어요, 날 좀 내버려 둬요. 내 어머니는 영리한 사람
이었어요. 항상 순결함이 미덕이라고 하셨죠. 사람들이 집
에 찾아와 이런저런 이야기를 나누기 시작하면 어머니는
나더러 방에서 나가라고 하셨어요. 그 사람들이 뭣 때문에
왔느냐고 물으면, 어머니는 나보고 부끄러운 줄 알라고 했
지요. 어머니가 읽을 책을 주면 나는 거의 매번 몇 페이지
만 건성으로 읽고 말았어요. 하지만 성경은 내켜서 읽었어
요. 전부 성스러운 내용이었죠. 물론 이해하지 못하는 것
도 있었지만요. 그렇다고 남들한테 물어보고 싶지는 않았
어요. 나는 나 자신에 대해 깊이 생각했어요. 그러다 봄이
왔어요. 주변 곳곳에서 무언가 일이 일어났지만 나하고는
상관없는 일이었어요. 나는 독특한 분위기에 빠져들었어

요. 숨이 막힐 지경이었지요. 내 몸을 유심히 살펴보았어요. 가끔은 마치 내가 둘이었다가 다시 하나로 합쳐지는 것 같았어요. 그 무렵 한 젊은 남자가 우리 집에 왔어요. 잘생기고 멋진 말도 많이 하는 남자였죠. 나는 그 사람이 뭘 원하는지 정말 몰랐어요. 그래도 웃을 수밖에 없었어요. 어머니는 그 남자한테 자주 오라고 했어요. 우리 둘한테도 좋은 일이었죠. 그러다 마침내 왜 우리가 나란히 의자에 앉아 있는 것처럼 침대에 나란히 누워서는 안 되는지 그 이유가 납득이 되지 않았어요. 나는 그 사람의 이야기를 듣는 것보다 침대에 있는 것이 더 즐거웠거든요. 왜 덜 즐거운 일은 해도 되고, 더 즐거운 일은 하면 안 되는지 도무지 이해가 안 됐어요. 그래서 우리는 몰래 그 짓을 했어요. 계속요. 나는 모든 것을 집어삼킨 다음 점점 더 깊은 곳에서 뒤집어지는 바다 같은 것이 되었어요. 나한테는 오직하나의 대립밖에 없었는데, 어떻게 된 일인지 그때 모든 남자들이 하나의 몸뚱이로 합쳐졌어요. 내 천성이 원래 그런가 봐요. 그걸 누가 어쩌겠어요? 마침내 그 사람도 그걸눈치챘어요. 어느 날 아침 그 사람이 찾아와 마치 나를 질식시킬 것처럼 격렬하게 키스했어요. 목을 꽉 졸라 가면서요. 나는 너무 무서웠어요. 그러다 그 사람이 나를 놓아주었고, 웃으면서 말했어요. 하마터면 어리석은 짓을 할 뻔했다, 옷을 잘 간수했으면 좋겠다, 그게 필요할 것이다, 옷은 언젠가 분명 저절로 해질 것이다, 자기는 그 전까지는 내 즐거움을 망치고 싶지 않다, 그게 내가 가질 유일한 것이 될 거라고 했어요. 그런 다음 그 사람은 갔어요. 나는 이 번에도 그 사람이 무엇을 원하는지 몰랐어요. 그날 저녁 난 창가에 앉아 있었어요. 무척 예민한 상태여서 주변의 모든 것과 내 감각이 연결된 것 같았어요. 나는 파도처럼 일렁이는 저녁노을을 넋을 놓고 바라보았죠. 그때 위쪽 거리에서 한 무리의 사람들이 내려왔어요. 아이들이 앞장섰고, 여자들은 창밖을 내다보았어요. 나도 내려다보았죠. 그 사람이 들것에 실려 지나가는 것이 보였어요. 그 사람의 이마는 달빛으로 창백하게 빛났고, 머리는 물에 젖어 있었어요. 물에 빠져 죽은 거예요. 나는 울었어요. 그게 나라는 인간 속에서 일어난 첫 번째 파열이었어요. 남들은 일요일과 평일을 구분했어요. 엿새 일하고 일곱 번째 날에는 기도를 올렸지요. 또한 매년 생일이 되면 마음이 설렜고, 새해가 되면 앞으로의 1년을 곰곰이 생각했어요. 나는 그런 걸 전혀 몰랐어요. 시간 구분이나 변화 같은 건 몰랐어요. 늘 한결같았죠. 쉼 없는 그리움, 엄습, 하나의 불덩이, 하나의 강물뿐이었어요. 어머니는 화병으로 돌아가셨고, 사람들은 내게 손가락질했어요. 말도 안 되는 짓이죠. 사람은 원래 자기만의 즐거움을 좇기 마련이잖아요. 그게 육체건, 성상(聖像)이건, 꽃이건, 아이들 장난감이건 말이에요. 모두 똑같은 감정이에요. 사실 가장 많이 즐기는 사람이 가장 많이 기도하는 법이죠.

**당통**  나는 왜 당신의 아름다움을 내 속으로 온전히 받아들이지 못하고, 온전히 껴안지도 못하는 걸까?

**마리옹**　당통, 당신의 입술에는 눈이 달려 있어요.

**당통**　나는 우주 정기의 일부가 되고 싶어. 그래서 내 물결로 당신을 씻고, 일렁이는 당신의 아름다운 육체 위에서 부서지고 싶어.


라크루아, 아델레드, 로잘리 등장.


**라크루아**　(문틈에 서서) 웃겨, 정말 웃겨.

**당통**　(마뜩잖은 표정으로) 뭐가?

**라크루아**　골목에서 봤던 게 생각나서.

**당통**　뭘 봤는데?

**라크루아**　골목에서 개들이 엉겨 붙어서 낑낑대고 있는 거야. 불도그하고 볼로냐산 애완견하고.

**당통**　그게 뭐 어쨌다는 건가?

**라크루아**　방금 떠올라서 웃음이 났다는 거지. 교훈적인 장면이었네. 처녀들이 창밖으로 내다보고 있었는데, 조심시켜야 돼. 처녀들을 햇볕에 내놓아선 안 돼. 모기들이 그 애들 손등에서 그 짓을 할지도 모르잖은가. 생각해 볼 문제야. 르장드르와 나는 방이란 방은 다 돌아다녔는데, 육신의 계시를 받은 귀여운 수녀들이 우리 옷자락에 매달리면서 계속 축복을 내려 달라고 하더군. 르장드르가 한 여자애에게 축복을 내려 줬지. 그 대가로 한 달 정도 금식을 해야 할지도 모르지만.[41] 어쨌든 오던 길에 육신의 수녀 두 사람을

41 성병을 치료하는 데 한 달 정도 걸린다는 뜻이다.

데려왔네.

**마리옹**   안녕, 아델레드, 안녕, 로잘리!

**로잘리**   우린 오랫동안 재미를 못 봤어.

**마리옹**   그것참 안됐네.

**아델레드**   세상에, 어쩌면 좋아. 우린 밤낮으로 바쁜데.

**당통**   (로잘리에게) 어이, 귀염둥이 아가씨, 허리가 나긋나긋
해졌어.

**로잘리**   아, 네. 나날이 완벽해지고 있어요.

**라크루아**   고대의 아도니스[42]와 현대의 아도니스는 어떻게
다른가?

**당통**   아델레드는 품행 면에서 아주 흥미로워졌어! 매력적
인 변화야. 얼굴은 몸을 가리는 무화과 나뭇잎처럼 보여.
사람들이 지나다니는 거리에 저런 무화과나무가 있으면
시원한 그늘을 만들어 주겠지.

**아델레드**   저는 들길이고 싶어요, 만일 나리들이…….

**당통**   무슨 말인지 알겠어. 화내지 마, 아가씨.

**라크루아**   아무래도 현대판 아도니스는 수퇘지가 아니라 암
퇘지한테 물리게 생겼군. 그것도 넓적다리가 아니라 사타
구니 쪽이. 그런데 거기서 흐른 피에서는 장미가 아니라
수은 꽃[43]이 피어나지.

---

42 그리스 신화에 나오는 미소년. 아프로디테의 연인으로 알려져 있는데,
사냥을 하다가 멧돼지에게 물려 죽는다. 이 멧돼지는 아프로디테의 남편 헤
파이스토스가 변신한 것이다. 아도니스가 피를 흘리며 죽은 자리에서 핏빛
의 아네모네가 피어났다고 한다.

43 매독 치료제인 염화 제2수은을 의미한다.

**당통**　로잘리 양은 복원된 토르소[44] 같아. 거기서 허리와 발만 고대적이야. 게다가 로잘리 양은 자침(磁針) 같아. 머리쪽의 극이 밀어내는 것을 발 쪽의 극이 끌어당기고 있어. 중앙은 적도야. 그 선을 한 번이라도 지나는 사람은 수은 세례를 받을 수밖에 없지.

**라크루아**　이 자비로운 수녀님 두 분은 각자 자기만의 빈민 구제원, 그러니까 자기 몸뚱이에서 일하고 있는 셈이지.

**로잘리**　꼭 이렇게 무안을 줘야겠어요? 부끄러운 줄 아세요!

**아델레드**　예의 좀 지키세요! (아델레드와 로잘리 퇴장)

**당통**　잘 가, 귀여운 아가씨들!

**라크루아**　잘 가, 수은 구덩이들!

**당통**　불쌍한 것들. 저녁도 못 먹을 텐데.

**라크루아**　내 말 좀 들어 보게, 당통. 나는 지금 자코뱅파 집회에서 오는 중일세.

**당통**　진전된 건 없었나?

**라크루아**　리옹 사람들이 선언문을 낭독했네. 자기들은 결국 토가를 입는 것 말고는 다른 방법이 없을 것 같다고 하더군.[45] 모두들 자기 옆 사람한테 이렇게 말하는 듯한 표정이었네. 〈파이투스, 아프지 않을 거예요!〉[46] 르장드르는 사람들이 샬리에와 마라의 흉상을 박살 내려 한다고 외쳤네.

---

44 머리와 팔다리 없이 몸통으로만 이루어진 조각상.

45 로마의 카이사르는 암살자들을 만났을 때 토가를 입고 있었다. 리옹 사람들도 이대로 가다가는 죽을 수밖에 없는 운명임을 암시하고 있다.

46 로마 귀부인 아리아가 비수로 자신을 먼저 찌른 뒤 남편에게 칼을 건네주면서 한 말이다. 두 사람 모두 클라디우스 황제에게 박해를 받았다.

내가 보기에 그 친구는 다시 핏대를 올릴 것 같네. 공포에서도 완전히 벗어났고. 아이들이 골목에서 그 친구의 저고리를 잡아당기더군.

**당통**　로베스피에르는?

**라크루아**　연단에서 손가락을 쳐들며 〈미덕은 공포를 통해 실현되어야 한다〉고 소리치더군. 늘 똑같은 그 말을 듣는 순간 나는 숨이 턱 막혔네.

**당통**　결국 단두대를 더 자주 써먹겠다는 소리군.

**라크루아**　그리고 콜로는 가면을 벗겨야 한다고 신들린 사람처럼 소리쳤네.

**당통**　그러면 얼굴도 함께 벗겨지겠지.


파리스[47]가 등장한다.


**라크루아**　무슨 일인가, 파브리치우스?

**파리스**　자코뱅파 집회에 갔다가 로베스피에르를 만나고 오는 길이네. 난 그에게 해명을 요구했네. 그런데 그는 마치 자기 아들을 희생시킬 때의 브루투스[48] 같은 표정을 지으며 주로 의무에 관해서 이야기했네. 자유를 위해서라면 형

---

47 Félix Paris(?~?). 〈파브리치우스〉라고 불리기도 했다. 혁명 재판소의 배심 판사로 로베스피에르와 당통을 화해시키려 했고, 당통이 체포되기 직전에 도망칠 것을 권유하기도 했다.

48 Lucius Junius Brutus(B.C. 509~?). 에트루리아의 타르키니우스왕을 내쫓고 로마 공화국을 세운 전설적인 영웅. 자신의 두 아들이 왕정의 복원을 꾀하다가 체포되자 집정관의 신분으로 사형을 선고했다.

제건, 친구건, 자기 자신이건 어떤 누구도 봐주지 않겠다고 하면서.

**당통**　그럴 테지. 이제 기준을 뒤집기만 하면, 로베스피에르는 밑에 서서 자기 친구들이 단두대 사다리를 올라가도록 붙잡아 줘야 할 걸세. 우리는 르장드르에게 고마워해야 해. 그 친구가 저들의 입을 열게 했으니까.

**라크루아**　에베르파는 아직 죽지 않았네. 민중은 물질적으로 참담한 상태이고, 그게 무시무시한 지렛대가 될 수 있을 걸세. 피의 저울이 공안 위원회의 도구가 되지 않으려면 눈금이 올라가서는 안 되네. 공안 위원회에는 배의 균형을 잡을 밸러스트가 필요해. 거물급의 머리가 필요하다고.

**당통**　나도 알고 있네. 혁명은 자기 자식을 잡아먹는 사투르누스[49]와 같지. (잠시 생각에 잠기더니) 하지만 저들이 감히 나를 어쩌지는 못할 걸세.

**라크루아**　그래, 당통 자네는 성자야. 하지만 혁명은 성 유물(聖遺物) 따위는 몰라. 왕들의 유해나 교회 성상도 길바닥에 아무렇게 내동댕이쳐졌지 않던가! 사람들이 자네를 성자의 동상처럼 가만히 세워 둘 것 같은가?

**당통**　내 명성이 있네! 민중이 있고!

**라크루아**　자네 명성? 그래, 있지. 온건주의자의 명성. 자네는 온건파야. 나도 그렇고, 카미유, 필리포, 에로도 그래. 하지만 민중에게 온건함은 나약함과 같아. 민중은 낙오자를 때

---

49 고대 로마의 농경신. 그리스 신화의 크로노스에 해당하는데, 자기 자식을 잡아먹는 신으로 알려져 있다.

려죽여. 빨간 모자파의 재단사들이 만일 9월의 사나이[50]가 자신들과 달리 온건파라는 걸 알면 어떨 것 같은가? 자신들의 바늘에서 로마의 전 역사를 느끼지 않겠나?

**당통**　충분히 그럴 수 있지. 게다가 민중은 어린아이 같아서 모든 것을 부숴 버리려고 해. 그 안에 뭐가 들었는지 보려고.

**라크루아**　당통, 그것 말고도 우리는 악덕에 물들었네. 향락에 빠졌다고. 민중은 도덕적이네. 향락을 몰라. 일만 하느라 즐거움을 느끼는 감각들이 무뎌졌어. 또 돈이 없어서 취할 만큼 술을 마시지도 못해. 그렇다고 유곽은 갈 수 있나? 입에서 치즈와 정어리 냄새가 난다고 유곽 아가씨들이 질색을 하지.

**당통**　거세된 남자가 온전한 남자를 증오하듯 민중은 향락을 즐기는 사람들을 증오하지.

**라크루아**　사람들은 우리를 난봉꾼이라 불러. 사실 (당통의 귀에 바짝 대고) 우리끼리 얘기지만 아주 근거가 없는 말은 아니지. 로베스피에르와 민중은 도덕적이 될 테고, 생쥐스트는 소설을 쓸 거고, 바레르는 캬르마뇰 재킷[51]을 지어 입고 국민 공회를 피의 외투로 뒤덮어 버릴 걸세. 모든 게 눈에 선해.

**당통**　망상이야. 저들은 나 없이는 용기를 내지 못했어. 나를 어찌해 볼 용기도 없을 걸세. 혁명은 아직 완성되지 않았

---

50　당통을 가리킨다.
51　원래 폭동을 일으킨 마르세유 사람들이 입던 짧은 재킷인데, 나중에 자코뱅파의 평상복이 되었다. 넓은 칼라에 쇠 단추가 달려 있다.

어. 저들에겐 아직 내가 필요해. 저들의 병기창에는 내가 꼭 있어야 한다고.

**라크루아** 우리가 행동에 나서야 하네.

**당통** 두고 보자고.

**라크루아** 우리가 패배한 뒤에 두고 보자고?

**마리옹** (당통에게) 당신의 입술이 식었어요. 당신의 말이 당신의 키스를 질식시켰나 봐요.

**당통** (마리옹에게) 시간을 너무 빼앗았지? 하지만 그만한 보람이 있었어. (라크루아에게) 내일 내가 로베스피에르에게 가보겠네. 그래서 화를 돋울 거야. 그럼 입을 닥치고 있지 않겠지. 내일이야! 잘 가게, 친구들. 잘 가게. 고맙네.

**라크루아** 떠나게, 좋은 친구들. 떠나게! 잘 있게나, 당통. 저 아가씨의 허벅지가 자네를 단두대로 보낼 걸세. 베누스산[52]이 자네에게는 타르에이아의 바위[53]가 될 걸세.

(퇴장)


# 제6장

방.

로베스피에르, 당통, 파리스.


52 여자 음부의 둔덕을 가리킨다.
53 고대 로마에서 정치범들을 처형하던 장소.

**로베스피에르**  내 자네에게 말해 두는데, 내가 검을 뽑을 때 내 팔을 잡는 사람은 그 의도가 뭐든 상관없이 내 적이네. 내가 스스로를 방어하는 것을 방해하는 자도 나를 공격하는 자나 마찬가지고, 나를 죽이려는 자와 다름없네.

**당통**  정당방위가 끝나는 시점에서 살인이 시작되지. 나는 우리가 왜 사람을 더 죽여야 하는지 모르겠네.

**로베스피에르**  사회 혁명은 아직 끝나지 않았어. 혁명을 절반밖에 완수하지 못한 자는 스스로 제 무덤을 파는 걸세. 상류 사회는 아직 죽은 게 아냐. 온갖 악덕을 저지르는 이 계급 대신 건전한 민중 세력이 들어서야 해. 악덕은 처벌되어야 하고, 미덕은 공포로 실현되어야 하네.

**당통**  나는 〈처벌〉이라는 말이 이해가 안 돼.

자네가 말하는 미덕이라는 것도 잘 모르겠어. 자네는 돈을 받은 적이 없고, 빚을 진 적도 없어. 여자들과 잔 적도 없겠지. 자네는 항상 단정하게 옷을 입고 다니고, 술에 취해 비틀거리는 일도 없어. 로베스피에르, 자네는 정말 화가 날 정도로 반듯한 사람이야. 나 같으면 30년 동안이나 한결같이 도덕적인 얼굴을 하고 하늘과 땅 사이를 걸어다니는 것이 부끄러울 것 같아. 그건 나보다 더 나쁜 인간들을 보고 즐기려는 못된 심보에 불과하다고.

**로베스피에르**  내 양심은 깨끗해.

**당통**  양심은 원숭이가 그 앞에 서서 괴로워하는 거울이네. 사람은 누구나 한껏 꾸미고, 자기 방식대로 쾌락을 누리며 살 수 있어. 그건 싸우면서까지 지킬 가치가 있는 일이네.

누구든 타인이 자신에게서 그런 즐거움을 빼앗으려고 한다면 저항할 걸세. 자네가 늘 깨끗하게 솔질한 옷을 입고 다닌다고 해서 단두대를 남들의 더러운 빨래를 담을 빨래통으로 삼는다거나, 잘려 나간 머리를 그들의 더러운 옷을 씻을 비누로 만들 권리가 있는가? 그래, 그 사람들이 자네의 깨끗한 옷에다 침을 뱉거나 옷을 찢으려고 하면 자네는 당연히 방어할 수 있겠지. 하지만 그 사람들이 자네를 건드리지 않는다면 자네가 상관할 게 뭔가? 그 사람들이 거리낌 없이 거리를 활보하고 다니는 게 그 사람들을 무덤에 처넣을 권리라도 된단 말인가? 자네가 무슨 하늘의 헌병인가? 자애로운 하느님처럼 그런 꼴을 가만히 지켜보고 있을 수 없다면 그냥 눈을 가리고 있는 게 낫네!

**로베스피에르**  자네는 미덕을 부정하는 건가?

**당통**  악덕도 부정하지. 세상엔 향락주의자들만 있네. 그것도 투박한 향락주의와 세련된 향락주의가 있을 뿐이지. 내가 볼 때 세상에서 가장 세련된 향락주의자는 예수 그리스도네. 어쨌든 내가 사람들에게서 끄집어낼 수 있는 유일한 차이는 투박함과 세련됨의 차이밖에 없네. 인간은 누구나 천성대로 살아가. 자기 편한 대로 행동한다는 거지.

안 그런가, 청렴한 친구? 내가 자네 신발 뒤꿈치를 밟은 게 너무 잔인했나?

**로베스피에르**  악덕이 때로는 반역죄가 될 수도 있어.

**당통**  악덕을 매도하지 말게. 단언컨대 그건 고마움을 모르는 짓이네. 자네는 악덕에 빚진 게 많아. 악덕과 대비되면서 자네가 빛나지 않았는가! 게다가 기왕 말이 나왔으니 말인데, 우리의 타격은 공화국 자체에 도움이 되어야 해. 그렇다면 죄 없는 사람들을 죄인 취급해서는 안 되네.

**로베스피에르** 죄 없는 사람이 당했다고 누가 그러던가?

**당통** 들었나, 파브리치우스? 죄 없이 죽은 사람은 하나도 없다는군! (파리스 쪽으로 걸어가며) 지체할 시간이 없네. 우리가 직접 가야겠어!

(당통과 파리스 퇴장)

**로베스피에르** (혼자 남아)

그래, 갈 테면 가! 저 친구는 혁명의 말들을 유곽에 세워 두려고 해. 마치 마부가 잘 훈련받은 말들을 거기다 묶어 두듯이. 하지만 혁명의 말들은 저 친구를 혁명 광장으로 끌고 갈 힘이 아직 충분해.

뭐? 내 신발 뒤꿈치를 밟았다고? 내 생각대로라면이라고? 잠깐, 잠깐! 혹시 그게 사실일까? 사람들은 저 친구의 거대한 모습이 내게 너무 큰 그림자를 드리우고 있고, 그래서 내가 그에게 햇빛을 가리지 말아 달라고[54] 말할 거라고 생각할까?

그들의 말이 맞다면?

꼭 그럴 필요가 있을까? 아냐, 아냐! 모두 공화국을 위해서야! 저 친구는 없애 버려야 해. 내 생각이 왜 이렇게 한심하게 자꾸 갈팡질팡하지? 그래도 저 친구는 없애야 해. 앞으

---

54 그리스의 철학자 디오게네스가 알렉산드로스 대왕에게 〈햇빛을 가리지 마시오!〉라고 말한 대목을 연상케 한다.

로 밀고 나가는 군중 속에서 걸음을 멈추는 자는 군중의 전진을 가로막는 반란군이나 다름없어. 짓밟아 버려야 해! 혁명의 배가 그런 얕은 생각이나 그런 자들의 진흙 더미에 부딪혀 좌초해서는 안 돼. 배의 진로를 가로막고, 이를 악문 채 배를 붙잡는 자들은 그 손모가지를 잘라 버려야 돼! 죽은 귀족들의 옷을 벗겨서 입고 다니다 귀족의 문둥병에 전염된 놈들은 깡그리 없애 버려야 해!

뭐, 미덕이 필요 없다고? 미덕이 내 신발 뒤꿈치라고? 내 생각대로라고?

왜 이런 생각이 자꾸 들지?

왜 이런 생각을 떨치지 못하지? 이 생각은 피 묻은 손으로 항상 여기, 저기 하고 가리켜! 내가 아무리 헝겊으로 손을 동여매도 피는 계속 배어나. (잠시 말을 멈추더니) 왜 내 마음속에서 하나의 생각이 다른 생각을 속이는 거지?

(창가로 걸어간다)

밤은 대지 위에서 코를 골고, 어지러운 꿈속에서 뒹구는구나. 환한 대낮에는 겁을 먹고 숨는 바람에 평소에는 거의 떠오르지 않던 생각과 소망들이 이제 꼴을 갖추고 옷을 차려입고 꿈의 고요한 집으로 살며시 기어드는구나. 생각은 이 집의 문들을 열어 보고, 창밖을 내다보고, 그러다 어느 정도 육신을 얻고, 자면서 사지를 쭉 뻗고, 뭐라고 중얼거리는 것처럼 입술을 움직이는구나. 우리가 깨어 있는 것도 백일몽이 아닐까? 우리는 몽유병자가 아닐까? 우리의 행위는 꿈속의 그것과 비교해서 그저 좀 더 뚜렷하고 확고하고 명확한 것에 불과한 것이 아닐까? 그렇다고 우리를 누가 비난할 수 있을까? 정신은 우리 몸의 굼뜬 유기체가 몇 년에 걸쳐 흉내 낼 수 있는 것보다 더 많은 사고 행위를 한 시간 안에 해치울 수 있어. 죄악은 생각 속에 있어. 생각이 행위로 변하건, 몸이 생각을 모방하건 그건 우연이야.

생쥐스트가 등장한다.

**로베스피에르**  어이, 거기 어둠 속에 누구야? 불, 불 좀 켜보라고!

**생쥐스트**  내 목소리 모르겠나?

**로베스피에르**  아, 생쥐스트 자네군! (하녀가 등불을 가져온다)

**생쥐스트**  자네 혼자 있었나?

**로베스피에르**  방금 당통이 다녀갔네.

**생쥐스트**  그렇잖아도 오는 길에 팔레 루아얄에서 그자를 만났네. 누가 봐도 혁명가 같은 표정을 지으며 조롱 시의 형태로 연설을 하더군. 평민들과도 편하게 반말로 얘기하고, 창녀들은 그자의 꽁무니를 졸졸 따라다녔네. 사람들은 걸음을 멈추고 그자가 하는 말을 두고 귓속말로 수군거리더군. 자칫하다간 우리가 선수를 뺏길지도 몰라. 그런데도 계속 망설이고만 있을 건가? 자네 없이도 우린 행동에 나설 걸세. 우리 입장은 확고해.

**로베스피에르**  뭘 어쩔 생각인가?

**생쥐스트**  입법 위원회, 보안 위원회, 공안 위원회를 정식으로 소집할 걸세.

**로베스피에르**  너무 번거로울 텐데.

**생쥐스트**  우린 그 시신을 정중하게 묻을 생각이네. 살인자가 아니라 마치 성직자인 것처럼 대우하는 거지. 시체를 토막 내지 않고 사지가 멀쩡한 채로 묻을 생각이네.

**로베스피에르**  좀 분명하게 얘기해 보게.

**생쥐스트**  그자를 완전 무장한 상태로 묻을 생각이네. 그자의 말과 노예는 그자의 무덤에서 도륙 내버리고. 라크루아 그 친구 말일세.

**로베스피에르**  한때는 변호사 서기였고, 지금은 프랑스 장군 이면서 천하의 난봉꾼으로 소문난 그 친구 말인가? 계속해 보게.

**생쥐스트**  에로세셸 그자도…….

**로베스피에르**  잘생긴 그 친구 말이군.

**생쥐스트**  그자는 헌법 조항을 장식하는 멋진 첫 글자 같은 존재지. 하지만 이제는 더 이상 그런 장식이 필요 없어. 그 자도 없애 버려야 해. 필리포, 카미유…….

**로베스피에르**  그자도?

**생쥐스트**  (종이를 건네며) 내 생각은 그렇네. 이걸 읽어 보게!

**로베스피에르**  이건 『르 비외 코르들리에』[55] 아닌가! 이것뿐 인가? 이건 유치한 신문에 불과해. 그냥 자네들을 비웃는 거라고.

---

55 카미유 데물랭이 발행하던 온건 자코뱅파의 기관지. 주로 로베스피에 르를 비판하고 당통의 입장을 옹호했다.

**생쥐스트**   읽어 보게. 여기, 여기 말이야! (한 지점을 가리킨다)

**로베스피에르**   (읽는다) 〈골고다 언덕에서 두 강도 쿠통[56]과 콜로 사이에 있는 피의 메시아 로베스피에르. 그는 남을 제물로 바칠 뿐 자신은 제물이 되지 않는다. 그 밑에는 단두대 집행관들이 마치 마리아와 막달레나처럼 서 있다. 로베스피에르에게 마치 요한만큼 소중한 존재인 생쥐스트는 스승의 묵시론적 계시를 국민 공회에 공표하고, 자신의 머리를 마치 성체 현시대(聖體顯示臺)처럼 들고 다니고 있다.〉

**생쥐스트**   나는 이자도 성자 드니[57]처럼 자기 머리를 들고 가게 할 생각이네.

**로베스피에르**   (계속 읽는다) 〈메시아의 말쑥한 연미복이 프랑스의 수의란 말인가? 연단에서 쳐들었던 가느다란 손가락이 단두대의 칼날이란 말인가?

그리고 바레르,[58] 이자는 혁명 광장에서 금화가 주조된다고 말했던가? 낡은 보따리[59]를 탈탈 털고 싶은 마음은 없으

---

56 Georges Auguste Couthon(1755~1794). 콜로와 마찬가지로 공안 위원회 일원이자 로베스피에르의 광적인 추종자. 나중에 로베스피에르와 함께 처형되었다.

57 Saint Denis(?~?). 파리의 첫 주교이자 프랑스의 국민 성자. 전설에 따르면 273년에 몽마르트에서 참수된 후 자기 머리를 들고 파리 교외로 자신이 묻힐 장소까지 걸어갔다고 한다.

58 Bertrand Barère de Vieuzac(1755~1841). 지롱드파였다가 자코뱅파의 산악당으로 이적하여 공안 위원회의 구성원이 되었다. 당통 사후에 비요 바렌과 콜로와 공모해 로베스피에르를 전복하는 데 앞장섰다. 왕정복고로 브뤼셀로 추방당했다가 나폴레옹 집권으로 복권되었으며, 정권이 몇 차례 바뀔 때마다 살아남아 기회주의자로 불렸다.

59 바레르의 성(姓) 비외자크Vieuzac에서 따온 별명이다.

나, 이자는 대여섯 명의 남편과 살다가 그들을 파묻는 것을 거든 과부[60]나 다름없다. 하지만 누가 그걸 탓하겠는가? 모두 이자의 천성인걸. 이자는 죽음이 반년밖에 남지 않은 얼굴에서 벌써 죽음의 냄새를 맡을 수 있는 인간이다. 누가 시체 옆에 앉아 그 썩어 가는 악취를 맡으려고 하겠는가?〉 그럼 카미유도?

그래, 싹 해치워 버려! 신속하게! 죽은 자들만이 돌아오지 못하는 법이지. 탄핵할 준비는 되어 있나?

**생쥐스트** 그건 어렵지 않네. 자네가 우리 자코뱅 단원들에게 이미 암시를 줬으니까.

**로베스피에르** 그건 그냥 겁만 주려고 했던 거지.

**생쥐스트** 이제 실행에 옮기기만 하면 되네. 위조자들[61]에게 는 계란을, 외국인들에게는 사과를 건네줄 생각이네.[62] 저 들은 식탁에서 죽을 걸세. 내 약속하지.

**로베스피에르** 그럼 서두르게. 내일 당장이라도! 죽음이 걸린 싸움은 오래 끌면 안 돼! 난 며칠 전부터 신경이 곤두서 있네. 어서 서두르게!

---

60 예수가 우물가에서 사마리아 여인과 나눈 대화를 빗댄 대목이다. 〈너에게는 남편이 다섯이나 있었고 지금 함께 살고 있는 남자도 사실은 네 남편이 아니니.〉(「요한의 복음서」 4장 5~42절) 여기서는 바레르의 지조 없음을 암시한다.

61 샤보, 델로네, 데글랑틴, 바시르, 스페인의 구스만, 오스트리아의 J. 프라이, 덴마크의 디데리히스는 동인도 회사의 서류를 위조해 돈을 벌었다. 이들은 나중에 당통 및 그 일파와 함께 사기 혐의로 법정에 섰다.

62 계란으로 시작해서 과일로 식사를 끝내는 로마 식탁에 대한 비유.

생쥐스트 퇴장.

**로베스피에르** (혼자 남아)

그래, 나는 남을 제물로 바칠 뿐 자신은 제물이 되지 않는 피의 메시아야. 예수 그리스도는 자신의 피로 인간을 구원했지만, 나는 인간들 자신의 피로 인간을 구원할 거야. 예수는 인간을 죄인으로 만들었지만, 나는 스스로 죄인의 굴레를 짊어질 거야. 예수는 고통의 희열을 맛보았지만, 나는 사형 집형인의 고통을 맛보고 있어.

우리 둘 중에서 자기 자신을 더 많이 부정한 사람은 누구인가, 예수인가 나인가?

하지만 어쩐지 이 생각 속에는 어리석은 뭔가가 담겨 있는 것 같아.

우리는 왜 항상 독생자만 바라보지? 예수는 진정으로 우리 모두의 가슴속에 못 박혀 죽으셨어. 우리 모두는 겟세마네 동산에서 피땀 흘리며 애쓰지만, 누구도 자신의 상처로 남들을 구원하지는 못하고 있어. 나의 카미유! 다들 나를 떠났어. 모든 게 황폐하고 공허해. 나는 혼자야.

# 제2막

## 제1장

방.
당통, 라크루아, 필리포, 파리스, 카미유 데물랭.

**카미유**  서둘러야 하네, 당통. 이렇게 허비할 시간이 없어.

**당통**  (옷을 입으며) 하지만 시간이 자꾸 우릴 꾸물거리게 하는 걸 어쩌나.

항상 속옷을 먼저 입고 그 위에 바지를 입고, 밤이면 잠자리에 들었다가 아침이면 다시 기어 나오고, 걸을 때도 한쪽 발을 다른 발보다 먼저 내디뎌야 하는 건 정말 지겹기 짝이 없지. 그렇다고 달라질 기미도 보이지 않고. 이미 수백만 명이 그렇게 살아왔고, 앞으로도 수백만 명이 그렇게 살아야 한다는 건 참 슬픈 일이야. 게다가 우리 몸은 두 개의 반쪽으로 이루어져 있어서 늘 똑같은 일이 우리 몸에서 두 번씩 일어나는 것도 참 슬픈 일이네.

**카미유**  뭐 그런 어린애 같은 소리를 하나!

**당통**  죽어 가는 사람은 유치해질 때가 많네.

**라크루아**  계속 그렇게 꾸물거리다가는 자네 스스로 무덤을 파게 될 걸세. 자네를 따르는 친구들까지 거기 끌고 가게 될 거라고. 겁쟁이들한테 이제 자네 주위에 모일 때가 되었다고 알리게. 골짜기 사람들뿐 아니라 산 사람들[63]도 모이라고 하고. 그런 다음 공안 위원들의 폭정을 소리 높여 비난하고, 비수를 들먹이면서 브루투스[64]를 불러내게. 그러면 호민관들[65]은 겁을 먹을 것이고, 에베르의 공범으로 몰린 사람들까지 자네 주위에 모일 걸세. 사람들의 분노에 자네를 맡겨 보게. 최소한 가만히 앉아 무장 해제당하고, 에베르처럼 치욕스럽게 죽을 수는 없지 않은가!

**당통**  기억력이 나쁘군. 자네는 날 죽은 성자라고 부르지 않았나? 그 말이 옳았어. 자네가 생각하는 이상으로. 난 세크숑[66]에 갔었네. 사람들은 경외심으로 가득 차 있었지만, 다들 장례식에 초대된 사람들 같았다고 할까! 나는 이제 구시대의 유물이네. 그런 유물은 길거리에 내동댕이쳐지기 마련이지. 자네 말이 옳았어.

---

63 국민 공회에서 온건파는 아래쪽 의자에 앉고, 과격파는 위쪽 의자에 앉았다. 골짜기 사람들은 온건파, 산 사람들은 과격파를 가리킨다.

64 Marcus Junius Brutus(B.C. 85~B.C. 42). 카이사르를 암살한 그의 심복.

65 로마 제국 시절 백성들의 이익에 반하는 원로원의 결정을 거부권으로 저지했던 일반 백성의 대변자들.

66 프랑스 혁명 당시 파리의 제48행정 지구로서 자코뱅파의 본거지.

**라크루아**  그러게 왜 일이 이 지경에 이르기까지 내버려 두었나?

**당통**  이 지경이라고? 그래, 맞는 말이네. 사실 난 요즘 지겨워졌네. 늘 똑같은 저고리를 입고, 늘 똑같이 인상을 쓰고 다니는 게 정말 지겨워 미치겠어. 한심하기 짝이 없는 노릇이지. 현 하나로 항상 같은 음만 내는 불쌍한 악기 같다고나 할까!

도저히 더는 견딜 수가 없었네. 나는 편하게 지내고 싶었어. 이제 그것을 얻었지. 혁명이 나를 은퇴시키려고 하니까. 물론 내가 생각한 것과는 다른 방식이지만.

그건 그렇다치고, 우린 누구한테 의지해야 할까? 우리 쪽에서 단두대의 주구들과 맞서 싸울 사람이 누가 있을까? 매춘부들? 그 친구들 말고는 모르겠어. 손가락으로 꼽을 정도야. 자코뱅파는 미덕이 일상이 되는 날이 왔다고 선포했고, 코르들리에파는 나를 에베르의 사형 집행인으로 지목했으며, 교구 위원회는 참회하기 바쁘고, 국민 공회는⋯⋯ 그래, 그게 어쩌면 하나의 수단이 될지 모르겠군. 하지만 5월 31일[67]과 같은 일이 또 일어날 테고, 저들도 순순히 물러나지 않을 걸세. 로베스피에르는 혁명의 교주야. 그건 어찌해 볼 도리가 없어. 그렇다면 이 방법도 안 될 것 같아. 우리가 혁명을 만든 게 아니라 혁명이 우리를 만들었어.

그리고 설사 일이 우리 뜻대로 된다고 하더라도, 나는 남들을 단두대로 보내기보다는 차라리 내가 단두대에 설 걸세.

67 산악당이 지롱드파를 1793년 5월 31일 공격했다.

이젠 신물이 나. 대체 우리 인간은 왜 그렇게 서로 싸워야 하는 거지? 이젠 나란히 앉아서 쉴 때도 되지 않았나? 우리는 만들어질 때부터 뭔가가 잘못됐어. 우리에게 뭔가가 빠져 있는 것 같다고. 그게 정확히 뭔지는 모르겠지만, 그걸 찾겠다고 우리끼리 서로의 내장을 파헤치고, 서로의 육신을 갈기갈기 찢어서야 되겠나? 그만두게, 우린 불쌍한 연금술사야.

**카미유**   좀 더 격정적으로 말하자면, 우리 인류는 영원한 굶주림 속에서 얼마나 더 서로의 살점을 뜯어먹어야 하는가? 혹은 우리 난파선 조난자들은 해소되지 않는 갈증 속에서 얼마나 더 서로의 혈관에서 피를 빨아먹어야 하는가? 혹은 우리 대수학자들은 영원히 풀리지 않은 미지수를 찾는답시고 얼마나 더 갈기갈기 찢긴 사지의 살점 속에서 계산 문제를 풀어야 하는가?

**당통**   자네는 아주 웅장한 메아리 같아.

**카미유**   왜 안 그렇겠나? 총성은 천둥소리와 똑같이 울려 퍼지네. 소리가 클수록 자네에게 좋아. 자네 곁엔 항상 내가 있어야 한다고.

**필리포**   그럼 프랑스를 사형 집행인들의 손에 넘기자는 건가?

**당통**   그게 뭐가 문제가? 사람들은 그편이 훨씬 낫다고 생각하네. 사람들은 불행해. 그런 사람들한테 좀 더 감동적이고 고결하고 도덕적이고 유머를 아는 사람이 되라거나, 심지어 지루하게 살지 말라고 요구할 수 있겠나?

그 사람들이야 단두대에서 죽든, 열병으로 죽든, 나이가 들어 죽든 그게 무슨 상관이겠나! 물론 멀쩡한 사지로 무대 뒤로 퇴장하다가 귀여운 몸짓과 함께 관객들의 박수갈채를 듣는 걸 더 선호하겠지. 그게 마땅한 행동이고, 우리한 테도 어울려. 우린 항상 무대 위에 서 있네. 설사 마지막에 비수에 찔려 죽더라도. 수명이 조금 단축되는 건 아무렇지도 않아. 저고리는 우리 몸뚱이에 비해 너무 길었어. 인생은 짧은 풍자시네. 뭐 그런 거지. 오륙십 장으로 이루어진 서사시를 쓸 만큼 충분한 호흡과 정신을 가진 사람이 어디 있겠나? 이제는 큰 술통이 아니라 작은 술잔으로 약간의 진액을 마실 시간이 됐네. 그 정도로도 주둥이를 채우기엔 충분해. 그전에는 큼직한 통으로도 몇 방울 따라 마시는 게 어려웠어.

급기야 나는 소리칠 수밖에 없네. 이렇게 사는 게 너무 힘들다고! 인생은 어떻게든 유지하려고 안간힘을 쓸 만큼 가치 있는 게 아니라고!

**파리스** 그러니 도망쳐야지, 당통!

**당통** 조국을 신발 밑창에 달고 같이 도망칠 수 있나? 게다가 정말 중요한 건, 저들이 감히 그런 짓을 하지 못할 거라는 사실이네. (카미유를 보며) 가자고, 친구, 저들은 감히 그런 짓을 못 할 걸세. 잘 있게, 친구들! (당통과 카미유 퇴장)

**필리포** 결국 저렇게 가는군.

**라크루아** 저 친구 하는 얘기는 한마디도 믿지 말게. 너무 나태한 생각이야! 저 친구는 연설을 하느니 차라리 단두대의 칼을 맞으려고 해.

**파리스**  그럼 어떡하지?

**라크루아**  집에 가서 루크레티아[68]처럼 품위 있게 죽을 방법
이나 궁리해야지.


# 제2장


산책로.

산책객들.


**시민**  내 착한 자클린이…… 아니, 내 착한 코르…… 뭐더라……
코르네……[69]

**시몽**  이봐요, 코르넬리아요.

**시민**  내 착한 코르넬리아가 나한테 귀여운 사내아이를 낳아
줬답니다.

**시몽**  우리 공화국의 아들을 낳았다는 말이군요.

**시민**  공화국의 아들이라고요? 그건 너무 일반적으로 들리
기도 하지만…… 뭐 그렇게 말할 수도 있죠.


68 Lucretia(?~509). 로마 귀족 콜라티누스의 아내. 로마 왕 타르퀴니우
스의 아들 섹스투스가 강제로 그녀를 능욕하자, 그녀는 아버지와 남편에게
복수를 다짐받은 뒤 자살하였다. 그 사정을 알게 된 군중이 반란을 일으켜 폭
군 가문을 로마에서 몰아냈다. 기원전 509년에 일어난 것으로 전해지는 이
사건을 계기로 로마 공화국이 세워지게 되었다.

69 혁명으로 인해 고대 로마인들을 모방하려는 여러 움직임 속에서 프랑
스 이름도 로마식으로 다양하게 바뀌었다.

**시몽** 바로 그거요. 개체는 일반적인 것에 귀속되어야 해요.

**시민** 아, 예, 내 마누라도 그렇게 말하긴 하죠.

**장돌뱅이 가수** (노래한다)

　　무얼까, 무얼까,

　　모든 남자의 기쁨과 즐거움은?

**시민** 아들의 이름을 지어야 하는데, 마땅한 이름이 생각나지 않아요.

**시몽** 피케 마라라고 지어요.

**장돌뱅이 가수** (노래한다)

　　새벽부터 하루가 끝날 때까지

　　근심 걱정 속에서

　　힘들게 일만 하는구나.

**시민** 이름이 세 개면 좋겠는데. 〈3〉이라는 숫자에는 뭔가 그럴 듯한 게 있는 것 같지 않습니까? 뭔가 유익하고 정의로운 것이 있는 것 같아요. 아, 생각났다. 플루크, 로베스피에르. 세 번째 이름은 뭐가 좋을까?

**시몽** 피케.

**시민** 아, 고맙습니다. 피케, 플루크, 로베스피에르,[70] 모두 좋은 이름입니다. 아주 근사해요.

**시몽** 내 말 잘 들어요. 당신 마누라 코르넬리아의 가슴은 로마의 늑대 젖통처럼 될 거요. 아니, 그건 안 되지. 로물루스

---

70 당시에 피케(〈긴 창〉이라는 뜻)와 플루크(〈쟁기〉라는 뜻)라는 이름은 마라와 로베스피에르라는 이름과 마찬가지로 새로운 혁명 정신의 상징으로 여겨졌다.

는 폭군이었는데.[71] 그건 안 되지. (지나간다)

**거지** (노래한다)

　　　한 줌의 흙

　　　약간의 이끼…….

친애하는 신사 나리, 아름다운 마나님들!

**신사 1** 이놈아, 일을 해, 일을. 잘 먹어서 피둥피둥하구먼.

**신사 2** 엣다! (거지에게 돈을 준다) 이놈 보소, 손이 비단결이네. 뻔뻔한 놈.

**거지** 나리는 지금 입고 계신 저고리를 어떻게 얻었습니까요?

**신사 2** 일을 해서 얻었지, 이놈아! 네놈도 똑같은 옷을 입을 수 있어. 내가 일거리를 줄 테니, 내가 사는 데로 찾아와.

**거지** 나리는 왜 일을 하십니까요?

**신사 2** 바보 같은 놈! 저고리를 얻기 위해서지.

**거지** 저고리를 입는 즐거움을 누리려고 그 고생을 하셨군요. 하지만 누더기도 그런 면에서는 못지않답니다.

**신사 2** 그럴 테지. 안 그러면 네놈이 이러고 살겠어?

**거지** 나리께서는 저더러 바보라고 하셨지요? 피차일반입니다요.

해가 구석구석 따뜻하게 비추어 주니까 누더기를 입고도 끄떡없답니다요. (노래한다)

　　　한 줌의 흙

　　　약간의 이끼…….

71 전설에 따르면, 로마의 건국자 로물루스는 늑대의 젖을 먹고 자랐다고 한다.

**로잘리** (아델레드에게) 빨리 가, 저기 군인들이 와. 우린 어제부터 따뜻한 음식을 한 숟갈도 못 먹었잖아.

**거지** (노래한다)

　　　이 지상에서 언젠가는

　　　내 마지막 운명이 찾아오겠지!

　신사 나리, 우리 마나님들, 한 푼 줍쇼!

**군인** 멈춰! 귀여운 아가씨들이 어딜 가시나? (로잘리를 보며) 몇 살이야?

**로잘리** 내 새끼손가락만큼 먹었어.

**군인** 아주 쌀쌀맞은 아가씨네.

**로잘리** 아주 둔감한 아저씨네.

**군인** 그럼 내가 너한테 한번 비벼 보겠어. (노래한다)

　　　사랑하는 크리스틴, 나의 크리스틴,

　　　상처가 아프지, 아프지!

　　　상처가 아프지, 아프지!

**로잘리** (노래한다)

　　　아니에요, 군인 아저씨,

　　　더 해줘요, 더 해줘요!

　　　더 해줘요, 더 해줘요!


　당통과 카미유가 등장한다.


**당통** 이거 재미있지 않나?

　묘한 분위기가 느껴져. 마치 태양이 음탕한 짓을 꾸미고 있는 것 같아.

저 아래로 뛰어 내려가 바지를 벗고 골목길의 개처럼 뒤에서 그 짓을 하고 싶은 생각이 든다고. (지나간다)

**젊은 신사**  아, 부인, 종소리가 들려와요. 저녁노을에 꽃이 물들고, 하늘에 별이 반짝여요.

**부인**  이 꽃향기, 이 자연의 즐거움, 이 순수한 자연의 향유! (딸을 보며) 외제니, 미덕을 가진 사람만이 이런 것들을 볼 수 있어.

**외제니**  (어머니의 손에 입 맞추며) 아, 어머니, 제 눈엔 어머니밖에 안 보여요.

**부인**  기특한 것!

**젊은 신사**  (외제니의 귀에 대고) 저기 늙은 신사와 함께 가는 예쁘장한 부인 보이죠?

**외제니**  나도 알아요, 저 부인.

**젊은 신사**  미용사가 저 부인의 머리를 아이처럼 해주었다고 해요.[72]

**외제니**  (웃으며) 그런 말 함부로 하면 안 돼요!

**젊은 신사**  나란히 걷는 저 늙은 신사는 꽃봉오리가 부풀어 오르자 햇볕 속으로 산책을 데리고 나가서는, 자기가 그 꽃봉오리를 부풀어 오르게 한 소나기라고 한대요.

**외제니**  아이, 망측해라. 얼굴이 다 빨개질 것 같아요.

**젊은 신사**  나 같으면 얼굴이 하얗게 질릴 것 같은데요.

**당통**  (카미유에게) 나한테 어떤 진지한 것도 기대하지 말게.

72 미용사가 부인에게 아이를 임신시켰다는 뜻이다.

나는 사람들이 왜 거리에 멈추어 서서 서로 얼굴을 보고 웃지 않는지 이해가 안 되네. 말인즉슨 사람은 창밖을 내다보면서도 웃고, 무덤을 보면서도 웃고, 또 하늘도 웃음을 터뜨리고, 땅도 허리를 잡고 웃어야 한다는 거지.

**신사 1**　내 장담하건대, 정말 특출한 발견이었습니다! 이를 통해 모든 기술적 예술에 새로운 인상이 생겨났습니다. 이제 인류는 큰 발걸음으로 자신의 숭고한 사명을 향해 서둘러 나아가고 있습니다.

**신사 2**　새로 나온 연극 보셨어요? 「바빌론의 탑」 말입니다. 둥근 천장, 계단, 복도 할 것 없이 모든 것을 그냥 아주 간단하고 대담하게 날려 보내 버리더군요. 한 장면 한 장면마다 현기증이 났습니다.

정말 기발한 작가예요. (당황해서 걸음을 멈춘다)

**신사 1**　왜 그러세요?

**신사 2**　아, 아무것도 아니에요. 손 좀, 웅덩이, 그렇죠! 고맙습니다. 간신히 지났네요. 하마터면 위험할 뻔했습니다.

**신사 1**　무섭지 않았습니까?

**신사 2**　네, 지구의 껍질이 얇아서요. 이렇게 구멍이 있는 곳을 밟으면 떨어질 수도 있을 것 같다는 생각이 들어요.

조심스럽게 걸어야 합니다. 안 그러면 빠질 수 있어요. 어쨌든 극장에 꼭 한번 가보십시오. 권해 드리고 싶은 작품입니다.

# 제3장

방.
당통, 카미유, 뤼실.

**카미유**  내 말 좀 들어 보게. 저들은 극장이나 음악회, 미술
전시회에 나와 있는 것들을 목조 복사본의 형태로 받지 못
하면 그걸 알아볼 눈과 귀가 없네. 누군가 꼭두각시 인형
을 만들었는데, 인형이 줄에 매달린 채 이리저리 움직이고
걸을 때마다 약강격(弱强格)의 5각운으로 걷는다고 해서,
그게 효과적이고 멋진 캐릭터겠는가! 누군가 하나의 감정
과 금언, 개념을 취해서 거기다 저고리와 바지를 입히고,
손과 발을 만들고, 얼굴에 핏기를 불어넣은 다음 그 인물
을 3막 내내 마음대로 부려 먹다가 마지막에 가서 결혼을
시키거나 총으로 자살하게 한다면, 그게 이상적이겠는가!
또 누군가 인간 마음속의 부침(浮沈)을 재현하는 오페라를
마치 백파이프가 나이팅게일 노래 재현하듯 어설프게 연
주한다면, 그게 예술이겠는가!
사람들을 극장에서 골목길로 내몰다니! 아, 이 얼마나 비
참한 현실인가!
사람들은 나쁜 모방자들로 인해 자신의 창조주를 잊었네.
게다가 자신의 주변과 내부에서 뜨겁게 불타오르고, 들끓
고, 환하게 빛나면서 매 순간 새로 태어나는 창조를 알아
보는 눈과 귀도 없어졌네. 저들은 극장에 가고, 시와 소설

을 읽고, 또 등장인물들의 표정을 따라 지으며 신의 피조물들에 대해 이렇게 말하지. 얼마나 일상적인 것들이냐고! 그리스인들은 말했네. 피그말리온[73]의 조각상은 생명을 얻기는 했으나 아이를 낳지는 못했다고. 그들은 이게 무슨 뜻인지 알고 있었을 걸세.

**당통** 요즘 예술가들은 자연을 마치 다비드[74]처럼 다루고 있네. 다비드는 9월에 감옥에서 골목길로 내동댕이쳐진 사람들의 시신을 냉혹하게 그리면서 이렇게 말했지. 〈나는 이 악당들 속에 남아 있는 삶의 마지막 몸부림을 포착했다〉고. (밖에서 누가 부르는 소리를 듣고 나간다)

**카미유** 뤼실, 당신은 뭔가 할 말 없어?

**뤼실** 없어요. 그냥 흐뭇한 마음으로 당신 이야기를 듣고 있었어요.

**카미유** 당신도 내 이야기를 들었다고?

**뤼실** 그럼요.

**카미유** 내 말이 맞다고 생각해? 당신도 내가 한 말을 이해한 거야?

**뤼실** 아뇨, 솔직히 잘 모르겠어요.


당통이 돌아온다.

73 그리스 신화에 나오는 키프로스의 조각가. 이상적인 여인을 조각으로 만든 뒤 그 조각상을 사랑하게 된다. 조각상은 사랑의 여신 아프로디테에 의해 실제 여인으로 변하고, 피그말리온은 이 여인과 결혼한다.
74 Jacques-Louis David(1748~1825). 자코뱅파의 혁명 화가이자 국민 공회의 과격파. 가장 유명한 작품으로는 「마라의 죽음」이 있다.

**카미유**  무슨 일인가?

**당통**  공안 위원회에서 날 체포하기로 결정했다는군. 사람들이 조심하라면서 은신처도 마련해 줬네.

친들은 내 머리를 원해. 상관없어. 그런 미친 짓거리에 넌 더리가 나. 그래, 내 머리통을 가져가라지. 그게 뭐 대수라고! 나는 용감하게 죽을 자신이 있네. 그게 이렇게 사는 것보다는 쉽지.

**카미유**  당통, 아직 시간이 있어.

**당통**  불가능해. 다만 이렇게 될 줄은 몰랐어.

**카미유**  자네가 너무 꾸물거려서 그래.

**당통**  꾸물거린 게 아냐. 그냥 지친 거지. 난 항상 바쁘게 쫓아다녔어.

**카미유**  이제 어디로 가려고?

**당통**  글쎄, 나도 모르지.

**카미유**  농담하지 말고. 어디로 가려고?

**당통**  산책하러 간다고, 이 친구야. 산책! (퇴장)

**뤼실**  아, 여보. 이제 어떡해요?

**카미유**  괜찮아, 진정해.

**뤼실**  그 사람들이 당신 머리까지 원한다고 생각하면? 아, 여보, 그럴 리가 없죠? 내가 잘못 생각한 거죠?

**카미유**  진정하라니까. 당통과 나는 달라.

**뤼실**  세상은 넓고, 거기엔 다른 것들도 많은데, 왜 하필 당신 머리예요? 누가 나한테서 당신을 빼앗아 가려고 하는 거예요? 그럴 순 없어요. 대체 당신 머리로 뭘 하려고요?

**카미유**    여보, 다시 한번 말하지만 안심해도 돼. 어제 난 로베
스피에르와 얘기를 나눴어. 그 친구가 다정하게 대해 주더
군. 물론 긴장된 구석도 없진 않았지만, 그건 그냥 관점이
다른 거였어. 그뿐이야. 다른 건 없어.

**뤼실**    그 사람을 찾아가 봐요.

**카미유**    우린 학창 시절에 같은 반이었어. 그 친구는 늘 우울
하고 외로워했지. 그 친구를 먼저 찾아가서 가끔 웃게 만
든 건 나였어. 그래서 그 친구는 항상 나를 잘 따랐어. 그
래, 그 친구를 만나 봐야겠어.

**뤼실**    서둘러요, 여보! 빨리 가요! 잠깐만요! (남편에게 입을
맞춘다) 내가 해줄 수 있는 건 이것뿐이에요. 가봐요! 어서
가요! (카미유 퇴장)

**뤼실**    참 나쁜 시절이야. 하지만 이걸 누가 막을 수 있겠어?
각자 정신을 바짝 차릴 수밖에. (노래한다)

　　　　아 이별이여, 아 이별이여, 아 이별이여,

　　　　누가 이별을 고안했을까?

왜 하필 지금 이 노래가 떠오를까? 이렇게 저절로 떠오르
는 건 안 좋아.

그이가 나가는 걸 보면서 영영 돌아오지 못할 것 같은 느
낌이 드는 건 왜지? 점점 내 곁을 멀리 떠날 것 같은 기분
이 드는 건 왜지?

방은 왜 이렇게 휑해? 창문도 마치 방 안에 망자가 누워 있
는 것처럼 활짝 열려 있고 더는 여기서 못 견디겠어. (퇴장)

# 제4장

넓은 들판.

**당통**  그만 걷고 싶어. 이렇게 고요한 곳을 내 발소리와 거친 숨소리로 소란스럽게 하고 싶지 않아. (털썩 주저앉아 잠깐 쉬더니) 기억을 잃게 하는 병이 있다고 하던데, 죽음이 그런 병인 것 같아. 그렇다면 희망이 있어. 아니, 죽음은 병보다 훨씬 강력하니까 기억을 완전히 잃게 할 거야! 차라리 그리 되었으면! 나는 지금껏 마치 그리스도처럼 내 적, 그러니까 내 기억을 구원하기 위해 쫓아다녔어!

여기는 안전해. 나를 위해서가 아니라 내 기억을 위해서. 내겐 무덤이 더 안전해. 어쨌든 무덤은 내 기억을 죽이고 내게 망각을 선사하니까! 하지만 저기는 달라. 저기선 내 기억이 살고, 나를 죽여. 내가 죽을 것인가, 내 기억이 죽을 것인가? 대답은 쉬워. (자리에서 일어나 몸을 돌린다)

아, 죽음과의 희롱이라니! 멀리서 손잡이 달린 단안경 너머로 죽음에 추파를 보내는 것도 꽤 재미있군. 사실 난 인간의 역사라는 게 우스워. 세상이 늘 그대로라는 생각이 들어. 오늘 누군가 한 말은 내일도 누군가 할 거야. 내일, 모레, 먼 훗날에도 모든 게 오늘과 같을 거야. 그렇다면 모든 게 공허한 소란이야. 저들은 나를 겁주려고 할 뿐 실제로 어쩌지는 못할 거야. (퇴장)

# 제5장

방.
밤이다.


**당통** (창가에서) 정말 멈출 생각이 없는 건가? 빛이 꺼지고
소리는 잦아들지 않을 텐가? 정적과 어둠이 찾아와 우리가
저 추악한 죄악을 서로 듣지도 보지도 못하게 할 수는 없
을까? 아, 9월[75]이여!

**쥘리** (안에서 부른다) 당통! 당통!

**당통** 응?

**쥘리** (방으로 들어온다) 뭐라고 소리쳤어요?

**당통** 소리를 쳤다고?

**쥘리** 추악한 죄악이니, 9월이니 하고 소리치지 않았어요?

**당통** 내가? 아니, 난 아무 말도 안 했어. 생각한 것 같지도 않
아. 내 속에 몰래 숨어 있던 생각이었다면 모를까.

**쥘리** 당신은 지금 떨고 있어요.

**당통** 벽들이 저렇게 수다를 떨고 있는데, 어떻게 떨지 않을
수 있겠어? 내 몸이 산산이 부서지고, 내 생각이 불안하게
떠돌면서 돌들의 입술과 대화를 나누는데, 어떻게 떨지 않
을 수 있겠어? 기분이 이상해.

**쥘리** 조르주, 조르주!

**당통** 그래, 쥘리. 아무래도 이상해. 나는 더 이상 생각하고

75 대학살이 일어난 1792년 9월을 가리킨다.

싶지 않은데, 그게 바로 말이 되어 나와. 쥘리, 생각이란 원래 남에게 들리지 않아야 돼. 그런데 세상에 태어나자마자 울음을 터뜨리는 아이처럼 바로 말이 되어 튀어나오는 건 좋지 않아. 정말 좋지 않은 일이야!

**쥘리**    정신 좀 차려요, 여보. 날 알아보겠어요?

**당통**    당연하지. 당신은 사람이고, 여자고, 또 내 아내야. 이 지구에는 다섯 개 대륙이 있어. 유럽, 아시아, 아프리카, 아메리카, 오스트레일리아. 그리고 2 곱하기 2는 4야. 보라고, 난 이렇게 말짱해. 그런 내가 9월이라고 소리쳤다고? 당신이 그랬잖아.

**쥘리**    그랬죠. 방이 쩌렁쩌렁 울리게 소리치는 걸 들었어요.

**당통**    창가에 가보았더니 (밖을 내다본다) 도시가 조용하더군. 불도 모두 꺼졌고…….

**쥘리**    한 아이가 근처에서 울고 있어요.

**당통**    창가에 가보았더니 거리마다 〈9월, 9월!〉 하고 외치는 분노의 함성이 들렸어.

**쥘리**    꿈을 꾼 거예요, 당통. 제발 정신 차려요.

**당통**    꿈을 꿨다고? 그래, 꿈을 꿨어. 하지만 이번엔 좀 달랐어. 근데…… 근데…… 방금 하려고 했던 말이 기억이 안 나, 이런 한심한…… 아, 기억났다! 발밑의 지구가 흔들리면서 숨을 헐떡거렸어. 나는 사나운 말처럼 날뛰는 지구를 꽉 붙잡았어. 두 손으로 말갈기를 움켜쥐고, 두 다리로 말의 갈비뼈를 힘껏 눌렀지. 또 말의 머리를 아래로 숙이게 했고, 그러자 말의 털이 낭떠러지 위에서 펄럭거렸어. 그 상태로 나는 끌려 들어갔어. 나는 두려움에 젖어 소리쳤고, 그와 동시에 깨어났어. 창가로 가보았더니…… 그 소리가 들렸던 거야, 쥘리.

그 외침이 원하는 게 뭐였을까? 왜 하필 그 소리가 들렸던 걸까? 내가 그것과 무슨 상관이 있다고? 그 소리가 왜 나한테 피 묻은 손을 내밀었을까? 어쨌든 난 그 손을 뿌리치지 않았어.

아, 도와줘, 쥘리. 감각이 무뎌졌어. 그게 9월에 일어난 일이 아니었나?

**쥘리** 그때 여러 나라의 왕들이 파리에서 40시간밖에 안 되는 거리까지 쳐들어왔죠.[76]

**당통** 요새는 무너졌고, 귀족들은 파리에서…….

**쥘리** 공화국이 졌죠.

**당통** 그래, 졌어. 우린 등 뒤의 적을 내버려 둘 수 없었어. 앞뒤로 포위되는 건 바보 같은 짓이지. 우리가 살아남을까, 저들이 살아남을까? 강자는 약자를 무너뜨리게 돼 있어. 그게 지당한 일이지.

**쥘리** 맞아요.

**당통** 우리는 저들을 물리쳤어. 그건 살인이 아냐. 내부의 적을 향한 전쟁이었다고!

**쥘리** 당신이 조국을 구했어요.

**당통** 나도 그리 생각해. 정당방위였어. 우린 그럴 수밖에 없

---

76 왕들이 지배하는 국가들, 즉 영국, 오스트리아, 프로이센, 에스파냐, 나폴리, 사르데냐 연합군이 1792년 파리로 쳐들어온 사건을 가리킨다.

었어. 십자가에 못 박혀 돌아가신 그분이 이런 말씀을 하셨지. 〈사람을 죄짓게 하는 이 세상은 참으로 불행하다. 이 세상에 죄악의 유혹은 있게 마련이지만 남을 죄짓게 하는 사람은 참으로 불행하다〉고.[77]

그건 그럴 수밖에 없었어. 당위였다고. 당위의 저주를 받은 자의 손을 누가 욕할 수 있을까? 당위를 누가 말했지? 누가? 우리가 마음속으로 간음하고 거짓말하고 도둑질하고 살인하는 것은 왜지?

우린 미지의 힘에 철사 줄로 묶여 조종되는 꼭두각시 인형이야. 더 이상은 아냐. 그냥 그런 존재일 뿐이라고! 우린 유령들이 쥐고 싸우는 칼이나 다름없어. 동화에서처럼 칼을 쥔 손들만 보이지 않아.

이제 마음이 좀 진정되는군.

**쵤리**   정말 완전히 진정됐어요, 여보?

**당통**   그래, 쵤리. 이리 와, 잠자리에 들자고!


# 제6장

당통 집 앞의 거리.
시몽과 민병대.


**시몽**   밤이 얼마나 깊었을까?

77 「마태오의 복음서」 18장 7절.

**시민 1** 밤이 뭐 어쨌다고요?

**시몽** 밤이 얼마나 깊었냐고?

**시민 1** 해 질 무렵과 해 뜰 시간의 중간쯤이겠죠.

**시몽** 우라질, 몇 시냐고?

**시민** 당신 시계 판을 보면 될 것 아니오? 이불 밑에서 시계 추[78]가 종을 칠 시간이오.

**시몽** 저 길 위로 올라갑시다! 시민 여러분, 앞으로 나갑시다! 목숨을 걸고 싸웁시다. 죽기 아니면 살기요! 저자는 엄청난 힘을 갖고 있소. 내가 앞장서겠소, 시민 여러분! 자유에 길을 내주시오! 내 마누라를 돌봐 주시오! 나는 아내에게 떡갈나무 훈장[79]을 남길 거요.

**시민 1** 떡갈나무 훈장? 어차피 당신 마누라 사타구니엔 매일같이 도토리가 듬뿍 떨어진다고 하던데!

**시몽** 전진합시다, 시민 여러분. 조국을 위해 공을 세웁시다!

**시민 2** 나는 조국이 우릴 위해 공을 세웠으면 좋겠는데. 우린 남들 몸에 난 구멍을 막아 주다가 정작 우리 바지의 구멍도 하나 못 막았소.

**시민 1** 당신 바지 앞의 구멍까지 막으려고? 하하하.

**다른 사람들** 하하하.

**시몽** 앞으로, 앞으로!

---

78 외설적인 표현으로 남성의 고환을 뜻한다.

79 로마 원로원이 공을 세운 시민에게 수여한 훈장. 프랑스 혁명이 로마 방식으로 돌아가는 것에 대한 풍자다. 게다가 떡갈나무 열매인 도토리는 남성의 귀두를 가리키는 비유적 표현이기도 하다.

모두 당통의 집으로 밀고 들어간다.


# 제7장

국민 공회.
한 무리의 대의원들.


**르장드르**  대체 언제까지 대의원들에 대한 학살이 계속되어
야 합니까? 만일 당통이 쓰러진다면, 여기 있는 분들 중 누
가 안전을 장담할 수 있겠습니까?

**대의원 1**  어쩌면 좋겠소?

**대의원 2**  당통은 국민 공회 대법정에서 심리를 받아야 합니
다.[80] 이 방법을 쓰면 분명 성공할 겁니다. 저들이 당통의
말에 어떻게 반박하겠습니까?

**대의원 3**  그건 불가능합니다. 저들은 법령[81]을 내세워 우리
의 뜻을 막으려 할 겁니다.

**르장드르**  그럼 그 법령을 폐지하거나, 아니면 예외 조항을
만듭시다. 내가 제안할 테니 여러분이 뒤에서 지원 사격을
해주십시오.

**의장**  회의를 시작하겠습니다.


80 국민 공회는 원래 입법 기관이지만, 특별한 경우에는 사법 기관의 역
할을 겸했다.
81 국민 공회 대의원들의 면책 특권을 폐지한 법령을 가리킨다.

**르장드르**　(단상에 오른다) 간밤에 국민 공회 대의원 네 분이 체포되었습니다. 당통이 그중에 포함되어 있는 건 확실합니다만 나머지 분들은 누구인지 모르겠습니다. 하지만 그들이 누구건 간에 나는 국민 공회 대법정에서 그들을 심리할 것을 요구합니다. 시민 여러분, 나는 당통이 결백하다고 믿습니다. 나 자신도 그만큼 결백하고, 어떤 비난받을 짓도 하지 않았다고 자부합니다. 물론 그렇다고 공안 위원회나 보안 위원회 사람들을 공격하려는 뜻은 없습니다. 하지만 내가 이번 사태를 우려하는 데에는 나름의 근거가 있습니다. 자유를 위해 크나큰 공을 세운 사람들을 제물로 삼는 데 있어서 사적인 증오와 사적인 열정이 작용하지는 않았나 하는 겁니다. 1792년도에 비할 바 없는 열정과 능력으로 프랑스를 구해 낸 남자가 반역죄로 고발되었다면, 그의 이야기를 들어 봐야 합니다. 그의 해명을 듣는 것은 그간의 공적에 대한 합당한 도리라고 생각합니다.

장내가 술렁인다.

**몇 사람**　우리는 르장드르 의원의 제안에 동의합니다.

**대의원 4**　우리는 국민의 이름으로 여기 앉아 있습니다. 유권자의 뜻 없이는 누구도 우리를 끌어내릴 수 없습니다.

**대의원 5**　당신들 말에서는 시체 냄새가 납니다. 그건 지롱드파의 입에서나 나올 법한 소리요. 당신들은 특권을 요구하는 겁니까? 법의 도끼는 만인의 머리 위에 똑같이 걸려 있습니다.

**대의원 6**  우리는 우리의 위원회가 입법자를 법의 보호 없이 단두대로 보내는 것을 허락할 수 없습니다.

**대의원 7**  범죄는 법의 보호를 받을 수 없습니다. 왕의 범죄만이 왕좌의 이름으로 보호받을 수 있는 겁니다.

**대의원 8**  맞소. 불한당들이나 그런 특별한 보호권을 요구하는 거요.

**대의원 9**  살인자들만이 그것을 인정하지 않지요.

**로베스피에르**  오랫동안 이 회의에서는 보이지 않던 혼란스러운 상황이 전개되는 걸 보니 중대한 사안이 걸려 있는 게 분명해 보입니다. 오늘은 조국이 이길지, 아니면 소수의 몇 사람이 이길지를 결정하는 날입니다. 그런데 여러분은 어째서 어제 샤보, 델로네, 파브르[82]에게는 거절했던 것을 오늘 몇몇 개인에게는 허용함으로써 지금까지 지켜 온 원칙을 깨뜨리려고 하는 겁니까? 이 몇 사람에게만 특혜를 허용하려는 이유가 무엇입니까? 자기 자신과 자기 친구에 대한 칭찬이 우리하고 무슨 상관이란 말입니까? 수많은 경험을 통해 우리는 그것을 어떻게 판단해야 하는지 알고 있습니다. 이 자리는 한 남자가 어떤 애국 행위를 했는지 묻는 자리가 아니라, 그 사람의 전체 정치 행적을 묻는 자리입니다.

르장드르 의원은 체포된 사람들의 이름을 모르는 것처럼 굴고 있습니다. 하지만 여기 앉아 있는 의원님들 중 그걸

82  공안 위원회에 체포된 문서 위조자들이다.

모르는 사람은 없습니다. 르장드르 의원의 친구 라크루아도 그 명단에 포함되어 있습니다. 그런데 르장드르 의원은 왜 그걸 모르는 척하는 걸까요? 아마 뻔뻔함만이 라크루아를 지켜 줄 거라고 믿기 때문일 겁니다. 르장드르 의원은 당통의 이름만 거론했습니다. 이 이름이 특권과 연결되어 있다고 생각하기 때문입니다. 하지만 안 됩니다. 우리는 어떤 특권도 단호하게 거절하고, 어떤 우상도 명백하게 거부합니다! (박수)

당통이 라파예트,[83] 뒤무리에,[84] 브리소,[85] 파브르, 샤보, 에베르보다 나은 것이 무엇입니까? 이들에게는 말할 수 있는 것을 왜 당통에게는 말할 수 없는 것입니까? 여러분은 앞서 말한 그 사람들을 용서했습니까? 그럼에도 당통이 다른 동료들보다 특혜를 받을 이유가 어디에 있습니까? 어쩌면 그에게 속은 몇몇 사람, 속지는 않았지만 그를 추종하면 행운과 권력을 얻을 수 있으리라고 생각한 사람들이 있기 때문일 겁니다. 당통은 자신을 믿는 애국 동지들을 속이면 속일수록 자유의 투사들이 휘두르는 칼날의 엄정함을 더

83 Marquis de Lafayette(1757~1843) 미국 독립 전쟁에 참가했던 프랑스의 장군이자 정치가. 프랑스 인권 선언문의 초안과 결론을 작성하였다. 파리의 국민군 사령관이었으나 1792년 외국으로 도주했다.

84 Charles-François du Périer Dumouriez(1739~1823). 프랑스 장군. 프랑스 혁명 때 지롱드파에 가입했고, 오스트리아 및 프로이센과의 전쟁 때 사령관으로 발미 전투와 네르빈덴 전투에 참전했다. 1792년 국민 공회를 전복하려다 실패한 뒤 망명했다.

85 Jacques Pierre Brissot(1754~1793). 지롱드파의 지도자. 로베스피에르의 정적으로, 1793년 단두대에서 처형당했다.

똑똑히 느끼게 될 것입니다.

저들은 여러분이 행사해 온 정치 행위를 권력 남용이라고 말하며, 여러분에게 공포를 심어 주려고 합니다. 공안 위원회가 전제 정치를 일삼고 있다고 외치기도 합니다. 마치 민중이 여러분에게 선사했고, 여러분이 다시 여러 위원회에 넘겨준 신뢰가 애국심의 확실한 보증이 아니라는 듯이 말입니다. 게다가 이런 상황에서 벌벌 떠는 시늉을 하는 사람들도 있습니다. 하지만 분명히 말씀드리자면, 이 순간에 떠는 사람은 죄가 있는 자입니다. 죄가 없는 사람은 아무리 날카로운 대중의 눈초리 앞에서도 떠는 법이 없습니다. (일동 박수)

저들은 나에게도 겁을 주려고 했습니다. 또한 당통에게 서서히 다가가고 있는 위험이 결국 나에게까지 미칠 수 있을 거라는 말로 나를 설득하려 했습니다. 저들은 내게 편지를 보냈고, 당통의 친구들은 계속 내 주위를 얼쩡거렸습니다. 옛 인연에 대한 기억과 당통의 위선적 미덕에 대한 맹목적인 믿음이 자유에 대한 나의 열정과 열의를 조금 누그러뜨릴 수 있지 않을까 하는 뜻에서였겠죠.

그래서 분명히 말씀드립니다. 그 무엇도 나를 저지할 수 없습니다! 설사 당통의 위험이 나의 위험이 된다고 하더라도 말입니다. 우리 모두에게 용기와 고결한 신념이 필요할 때입니다. 범죄자들과 비천한 자들만이 패거리가 자기 옆에서 죽어 가는 것을 두려워합니다. 자신을 숨겨 줄 공범자 무리가 없으면 그들도 진실의 빛에 고스란히 노출될 수밖에 없기 때문입니다. 이 회의 석상에는 그런 자들도 있지만, 정말 영웅적인 대의원님들도 계십니다. 불한당 같은 패거리의 수는 많지 않습니다. 단 몇 사람의 목만 치면 조국을 구할 수 있습니다. (박수)

따라서 나는 요구합니다. 르장드르의 제안은 거부되어야 합니다! (의원들이 찬성의 뜻으로 전부 일어난다)

**생쥐스트**　이 자리에는 성격이 모질지 못해서 〈피〉라는 단어를 듣기 힘들어하시는 분들도 일부 있는 것 같습니다. 하지만 몇몇 일반적인 자연 현상만 관찰하더라도 우리가 자연과 시간보다 결코 더 잔인하지 않다는 사실을 납득할 수 있을 것입니다. 자연은 조용히 거스르는 일 없이 자신의 법칙을 따릅니다. 만일 자연법칙과 갈등을 일으키면 인간은 말살되고 맙니다. 대기 성분의 변화, 지열 상승, 수량(水量)의 균형 파괴, 역병, 화산 폭발, 홍수로 수천 명이 목숨을 잃습니다. 그 결과가 무엇입니까? 길거리에 시체만 널브러져 있지 않다면, 그건 전체적으로 물리적 자연의 거의 눈에 띄지 않는 미미한 변화이자, 거의 아무 흔적 없이 지나가 버리고 마는 변동에 지나지 않습니다.

이제 여러분에게 묻겠습니다. 혁명을 수행함에 있어서 도덕적 자연이 물리적 자연보다 더 많은 배려를 해야 합니까? 도덕적 자연의 법칙에 어긋나는 이념이 있다면, 물리적 법칙의 경우와 마찬가지로 말살되어야 하지 않습니까? 도덕적 자연, 즉 인간성 자체를 완전히 새롭게 개조하는 사건이 피를 통해 일어나서는 안 됩니까? 세계정신은 물리적 화산이나 홍수에서 자연을 이용하듯이 정신의 영역에서는 우리의 팔을 이용합니다. 그렇다면 전염병으로 죽는 것과 혁명으로 죽는 것 사이에 무슨 차이가 있습니까?

인류의 발걸음은 더딥니다. 우리는 수 세기가 지난 뒤에야 그 발걸음의 수를 셀 수 있고, 매 세기 뒤에는 수 세대의 무덤이 산을 이룹니다. 아무리 단순한 발명과 원리도 그에 이르는 과정에서는 수백만 명이 희생되었습니다. 그렇다면 역사의 발걸음이 한층 빨라진 시대에는 더 많은 사람이 목숨을 잃는 게 당연하지 않겠습니까?

신속하고 간단하게 결론을 맺겠습니다. 우리는 모두 똑같은 상황에서 창조되었기에 자연 자체가 만들어 준 개인 간의 차이만 제외하면 모두 같습니다. 그렇다면 개인이건, 아니면 개인이 속한 집단이나 계급이건, 남들보다 특별 대우를 받거나 특권을 누리는 일이 있어서는 안 됩니다. 현실에 이 원칙이 적용될 때마다 사람들이 죽어 나갔습니다. 7월 14일, 8월 10일, 5월 31일[86]은 혁명의 구두점입니다. 일반적인 상황에서는 한 세기가 걸리거나, 수 세대에 걸쳐 마침표가 찍어졌어야 할 일이 우리의 현실에서는 실현되는 데 4년밖에 걸리지 않았습니다. 혁명의 물줄기가 새로운 변곡점을 맞을 때마다 시체를 토해 내는 게 그리 놀랄 일입니까?

86 프랑스 혁명사에서 획을 그은 중요한 날들. 1789년 7월 14일은 바스티유 감옥의 공격과 함께 혁명이 시작된 날이고, 1792년 8월 10일은 시민들이 튀일리 왕궁을 습격해서 왕을 체포하고 혁명 정부를 구성한 날이며, 1793년 5월 31일은 지롱드파가 실각한 날이다.

지금은 우리의 혁명 원칙에 몇 가지를 덧붙여야 할 시점인데, 고작 수백 구의 시체가 그런 일에 방해가 되어야겠습니까?

모세는 자기 민족을 이끌고 홍해를 지나 광야에 접어들었고, 그러다 마침내 새 국가를 건설하기까지 부패한 기성세대를 모두 섬멸했습니다. 대의원 여러분! 우리에게는 홍해도 광야도 없지만, 전쟁과 단두대가 있습니다.

혁명은 펠리아스의 딸들[87]과 같아서, 인류를 젊어지게 하려면 인류를 토막 내야 합니다. 그 옛날 대지가 마치 처음 창조되기라도 하듯, 대홍수의 물결을 뚫고 올라온 것처럼 인류도 피의 용광로 속에서 새롭게 태어날 것입니다.

박수 소리가 오랫동안 지속된다. 몇몇 대의원은 감동에 벅차 기립 박수를 보낸다.

**생쥐스트**   유럽과 전 지구에서 전제 정치에 반대하며 브루투스의 비수를 품고 다니는 동지들에게 고합니다. 이 숭고한 순간에 우리에게 뜻을 모아 주십시오!

청중과 대의원들이 일어나 프랑스 국가를 부르기 시작한다.

---

87 그리스 신화에서 이올코스왕 펠리아스는 조카 이아손에게 황금 양털을 탈취해 오라고 시킨다. 이아손과 함께 돌아온 마법사 메데이아는 펠리아스의 딸들을 속여, 아버지의 젊음을 되찾을 수 있는 방법이라며 아버지를 토막 내 펄펄 끓는 물에 넣고 삶게 한다.

# 제3막

## 제1장

뤽상부르 감옥.

쇼메트,[88] 페인,[89] 메르시에,[90] 에로 드 세셸, 그 밖의 죄수들.

**쇼메트**    (페인의 소매를 잡아당기며) 제 말 좀 들어 보십시오,
페인 선생님. 그럴 수도 있을 것 같습니다. 방금 그런 생각
이 들었습니다. 오늘은 머리가 좀 아픕니다. 선생님의 추
론으로 저를 좀 도와주십시오. 기분이 아주 고약합니다.

88  Pierre Gaspard Chaumette(1763~1794). 선원 출신으로 1792년에 검
찰 총장이 되었다. 로베스피에르에게 미움을 샀고, 에베르파라는 이유로 당
통보다 먼저 체포되었다.

89  Thomas Paine(1737~1809). 영국 태생의 미국 혁명 이론가로, 1751년
과 1776년에 펴낸 소책자『인권』과『상식』은 프랑스 혁명과 미국 독립 운동
에 많은 영향을 주었다. 프랑스로 건너가 국민 공회 대의원이 되었지만 지롱
드파란 이유로 1793년에 체포되었다. 1802년에 다시 미국으로 돌아갔다.

90  Louis Sébastian Mercier(1740~1814). 혁명 와중에 살아남아『새로
운 파리』를 쓴 저술가. 이 책은 뷔히너에게 중요한 자료가 되었다.

**페인**  가까이 와보시게, 철학자 아낙사고라스,[91] 교리 문답식으로 풀어 보겠네. 신은 존재하지 않네. 왜냐고? 신은 세상을 창조했거나, 창조하지 않았거나 둘 중 하나라서 그렇지. 만일 신이 세상을 창조하지 않았다면 세상은 자기 속에 창조의 근거가 있고, 그로써 신은 존재할 수가 없네. 신은 모든 존재의 근거를 자기 속에 담고 있을 때 비로소 신이 되기 때문이지. 다른 한편으로 신은 세상을 창조할 수도 없었을 걸세. 창조는 신과 마찬가지로 영원하거나, 아니면 시작이 있거나 둘 중 하나이기 때문이네. 만일 창조에 시작이 있었다고 한다면 신은 특정 시점에 세상을 창조했다는 뜻일 텐데, 그렇다면 신은 영원한 정적 속에 있다가 어느 날 갑자기 활동을 시작했다는 말이 되네. 그건 곧 신도 〈시간〉이라는 개념과 연관될 수밖에 없는 자기 속의 변화를 겪었다는 뜻이지. 이 둘 다 우리가 아는 〈신〉의 본질과는 맞지 않네. 따라서 신은 세상을 창조할 수 없었다고 보는 게 맞네. 이제 우리가 아는 것을 정리해 봄세. 우리는 최소한 세계 혹은 우리 자신이 현존하고 있고, 세상이 자기 속에 근거를 갖고 있거나 혹은 신이 아닌 다른 것 속에 근거를 갖고 있다는 것을 분명히 알기에 신은 존재할 수 없네. 이 정도면 신의 부재가 충분히 증명되지 않았나?

**쇼메트**  정말 그렇습니다. 머리가 다시 맑아지는 느낌입니다. 감사합니다, 페인 선생님.

**메르시에**  잠깐만요, 페인 선생. 만일 창조가 영원하다면 어

91 쇼메트의 별칭.

떻게 되는 거죠?

**페인**  그러면 그건 더 이상 창조가 아니겠지요. 그 경우 창조는 신과 하나이거나 스피노자[92]가 말한 것처럼 신의 본질적인 속성이 될 터이고, 그러면 신은 모든 것, 그러니까 당신이나 철학자 아낙사고라스나 내 속의 가장 소중한 무언가가 되겠지요. 그것도 그리 나쁜 건 아니지만, 걸리는 게 없지는 않습니다. 생각해 보세요. 만일 사랑하는 우리의 주님께서 우리 각자 안에서 치통으로 고생하고, 임질에 걸리고, 산 채로 매장당하고, 또는 그게 아니더라도 최소한 그런 것에 대한 생각만으로도 불쾌해하실 것을 고려하면 하늘의 지존께는 참으로 실례되는 일이 아닐 수 없지 않겠습니까?

**메르시에**  하지만 창조의 원인은 있어야 하지 않겠습니까?

**페인**  누가 그걸 부정하겠습니까마는 그 원인이 우리가 신으로, 다시 말해 완벽함 그 자체로 알고 있는 것이라고 말할 수 있을까요? 선생은 이 세상이 완벽하다고 생각하시나요?

**메르시에**  아뇨.

**페인**  그렇다면 선생은 어째서 불완전한 결과에서 완전한 원인을 유추하려고 하시는 겁니까? 볼테르[93]가 꼭 그랬습니

---

92  Baruch de Spinoza(1632~1677). 범신론을 주장한 네덜란드 철학자. 〈영혼과 육체(정신과 자연)는 하나다. 그 둘은 영원하고 무한한 실체의 다른 두 측면일 뿐이다. 따라서 인간에게 자유 의지란 없고, 자유 의지가 없다면 선과 악의 구별도 없다〉고 했다. 뷔히너는 이런 스피노자의 철학을 깊이 연구했다.

93  François-Marie Arouet Voltaire(1694~1778). 프랑스 계몽주의의 대

다. 왕들과의 관계만큼 신과의 관계도 망치고 싶지 않아서요. 하지만 가진 것이라고는 오성밖에 없고, 그나마 그 오성도 일관되게 사용할 줄 모르거나 사용할 용기가 없는 사람은 어설프기 짝이 없다고 할 수 있죠.

**메르시에**    반론을 하겠습니다. 원인이 완벽하다고 결과도 완벽해야 할까요? 다시 말해 완벽한 것에서 반드시 완벽한 것만 나올까요? 그것은 불가능하지 않을까요? 창조된 것은 결코 그 자체 속에 근거가 있는 게 아니기 때문입니다. 그런데 선생은 어째서 그걸 완벽하다고 말씀하십니까?

**쇼메트**    그만하세요! 그만하시라고요!

**페인**    진정하시게, 철학자 양반! 그래요, 메르시에 선생 말이 맞습니다. 하지만 신이 언젠가 창조에 나섰는데 불완전한 것밖에 만들 수 없었다고 한다면 불완전한 대로 놔둬야 했을 겁니다. 우리가 신을 창조주로만 상상하는 게 훨씬 인간적이지 않겠습니까? 우리는 우리 자신이 존재한다는 걸 스스로에게 증명하기 위해 끊임없이 분투해야 하기 때문이죠. 그런데 그런 한심한 욕구로 신을 꼭 만들어 내야 했을까요? 우리의 정신이 영원히 자기 속에 머물고 있는 조화로운 지복의 존재 속에 침잠하면, 그 존재가 손가락을 뻗어 식탁 위에서 빵으로 사람을 빚은 게 틀림없다고 가정해야 하나요? 우리가 사랑의 욕구를 주체하지 못해 은밀하

표적 철학자 겸 작가. 그에게 최고의 권위는 사유이다. 그 때문에 그는 교회, 종교, 미신까지 포함하는 모든 선입견과 맞서 싸웠다. 그러나 자연의 신묘한 조화를 보고 신의 존재를 인정했다. 물론 신의 전능함에 대해서는 회의적이었다.

게 귀에다 대고 속삭이는 것처럼? 단순히 우리 자신을 신의 아들로 만들려고 이 모든 걸 해야 합니까? 그럴 바엔 차라리 난 못난 아버지를 택하겠습니다. 그러면 적어도 아버지가 당신 신분에 어울리지 않게 당신 자식을 돼지우리나 갤리선 같은 곳에서 키우게 했다고 아버지에 대해 불평을 하는 일은 없지 않겠습니까?

불완전성을 제거해야만 당신들은 신을 실증할 수 있습니다. 스피노자가 그랬죠. 우리는 악을 부정할 수 있습니다. 하지만 고통은 부정할 수 없습니다. 오성만이 신을 증명할 수 있고, 감정은 그에 반기를 듭니다. 아낙사고라스, 이 말을 명심하게. 우리는 왜 괴로워하는가? 그건 무신론의 단단한 버팀목이네. 아무리 작은 고통의 경련도 머리부터 발끝까지 창조에 균열을 일으키네. 고통이 비록 단 하나의 원자 속에서 꿈틀거리는 것에 불과하더라도.

**메르시에**   그럼 도덕은요?

**페인**   당신들은 먼저 도덕에서 신을 증명하고, 그런 다음 신에게서 도덕을 끄집어내죠. 대체 당신들은 도덕으로 무엇을 하겠다는 겁니까? 나는 선이니 악이니 하는 것들이 그 자체로 존재하는지 모르겠습니다. 물론 그렇다고 내 행동 방식을 바꿀 생각은 없습니다. 나는 천성대로 살아갑니다. 내 천성에 맞는 것은 선으로 여겨져서 그렇게 행동하고, 내 천성을 거스르는 것은 악으로 여겨져서 그렇게 행동하지 않습니다. 또한 악으로 여겨지는 것이 나를 방해하면 그것으로부터 스스로를 지키기도 합니다. 당신은 흔히 말하듯 도덕적으로 살 수 있고, 악덕이라고 하는 것에 저항할 수 있습니다. 그렇다고 당신의 적들을 경멸할 필요는 없습니다. 그건 정말 슬픈 감정입니다.

**쇼메트**  옳소, 정말 그래요!

**에로**  철학자 아낙사고라스, 하지만 이렇게도 말할 수 있네. 신이 세상 만물을 아우르려면 자신과 반대되는 것이기도 해야 하네. 그러니까 완전함과 불완전함, 선과 악, 행복과 고통을 함께 품어야 한다는 말이지. 그 결과는 바로 제로일 걸세. 그것들은 서로 상쇄하면서 무에 이르게 되겠지. 그래도 기뻐해도 되네. 자넨 행복하게 살아갈 수 있고, 자연의 걸작인 모모로 부인[94]을 지금까지처럼 경배해도 되니까. 물론 그 대가로 자네 사타구니에 장미 화환이 걸리겠지만.[95]

**쇼메트**  정말 진심으로 감사드립니다, 선생님들! (퇴장)

**페인**  저 친구는 여전히 우리의 말을 믿지 못하는 것 같습니다. 그래서 길을 잘못 들지 않기 위해 결국 가톨릭 교리대로 견진 성사를 받고, 이슬람 교리대로 메카로 향하고, 유대 교리대로 할례를 받을 겁니다.

당통, 라크루아, 카미유, 필리포가 끌려 들어온다.

---

94  미모로 유명했던 여배우. 서적상이었던 남편은 에베르와 함께 처형되었다. 그녀는 쇼메트의 연극 「이성의 향연」에서 이성의 여신 역을 맡았다.
95  매독에 걸려 사타구니의 림프샘이 부풀어 오르게 될 거라는 뜻.

**에로**  (달려가 당통을 껴안는다) 괜찮은가? 괜찮을 리가 없지. 그래도 그렇게 물을 수밖에. 앞으로 어떻게 지낼 생각인가?

**당통**  잘 지내겠지. 웃으면서.

**메르시에**  (페인에게) 이 친구는 〈비둘기 날개를 가진 불도그〉[96] 입니다! 혁명의 나쁜 수호신으로서 자신의 어머니[97]에게 도전해 보았지만, 결국 어머니의 힘이 더 셌죠.

**페인**  그런 사람의 삶과 죽음은 둘 다 똑같이 큰 불행입니다.

**라크루아**  (당통에게) 저들이 그렇게 빨리 들이닥칠 거라고는 생각하지 못했네.

**당통**  난 알고 있었네. 누가 경고를 해줬거든.

**라크루아**  그런데 왜 아무 말도 하지 않았나?

**당통**  뭐 하러 그런 말을 해? 고생하지 않고 갑자기 죽는 것이 가장 좋지. 자네는 병으로 지긋지긋하게 고생하다 죽고 싶은가? 아무튼…… 난 저들이 그런 생각을 행동으로 옮기리라고는 생각하지 못했네. (에로에게) 발에 티눈이 생기도록 도망치는 것보다야 땅속에 가만히 누워 있는 게 한결 낫지 않겠나? 나는 땅을 발판보다는 차라리 베개로 쓰고 싶네.

**에로**  우린 적어도 굳은살 박인 손으로 예쁜 여자의 부패한 뺨을 어루만지지는 않을 걸세.

**카미유**  (당통에게) 그리 애쓰지 말게. 아무리 자네 혀를 목까지 길게 빼내 봐야 이마에서 흐르는 죽음의 핏방울을 핥을

---

96 격정적이면서도 멜랑콜리한 당통의 성격에 대한 비유.
97 혁명을 의미한다.

수는 없을 테니까. 아, 뤼실, 이 얼마나 통탄할 일인지!

죄수들이 새로 들어온 사람들에게로 몰려든다.

**당통**　(페인에게) 선생께서 선생 조국의 안녕을 위해 일했듯
　　이 나 역시 내 조국을 위해 일했습니다. 다만 운이 없었죠.
　　나는 단두대에 서게 될 겁니다. 하지만 상관없습니다. 머
　　뭇거리지 않고 당당하게 올라갈 생각이니까.

**메르시에**　(당통에게) 스물두 명의 피가 자넬 익사시킬 걸세.[98]

**죄수1**　(에로에게) 민중의 힘과 이성의 힘은 하나입니다.

**죄수2**　(카미유에게) 가로등 사무처장님, 당신이 그렇게 애
　　쓰신 〈거리 조명 개선 사업〉도 프랑스를 더 밝게 하지는 못
　　했네요.[99]

**죄수3**　왜 그분을 갖고 그래! 우리의 사면을 위해 노력하신
　　분인데. (그가 카미유를 껴안자 여러 죄수가 그를 따라 한다)

**필리포**　우린 죽어 가는 사람들을 위해 기도한 사제들이오.
　　그러다 우리도 전염되어 똑같은 역병으로 죽어 가고 있소.

**몇 사람**　당신들이 가한 타격이 우리 모두를 죽이고 있소.

**카미유**　여러분, 우리 노력이 이렇게 물거품으로 돌아가다니
　　참으로 원통합니다. 몇몇 불행한 사람들의 운명을 보면서
　　눈시울을 적셨다고 해서 단두대에 가야 하다니…….

98　스물두 명은 1793년 10월 30일 처형된 지롱드파를 가리킨다.
99　카미유 데물랭은 도시 조명 설비의 개선에 결정적인 역할을 했고, 그
때문에 스스로를 가로등 사무처장이라 불렀다.

# 제2장

방.
푸키에탱빌,[100] 에르망.[101]


**푸키에**  준비는 다 됐나?

**에르망**  쉽지 않겠어. 당통만 끼어 있지 않아도 일이 쉽게 풀릴 텐데.

**푸키에**  그자를 먼저 춤추게 해야지.

**에르망**  그자는 배심 판사들을 잔뜩 움츠리게 할 수도 있네. 어쨌든 혁명의 상징 아닌가!

**푸키에**  배심 판사들을 구워삶아야 하는데…….

**에르망**  방법이 없는 건 아닐세. 법에 저촉되는 것이기는 하지만.

**푸키에**  말해 보게!

**에르망**  배심 판사를 추첨으로 뽑는 것이 아니라 우리가 적당한 인간들로 고르는 거지.

**푸키에**  좋은 생각이네. 그리 되면 여러 명을 한 방에 보내 버릴 수 있겠어. 이번에 재판을 받는 자들은 모두 열아홉이네. 교묘하게 잘 섞어 놓아야지. 위조범 넷에다 은행가와

---

100  Antoine Quentin Fouquier-Tinville(1746~1795). 1793년부터 혁명위원회 검사로 일했다. 그의 기소로 당통과 로베스피에르가 처형당했고, 그 자신도 1795년 유죄 판결을 받았다.

101  Martial Joseph Armand Herman(1749~1795). 혁명 재판소 소장이자 내무부 장관. 후원자 로베스피에르가 죽자 그도 처형당했다.

외국인 몇 명까지. 아주 볼 만한 법정이 될 걸세. 백성들은 그런 걸 좋아하거든. 그럼 일단 배심 판사들부터 골라 봄세. 믿을 만한 자로 누가 있을까?

**에르망**  르루아. 이자는 귀가 어두워서 피고인들의 말을 제대로 알아듣지 못해. 당통이 아무리 핏대를 올리고 소리를 질러도 소용없을 걸세.

**푸키에**  아주 좋아. 또 누가 있을까?

**에르망**  빌라트와 뤼미에르. 하나는 술독에 빠져 사는 인간이고, 다른 하나는 잠만 자는 인간이네. 둘 다 〈유죄!〉라는 말을 할 때만 입을 여네.

그리고 지라르도 괜찮을 것 같네. 일단 혁명 재판소에 끌려온 인간이라면 어느 누구도 쉽게 풀어 줘서는 안 된다는 철칙을 갖고 있거든. 그 밖에 르노댕도…….

**푸키에**  그자도? 예전에 사제 몇 명을 풀어 준 적이 있는 작자 아닌가?

**에르망**  진정하게. 며칠 전에 그 친구가 나를 찾아와서, 유죄를 선고받은 자들은 처형 전에 죄다 사혈을 해서 힘을 빼놔야 한다고 하더군. 죄수들의 반항적인 태도에 무척 화가 난 눈치였어.

**푸키에**  마음에 들어. 자네만 믿겠네.

**에르망**  그래, 믿어 보게.

# 제3장

콩시에르주리 감옥.

라크루아, 당통, 메르시에, 다른 죄수들이 복도를 오간다.

**라크루아**  (한 죄수에게) 불행한 사람들이 이렇게 많아? 이런 비참한 상황에 처한 사람들이?

**죄수**  단두대로 향하는 수레들을 보면 모릅니까? 파리는 도살장이라고요!

**메르시에**  보면 모르겠소, 라크루아? 평등이 뭇 사람들의 머리 위에서 칼춤을 추고, 혁명의 용암은 흘러내리고, 단두대가 공화 정치를 실현하고 있소! 저기 관객석에서는 박수갈채가 울려 퍼지고, 로마인들[102]은 손을 비벼 대지. 하지만 저들은 그런 말들 하나하나가 희생자의 숨넘어가는 소리라는 것을 모르오. 당신들의 판에 박힌 말들이 현실에서 어떻게 실현되었는지를 보라고!

주위를 둘러보시오! 이 모든 게 당신들의 말이오. 당신들의 말이 행동으로 옮겨진 거란 말입니다. 이 비참한 인간들, 사형 집행인, 단두대, 이 모든 게 당신들의 말이 실현된 것들이오. 바예지드[103]가 자신의 피라미드를 지었듯 당신들

---

102 파리의 혁명가와 민중은 스스로를 로마의 공화주의자라고 부르길 좋아했다.

103 Bayezid I(1347~1403). 오스만 제국의 술탄 바예지드 1세. 형제의 처형으로 왕좌를 강화했고, 여러 차례 발칸 지역으로 원정을 떠났다가 1403년 몽골의 티무르군에 패했다.

은 사람들의 잘린 머리로 당신들의 시스템을 만들 거요.

**당통** 맞습니다.

사람들은 오늘날 모든 걸 인간의 살점으로 만들고 있습니다. 우리 시대의 저주죠. 이제 내 육신도 그렇게 소모될 겁니다. 내가 혁명 재판소를 만든 지 1년이 되었습니다. 하느님과 사람들에게 깊이 사죄드립니다. 나는 9월 학살[104]과 같은 일이 또다시 일어나는 것을 막고 싶었고, 무고한 사람들을 구하고 싶었습니다. 그러나 법적 절차를 거쳐 이렇게 서서히 진행되는 살인은 더욱 잔인하고, 또 피할 수도 없습니다. 그럼에도 여기 계신 모든 분들이 이곳을 무사히 빠져나가길 기원합니다.

**메르시에** 그래요, 우린 나갈 거요.

**당통** 나는 여러분과 함께 있을 겁니다. 이 일이 어떻게 끝날지는 오직 하늘만이 알고 있을 겁니다.


# 제4장


혁명 재판소.


**에르망** (당통에게) 피고, 이름은?

**당통** 혁명이 내 이름을 불러 줄 것입니다. 내 집은 곧 무의

---

104 당통의 사주로 1792년 9월 2~5일 사이에 왕당파와 성직자 1천 4백여 명이 파리에서 살해된 사건.

세계가 될 터이고, 내 이름은 역사의 판테온에 들어갈 것입니다.

**에르망** 당통, 국민 공회는 당신을 미라보,[105] 뒤무리에, 오를레앙,[106] 지롱드파, 외국인들, 루이 17세 일파와 반역을 꾀한 혐의로 고발했소.

**당통** 늘 민중을 위해 목소리를 높여 왔던 나는 이런 중상모략을 얼마든지 물리칠 수 있습니다. 나를 고발한 그 야비한 인간들을 이 자리에 불러 주십시오. 내가 그자들에게 씻을 수 없는 치욕을 안겨 주겠습니다. 위원회 사람들도 여기에 불러 주십시오. 나는 그 사람들 앞에서만 대답하겠습니다. 그들은 고소인이자 증인으로서 꼭 필요합니다. 그자들을 출두시켜 주십시오!

사실 당신들 판사와 당신들 판결이 내게 뭐 그리 중요하겠습니까? 앞서 말했듯이 어차피 얼마 안 있으면 무의 세계가 나의 안식처가 될 터인데. 삶은 내게 짐이었습니다. 그런 짐을 당신들이 지금 덜어 주려 하고 있지요. 나는 삶이라는 짐을 하루빨리 떨쳐 버리길 소망합니다.

**에르망** 당통, 범죄자들이나 그렇게 뻔뻔하게 굴지, 죄 없는

---

105 Honoré Gabriel de Riquetti Mirabeau(1749~1791). 제3신분 지도자로서 1790년 자코뱅파 우두머리에 올랐다. 1791년에는 혁명 세력과 국왕 사이의 중재를 시도했고, 입헌군주제를 도입하려 했다. 판테온에 안장되었으나 1793년 국왕과의 연계가 밝혀지면서 군중들이 그의 유해를 파헤쳐 흩뿌렸다고 한다.

106 Louis Philippe Joseph d'Orléan(1747~1793). 국왕의 친척. 국민 공회 의원으로서 루이 16세의 처형에 찬성했다. 1793년 군주제 복원을 꾀했다는 혐의로 처형당했다.

사람은 조용히 있는 법이오.

**당통**   사적인 관계에서야 뻔뻔함은 비난받아 마땅하겠지만, 내가 지금껏 자유를 위해 싸울 때 그렇게 자주 사용했던 애국적 뻔뻔함은 미덕 중의 미덕입니다. 지금의 내 뻔뻔함이 그런 것입니다. 내가 지금 공화국을 위해 그 야비한 고소인들에게 사용하려고 하는 것이 바로 그것입니다. 이렇게 비열한 방법으로 모함을 받는 상황에서 내가 어떻게 진정할 수 있겠습니까?

나 같은 혁명가에게는 냉철한 변론을 기대해선 안 됩니다. 나 같은 부류의 남자들은 혁명에서 무한히 귀중한 존재들이고, 그들의 머릿속에는 자유의 정신이 깃들어 있습니다.

(청중들 사이에서 박수가 터져 나온다)

저들은 내가 미라보, 뒤무리에, 오를레앙과 함께 모반을 꾸몄다고 고소했습니다. 또한 저 한심한 전제 군주의 발밑에서 굽실거렸다고 고소했습니다. 그러고는 빠져나갈 수도, 구부러뜨릴 수도 없는 정의 앞에서 답변하라고 나에게 요구하고 있습니다.

비열한 생쥐스트, 당신은 후대에 반드시 이 중상모략에 대한 책임을 져야 할 것이오!

**에르망**   피고는 좀 조용히 답변하기 바랍니다. 마라를 떠올려 보시오. 그 사람은 이 법정에서 판사들에게 최대한 경의를 표했소.

**당통**   저들은 내 인생 전체를 모욕하고 더럽혔습니다. 나는 허리를 꼿꼿이 펴고 저들에게 당당히 맞설 것이고, 내 행동 하나하나의 무게로 저들을 파묻어 버릴 것입니다.

나는 그게 자랑스럽지 않습니다. 운명이 우리의 팔을 잡고 인도하지만, 사실 우리의 막강한 천성만이 운명의 기관(器官)입니다.

나는 마르스 광장에서 왕정에 전쟁을 선포했고, 8월 10일에는 왕정을 물리쳤으며, 이듬해 1월 21일에는 왕정을 완전히 무너뜨리고 국왕의 머리통을 일종의 도전장으로 다른 국왕들에게 던져 주었습니다. (다시 박수 소리가 들린다. 당통이 기소장을 집어 든다) 이 치욕스러운 글을 보니 온몸이 떨립니다. 대체 이 의미 있는 날(8월 10일)에 당통을 여기에 불러낸 자들은 누구입니까? 내게 에너지를 빌려 간 특권층은 누구입니까? 나를 고소한 사람들을 불러 주십시오! 나는 그런 요구를 할 자격이 있습니다. 나는 그 한심한 자들의 가면을 벗길 것이고, 그런 다음 저들을 다시는 빠져나올 수 없는 무의 세계로 처넣어 버릴 것입니다!

**에르망**   (종을 친다) 종소리가 안 들립니까?

**당통**   어떤 종소리도 자신의 명예와 목숨을 지키려는 한 인간의 애절한 목소리에 묻힐 수밖에 없습니다.

나는 9월에 토막 낸 귀족들의 몸뚱이를 먹여 아직 어린 새끼에 불과하던 혁명을 이만큼 키워 냈습니다. 또한 내 목소리는 귀족과 부자들의 황금으로 민중의 무기를 만들게 했습니다. 내 목소리는 전제 정치의 하수인들을 민중의 총칼 아래 묻어 버린 거대한 폭풍이었습니다. (우레와 같은 박수)

**에르망**   당통, 당신 목소리는 너무 지쳐 보입니다. 당신은 지나치게 흥분했소. 다음번에 변론을 계속하도록 하세요. 휴식이 필요한 것 같소.

이것으로 심리를 마치겠습니다.

**당통** 이제야 당신들은 당통을 알아보는군요. 몇 시간만 지나면 당통은 명예의 팔에 안겨 잠들 것입니다.


# 제5장

뢱상부르 감옥.

딜런,[107] 라플로트, 간수.


**딜런** 네 놈의 코로 내 얼굴을 가리지 마! 헤, 헤, 헤!

**라플로트** 입 닥치세요. 장군님 초승달에 뜰이 있어요. 헤, 헤, 헤!

**간수** 헤, 헤, 헤. 나리의 빛으로 이 쪽지를 읽을 수 있겠습니까? (손에 들고 있던 쪽지를 보여 준다)

**딜런** 이리 쥐보게!

**간수** 나리, 내 초승달에 물이 싹 빠졌습니다.

**라플로트** 당신 바지에는 밀물이 든 것 같은데.

**간수** 아뇨, 바지가 물을 끌어당겨서 그래요. (딜런에게) 나리의 태양을 피해 내 초승달이 숨어 버렸습니다. 나리, 이걸 읽으려면 초승달이 다시 빛날 수 있게 뭔가를 좀 주셔야죠.

---

107 Arthur Dillon(1750~1794). 아일랜드 태생의 장군으로 프랑스 혁명 당시 군대를 지휘했다. 지롱드파로 체포되어 처형당했다.

**딜런**   옜다, 이놈아! 이거 받고 꺼져! (간수에게 돈을 건넨다.
간수 퇴장)

(쪽지를 읽는다) 〈당통이 혁명 재판소를 한 방 먹였습니다.
배심 판사들은 동요했고, 방청객들은 수군거렸습니다. 오
늘처럼 방청석에 사람들이 많이 몰린 건 이례적인 일입니
다. 법정 주변을 비롯해서 다리까지 인파로 발 디딜 틈이
없었습니다.〉음…… 이럴 때 돈과 완력만 있다면……. (이
리저리 거닐다가 이따금 술병을 기울여 술을 들이켠다) 내가
거리로 나갈 수만 있다면…… 여기서 이렇게 개죽음을 당
하지는 않을 텐데. 그래, 거리로 나갈 수만 있다면!

**라플로트**   단두대 수레를 탈 수도 있죠. 둘 다 똑같아요.

**딜런**   그렇게 생각하나? 그래, 둘 사이의 거리는 몇 발짝 안
되지. 공안 위원들의 시체로도 너끈히 잴 수 있는 거리지.
드디어 올곧은 사람들이 고개를 쳐들 때가 됐어.

**라플로트**   (혼잣말로) 더 높이 쳐들수록 머리통만 더 쉽게 날
아갈걸. 이 양반이나 나나 술이나 몇 잔 더 마시는 게 속이
편할 텐데.

**딜런**   결국 단두대에 올라갈 인간들은 바로 그 불한당들과
바보 같은 놈들이야! (계속 감방 안을 왔다 갔다 한다)

**라플로트**   (방백) 자신이 자신과 상관해서 자식을 낳았다면
이 삶을 그 자식처럼 다시 제대로 사랑할 수 있을 텐데! 이
렇게 우연히 근친상간으로 스스로 자신의 아버지가 되는
일은 흔치 않아. 자신이 아버지이자 동시에 자식이라니!
참 유쾌한 오이디푸스군!

**딜런**  민중의 배를 시체로 채워서는 안 돼. 당통과 카미유의 아내들은 민중에게 돈다발을 던져 주고 싶어 해. 그것이 사람 머리보다 나아.

**라플로트**  (방백) 난 나중에 내 눈을 파내게 하지는 않을 거야. 이 훌륭한 장군을 위해 애도의 눈물을 흘리려면 눈이 필요할 수도 있으니까.

**딜런**  당통을 도와줘야 해! 지금 안전한 사람이 누가 있겠어? 공포가 그들을 뭉치게 할 거야.

**라플로트**  (방백) 하지만 당통은 이미 졌어. 내가 무덤에서 기어 올라오려고 시체 한 구를 밟는 게 뭐가 어때서?

**딜런**  거리로 나갈 수만 있다면! 사람들은 얼마든지 있어. 늙은 병사, 지롱드파, 과거의 귀족들, 우리는 힘을 합쳐 감옥을 부수어야 해. 죄수들에게 연통을 넣어야겠어.

**라플로트**  (방백) 솔직히 말해서 약간 야비한 느낌이 들기는 해. 하지만 그게 뭐 어때서? 그런 일도 한번 해보는 거야. 지금까지 난 너무 한쪽으로만 치우쳐 살았어. 양심의 가책이 들기는 하지만 기분 전환 정도로 치자고. 자신의 악취를 맡는 것도 그리 불쾌한 일은 아냐.

단두대에서 처형될 거라는 생각은 지겨워. 이렇게 기다리는 것도 지긋지긋해. 마음속으로는 이미 스무 번도 넘게 처형당하는 상상을 해봤어. 이젠 긴장되는 것도 없고 그저 무덤덤해졌어.

**딜런**  당통 부인한테 편지를 보내야겠어.

**라플로트**  (방백) 그런데 두려운 건 죽음이 아니라 통증이야.

아프겠지. 그렇다고 대신해 줄 사람도 없어! 다들 잠깐이
면 끝난다고 하지만, 통증의 시간 단위는 훨씬 섬세해. 1초
도 60분의 1로 나눠서 고통을 주지. 그래, 통증이야말로 유
일한 죄악이고, 고통이야말로 유일한 악덕이야. 나는 그런
악덕을 피하고 싶어.

**딜런**  내 말 듣고 있나, 라플로트. 이 녀석이 어디 숨었나? 어
이 라플로트, 나한테 돈이 있어. 돈을 써야겠어. 기회를 봐
서 여길 나가자고. 계획은 다 짜놨어.

**라플로트**  바로 해요, 바로! 내가 열쇠 담당 간수를 알아요.
그 사람이랑 먼저 이야기를 해볼게요. 장군님은 저만 믿으
세요. 우리는 이 구덩이에서 나갈 겁니다. (나가면서 혼잣말
로) 물론 가는 곳은 각자 다르지. 나는 넓디넓은 세상 속으
로, 당신은 좁디좁은 무덤 속으로.


# 제6장


공안 위원회.
생쥐스트, 바레르, 콜로 데르부아, 비요바렌.[108]


**바레르**  푸키에가 뭐라고 썼나?


---

108 Jacques-Nicolas Billaud-Varenne(1758~1819). 공안 위원회의 급
진파로 지롱드파의 몰락에 가담했지만, 나중에 로베스피에르의 실각에 앞장
섰다. 1795년 3월 체포되어 남미의 기아나로 유배되었다.

**생쥐스트**  2차 심문이 끝났는데, 죄수들이 국민 공회 의원과 공안 위원 몇 사람의 출석을 요구했다는군. 증인 심문이 거부당했다며 민중들에게 호소했다는데, 사람들의 동요가 대단했다고 해. 당통은 머리카락을 흔들면서 유피테르[109] 흉내를 냈다고 하네.

**콜로**  그래 봤자 상송[110]이 당통의 머리채를 잡는 것만 쉬워지지.

**바레르**  우리는 현장에 나가서는 안 될 것 같네. 생선 장수 아낙이건 넝마주이건 다들 우리를 마뜩잖게 생각할 걸세.

**비요**  민중은 짓밟히고 싶은 본능이 있지. 눈길만으로도 말이야. 민중은 그런 오만방자한 인상을 좋아해. 그런 자들의 이마는 귀족 가문의 문장보다 더 기분 나빠. 거기엔 인간을 경멸하는 고상한 귀족주의가 담겨 있거든. 위에서 아래로 내려다보는 눈길을 불쾌하게 여기는 사람이라면 누구나 그런 자들을 쳐부수는 걸 도울 걸세.

**바레르**  당통은 몸이 각질(角質)로 이루어진 지크프리트[111]와 같네. 9월 대학살의 피가 그자를 불사신으로 만들었지. 로베스피에르는 뭐라고 하던가?

**생쥐스트**  무슨 말을 할 것 같긴 하네. 그건 그렇고, 배심 판사들이 빨리 끝내야 하는데. 이제 심리는 충분하고 더 이상

109 로마 신화 최고의 신. 그리스 신화의 제우스에 해당한다.
110 Henri Sanson(1739~1806). 1793년부터 아버지의 뒤를 이어 파리의 사형 집행인으로 일했다.
111 용의 피를 뒤집어씀으로써 온몸이 등의 작은 부위만 빼고는 칼이 들어가지 않는 각질의 몸이 되었다는 전설의 인물.

논쟁도 필요 없을 것 같다고 선언하는 거지.

**바레르** 불가능해. 그건 안 될 걸세.

**생쥐스트** 저자들은 없어져야 해. 반드시. 안 되면 우리 손으로 직접 저들의 목을 졸라서라도. 용기를 내![112] 당통이 이 말을 허투루 가르쳐 준 게 아니었어. 혁명은 저들의 시체에 걸려 넘어져서는 안 되네. 당통이 살아 있으면 혁명의 옷자락을 끝까지 붙들고 늘어질 걸세. 그 친구 속에는 자유마저 능욕할 것 같은 무언가가 숨어 있어.

누군가 불러 생쥐스트가 밖으로 나간다. 간수가 들어온다.

**간수** 생펠라지[113]에서 죄수들이 죽어 가고 있습니다. 다들 의사를 불러 달라고 야단입니다.

**비요** 그럴 필요 없어. 간수들 일이 자연스레 줄면 좋지 뭘 그래.

**간수** 그중에는 임신한 여자들도 있습니다.

**비요** 더 잘됐지. 뱃속 아기들은 따로 관을 마련할 필요가 없으니까.

**바레르** 예전에 어떤 귀족이 결핵에 걸리는 바람에 혁명 재판소 심리가 열리지 않은 적이 있어. 약은 반혁명적이야. 그냥 죽게 내버려 두면 될걸.

---

112 〈용기, 또다시 용기, 언제나 용기!〉라고 외쳤던 당통의 말을 빗댄 것이다.

113 과거에는 수녀원이었으나 혁명 기간 중에는 감옥으로 사용되었다.

**콜로**   (종이를 집어 든다) 탄원서군. 여자 이름이네!

**바레르**   단두대로 갈 건지, 아니면 자코뱅파의 침대로 갈 건지 둘 중 하나를 강요당하다가 결국 감옥을 선택한 그런 여자들 가운데 하나겠지. 자신의 정조를 잃은 뒤에 죽은 로마의 루크레티아 같은 여자로군. 하지만 그 로마 여자보다는 오래 살 거야. 아이를 낳다가 죽거나, 아니면 암에 걸리거나 노쇠해서 죽을 테니까. 숫처녀의 도덕 공화국에서는 타르퀴니우스 같은 폭군을 몰아내는 것도 그리 나쁘지 않아.

**콜로**   그러기엔 이 여자는 너무 늙었어. 제발 좀 죽여 달라는군. 표현력이 제법이야. 감옥이 관 뚜껑처럼 자기를 짓누른다는군. 감옥에 갇힌 지 4주밖에 안 된 여자가. 그래, 답변은 어렵지 않아. (종이에다 뭔가를 쓰고 나서 읽는다) 〈부인, 이렇게 죽음을 청할 날도 얼마 남지 않았답니다.〉 (간수 퇴장)

**바레르**   맞는 말이긴 하지만, 콜로, 단두대가 웃기 시작하는 건 별로 좋지 않네. 그러면 사람들이 단두대를 겁내지 않거든. 단두대가 그렇게 친숙하게 느껴져선 안 되네.

생쥐스트가 돌아온다.

**생쥐스트**   방금 밀고장을 받았네. 감옥에서 음모를 꾸미고 있다는군. 라플로트라는 젊은이가 모든 걸 알아냈네. 딜런과 같은 방을 쓰는 친구인데, 딜런이 술에 취해 지껄여 대는 소리를 들었다고 하네.

**바레르** 자기가 마시던 술병이 자기 목을 친 셈이군. 그런 일은 벌써 여러 번 있었지.

**생쥐스트** 당통과 카미유의 마누라들이 백성들에게 돈을 뿌리고, 딜런은 감옥 문을 부수고, 사람들은 죄수들을 풀어 주고, 그런 다음 함께 힘을 모아 국민 공회를 폭파시켜 버리겠다는 걸세.

**바레르** 동화 같은 소리 하고 자빠졌군.

**생쥐스트** 동화를 들려주면서 영원히 재우지 뭐. 고소장이 내 손에 있네. 거기다 피고들의 방자한 태도, 백성들의 수군거림, 배심 판사들의 당황함, 이 모든 것을 써넣어야겠어.

**바레르** 그래, 어서 가보게, 생쥐스트. 쉼표 하나하나가 저들에게 내려치는 칼날이 되고, 마침표 하나하나가 잘려 나간 머리통이 되는 그런 글을 써보게.

**생쥐스트** 국민 공회 명의로 긴급 법령을 공포해야겠네. 혁명 재판소는 중단 없이 심리를 속행해야 하고, 법정을 모독하거나 방해하는 언동을 보이는 피고인은 즉각 발언권을 박탈한다는 법령 말일세.

**바레르** 자네에겐 혁명가의 본능이 있어. 겉으론 온건해 보이지만, 안으론 원하는 결과를 적확하게 얻어 낼 줄 아는 기질이지. 그래, 저들은 절대 입을 다물지 않을 걸세. 더구나 당통은 고함을 질러 대겠지.

**생쥐스트** 자네들의 지원을 기대하네. 국민 공회엔 당통과 비슷한 생각을 갖고 있으면서도 처벌이 두려워 말을 못 하는 자들이 있네. 그들은 다시 용기를 낼 것이고, 절차 위반이라고 소리를 칠 테고…….

**바레르** (말을 끊으며) 나는 그들에게 이렇게 말하겠네. 카틸리나의 모반을 적발하고 범죄자들을 즉석에서 처형한 로마의 그 집정관[114]도 절차 위반으로 고소당한 바 있는데, 과연 그를 고발한 사람들이 누구였냐고!

**콜로** (격정적으로) 어서 가게, 생쥐스트. 혁명의 용암이 흘러 내리고 있네. 혁명의 토대를 갉아먹는 나약한 자들은 자유의 품에 안겨 질식될 걸세. 유피테르가 천둥 번개를 치며 세멜레 앞에 나타났던 것처럼 민중의 제왕이 나타나 저들을 재로 만들어 버릴 걸세. 어서 가게, 생쥐스트. 도끼가 저 비겁한 자들의 머리 위에 천둥소리를 내며 내려치도록 우리가 돕겠네.


생쥐스트 퇴장.


**바레르** 자네, 〈치료〉라는 말 들어 봤나? 이자들은 단두대를 매독 치료제로 만들고 있어. 온건파와 싸우는 게 아니라 악덕과 싸우고 있다고.

**비요** 지금까지 우린 같은 길을 걸었지.

**바레르** 로베스피에르는 혁명을 무슨 도덕 강의실로 만들고,

---

114 마르쿠스 툴리우스 키케로Marcus Tullius Cicero(B.C. 106~B.C. 43)를 말한다. 공화정을 전복하려는 카틸리나를 로마에서 추방하고, 문서를 통해 역모를 증명하는 데 성공했다. 범죄자들에게서 자백을 받아 낸 뒤 원로원 의결에 따라 사형을 선고했고, 바로 이어 집행했다. 그로 인해 나중에 클로디우스에 의해 절차 위반으로 고소당했다.

단두대를 무슨 도덕 강단으로 쓰려고 해.

**비요**  아니면 기도대로 쓰든지.

**콜로**  하지만 강단에 오래 서 있지 못하고 자기가 거기 누워
야 할걸.

**바레르**  그렇고말고. 이른바 난봉꾼이라고 하는 사람들이 도
덕군자라고 하는 자들에 의해 처단된다면 세상이 완전히
뒤집어지지 않겠나!

**콜로**  (바레르에게) 참, 자네 클리시[115]에 언제 다시 가나?

**바레르**  더 이상 의사가 나를 찾아올 일이 없으면.

**콜로**  거기에 혜성 같은 미녀가 있다면서? 그 강렬한 빛에 쏘
이면 척수가 완전히 말라붙어 버린다던데?

**비요**  뇌쇄적인 드마이[116]의 현란한 손가락이 남자의 바지춤
에서 물건을 꺼내 마치 등 뒤로 땋은 머리처럼 축 늘어지
게 한다더군.

**바레르**  (어깨를 으쓱하며) 쉿! 그 도덕군자가 들으면 안 돼.

**비요**  그자는 발기 불능 무함마드야. (비요와 콜로 퇴장)

**바레르**  (혼자 남아) 미친놈들! 그 여자의 탄원서에 뭐라고?
이렇게 죽음을 청할 날도 얼마 남지 않았다고? 그런 말을
하는 자의 혓바닥을 비틀어 버려야 하는데.

그러면 나는?

저 9월의 사형 집행인들이 감옥으로 몰려갔을 때, 한 죄수

---

115 파리 북서쪽의 도시. 혁명 지도자들이 이곳 별장에서 광란의 섹스 파
티를 즐겼다.

116 바레르의 애첩.

는 칼을 들고 살인자들 사이로 돌진해 사제의 가슴에다 칼을 꽂고 구원을 받았지!

그걸 갖고 누가 뭐라 할 수 있을까? 내가 살인자들에게 돌진하건, 공안 위원회에 앉아 있건, 단두대를 택하건, 아니면 단도를 집어 들건 무슨 차이가 있을까? 상황만 약간 복잡해지느냐 아니냐의 차이가 있을 뿐 근본적인 상황은 똑같아.

한 사람을 죽여도 된다면 두 사람, 세 사람, 아니 그 이상을 죽여도 되는 것일까? 대체 이 일은 언제 끝날까? 저기 보리 낱알이 모여 무리를 이룬다. 둘, 셋, 넷, 얼마나 더 필요할까? 아, 내 양심이여, 아, 내 어린 닭이여, 오라, 구구구, 여기 모이가 있다!

하지만 나도 죄수였을까? 나는 의심을 받았어. 그 결과는 하나야. 확실한 건 바로 죽음이야. (퇴장)

# 제7장

콩시에르주리 감옥.
라크루아, 당통, 필리포, 카미유.

**라크루아**  잘 소리쳤네, 당통. 진작 이렇게 애썼으면 상황은 달라졌을 텐데. 그렇지 않나? 지금 우리 처지를 생각하면 말이네. 죽음이 뻔뻔스럽게 다가와 목에서 악취를 풍기며

집요하게 들러붙고 있지 않나?

**카미유**  맞아. 죽음이 우리를 고문하고, 물고 뜯으며 우리의 뜨거운 사지에서 전리품을 챙겨 가고 있어. 이놈의 절차라는 것도 그래. 마치 늙은 여자와의 결혼식처럼 계약서를 쓰고, 증인을 부르고, 아멘을 외치고, 그런 다음 침대 시트가 들추어지고, 늙은 신부의 차가운 몸뚱이가 서서히 기어 들어오는 것 같아.

**당통**  팔과 이빨이 서로 물고 뜯는 싸움 같군. 난 조금 달라. 난 마치 물레방아에 떨어져 사지가 차가운 물리적 힘에 의해 천천히 체계적으로 뒤틀리는 것 같은 기분이네. 기계적으로 죽어 간다고 할까!

**카미유**  그러고 나면 우리 몸뚱이는 부패의 음습한 연무 속에서 홀로 차갑게 굳어 가겠지. 어쩌면 죽음은 서서히 근육과 신경 조직에서부터 우리를 고문하고, 육신의 부패와 함께 의식이 떨어져 나가는 것일지도 몰라.

**필리포**  동지들, 진정하게. 우리는 겨울이 지난 뒤에야 싹을 틔우는 콜키쿰[117]과 비슷하네. 다만 꽃과의 차이가 있다면 우리는 그 변화 과정에서 약간 악취를 풍긴다는 것이지. 그게 뭐 그리 나쁘겠나?

**당통**  아주 교화적인 전망이군! 썩어 가는 것이 다른 썩어 가는 것으로 변하는 것뿐이다! 근사해. 멋진 이론 아닌가! 1학년에서 2학년으로, 다시 2학년에서 3학년으로 변하는 식이지. 안 그런가? 하지만 난 이미 학창 시절에 엉덩이에

117 백합과의 식물. 가을에 꽃이 핀다.

못이 박이도록 걸상에 앉아 있었네. 원숭이처럼.

**필리포** 대체 자네가 원하는 건 뭔가?

**당통** 안식이네.

**필리포** 안식은 신의 품 안에 있네.

**당통** 아니, 무(無) 안에 있네. 무보다 더 깊은 안식을 주는 것
이 있으면 말해 보게. 만약 최고의 안식이 신이라면, 신이
곧 무가 아니겠나? 하지만 나는 무신론자네. 어떤 것도 무
가 될 수 없고, 나도 거기서 예외가 될 수 없다는 그런 빌어
먹을 놈의 주장은 정말 지긋지긋하네.

창조가 빈틈없이 이 세상을 차지하고 있어서, 무가 들어갈
자리가 없네. 어딜 가나 무언가로 득실거리지. 무는 스스
로 목숨을 끊었네. 창조는 무의 상처이고, 우리는 무의 핏
방울이고, 세계는 무가 썩어 가는 무덤이네.

정신 나간 소리처럼 들릴지 모르지만, 이 말엔 어느 정도
진실이 담겨 있네.

**카미유** 세계는 저 영원한 유대인[118]과 같네. 죽음이 무이긴
하지만, 영원한 유대인에게 죽는 건 불가능해. 왜 이런 노
래도 있지 않은가! 〈오, 죽고 싶어도 죽을 수가 없구나, 죽

---

118 최후의 심판이 있는 날까지 영원히 방랑해야 할 운명을 지닌 전설 속
의 유대인을 말한다. 예수가 십자가를 지고 골고다 언덕으로 올라갈 때 어느
집 처마에서 쉬려 했으나 집주인은 물을 주기는커녕 욕을 하고 돌을 던지며
예수를 내쫓아 버렸다. 그러자 예수는 〈내가 이 세상에 다시 내려올 때까지
너는 영원히 떠돌 것〉이라고 말했다. 이후 이 유대인은 죽지도 못하고 정처
없이 세상을 떠돌았다. 이는 오랫동안 나라 없이 세상을 떠돈 유대 민족에 대
한 비유이기도 하다.

을 수가 없구나!〉

**당통**  우리 모두는 산 채로 매장되어 왕들처럼 삼중, 사중의 관 속에 갇혀 있네. 하늘 아래, 우리 집, 우리의 저고리와 셔츠 속에.

우리는 50년 동안 관 뚜껑을 긁어 왔네. 그래, 완전히 없어지는 것을 믿을 수만 있다면 도움이 되겠지.

죽음에는 희망이 없네. 삶이 좀 더 복잡하고 조직화된 부패라면 죽음은 좀 더 단순한 부패일 뿐이네. 둘 사이엔 그 차이밖에 없어. 하지만 난 이런 식의 부패에 이미 적응했네. 다른 식의 부패에 대응하는 방법은 알지 못해.

오, 쥘리, 내가 홀로 떠난다면, 당신이 나를 외롭게 놔둔다면, 내가 잘게 나누어져 완전히 분해된다면, 나는 고통받는 한 줌의 먼지가 되어 내 원자 하나하나가 당신 곁에서 안식을 얻을 텐데.

죽을 수 없다니, 죽을 수 없다니. 우리는 저들에게 소리 질러야 해. 제발 내 몸뚱이에서 마지막 생명 방울까지 모두 앗아가 달라고!


# 제8장


방.

푸키에, 아마르,[119] 불랑.[120]

**푸키에** 더 이상 뭐라고 답해야 할지 모르겠소. 저들은 자꾸 조사 위원회 설치를 요구하는데…….

**아마르** 우리는 지금 불한당 같은 놈들을 상대하고 있어요. 이게 도움이 될지도. (푸키에에게 종이를 건넨다)

**불랑** 그거면 될 겁니다.

**푸키에** 정말이군요. 딱 필요했던 겁니다.

**아마르** 자, 그럼 같이 가서 일을 마무리합시다.


# 제9장


혁명 재판소.


**당통** 공화국은 지금 위기에 처해 있지만, 어떤 조처도 내려지지 않았습니다. 우리는 민중들에게 직접 호소합니다. 내 목소리는 공안 위원들을 위한 추도사를 읽을 수 있을 만큼 아직 힘이 충분합니다. 반복컨대 우리는 조사 위원회 설치를 요구합니다. 우리는 우리가 알아낸 중대 사실을 거기서 밝힐 것입니다. 나는 이성의 요새로 퇴각해서 진실의 대포 알로 튀어나와 적들을 분쇄할 것입니다. (박수 소리)

---

119 Jean Baptiste André Amar(1755~1816). 처음엔 로베스피에르의 열렬한 지지자였으나 나중에는 반대편에 서서 그를 몰아내는 데 앞장섰다.
120 Jean-Henri Vouland(1751~1801). 보안 위원회 위원. 공포 정치의 실행을 도왔으나, 나중에는 역시 로베스피에르의 실각에 일조했다.

푸키에, 아마르, 불랑 등장.

**푸키에**  공화국의 이름으로 명하건대, 정숙하시오! 법을 존중하시오! 국민 공회의 결정 사항을 알려 드립니다.

감옥에서 모반의 징후가 발견된 점, 당통과 카미유의 아내들이 백성에게 돈을 뿌린 점, 딜런 장군이 탈옥해서 폭도들을 이끌고 피고인들을 풀어 주려고 한 점, 마지막으로 피고인들 본인이 법정에서 소란을 일으키고, 그로써 법정을 모독한 점을 고려해서 국민 공회는 혁명 재판소에 다음의 권리를 부여한다. 중단 없이 심리를 속행하고, 앞으로 법에 대해 존경심을 보이지 않는 피고인은 누구를 막론하고 즉각 발언권을 박탈할 수 있다.

**당통**  이 자리에 계신 여러분께 묻겠습니다. 우리가 법정을 모독했습니까? 백성과 국민 공회를 조롱했습니까?

**많은 사람들**  아니요, 아니요!

**카미유**  야비한 놈들, 이제는 내 아내까지 죽이려고 하는구나!

**당통**  언젠가는 여러분도 진실을 보게 될 것입니다. 프랑스에 커다란 재앙이 닥쳐오고 있습니다. 독재라는 재앙입니다. 독재는 때가 되면 가면을 벗고, 얼굴을 빳빳이 치켜든 채 우리의 시신을 밟고 지나갈 것입니다. (아마르와 불랑을 가리키며) 저 비겁한 살인자들을 보십시오! 저 공안 위원회의 까마귀들을 보십시오!

나는 로베스피에르와 생쥐스트, 그리고 대역죄를 저지른 사형 집행인들을 고발합니다.

저들은 혁명을 피로 질식시키려 합니다. 단두대의 수레가 지나간 길을 따라 장차 외국 군대들이 조국의 심장부로 밀고 들어올 것입니다. 자유의 발자국이 얼마나 더 자유의 무덤이 되어야 합니까? 여러분은 빵을 원하는데, 저들은 잘려 나간 머리를 던져 줍니다. 여러분은 목이 마른데, 저들은 단두대 밑으로 흘러내리는 피를 핥아먹게 합니다. (청중들 사이에서 격한 동요가 일고, 동의의 함성이 터져 나온다)

**많은 사람들** 당통 만세! 공안 위원들을 박살 내자! (피고인들이 강제로 끌려 나간다)


## 제10장


재판소 앞 광장.
군중.


**몇 사람** 공안 위원들을 타도하자! 당통 만세!

**시민 1** 그래, 맞아. 저들은 우리한테 빵 대신 사람 머리를 줬고, 포도주 대신 피를 줬어.

**몇 여자** 단두대는 나쁜 방앗간이고, 상송은 나쁜 머슴이야. 우리는 빵을 원해, 빵을!

**시민 2** 여러분의 빵요? 그건 당통이 다 처먹었소. 당통의 머리를 자르면 우린 다시 빵을 얻을 수 있어요. 로베스피에르의 말이 옳아요!

**시민 1**　당통은 8월 10일에 우리하고 같이 있었고, 9월에도 같이 있었소. 그런데 당통을 고발한 사람들은 그때 어디 있었소?

**시민 2**　라파예트도 베르사유에서 우리와 같이 있었지만, 나중에 우리를 배신했잖소.

**시민 1**　당통이 배신자라고 누가 그럽디까?

**시민 2**　로베스피에르가.

**시민 1**　로베스피에르가 배신자요.

**시민 2**　누가 그럽디까?

**시민 1**　당통이.

**시민 2**　당통은 비싼 옷을 입고, 으리으리한 집에 살고, 아름다운 아내와 부르고뉴산 포도주로 목욕을 하고, 은접시로 고급 요리를 먹고, 술에 취하면 우리 아내와 딸들을 건드리는 사람이오.

예전에는 당통도 우리처럼 가난했소. 그럼 그렇게 많은 돈이 갑자기 어디서 났겠소? 왕에게 비토권을 주면서 재물을 받고, 오를레앙 공작한테 왕관을 훔쳐 오라는 부탁을 받으면서 돈을 받고, 외국의 적들한테 우리 모두를 배신한다는 조건으로 돈을 챙겼소. 하지만 로베스피에르는 뭐가 있소? 정말 청렴하기 그지없는 사람 아니오? 그건 여러분도 다 알지 않소?

**모두**　로베스피에르 만세! 당통을 타도하자! 반역자를 처단하자!

# 제4막

## 제1장

방.
쥘리, 한 소년.

**쥘리**  이제 모든 게 끝났다. 저들은 네 아버지를 몹시 무서워
했다. 그런 두려움 때문에 아버지를 죽이려는 게지. 가거
라! 나는 얼마 전에 네 아버지를 마지막으로 봤다. 지금 당
신 모습은 차마 볼 용기가 없다고 전해라.
(소년에게 머리를 한 움큼 잘라 준다)
자, 갖다드려라. 그리고 혼자 떠나게 하지는 않을 거라고
말씀드려라. 무슨 말인지 알아들으실 게다. 그러고 나면
곧장 돌아오너라. 네 눈에서 네 아버지의 눈빛을 보고 싶
구나.

# 제2장

거리.
뒤마,[121] 한 시민.

**시민**  어떻게 그런 식으로 심문을 끝내 놓고 죄 없는 사람들
에게 바로 사형을 언도할 수 있나?

**뒤마**  사실 이례적인 일이기는 하지만 혁명가들에게는 남들
에게 없는 감각이 있지. 그 감각은 결코 틀리는 법이 없네.

**시민**  호랑이의 감각이겠지. 자네한테도 아내가 있지 않나?

**뒤마**  그것도 곧 옛말이 될 걸세.

**시민**  무슨 소린가?

**뒤마**  혁명 재판소가 우리의 이혼을 승인할 테니까. 단두대
가 우리를 테이블과 침대에서 갈라놓았네.

**시민**  잔인한 인간 같으니!

**뒤마**  모자라는 인간! 자네는 브루투스를 찬양하나?

**시민**  전적으로.

**뒤마**  자신의 혈육을 조국에 바치려고 꼭 로마 집정관이 되
어 토가로 얼굴을 숨겨야 했나? 나 같으면 차라리 붉은 연
미복 소매로 눈물을 훔칠 걸세. 그게 전적인 차이지.

**시민**  끔찍한 소리군.

---

121 René François Dumas(1758~1794). 로베스피에르의 충실한 추종
자로 혁명 재판소의 의장이자 내무부 장관이었다. 로베스피에르와 함께
1794년 7월 27일에 처형당했다.

**뒤마**  그만 가게. 자넨 내 말을 알아듣지 못해.


두 사람 퇴장.


# 제3장

콩시에르주리 감옥.
한 침대에는 라크루아와 에로, 다른 침대에는 당통과 카미유.


**라크루아**  머리가 이렇게 자라다니…… 손톱까지…… 이거 원 창피해서…….

**에로**  조심 좀 합시다. 재채기를 할 때마다 내 얼굴에 모래가 튀어요.

**라크루아**  발이나 차지 말아요. 안 그래도 티눈이 있는데.

**에로**  벌레 때문에 힘든가 보네.

**라크루아**  아, 이놈의 벌레들한테서만 벗어날 수 있어도…….

**에로**  이제 그만 잡시다. 자리가 좁으니까 서로 신경 좀 쓰고. 그리고 잘 때 제발 손톱으로 남의 몸 좀 긁지 말아요. 이불도 당기지 말고. 발이 시려요.

**당통**  그래, 카미유, 내일이면 우린 닳아빠진 신발처럼 구걸하는 대지의 품에 던져질 걸세.

**카미유**  소가죽이 생각나는군. 플라톤에 따르면 천사들은 소가죽으로 슬리퍼를 만들어 신고, 대지 위를 질질 끌고 다

넌다지? 우리가 딱 그 꼴이 되겠지. 아, 나의 뤼실!

**당통** 진정하게.

**카미유** 내가 어떻게 진정할 수 있겠나? 자네라면 그럴 수 있 겠나? 어떻게 진정하냐고? 놈들이 아내의 몸에 손을 댈 걸 생각하면…… 뤼실의 달콤한 몸에서 뿜어 나오는 아름다 움은 사그라지지 않는 빛이네. 그 불은 꺼지지 않아! 흙도 감히 그 아름다움을 덮지 못할 걸세. 흙은 아내의 몸을 아 치 모양으로 둘러싸고, 무덤에서 피어오르는 안개는 뤼실 의 속눈썹 이슬처럼 반짝거리고, 뤼실의 몸 주위엔 수정이 꽃처럼 돋아나고, 영롱한 샘물이 잠든 뤼실에게 달콤하게 속삭일 걸세.

**당통** 그만 자게, 친구, 자라고.

**카미유** 들어 보게, 당통. 우리끼리 얘긴데, 죽어야 한다는 건 너무 비참해. 누구한테도 도움이 안 돼. 나는 내 삶의 마지 막 아름다운 모습을 간직하고 싶어. 그래서 이렇게 눈을 감지 못하고 있네.

**당통** 자네는 어차피 눈을 감지 못할 걸세. 사형 집행인 상송 이 눈을 감겨 주지 않을 테니까. 그런 점에서 잠이 더 자비 로워. 자게, 친구, 자라고.

**카미유** 아, 뤼실, 당신의 키스가 내 입술에 닿는 것 같아. 입 맞춤 하나하나가 꿈이 되고, 내 눈이 감기는 것과 함께 당 신의 키스를 내 안에 꼭 간직하고 싶어.

**당통** 대체 저 시계는 멈추지를 않아. 바늘이 째깍거릴 때마 다 사방의 벽이 점점 죄어 오다가 마침내 나를 관 속에 가

두는 것 같아.

어릴 때 읽은 것 중에 그런 이야기가 있었지. 그때는 정말 머리카락이 곤두설 정도로 무서웠네.

아, 어릴 때! 그런 시절이 있었지! 그런데 고작 무덤 파는 사람들에게 일거리나 주려고 지금껏 그렇게 잘 먹고 따뜻하게 입어 왔던가. 살아온 보람이 이것이던가?

내 몸에서 벌써 냄새가 나는 것 같아. 사랑하는 내 몸아, 나는 코를 막고 이런 상상에 잠긴다. 너는 춤을 추느라 땀을 흘려 악취를 풍기는 여자라고. 나는 그런 너에게 이렇게 달콤하게 속삭인다. 우리는 지금껏 많은 시간을 함께해 왔다고. 하지만 내일이면 넌 네 속의 선율을 다 써버린 부서진 바이올린이 될 거야. 내일이면 넌 포도주를 다 마셔 버린 빈 술병이 될 거야. 그래도 난 취하지 않고 멀쩡한 상태로 잠자리에 든다. 더 취할 수 있는 사람은 행복한 사람이야. 내일이면 넌 주인이 훌훌 벗어 놓은 바지가 되어 옷장에 처박힌 채 좀이 먹고 악취를 풍길 거야.

아, 이런 말이 무슨 소용이 있나! 맞아, 죽어야만 하는 건 너무 비참해. 죽음은 태어남과 비슷해. 우린 죽을 때도 태어날 때와 마찬가지로 벌거벗은 채 어쩔 줄 몰라 해. 물론 우린 기저귀 대신 수의를 입겠지. 하지만 그게 무슨 차이가 있을까? 우린 무덤 속에서도 요람에서처럼 울 텐데.

카미유! 자는군. (카미유 위로 허리를 숙이며) 속눈썹 사이에 꿈이 어른거리는군. 이 친구의 눈에 맺힌 잠의 황금 이슬을 닦아 내고 싶지 않아. (일어나 창가로 걸어간다) 나는 혼자 가는 게 아냐. 고마워, 쥘리. 하지만 난 이렇게 죽고 싶지는 않았어. 하늘에서 별 하나가 떨어지듯, 소리가 저절로 찾아들 듯 힘들이지 않고 죽고 싶었어. 마치 햇빛 한 점이 맑은 물살에 <u>스스로</u>를 파묻듯 내 입술에 <u>스스로</u> 죽음의 입맞춤을 하고 싶었어.

어른거리는 눈물처럼 별들이 밤하늘을 수놓고 있구나. 눈물이 방울져 내리는 이 두 눈에는 쓰디쓴 비통함이 담겨 있구나!

**카미유**　아! (벌떡 몸을 일으키며 천장 쪽으로 손을 더듬는다)

**당통**　왜 그래, 카미유?

**카미유**　아, 아!

**당통**　(카미유의 몸을 흔들며) 천장이라도 뜯어 내리려고?

**카미유**　아, 자네군. 날 좀 잡아 주게, 아무 말이나 해주게!

**당통**　온몸을 부들부들 떨고 있군. 이마의 땀 좀 봐.

**카미유**　이건 자네고, 이건 나군! 이건 내 손이고! 이제야 정신이 돌아왔어. 당통, 얼마나 섬뜩했는지 모르네.

**당통**　뭐가?

**카미유**　비몽사몽으로 누워 있는데, 갑자기 천장이 사라지면서 달이 내려오지 않겠나. 점점 가까워지더니 바짝 다가왔을 때 나는 팔을 뻗어 달을 잡았네. 순간 별들이 박힌 하늘까지 내려왔고, 나는 하늘을 밀쳐 냈어. 손에 별들이 만져졌지. 나는 마치 얼음판 밑에 빠진 사람처럼 몸부림을 쳤네. 정말 끔찍했네, 당통.

**당통**　천장 램프에서 나온 둥근 빛을 달로 잘못 봤나 보군.

**카미유**  어쨌건 간에 그렇게 정신을 놓을 일은 아니었네. 광
기가 내 머리카락을 휘어잡는 기분이었어. (일어난다) 잠이
싹 달아났네. 이대로 미치고 싶지는 않아. (책을 집어 든다)

**당통**  무슨 책인가?

**카미유**  『밤의 생각들』.[122]

**당통**  왜? 미리 죽고 싶어서? 나 같으면 차라리 「아가씨」[123]
를 읽겠네. 나는 이 삶을 기도대가 아니라 자비로운 수
녀[124]의 침대를 떠나듯 훌쩍 떠나고 싶네. 인생이란 온 세
상과 상관하는 창녀나 다름없지.

# 제4장

콩시에르주리 감옥 앞 광장.

간수, 두 대의 마차와 마부 두 명, 여자들.

**간수**  누가 자네들을 〈이리〉 불렀어?

**마부 1**  제 이름은 〈이리〉가 아닌뎁쇼. 희한한 이름도 다 있네.

**간수**  이게 지금 누굴 놀려? 누구한테 주문을 받고 이리 왔냐

---

122 영국 시인 에드워드 영의 교훈 시집. 본래 제목은 『삶과 죽음, 불멸에
관한 불평 혹은 밤의 생각』이다.

123 볼테르의 풍자 서사시 「오를레앙의 처녀」를 가리킨다. 잔 다르크와
기적에 대한 믿음을 풍자한 시로, 여기서는 볼테르의 성적인 개방성을 암시
하고 있다.

124 앞에서도 나오지만, 매춘부를 가리킨다.

니까?

**마부1** 〈주문〉은 받은 적이 없는뎁쇼. 두당 열 푼밖에.

**마부2** 이놈이 내 밥줄을 끊어 놓으려고 하네.

**마부1** 뭐, 네 밥줄이 어쨌다고? (죄수들의 창문을 가리키며) 이 양반아, 저건 벌레 밥이야.

**마부2** 내 새끼들도 벌레야. 그럼 나눠 먹어야지. 어떻게 된 게 요즘은 우리 일도 경쟁이 너무 심해. 하지만 누가 뭐래도 우리가 최고의 마부지.

**마부1** 어째서?

**마부2** 그럼 누가 최고의 마부인데?

**마부1** 가장 멀리, 가장 빨리 달리는 사람.

**마부2** 바보야, 그러니까 우리지. 생각해 봐. 이 세상 밖으로 나가는 것보다 멀리 달리는 사람이 어디 있고, 15분 만에 세상 밖으로 나가는 것보다 빠른 사람이 어디 있냐고? 여기서 혁명 광장[125]까지 정확하게 15분이야.

**간수** 빨리 비켜, 이놈들아. 성문 쪽으로 붙으라고. 저기 아가씨한테 길을 내줘.

**마부1** 길을 내주라굽쇼? 암요, 뉘 집 아가씨인 줄은 모르지만 길을 못 내줄까! 가운데 길을 아주 미끈하게 내드리죠.[126]

**마부2** 내가 봐도 그래. 네 마차에다 노새까지 들어갈 수 있겠어. 원래 길이 아주 잘 난 아가씨들 같아. 물론 그러고 나

---

125 단두대 처형이 이곳에서 이루어졌다.
126 외설적인 표현. 여자의 성기를 길에 빗대어 이야기하고 있다.

면 네놈이 40일 동안 격리 관찰 대상이 되겠지만.[127]

두 마부가 마차를 끌고 간다.

**마부 2** (여자들에게) 뭘 그리 보슈?

**한 여자** 나이 든 손님들을 기다려요.

**마부 2** 내 마차가 무슨 유곽이라도 되는 줄 아슈? 이건 기품 넘치는 마차란 말이요. 왕과 귀족을 연회장으로 모시던.

뤼실이 등장해서 죄수들의 창문 아래에 있는 돌에 걸터앉는다.

**뤼실** 카미유, 카미유! (카미유가 창가에 나타난다)
여보, 긴 돌 옷을 걸치고, 얼굴에 철 가면을 쓴 당신 모습[128]
이 우스워요. 이쪽으로 몸을 숙일 수 없나요? 당신 팔은 어
디 있나요?
새장의 새처럼 갇힌 당신을 유혹할래요. (노래한다)
　　　하늘에 떠 있는 작은 별 두 개
　　　달님보다 환하게 비치는구나.
　　　별 하나는 내 님 창을 비추고
　　　다른 별 하나는 내 방문을 비추는구나.
이리 와요, 여보, 이리 와요! 계단 위로 살며시 올라와 봐요.

127 누군가 전염병(여기서는 성병을 말한다)에 걸렸는지 확인하기 위해
40일 동안 격리시키는 것을 의미한다.
128 〈긴 돌 옷〉은 감옥의 담장을 뜻하고, 〈철 가면〉은 감방 창살을 의미
한다.

다들 잠들었어요. 저 달 덕분에 당신을 이렇게 오래 기다
릴 수 있었어요. 당신은 거추장스러운 옷을 걸치고 있어서
문 밖으로 나오지 못하는군요. 장난이 너무 심해요. 이제
그만해요. 왜 대답이 없어요? 왜 기척이 없어요? 무서워요.
사람들이 그래요. 당신이 죽을 거라고. 그러면서 다들 심각
한 표정을 지어요. 죽는다니요? 사람들의 얼굴을 보면 웃
음밖에 나지 않아요. 죽는다니요? 무슨 그런 말이 다 있어
요? 여보, 말해 봐요, 죽는다니요? 곰곰이 생각해 봐야겠어
요. 저기, 저기! 죽는다는 게 저기 있을까? 따라가 봐야겠
어요. 여보. 내가 저걸 잡도록 도와줘요. 이리 와요, 이리
와요!

(달려간다)

**카미유**  (외친다) 뤼실! 뤼실!


# 제5장


콩시에르주리 감옥.

옆방과 통하는 창가에 서 있는 당통. 그리고 카미유, 필리포,
라크루아, 에로.


**당통**  이제 조용해졌군, 파브르.

**어떤 목소리**  (안에서) 죽어 가고 있어.

**당통**  우리가 이제 뭘 하려는지 자네도 아나?

**그 목소리**  뭔데?

**당통**  자네가 평생 해왔던 것, 그러니까 시를 짓는 거지.

**카미유**  (혼잣말로) 뤼실의 눈에 광기가 어른거렸어. 하긴 이
미 많은 사람들이 미쳐 버렸지.

세상이 미쳐 돌아가고 있으니까. 그걸 우리가 어쩌겠어?
우리는 손이나 씻을 수밖에.[129] 그 편이 한결 나아.

**당통**  온 세상이 끔찍한 혼란 속에 빠지는 걸 내버려 둘 수밖
에. 다스릴 줄 아는 사람이 없어. 어쩌면 로베스피에르에
게 내 창녀들을 넘기고, 절름발이 쿠통에게 내 장딴지를
넘기면 웬만큼 수습이 될지도.

**라크루아**  우리가 자유를 창녀로 만들었을지도!

**당통**  설사 그랬더라도 어쩌겠나! 자유와 창녀는 태양 아래
가장 세계 시민적인 것이네. 자유는 이제 로베스피에르의
침실에서 정숙하게 몸을 팔 걸세. 하지만 자유는 클리템네
스트라[130]처럼 로베스피에르에게 반기를 들 거라고 믿네.
내 장담하건대 그자의 목숨도 6개월밖에 남지 않았어. 나
혼자 가진 않아. 그자도 함께 끌고 갈 걸세.

**카미유**  (혼잣말로) 하늘이 그녀를 도와 기분 좋은 고정 관념
을 품게 했군. 사람들이 건강한 오성이라 부르는 일반적인
고정 관념은 참을 수 없을 정도로 지루해. 역사상 가장 행
복한 사람은 스스로 성부요, 성자요, 성령이라고 자부한

129 우리에겐 아무 책임이 없다는 뜻. 빌라도가 예수의 사형 선고 후 자
신에게는 책임이 없다는 뜻으로 한 말. 「마태오의 복음서」 27장 24절 참조.

130 그리스 신화에서 클리템네스트라는 트로이 전쟁에서 10년 만에 돌
아온 남편을 정부와 힘을 합쳐 살해한다.

사람이었어.

**라크루아**　우리가 지나가면 멍청이들은 공화국 만세를 외치
겠지.

**당통**　그게 무슨 대순가? 혁명의 대홍수는 원하는 곳에 우리
의 시신을 내려놓고, 우리의 화석 뼈로 왕들의 대가리를
박살 낼 걸세.

**에로**　그래, 삼손[131] 같은 자가 우리의 턱뼈를 발견한다면.

**당통**　그들은 카인의 후예네.[132]

**라크루아**　로베스피에르가 로마의 네로 같은 인간이라는 건
카미유가 체포되기 이틀 전 그놈이 카미유에게 더없이 다
정하게 굴었다는 것만 봐도 알 수 있네. 안 그런가, 카미유?

**카미유**　이제 나하고는 상관없는 일이네.

(혼잣말로) 그녀는 광기를 매력적인 것으로 만들었어. 이
럴 때 내가 왜 떠나야 하지? 우리는 광기를 보면서 함께 웃
고, 함께 어르고, 함께 입 맞춰야 하는데.

**당통**　역사가 언젠가 자신의 무덤을 열어젖히면, 이 세상 모
든 전제 정치는 우리의 시신에서 나는 냄새로 질식해 버릴
걸세.

**에로**　우리는 살아 있을 때도 충분히 악취를 풍겼어.

그건 그냥 후대인들에게 듣기 좋으라고 하는 소리지. 안 그

---

131 삼손은 구약 성경의 「판관기」에 나오는 이스라엘 최고의 역사(力士)
로서 나귀 턱뼈로 바리새인 천 명을 때려죽였다고 한다. 사형 집행인으로 악
명 높은 상송Samson과 이름이 같은 점을 이용한 언어유희다.

132 카인이 아벨을 죽인 것처럼 상송과 삼손 역시 사람들을 죽였다는 뜻
이다.

런가, 당통. 사실 우리하고는 상관없는 일이네.

**카미유**   저 친구는 마치 저대로 돌로 굳으면 후대에 고대의 골동품으로 발견될 것 같은 표정을 짓고 있군.

입술을 삐죽 내밀어 빨갛게 칠하고, 교양 있게 말하는 것도 보람 있는 일이지. 하지만 우리는 언젠가 가면을 벗어야 해. 그러면 마치 거울 방에 들어온 것처럼 태곳적의 질기디질긴 멍청한 얼굴들만 수없이 보게 되지. 그 이상도 이하도 아냐. 사람마다 차이는 크지 않아. 우린 모두 악당이면서 천사이고, 바보이면서 천재야. 우리 몸에는 이것들이 다 들어 있어. 이 넷이 들어갈 자리는 충분해. 이것들은 우리가 생각하는 것만큼 자리를 많이 잡아먹지 않거든.

자고, 먹고, 아이를 낳는 것, 이건 모두가 하는 일이지. 나머지 일은 동일한 주제를 다양한 조성(調聲)으로 변주한 것에 지나지 않아. 그런데도 우리는 서로에게 상처를 주고, 인상을 쓰고, 서로를 괴롭혀. 우리 모두는 같은 식탁에서 같은 밥을 먹고 병들고, 몸에 원한이 가득 차 있어. 자네들은 왜 냅킨으로 얼굴을 가리나? 소리 지르고 싶으면 소리 지르고, 울고 싶으면 실컷 울라고. 그렇게 도덕적이고, 유머 넘치고, 영웅적이고, 천재 같은 표정 짓지 마. 안 그래도 우린 서로 잘 아니까. 쓸데없는 수고 말라고.

**에로**   그래, 카미유. 우리는 나란히 앉아 소리나 지르자고. 괴로워 죽겠는데 입을 꾹 다물고 있는 것만큼 바보 같은 짓이 어디 있겠나?

그리스인과 신들은 소리를 질렀고, 로마인들과 스토아학

파[133]는 영웅적인 표정을 지었지.

**당통** 한쪽이나 다른 쪽이나 다 에피쿠로스주의자들[134]이었어. 그들은 지극히 편안한 자의식으로 무장하고 있지. 사실 로마식 토가를 입고, 자신의 영향력이 큰지 둘러보는 것도 그렇게 나쁘진 않아. 뭐 하러 그런 것을 갖고 물고 뜯어? 또 우리가 치부를 월계수 잎으로 가리든, 장미 화환이나 포도 잎으로 가리든, 혹은 그 흉한 물건을 그대로 내놓고 개들한테 핥게 하든, 그게 무슨 상관이란 말인가?

**필리포** 이보게, 친구들. 이 세상의 혼돈과 동요를 보고 싶지 않아서 위대한 신의 눈높이에 서려고 이 땅 위 저 높은 곳에 서 있을 필요는 없네. 귀를 먹먹하게 하는 고함과 비탄의 절규를 조화의 물결로 듣는 귀도 있어.

**당통** 우리는 가련한 악사고, 우리 몸은 악기네. 거기서 조잡하게 흘러나오는 추악한 음들이 단지 점점 높이 올라가다가 마침내 육욕의 숨결처럼 천상의 귀 속에서 서서히 사라지기 위해 존재한단 말인가?

**에로** 우리가 제후의 만찬을 위해 고기 맛이 좋아지라고 죽을 때까지 매질을 당하는 돼지 새끼란 말인가?

**당통** 우리는 신들이 웃으면서 즐기도록 이 세상이라는 뜨거

---

133 온갖 마음의 동요와 욕망을 다스리고, 자신의 운명을 태연히 받아들이라고 가르친 그리스 철학 사조. 로베스피에르 일파의 이념과 일치한다.

134 영혼의 불멸을 부정하고, 즐거움을 최고의 목표로 삼은 그리스 유물론적 철학자 에피쿠로스를 추종하는 사람들. 그는 절제와 적당한 향유를 통해 흔들리지 않는 마음의 상태를 추구했는데, 신들이나 죽음에 대한 두려움은 갖고 있지 않았다.

운 몰렉[135]의 팔에 안겨 뜨겁게 구워지고 광선으로 간질여지는 어린아이란 말인가?

**카미유**  금빛 눈[136]을 가진 이 창공은 지극히 복된 신들의 식탁에 오르는 황금 잉어 쟁반이란 말인가? 신들은 영원히 웃고, 잉어는 영원히 죽어 가고, 신들은 그런 잉어들이 죽음의 사투 속에서 시시각각 색깔이 변해 가는 것을 영원히 즐긴단 말인가?

**당통**  세상은 혼돈이네. 무야말로 새로 태어날 이 세상의 신이지.

간수가 등장한다.

**간수**  나리들, 이제 떠날 시간입니다. 마차가 문 앞에 대기 중입니다.

**필리포**  그래, 이제 가자고, 친구들. 거대한 죽음의 이불을 조용히 덮자고. 이불 밑에서 우리의 심장은 서서히 식고, 우리의 눈은 감기겠지.

서로를 껴안는다.

**에로**  (카미유의 팔을 잡으며) 기뻐하게, 카미유. 우리는 아름

---

135 바빌론의 신 몰렉은 아이들을 포함해 인간을 불태워 제물로 바칠 것을 요구했는데, 산 제물의 피와 부모들의 눈물로 몸을 씻었다고 한다.

136 창공에 떠 있는 별을 뜻한다.

다운 밤을 맞게 될 걸세. 신들의 형상이 퇴색하고 가라앉
고 식어 가는 올림포스산 같은 구름이 고요한 저녁 하늘에
걸려 있을 걸세.

모두 퇴장한다.

# 제6장

방.

**쥘리**　조금 전까지도 거리가 소란하더니 이제 조용해졌어.
그래, 잠시도 그이를 기다리게 해선 안 돼.
(품에서 작은 유리병을 꺼낸다)
우리를 아멘과 함께 영원히 잠들게 하는 인자한 죽음의 사
제여, 어서 와라.
(창가로 간다)
이별을 한다는 게 이렇게 가슴 아프구나. 이제 등 뒤의 문
만 닫으면 돼. (병 안에 든 걸 마신다)
영원히 이러고 서 있으면 좋겠어.
해가 지고 있어. 햇빛이 있을 때는 대지의 윤곽이 그렇게
선명하더니, 이제는 죽어 가는 사람의 얼굴처럼 고요하고
진지해. 대지의 이마와 뺨을 물들이는 저녁노을이 어쩜 저
리 아름다울까!

대지는 점점 창백해지다가 창공의 물결에 밀려 시체처럼 떠내려가겠지. 누가 그 물결에서 대지의 황금빛 머리채를 붙잡고 끄집어내 묻어 줄까?

나는 조용히 가련다. 대지에 입을 맞추고 싶지도 않아. 이제 겨우 잠든 대지를 내 숨소리와 한숨 소리로 깨우고 싶지 않아.

잘 자, 잘 자.

(죽는다)


# 제7장


혁명 광장.

마차들이 도착해 단두대 앞에서 멈춘다. 남자와 여자들은 「카르마뇰」[137]을 부르며 춤을 춘다. 죄수들은 「라 마르세예즈」[138]를 합창한다.


**아이들을 데리고 온 여자** 비켜요, 비켜! 애들이 배가 고파 울고 있어요. 애들이 조용해지게 구경이라도 시켜야겠어요. 좀 비켜 줘요!

**여자1** 어이, 당통. 이제는 무덤에서 벌레랑 그 짓을 하면 되

137 혁명기에 유행한 애국 속요.
138 공병 장교 루제 드릴Rouget de Listle이 1792년 프랑스가 오스트리아에 선전 포고를 했다는 소식을 듣고 지었다고 하는 진군가. 이후 혁명기에 많은 사람이 따라 불렀고, 나중에는 프랑스 국가가 되었다.

겠네.

**여자 2**  에로, 당신의 그 근사한 머리카락으로 내 가발이나 만들어야겠어.

**에로**  내 머리숱으로는 네년 아랫도리의 민둥산 불두덩도 채우기 힘들어!

**카미유**  이 사악한 마귀할멈들아, 네년들한테도 곧 산이 무너져 내릴 것이다.[139]

**여자 1**  산은 이미 네놈들한테 무너져 내렸거나, 아니면 네놈들이 산에서 떨어졌어!

**당통**  (카미유에게) 이보게, 진정하게. 고함을 지르느라 목소리가 다 쉬었어.

**카미유**  (마부에게 돈을 건넨다) 카론,[140] 자네 마차는 멋진 음식을 실어 나르는 쟁반이네.

여러분, 내가 먼저 식탁에 오르겠소. 제대로 잘 차려진 잔칫상입니다. 각자 자리에 누워 자신의 피로 헌주를 올립시다. 잘 가게, 당통. (그가 단두대에 오르자 나머지 죄수들도 하나씩 뒤따른다. 당통이 맨 마지막에 올라간다)

**라크루아**  (민중에게) 여러분은 이성을 잃은 오늘엔 우리를 죽이지만, 이성을 되찾는 그날엔 저들을 죽일 것이오.

---

139 「루가의 복음서」 23장 30절 참조. 〈그때 사람들은 산을 보고 《우리 위에 무너져 내려라》 할 것이며, 언덕을 보고 《우리를 가려 달라》 할 것이다.〉 여기서는 산악당에 대한 암시도 포함되어 있다.

140 그리스 신화에서 이승과 저승의 경계인 스틱스강을 건너게 해주는 뱃사공.

**몇 사람** 그런 소리[141] 좀 그만해! 지겨워 죽겠어!

**라크루아** 저 독재자들은 우리의 무덤 위에서 목이 달아날 것이오.

**에로** (당통에게) 저 친구는 자신의 시체를 마치 자유의 온상처럼 생각하는 것 같군.

**필리포** (단두대에서) 나는 여러분을 용서합니다. 다만 여러분에게 닥쳐올 죽음의 순간이 지금의 나보다 더 고통스럽지 않기만을 바랄 뿐입니다.

**에로** 내 저럴 줄 알았어. 저 친구는 자신의 가슴을 다시 한번 열어젖히고, 저 밑의 사람들에게 자신의 속옷이 깨끗하다는 걸 보여 주지 않고는 못 배기지.

**파브르** 잘 가게, 당통. 나는 어차피 중병에 걸렸으니 아쉬움도 없네.

**당통** 그래, 잘 가게, 친구. 사실 단두대만 한 명의도 없어.

**에로** (당통을 껴안으려 한다) 아, 당통, 이젠 농담도 나오지 않네. 시간이 됐어. (사형 집행인이 그를 밀어낸다)

**당통** (사형 집행인에게) 네놈은 죽음보다 더 잔인하구나. 우리의 머리가 저 광주리[142] 속에서 입을 맞추는 것까지 막을 텐가!

---

141 지롱드파 라수르스Lasource도 1793년 10월 30일 사형 선고를 받으면서 재판관들에게 비슷한 말을 했다. 〈나는 민중이 이성을 잃은 날에 죽지만, 너희는 민중이 이성을 되찾는 날에 죽을 것이다.〉

142 잘려 나간 머리를 받기 위해 단두대 바닥에 갖다 놓은 바구니.

# 제8장

거리.

**뤼실** 거기엔 뭔가 심각한 게 있어. 다시 한번 깊이 생각해 보고 싶어……. 그래, 뭔가 이해가 되기 시작해. 죽는다…… 죽는다…… 모든 것은 다 살아가는데…… 저 하찮은 모기도, 저 새도 죽지 않고 살아가는데, 왜 그이는 살지 못하고 죽어야 하지? 생명의 강은 한 방울만 잘못 흘러도 막히고 말아. 대지는 그 여파로 상처를 입을 수밖에 없어.
모든 게 움직여. 시계는 째깍거리고, 종은 울리고, 사람들은 걸어가고, 물은 흘러. 지금까지 모든 게 그렇게 해왔어. 하지만 이제는 안 돼. 그럴 수 없어! 안 되고말고. 나는 바닥에 주저앉아 고함을 지를 거야. 모든 것이 깜짝 놀라 멈추고, 모든 것이 막히고, 모든 것이 더 이상 움직이지 않도록. (주저앉더니 눈을 가리고 괴성을 지른다. 잠시 후 다시 일어난다)
이래 봤자 소용없어. 모든 게 예전과 똑같아. 집과 거리도 그대로고, 바람은 불고, 구름은 지나가고…… 우리는 견뎌내는 수밖에 없어.

여자 몇이 거리를 내려온다.

**여자 1** 역시 에로는 미남이더라고.

**여자 2**   난 에로가 제헌절 축제 당시 개선문에 서 있을 때부터 단두대에도 잘 어울리겠다는 생각을 했는데, 예감이 맞았어.

**여자 3**   역시 사람은 여러 상황에서 봐야 해. 죽는 장면을 공개한 건 정말 잘한 거야. (여자들이 지나간다)

**뤼실**   아, 카미유! 이제 당신을 어디서 찾죠?

# 제9장

혁명 광장.
사형 집행인 두 명이 단두대에서 일을 하고 있다.

**사형 집행인 1**   (단두대에 서서 노래한다)
　　　　나 집으로 돌아갈 때
　　　　달빛 은은하게 비치네.

**사형 집행인 2**   어이, 곧 끝나?

**사형 집행인 1**   금방 끝나, 금방! (노래한다)
　　　　우리 할아버지 창문에 비치네.
　　　　이놈아, 어떤 년이랑 있다가 이제 와?
끝났다! 저 고리 줘!
(두 사람이 노래하며 퇴장한다)
　　　　나 집으로 돌아갈 때
　　　　달빛 은은하게 비치네.

**뤼실**   (등장해서 단두대 계단에 앉는다) 그대, 말 없는 죽음의
천사여, 나 그대 품에 안기겠어. (노래한다)

>      머리를 자르는 자, 그대 이름은 죽음이니,
>      높디높은 신의 권능을 갖고 있구나.[143]

너 사랑스러운 요람이여, 내 카미유를 어르며 재우더니 이
제 네 장미꽃 아래서 그이의 숨을 앗아 갔구나!
너 조종(弔鐘)이여, 네 달콤한 혓바닥으로 그이의 무덤에
서 노래하는구나! (노래한다)

>      셀 수 없이 많은 머리들이
>      단두대 칼날 아래 떨어져 나갔다네.

순라군이 등장한다.

**한 시민**   거 누구요?
**뤼실**   (잠시 생각에 잠겼다가 결심한 듯 갑자기) 국왕 폐하 만세!
**시민**   공화국의 이름으로!

순라군이 뤼실의 팔을 잡고 연행해 간다.

---

143 17세기 전반기에 나온 민요.

보이체크

# 등장인물

프란츠 보이체크

마리

크리스티안(마리의 아이)

대위

박사

교수

군악대장

하사관

안드레스

마르그레트

가설극장 호객꾼

노인

유대인

술집 주인

견습공 1

견습공 2

바보 카를

케테

할머니

소녀 1

소녀 2

소녀 3

사람 1

사람 2

법원 직원

의사

판사

군인, 대학생, 사람들, 소녀들, 그리고 아이들

# 제1장

툭 트인 들판. 멀리 도시가 보인다.
보이체크와 안드레스가 덤불 속에서 나무를 자르고 있다.


**보이체크**  어이, 안드레스, 저기 풀 위에 일직선으로 줄 간 부분 보이지? 밤이면 저기서 해골이 굴러다닌대. 누가 그걸 고슴도치인 줄 알고 집어 들었다가 사흘 밤낮 사경을 헤매다 살아났대. (목소리를 낮춰) 안드레스, 그게 프리메이슨[1] 단원들의 머리래. 그렇게 들었어. 프리메이슨단! 잠깐만!

**안드레스**  (노래한다)
　　　저기 토끼 두 마리 앉아
　　　푸른 풀을 뜯어 먹었어, 푸른 풀을······.

**보이체크**  조용히 해봐! 무슨 소리 안 들려? 뭔가 걸어가고 있어!

**안드레스**  푸른 풀을 뜯어 먹었어, 푸른 풀을,
　　　잔디만 남을 때까지.

**보이체크**  내 뒤에서도 걸어가고, 내 밑에서도 걸어가고 있

---

1 영국에서 18세기 초에 설립된 세계 시민주의적이고 인도주의적인 우애를 목적으로 삼은 조직. 계몽주의에 기초해서 자유주의, 개인주의, 합리주의적 태도를 취했다. 종교적으로는 관용을 중시하며, 기독교 계열은 아니지만 도덕성과 박애 정신, 준법을 강조하는 종교적 요소를 내포하고 있었다. 그 때문에 기존의 종교 조직들, 특히 가톨릭교회와 가톨릭을 옹호하는 정부로부터 탄압을 받으며 비밀 결사적 성격을 띠게 되었다.

어. (발로 바닥을 구른다) 비었어. 들려? 이 밑이 텅 비었다고. 프리메이슨단이야!

**안드레스**  무서워.

**보이체크**  이상할 정도로 조용해. 숨이 막힐 것 같아. 안드레스!

**안드레스**  왜?

**보이체크**  무슨 말이든 해봐! (몸이 굳은 채로 주변을 둘러본다) 안드레스! 너무 환해! 하늘에서 불꽃이 지나가고, 저 밑에서는 나팔 소리처럼 울부짖는 소리가 들려.[2] 소리가 점점 올라오고 있어! 도망가자. 돌아보지 마! (안드레스를 덤불 속으로 확 잡아챈다)

**안드레스**  (잠시 후) 보이체크! 지금도 들려?

**보이체크**  이젠 조용해. 온 세상이 죽은 것처럼.

**안드레스**  저 소리 들려? 저 안에서 북을 치고 있어. 빨리 도망쳐!


# 제2장


도시. 창가에는 아이를 안고 있는 마리와 마르그레트.
군악대장을 필두로 군악대가 귀영 군가를 연주하며 지나간다.


**마리**  (팔에 안은 아이를 어르며) 우리 아가, 우쭈쭈! 아가야,

2 「창세기」에서 불꽃 심판을 받아 멸망한 도시 소돔과 고모라, 그리고 「요한의 묵시록」에서 지구 종말과 심판 때 울리는 나팔 소리를 연상시킨다.

저 소리 들리니? 군악대가 오고 있어.

**마르그레트**   저 남자 좀 봐. 우뚝 솟은 나무 같네.

**마리**   힘차게 발을 내딛는 게 꼭 사자 같지 않아요?

(군악대장이 인사한다)

**마르그레트**   어머, 저 눈빛 좀 봐. 어쩜 저리 다정해! 그것도 모르는 여자한테. 마음 설레게.

**마리**   (노래한다) 군인은 멋진 사나이…….

**마르그레트**   새댁 눈이 반짝거리는데!

**마리**   그래서 어쩌라고요? 당신 눈을 빼서 유대인에게 갖다 주지 그래요. 그러면 아마 깨끗이 씻고 반짝반짝 잘 닦아서 단추로 만들어 팔 수 있지 않겠어요?

**마르그레트**   뭐? 뭐라고 했어? 새파랗게 젊은 것이! 난 음전한 여자야. 새댁은 남자 가죽 바지 일곱 벌도 쉽게 뚫고 추파를 보내는 여자잖아!

**마리**   천한 것! (창문을 쾅 닫는다) 아가야, 저리 가자. 사람들이 뭐라고 하건 신경 쓰지 마. 설사 네가 불쌍한 창녀의 아들이라고 해도 이 엄마한테는 늘 기쁨이니까! 우쭈쭈!

(노래한다)

　　아가씨, 지금 뭘 하시려고요?

　　아비 없는 자식을 두었나요?

　　이런, 내가 뭘 묻고 있는 거지!

　　나는 밤새 노래할 거야.

　　우리 아가, 우리 아가, 까꿍!

　　이 세상에 둘도 없는 우리 아가.

한젤, 여섯 마리 백마를 묶어 두고
먹을 걸 새로 갖다줘.
녀석들은 귀리도 안 먹고
맹물도 안 마셔.
시원한 포도주만 갖다줘야 해. 얼쑤!
시원한 포도주만 갖다줘야 해.


누가 창문을 두드린다.


**마리** 누구세요? 프란츠 당신이에요? 안 들어오고 뭐 해요?

**보이체크** 못 들어가. 점호 받으러 가야 돼.

**마리** 무슨 일 있어요, 프란츠?

**보이체크** (비밀스럽게) 마리, 다시 뭔가 일어났어. 그것도 유례가 없던 큰일 같아. 땅에서 연기가 솟고 있어! 난로에서 연기가 피어나는 것처럼.[3]

**마리** 에구머니나!

**보이체크** 연기가 도시 앞까지 나를 쫓아왔어. 무슨 일이 생기려고 그럴까?

**마리** 프란츠!

**보이체크** 가봐야겠어. (간다)

**마리** 저 사람, 넋이 나갔어. 자식한테도 눈길 한 번 안 주고.

---

3 「창세기」 19장 28절 참조. 〈소돔과 고모라와 그 분지 일대를 굽어보니 그 땅에서는 연기만 치솟고 있었다. 마치 아궁이에서 뿜어 나오는 연기처럼 피어오르고 있었다.〉

자기 생각에 빠져 이성을 잃었어. 아가야, 넌 왜 이리 조용하니? 무서워서? 어두워지면 사람은 원래 장님이 되는 거야. 가로등 불빛이라도 좀 들어왔으면. 이대로 더 못 견디겠어. 소름이 끼쳐. (퇴장)

# 제3장

광장, 가설극장, 등불.
노인은 손풍금을 치며 노래하고 아이는 춤을 춘다.

**노인**    세상만사 부평초 같은 것,

우린 모두 죽어야 할 몸,

그걸 모르는 이 어디 있을까!

**보이체크**  아, 불쌍한 인간, 가련한 노인! 불쌍한 아이! 마리, 난 당신을 평생 짊어져야 해. 인간은 먹고살기 위해선 어쩔 수 없이……. 세상이란! 그래, 참 좋은 세상이야!

**호객꾼**  (가설극장 앞에서) 신사 숙녀 여러분! 여러분은 신의 피조물이면서도 이제껏 한 번도 본 적이 없는 것들을 보게 될 것입니다. 그야말로 예술입니다. 똑바로 서서 걷고, 저고리와 바지를 입고, 군도를 찬 피조물을 보게 될 테니까요. 그것들을 보면 칭찬해 주십시오! 마음씨가 착하시다면 박수를 쳐주십시오! (그가 나팔을 분다) 미헬은 음악적인 재능이 있는 녀석입니다. 여기서 여러분은 어마어마한 재

보이체크  **147**

능이 있는 말과 카나리아를 보게 될 것입니다. 유럽의 모든 실력자와 학식 높은 양반들에게 총애받는 녀석들입니다. 게다가 뭐든 알아맞히는 재주가 있습니다. 나이가 몇 살인지, 자식이 몇인지, 무슨 병이 있는지도 맞힐 수 있습니다. 총도 쏠 줄 알고, 한 다리로 설 수도 있습니다. 모두 교육의 결과지요. 동물적 이성이 있는 녀석들입니다. 아니, 어떻게 보면 이성적인 동물성을 갖고 있다고도 할 수 있죠. 사람들보다 절대 못한 녀석들이 아니고, 짐승처럼 우둔하다는 소리를 들을 녀석들도 아닙니다. 물론 여기 계신 존경하는 관객분들만 빼고 말이지요. 곧 공연이 시작됩니다. 대공연의 1막이 올라갑니다!

여러분은 문명의 진보를 보시게 될 겁니다. 세상 모든 것은 진보합니다. 말도, 원숭이도, 카나리아도요. 원숭이는 지금 군인이 됐지만, 아직 한참 멀었습니다. 인간 족속에서 가장 낮은 계급이니까요! 공연이 시작됩니다! 대공연의 막이 올라갑니다. 어서 들어오세요!

**보이체크** 들어갈까?

**마리** 난 아무래도 상관없어요. 멋진 공연 같기는 해요. 남자는 술 장식 달린 옷을 입고, 여자는 바지를 입고 있는 걸 보니 신기해요.

하사관, 군악대장.

**하사관** 잠깐, 저 여잘 봐요! 몸매가 죽이는데요!

**군악대장**  아주 멋지군. 기마대 번식용이나 군악대 사육용으로 딱 좋겠어.

**하사관**  까만 머리카락 때문에 얼굴은 더 한층 빛나고 까만 눈동자는…….

**군악대장**  우물이나 굴뚝 속을 들여다보는 것 같군. 자, 뒤따라 들어가 보자고!

**마리**  아, 이 등불들 좀 봐요!

**보이체크**  그래…… 이글거리는 눈을 가진 커다란 검은 고양이 같아. 멋진 밤이야!


가설극장 안.


**호객꾼**  (조련된 말과 함께 서서) 자, 너의 재주를 보여 줘! 너의 동물적 이성을 보여 줘! 사람들을 부끄럽게 해봐! 관객 여러분, 지금 여러분이 보시는 이 녀석은 동물입니다. 몸뚱이에 꼬리가 달려 있고, 발굽이 네 개 있습니다만, 이름 있는 학회의 회원이고, 대학교수로서 학생들에게 말 타는 법과 때리면서 소통하는 법을 가르칩니다. 물론 단순한 오성에 지나지 않습니다. 자, 이제 곱절의 이성으로 생각해 봐. 곱절의 이성으로 생각할 때 너는 무엇을 하지? 학회에 가면 나귀도 있어? (말이 고개를 흔든다) 이제 여러분은 곱절의 이성을 보고 계십니다! 이건 동물 인상학입니다. 예, 녀석은 결코 짐승처럼 우둔한 개체가 아니라 사람입니다! 하나의 사람입니다. 하나의 동물 사람입니다. 물론 여전히 가축이고, 짐승이지만요. (말이 멋대로 날뛴다) 자, 사람들을 부끄럽게 해봐. 보십시오, 이 동물은 아직 자연입니다. 훼손되지 않은 자연입니다! 녀석에게서 배우십시오. 의사에게 묻는 것은 지극히 해로운 짓입니다! 이런 말이 있습니다. 인간은 자연이고, 너희는 만들어진 먼지요, 모래요, 똥이다. 그런데도 너희는 먼지, 모래, 똥 이상의 것이 되고 싶은가? 이성이 뭔지 보십시오. 녀석은 계산을 할 수 있지만 손가락으로 세지는 못합니다. 왜일까요? 그저 표현을 못하고, 설명을 못하는 것뿐입니다. 녀석은 변신한 사람입니다! 신사 숙녀분들께 말해 봐. 몇 시인지. 혹시 여러분 중에 시계 갖고 계신 분 있나요, 시계요?

**하사관**  시계 말이요? (잔뜩 거드름을 피우며 우아하게 주머니에서 시계를 꺼낸다) 여기 있소.

**마리**  저건 꼭 봐야겠어요. (그녀가 일등석으로 올라가고, 군악대장이 손을 잡아 준다)


# 제4장

방.
마리가 아이를 안은 채 손에 조그만 거울을 들고 앉아 있다.

**마리**  (거울을 보면서) 어머, 이 귀걸이 좀 봐. 어쩜 이렇게 반짝거리지! 무슨 보석일까? 그 사람이 뭐라고 했더라? 아가야, 그만 자! 눈 꼭 감고, 꼭 감아! (아이가 두 손으로 눈을 가린다) 좀 더 꼭! 그래, 그렇게 가만히 있어. 안 그러면 집시 총각이 물고 가. (노래한다)

> 아가씨, 창문을 닫아요,
>
> 안 그러면 집시 총각이
>
> 와서 손을 잡고
>
> 집시 나라로 데려간대요.

(다시 거울을 본다) 이건 금이 분명해! 우리 같은 인간은 손바닥만 한 땅뙈기에 이 작은 거울밖에 없어. 하지만 내 입술은 귀부인들만큼이나 붉어. 머리부터 발끝까지 비춰 주는 거울에다 매일 신사들이 손에 입을 맞추는 귀부인들에게 뒤지지 않는 붉은 입술이 있다고. 하지만 이 처량한 신세라니! (아이가 몸을 일으킨다) 가만히 있어! 눈 감고! 자꾸 말 안 들으면 잠 귀신이 나타날 거야. (거울로 아이를 비춘다) 눈 감아. 잠 귀신하고 눈이 마주치면 장님이 돼.

보이체크가 들어와 마리 뒤에 선다. 마리가 소스라치게 놀라며 양손으로 귀를 가린다.

**보이체크**  왜 그래?

**마리**  아무것도 아니에요.

**보이체크**  당신 손 밑으로 뭔가 반짝거리는데.

**마리**  잃어버린 귀걸이를 찾았어요.

**보이체크**  못 보던 건데. 그것도 두 개를 한꺼번에 찾았다고?

**마리**  아니면요? 내가 몸이라도 판 줄 알아요?

**보이체크**  무슨 말을 그렇게……. 알았어, 마리. 애가 자는군. 잘 잡아. 의자에서 떨어지겠어. 이마에 땀방울 맺힌 것 좀 봐. 그래, 태양 아래 모든 것이 노동이지. 그러니 자면서도 땀을 흘리지. 우리 가난한 인간들이라는 게……. 돈이 나왔어, 여보. 대위님한테 받은 급료야.

**마리**  정말 수고했어요, 프란츠.

**보이체크**  난 또 가봐야 돼. 저녁에 봐, 마리. 다녀올게.

**마리**  (잠시 후 혼자 남아) 내가 나쁜 년이야. 목숨을 끊어도 시원찮을 년이야. 아, 세상이란 게 참……. 다들 지옥에나 가버려! 사내건 계집이건.


# 제5장


대위, 보이체크.

대위는 의자에 앉아 있고, 보이체크가 그를 면도해 준다.


**대위**  천천히, 보이체크, 천천히. 하나씩 순서대로! 현기증이 날 지경이야. 그렇게 순식간에 끝내 버리면 나보고 남은 10분으로 뭘 하라는 건가? 보이체크, 잘 생각해 봐. 자네는 앞으로 살날이 30년은 족히 남았어. 30년이라고! 개월 수로는 360개월이야. 날과 시간, 분으로 따지면 또 얼마겠어? 이 엄청난 시간을 뭘로 때우려고 그래? 잘 쪼개서 써야

해, 보이체크.

**보이체크**  예, 알겠습니다. 대위님.

**대위**  영원이라는 걸 생각하면, 난 세상이 너무 불안해. 일을 해, 보이체크, 일을 해야 돼! 그게 영원이야. 그게 영원하다고! 그런데 자네도 알다시피 영원하지 않을 수도 있어. 순간이야, 그래, 순간이라고. 보이체크, 난 우리 세상이 하루에 한 번 돈다고 생각하면 소름끼쳐. 시간 낭비야. 그래서 뭘 어쩌려고? 보이체크, 나는 요즘 물레방아도 제대로 못봐. 그게 도는 걸 보고 있으면 기분이 우울해지거든.

**보이체크**  예, 알겠습니다. 대위님.

**대위**  보이체크, 자네는 항상 너무 쫓기면서 사는 것 같아. 착한 사람은 그러지 않아. 양심이 바른 착한 사람은 그러지 않는다고! 보이체크, 아무 말이나 좀 해봐. 오늘 날씨는 어때?

**보이체크**  안 좋습니다, 대위님. 바람이 붑니다.

**대위**  그래, 그런 느낌이 왔어. 그것도 세찬 바람이 불고 있군. 난 그런 바람이 꼭 생쥐 같단 말이야. (능청스럽게) 남북풍이 부는 것 같군.

**보이체크**  예, 맞습니다, 대위님.

**대위**  하하하! 이런 미련한 친구를 봤나! 남북풍이라니! 하하하! (신이 나서) 보이체크, 자네는 착한 사람이야, 착한 사람이라고. 하지만 (위엄 있게) 보이체크, 자네는 도덕이 없어! 〈도덕적인 사람〉이라고 할 때 그 도덕 말이야. 참 좋은 단어지. 자식이 있다면서? 교회의 축복을 받지 않은? 우리 존경스러운 군종 사제님의 말이 그래. 내 말이 아니라.

**보이체크** 대위님, 사랑하는 주님께서는 저희같이 불쌍한 벌레들이 태어날 때 축복의 아멘 소리를 들었는지는 따지지 않으실 겁니다. 주님께서는 〈어린것들아, 다 나에게로 오너라〉[4]라고 말씀하셨거든요.

**대위** 지금 무슨 소릴 하는 거야! 그런 이상한 대답이 어디 있어? 사람을 당황하게 하는군. 자네가 그렇다는 게 아니라 그런 사람들이 있다는 거지!

**보이체크** 예, 저희 가난한 것들이죠. 대위님, 저희 같은 것들에게는 돈이 중요합니다. 돈이 없으니까요. 그래서 저희 같은 것들은 도덕을 중요하게 생각합니다. 저희도 살과 피가 있습니다. 하지만 저희 같은 것들은 이 세상이나 저 세상이나 비참하기는 마찬가지일 겁니다. 하늘에 올라간다 해도 기껏 천둥치는 일이나 거들면서 살겠죠.

**대위** 보이체크, 자네는 도덕이 없어. 도덕적인 사람이 아니라고! 뭐, 살과 피? 나는 비 오는 날 창가에 서서 흰 양말을 신은 여자가 골목길을 뛰어가는 걸 보면, 젠장, 보이체크, 사랑의 감정을 느껴. 나도 피와 살이 있어. 하지만 보이체크, 중요한 건 미덕이야, 미덕이라고! 그러고 나면 내가 시간을 어떻게 보내는 줄 알아? 나는 항상 나 자신에게 말해. 너는 도덕적인 인간이다, (흥분해서) 너는 선한 인간이다, 선한 인간이다, 하고 말이야.

**보이체크** 예, 대위님, 미덕! 명심하겠습니다. 저에겐 아직 그게 없습니다. 아시다시피 저희처럼 미천한 것들에게는 미

4 「마태오의 복음서」 11장 28절 참조.

덕이 있을 턱이 없죠. 그래서 저희는 본능대로 살아갈 뿐입니다. 물론 저도 신사라면, 그러니까 모자를 쓰고 시계를 차고 예복을 차려입으면 고상하게 말할 수 있고, 도덕적으로 행동하려고 할 겁니다. 미덕이라는 건 참 좋은 게 분명합니다, 대위님. 하지만 저는 가난하고 불쌍한 종자입니다.

**대위** 됐어, 보이체크. 자네는 착한 사람이야, 착한 사람이라고. 하지만 생각이 너무 많아. 생각이 많으면 몸이 힘들어져. 자네는 항상 너무 쫓기는 것 같아. 말을 많이 했더니 피곤하군. 이제 가보게. 뛰어다니지 말고. 천천히, 아주 천천히 걸어다니란 말이야.


# 제6장


방.
마리, 군악대장.


**군악대장** 마리!

**마리** (그윽한 눈길로 그를 바라보며) 앞으로 한번 걸어 봐요. 황소처럼 가슴을 쭉 펴고, 사자처럼 갈기를 세우고! 당신처럼 걷는 사람은 없어요. 어떤 여자 앞에서도 당당해 보여요.

**군악대장** 내가 일요일에 깃털 달린 큰 모자를 쓰고 흰 장갑을 끼고 걸어가면, 마리, 왕자님이 뭐라고 하시는지 알아? 〈와우, 역시 군악대장이 최고 대장부야!〉 하고 말씀하시지.

**마리**　(비꼬듯이) 아무렴요, 왜 안 그러겠어요? (군악대장 앞으로 걸어가며) 하여튼 남자들이란!

**군악대장**　당신들 계집은 어떻고? 어때, 우리 군악대장한테 조련을 한번 받아 보는 건? 응? (마리를 껴안는다)

**마리**　(인상을 쓰며) 이거 놔요!

**군악대장**　뻗대기는.

**마리**　(격하게) 내 몸에 손만 대봐요!

**군악대장**　당신 눈엔 다 악마로 보여?

**마리**　맘대로 생각해요. 다 똑같아요.


# 제7장

골목.
마리, 보이체크.


**보이체크**　(뚫어지게 그녀를 바라보며 고개를 흔든다) 아, 아무것도 안 보여, 아무것도. 뭔가 보여야 하는데…… 손에 잡을 수 있을 만큼 분명하게 보여야 하는데…….

**마리**　(겁에 질려) 왜 그래요, 프란츠? 머리가 어떻게 잘못된 건 아니죠?

**보이체크**　죄악은 크고 넓어. 악취가 진동해. 천사들이 견디지

156

못하고 하늘로 도망칠 정도로. 마리, 당신 입술이 붉어. 염
증이 생겨서 그런 건 아니지? 그만하자고. 당신은 죄악처럼
아름다워. 어떻게 죽음의 죄악처럼 아름다울 수 있을까?

**마리**   프란츠, 당신 너무 흥분한 것 같아요.

**보이체크**   젠장맞을! 그놈이 분명 여기 서 있었어. 안 그래,
안 그래?

**마리**   날은 길고 세계는 넓어요. 얼마나 많은 사람이 한 장소
에 서 있게요. 그것도 이 사람 저 사람이.

**보이체크**   내가 그놈을 봤어.

**마리**   두 눈이 있고, 눈이 멀지 않고, 햇빛만 비치면 누구나
많은 걸 볼 수 있어요.

**보이체크**   분명히 봤다니까.

**마리**   (뻔뻔하게) 그래서 어쩌라고요?


# 제8장


박사 연구실.
보이체크, 박사.


**박사**   보이체크, 자네 어떻게 그럴 수 있나? 사내가 약속을
했으면 지켜야지!

**보이체크**   무슨 말씀이신지?

**박사**   내 눈으로 똑똑히 봤어. 자네가 거리에서 오줌을 누는

걸! 개처럼 담벼락에다 대고 오줌을 갈기지 않았나? 매일 나한테 두 푼을 챙겨 가면서. 보이체크, 그건 나쁜 거야. 세상이 나빠지고 있어, 점점.

**보이체크**   그건 본능적인 생리 현상이었습니다, 박사님.

**박사**   생리 현상이라고? 본능이라고? 보이체크, 내가 말하지 않았나? 인간은 의지로 방광 괄약근을 조절할 수 있다고. 그런데 본능이라니! 보이체크, 인간은 자유로워. 인간이 아름다운 건 자유롭게 의지를 사용할 수 있기 때문이야. 그런데 그깟 소변 하나 참지 못하다니! (고개를 흔들더니 뒷짐을 쥐고 방 안을 서성인다) 완두콩은 먹고 있나, 보이체크? 과학계에 혁명이 일어날 거야. 내가 기존의 과학계를 완전히 뒤엎을 거라고! 요소 0.1그램, 염화암모늄, 초과산화물.[5] 보이체크, 다시 소변을 볼 수 있겠나? 들어가서 한 번 시도해 보게.

**보이체크**   지금은 나오지 않습니다, 박사님.

**박사**   (흥분해서) 담벼락에다가는 그렇게 잘 싸갈기더니! 자네와 맺은 계약서가 아직 내 손에 있어! 내가 봤다고, 이 두 눈으로 똑똑히. 재채기하는 모습을 관찰하려고 막 코를 창문 밖으로 돌렸는데, 햇빛이 느껴지는 순간 자네가 오줌을 싸는 걸 봤어! (보이체크에게 성큼 다가선다) 안 돼, 보이체크, 나는 화내지 않아. 화는 건강에 안 좋거든. 비과학적이

---

5  요소 0.1그램: 오줌은 물과 요소로 이루어져 있는데, 여기서 제시된 수치는 정확하지 않다. 염화암모늄: 오줌 속에 포함된 염분. 초과산화물: 박사가 보이체크의 오줌 속에서 증명하려고 했던 금속 성분.

기도 하고. 나는 차분해, 아주 차분해. 내 맥박은 평소처럼 60이고, 나는 아주 냉정하게 말하고 있어. 인간에게 화를 내다니, 당치도 않아. 인간이라면 말이야. 혹시 사지가 찢긴 도롱뇽이라면 모를까. 어쨌든 자네는 담벼락에다 오줌을 누지 말았어야 했어.

**보이체크**　박사님도 아시겠지만, 우리는 각자 성격이 다르고 기질도 다릅니다. 하지만 본능 면에서 보면…… 본능이라는 건(손가락을 꺾어 뚝뚝 소리를 내며)…… 그게 그러니까…… 뭐라 해야 할까, 예를 들면…….

**박사**　자네 또 궤변을 늘어놓는군.

**보이체크**　(친밀하게) 박사님도 〈이중(二重)의 자연〉[6]을 보신 적이 있으시겠죠? 해가 중천에 떠서 세상이 불덩이 속으로 들어가는 것 같을 때면 소름 끼치는 목소리가 저한테 말을 걸곤 합니다.

**박사**　보이체크, 자네는 착란 증세가 좀 있어.

**보이체크**　(손가락을 코에 갖다 대며) 버섯 말입니다, 박사님. 거기에 뭔가가 숨어 있어요. 박사님도 버섯이 땅에서 어떤 모양으로 자라는지 보신 적 있으시죠?[7] 그 의미를 읽을 수 있으면 좋을 텐데.

**박사**　보이체크, 자네는 부분적으로 정말 아름다운 정신 착란 증세를 보이고 있어. 아주 특이한 인종이야! 자네한테

---

6 보이체크는 가시적인 자연의 일상적 지각 외에 관념상의 불안으로 인해 자연에 대한 환각적인 지각 증세를 보이는데, 자연이 이렇게 두 가지 형태로 나타나는 것을 〈이중의 자연〉이라고 표현했다.

7 보이체크는 버섯의 생김새를 일종의 상형 문자로 여기고 있다.

특별 수당을 주겠네. 자네는 전체적으론 이성적이지만 부분적으론 자기만의 고정 관념에 빠진 특이종이니까. 그냥 평소처럼 해나가게. 지금도 대위한테 면도를 해주고 있나?

**보이체크** 물론입죠.

**박사** 완두콩도 먹고?

**보이체크** 그럼요. 빼먹지 않고 잘 먹고 있습니다. 박사님한테 받은 돈도 마누라한테 주고 있고요.

**박사** 근무도 잘하고?

**보이체크** 그렇고말고요.

**박사** 자네는 흥미로운 사례야. 재미있는 연구 대상이라고. 특별 수당을 줄 테니 시키는 대로 잘해! 맥박 좀 재보자고! 음…….


# 제9장

거리.
대위, 박사.
대위가 숨을 헐떡이며 내려오다가 멈춰 서서 주위를 둘러본다.


**대위** 박사님, 말들 때문에 걱정입니다. 이 불쌍한 짐승들이 걸어다녀야 한다고 생각하면……. 박사님, 그렇게 뛰지 마세요. 지팡이를 휘젓지도 마시고요. 꼭 죽음에 쫓기는 사람 같습니다. 선한 양심을 가진 선한 사람은 그렇게 서둘지 않는 법입니다. 선한 사람은요. (박사의 저고리를 재빨리 잡는다) 박사님, 제가 목숨을 구해 드리죠. 그렇게 빨리 달리시다가는…….

박사님, 저는 요즘 아주 우울해요. 몽상 같은 것에 빠진 것 같기도 하고. 제 저고리가 벽에 걸려 있는 걸 보면 마냥 눈물이 납니다.

**박사** 음, 어디 좀 봅시다. 얼굴은 부었고, 몸은 비만이고, 목은 굵고…… 뇌졸중에 걸리기 좋은 체질입니다. 그래요, 대위님은 뇌졸중에 걸릴 수 있어요. 어쩌면 뇌졸중이 몸 한쪽에만 찾아와 반쪽이 마비될 수 있습니다. 운이 좋지 않으면 정신이 마비되어 식물인간 상태로 계속 살아야 할지도 모르고요. 앞으로 4주 정도가 고비입니다. 말이 나온 김에 덧붙이자면 대위님은 흥미로운 사례입니다. 누가 알겠냐마는 자칫 혀에도 부분 마비가 올 수 있어요. 그럴 경우 우린 불멸의 실험을 하게 될 겁니다.

**대위** 괜히 겁주지 마십쇼. 그런 것에 겁먹고 죽은 사람들도 있어요. 너무 불안해서요. 벌써 내 눈에 레몬을 들고 가는 사람들[8]이 보이는 듯해요. 고인이 선한 사람이었다고 말하는 소리도 들리는 것 같고. 빌어먹을 염장이 같으니!

**박사** (자신의 모자를 내밀며) 이게 뭘까요, 대위님? 이건 얼간이입니다.

---

8 임종이나 장례식에서 레몬은 여러 의미를 갖고 있다. 첫째, 죽어 가는 사람의 코밑에 레몬을 놓아둠으로써 그 사람이 아직 반응하는지 살펴본다. 둘째, 레몬이 부패 냄새를 막아 준다고 해서 관 속에 놓아두는 풍습이 있다.

**대위**  (모자를 구기며) 이건 뭘까요, 박사 양반? 이건 바보라는 뜻입니다.

**박사**  이만 실례하겠습니다, 교관 양반.

**대위**  피차일반입니다, 훌륭하신 염장이 양반.

보이체크가 거리를 뛰어 내려간다.

**대위**  어이, 보이체크, 어딜 그렇게 바쁘게 쫓아가나? 거기 좀 서봐, 보이체크. 자네는 꼭 날카로운 면도칼처럼 세상을 가르며 달려가고 있어. 그러다 사람들이 면도칼에 베인다네. 자네는 꼭 카자흐 기병 연대 병력의 수염을 다 면도해 주러 가는 것처럼 뛰어가고 있어. 그러다간 15분 후에 잘린 머리털에 목이 매달리게 될 거야. 아니지, 머리털이 아니라 긴 수염에. 그러니까 무슨 말이냐 하면 긴 수염 때문에…….

**박사**  긴 턱수염에 대해선 플리니우스[9]가 벌써 말했죠. 군인은 수염을 길게 기르지 못하게 해야 한다고. 당신이, 당신이 바로 그래야 합니다.

**대위**  (말을 이어 간다) 긴 수염 말이야, 응? 보이체크, 내 말 알아듣겠어? 아직 수프 그릇에서 수염을 발견하지 못했어? 응? 무슨 뜻인지 몰라? 사람 털 말이야. 공병 대원 수염

9 여기서는 박사(또는 뷔히너)가 로마의 저술가 플리니우스와 그리스 역사가 플루타르코스를 혼동한 듯하다. 근접전에서 병사들이 적에게 수염이 잡힐 수 있다는 이유로 알렉산드로스 황제가 휘하 병사들에게 수염을 기르지 못하게 했다는 기록은 플루타르코스의 저서에 나오기 때문이다.

이건, 하사관 수염이건, 아니면 군악대장 수염이건 간에 말이야. 응, 보이체크? 그래, 자네 마누라는 정숙한 여자지. 그렇다면 남들에게 일어나는 것과 같은 일이 안 일어날 수도 있지만.

**보이체크**  예, 그렇습니다! 근데 무슨 말씀을 하고 싶은 겁니까, 대위님?

**대위**  이놈 인상 쓰는 것 보소! 그래, 수프 그릇에서는 그런 털이 안 나왔을 수도 있어. 하지만 빨리 뛰어가서 저 모퉁이를 돌아가면 아마 연놈이 붙어 있는 것을 볼 수 있을지도 몰라. 연놈이 입술을 맞대고 있는 걸 말이야. 보이체크, 나도 다시 사랑을 느꼈어. 이놈 좀 보소, 얼굴이 아예 사색이 됐네.

**보이체크**  대위님, 저는 불쌍하고 천한 놈입니다. 이 세상에서 가진 것도 없는 몸입니다. 그런 놈한테 이런 농담을 하시면…….

**대위**  내가 농담을 해? 너 같은 놈을 놀리려고?

**박사**  보이체크, 맥박 좀 재보자고. 약했다, 강했다, 풀쩍풀쩍 뛰었다, 불규칙하게…….

**보이체크**  대위님, 땅은 지독하게 뜨겁지만, 저는 지독하게 찹니다. 얼음처럼 차갑다고요. 지옥은 차갑습니다. 그건 내기를 해도 좋습니다. 그런 일은 있을 수가 없어요. 아무리 망할 놈의 세상이라고 해도 그럴 수는 없다고요!

**대위**  이놈이 미쳤나! 머리통에 총알 자국이라도 나고 싶어? 마치 잡아먹을 것처럼 노려보네. 이놈아, 다 너 잘되라고

한 말이야. 왜냐고? 넌 착한 녀석이니까. 그래, 보이체크,
자네는 착한 인간이야!

**박사**  안면 근육 경직, 긴장, 때론 실룩거리고, 자세는 꼿꼿하
고, 잔뜩 긴장해 있고…….

**보이체크**  가보겠습니다! 충분히 그럴 수 있습니다. 빌어먹
을! 충분히 그럴 수 있죠. 오늘 날씨가 참 좋습니다, 대위
님. 보십시오, 잿빛 하늘이 아주 단단해 보이지 않습니까?
저 하늘에 큼직한 쇠갈고리를 걸고, 거기다 목을 매달고
싶은 마음이 드는 날입니다. 맞을까, 아닐까? 사실일까, 아
닐까? 이 긍정과 부정 사이의 갈등 하나만으로 말입니다.
대위님, 사실일까요, 아닐까요? 부정은 긍정 탓일까요? 혹
은 긍정은 부정 탓일까요? 이 부분을 고민 좀 해봐야겠습
니다. (큰 걸음으로 퇴장한다. 처음에는 천천히, 나중에는 점
점 더 빨리)

**박사**  (서둘러 뒤따라가며) 이건 정말 특이한 사례야! 보이체
크, 특별 수당 받아야지!

**대위**  아이고, 어지러워! 뭐가 저리 급해? 껑다리는 거미 다
리를 달았는지 성큼성큼 걷고, 땅딸보는 뒤뚱뒤뚱 바삐 쫓
아가는 꼴이라니! 한 놈은 번개고, 한 놈은 천둥일세그려.
하하, 뒤따라가는 꼬락서니 하고는! 나는 저러고 싶지 않
아! 선한 사람은 고마워할 줄 알고, 자신의 생명을 사랑해.
나름 용기도 있고! 나 같은 겁쟁이한테 용기가 있다고? 그
래, 나는 내 목숨에 대한 사랑에서 나 자신을 좀 더 확실하
게 지키려고 전쟁에 나간 것뿐이야……. 거기서부터 용기

에까지 이르게 됐지. 어떻게 그렇게 됐는지는 기괴해. 기괴한 일이야!

# 제10장

위병소.
보이체크, 안드레스.


**안드레스**　(노래한다)
　　　　　술집 여주인에겐 착한 하녀가 있어.
　　　　　하녀는 밤낮으로 정원에 앉아,
　　　　　정원에 앉아…….

**보이체크**　안드레스!

**안드레스**　왜?

**보이체크**　날씨가 참 좋아.

**안드레스**　그래, 화창한 날이야. 도성 앞에서 음악 소리가 들리더라고. 안 그래도 좀 전에 여자들이 그리로 갔어. 땀을 흘리며 신나게 춤을 추겠지. 그러라지 뭐.

**보이체크**　(불안하게) 춤이라…… 그래, 그녀도 춤을 추겠지.

**안드레스**　뢰셀 술집과 슈테르넨 술집에서.

**보이체크**　춤이라, 춤이라……

**안드레스**　그러든 말든 난 상관없어. (노래한다)
　　　　　정원에 앉아

열두 시 종이 칠 때까지

군인들을 시중드네.

**보이체크**   안드레스, 도저히 진정이 안 돼.

**안드레스**   바보같이 왜 그래!

**보이체크**   가봐야겠어. 눈앞이 핑핑 돌아. 지금 연놈이 뜨겁
게 손을 맞잡고 있겠지? 우라질 것들!

**안드레스**   어쩌려고?

**보이체크**   가봐야겠어.

**안드레스**   도대체 뭘 어쩌려고?

**보이체크**   어쨌든 여기서 나가야겠어. 여긴 너무 더워.


# 제11장


술집.

창문이 열려 있고, 안에서는 춤을 춘다. 술집 앞에는 긴 의자들
이 놓여 있고, 거기에 젊은이들이 앉아 있다.


**견습공 1**   (노래한다)

나는 셔츠를 입고 있어,

하지만 내 것이 아니라네.

내 영혼에선 브랜디 냄새가 나!

**견습공 2**   이봐, 내가 지난 우정을 생각해서 자네의 본성에다
구멍을 내줄까? 젠장! 나는 본성에 구멍을 낼 거야. 알다시

피 나도 사내대장부야. 내 몸에 달라붙은 벼룩을 모조리 쳐죽일 거라고!

**견습공 1**  내 영혼, 내 영혼에선 브랜디 냄새가 나! 돈조차 결국 썩게 마련이야. 나를 잊지 마! 이 세상은 어쩜 이리 아름다운지! 이봐, 나는 빗물 통이 꽉 차도록 눈물을 흘릴 수 있어. 난 우리의 코가 포도주 두 병이었으면 좋겠어. 그러면 서로의 목구멍에다 대고 쏟아부을 수 있을 텐데.

보이체크가 창가로 다가간다. 마리와 군악대장은 그를 보지 못하고 춤을 추며 지나간다.

**다른 사람들**  (합창한다)

팔츠 출신의 사냥꾼,

푸른 벌판을 달린다,

야호, 홀라, 사냥은 재미있어라.

여기 이 푸른 벌판에서,

사냥은 나의 즐거움이라.

**마리**  (춤을 추며 지나가면서) 그래요, 계속, 또 계속!

**보이체크**  (잠긴 목소리로) 뭐? 계속, 또 계속하라고! (화가 나서 벌떡 일어났다가 다시 의자에 주저앉는다) 계속, 또 계속하라고! (두 손을 깍지 낀다) 맘껏 돌고, 맘껏 뒹굴어라! 신은 왜 저 해를 꺼버리시지 않는 것일까! 모든 것이 저렇게 문란하게 부둥켜안고 뒹구는데! 여자와 남자가, 인간과 짐승이 모기처럼 벌건 대낮에 저 짓을 하는데! 손을 맞잡고 저 짓을 하는데! 저 계집이, 저 계집이 뜨거워졌어, 뜨거워졌다고! 계속, 또 계속해! (벌떡 일어난다) 저놈! 저놈이 마리를, 마리의 몸을 더듬고 있어! 아…… 내가 처음에 그랬듯이…….

**견습공 1** (탁자 위에 올라가 설교한다) 시간의 강물에 떠내려가는 한 방랑자는 저 하늘의 지혜에 답하면서 이렇게 말합니다. 〈인간은 왜 존재하는가? 인간은 왜 존재하는가?〉 이 질문에 나는 솔직히 이렇게 말하고 싶습니다. 만일 신이 인간을 만들지 않았다면, 농민과 칠장이, 구두장이, 의사는 무엇으로 먹고살 수 있겠습니까? 신이 인간에게 부끄러운 감정을 심어 주지 않았다면, 재단사는 무엇으로 먹고살 수 있겠습니까? 신이 인간에게 서로를 때려죽일 욕구를 장착하지 않았다면, 군인은 무엇으로 먹고살 수 있겠습니까? 그러니 의심하지 맙시다. 우리가 존재하는 이유는 이렇게 고상하고 사랑스럽습니다. 물론 지상의 모든 것은 허망합니다. 돈조차 썩기 마련입니다. 끝으로 친애하는 청중 여러분, 유대인이 죽게 십자가에다 오줌을 갈깁시다![10]

# 제12장

툭 트인 들판.

---

10 폭넓게 퍼져 있던 반유대주의 정서를 보여 준다.

**보이체크**　계속, 또 계속! 조용. 음악. (바닥으로 몸을 숙이며) 뭐, 연놈들이 뭐라고 지껄였지? 더 크게, 더 크게! 그년을 찔러 죽여 버릴까? 찔러 죽여? 그년을? 그래야 할까? 꼭 그래야 할까? 이게 지금 어디서 들리는 거지? 바람이 속삭이는 소린가? 그러라고? 내 귀에 계속, 또 계속 들려. 찔러 죽여! 찔러 죽여!

# 제13장

밤.
한 침대에 누워 있는 안드레스와 보이체크.

**보이체크**　(안드레스를 흔들어 깨우며) 안드레스, 안드레스, 잠이 안 와! 눈을 감아도 계속 눈앞이 핑핑 돌아. 바이올린 소리도 자꾸 들리고, 벽에서 무슨 소리가 나는 것 같기도 해. 넌 아무 소리도 안 들려?

**안드레스**　내버려 둬. 계속 춤이나 추라고 해. 주여, 어린 저희를 지켜 주소서, 아멘. (다시 잠들려 한다)

**보이체크**　자꾸 무슨 소리가 들려. 찔러, 찔러 버려! 눈앞에 칼 같은 것이 어른거려.

**안드레스**　술에다 가루약을 타서 마셔 봐. 그럼 열이 좀 내릴 거야.

# 제14장

술집.
군악대장, 보이체크, 사람들.


**군악대장**   난 대장부야! (자신의 가슴을 쿵쿵 친다) 사나이라
고! 대들 놈이 누구야? 술에 취하지 않은 놈은 내 앞에 얼
씬도 하지 마! 그런 놈은 코를 아예 제 놈 항문에 박아 버릴
테니까. 난 그럴 수 있어. (보이체크에게) 야, 마셔, 남자는
마셔야 돼. 난 이 세상이 술이었으면 좋겠어. 전부 마셔 버
리게.

**보이체크**   (휘파람을 분다)

**군악대장**   이놈 보게! 혓바닥을 뽑아 몸뚱이에 칭칭 감아 버
려야 정신을 차리겠어? (둘이 뒤엉켜 싸운다. 보이체크가 진
다) 네놈 숨을 할멈 방귀만큼만 남겨 줘? 응, 그래 줘?

**보이체크**   (파르르 떨면서 기진맥진한 채 의자에 털썩 주저앉
는다)

**군악대장**   네놈 똥구멍에서 휘파람 소리가 나게 해줘?
브랜디는 내 인생이야.
브랜디는 용기를 준다고!

**한 여자**   완전히 고주망태군.

**다른 여자**   저 남자는 피를 흘리는데.

**보이체크**   하나씩 차례로.

# 제15장

보이체크, 유대인.

**보이체크**  이 권총은 너무 비싼데요.

**유대인**  그래서 살 겁니까, 말 겁니까?

**보이체크**  이 칼은 얼맙니까?

**유대인**  아주 잘 드는 칼이죠. 왜, 손님 목이라도 자르게요? 그렇다면 제대로 골랐습니다. 아주 싸게 드리죠. 기왕 죽는 거 싸게 죽어야 하지 않겠습니까? 물론 그렇다고 공짜로 드릴 수는 없고. 그렇지 않아요? 그보다는 싸게 죽는 게 좋죠.

**보이체크**  이걸로 빵 말고 다른 것도 자를 수 있겠군.

**유대인**  2그로셴입니다.

**보이체크**  옜소! (퇴장)

**유대인**  옜소? 이 정도 돈은 아무것도 아니라는 듯이? 그래, 이것도 돈이야. 개자식!

# 제16장

마리, 아이, 바보.

**마리**  (성경을 뒤적인다) 〈그리스도는 죄를 지으신 일이 없고 그 말씀에도 아무런 거짓이 없었습니다⋯⋯.)[11] 주여, 주여! 저를 지켜보지 마시옵소서! (계속 뒤적인다) 〈⋯⋯그때에 율법 학자들과 바리사이파 사람들이 간음하다 잡힌 여자 한 사람을 데리고 와서 앞에 내세우고⋯⋯ 예수께서는 《나도 네 죄를 묻지 않겠다. 어서 돌아가라. 그리고 이제부터 다시는 죄짓지 마라》하고 말씀하셨다.)[12] (두 손을 모은다) 주여, 주여! 저는 어찌해야 하나이까? 주여, 제게 기도할 수 있는 힘을 주시옵소서. (아이가 그녀의 품으로 파고든다) 아이가 비수처럼 내 심장을 찌르는구나. 저리 가거라! 차라리 햇볕으로 나가. 거기가 따뜻하니까.

**바보 카를**  (손가락을 꼼지락거리며 누워 자신에게 동화를 이야기해 준다) 그 사람은 금관을 쓰고 있었어. 왕이야. 나는 내일 왕비님한테 아이를 데려다줄 거야. 피 소시지가 말했어. 〈간 소시지야, 이리 와.〉 (아이를 안고 조용해진다)

**마리**  프란츠는 어제도, 오늘도 오지 않았어. 왜 이리 덥지? (창문을 연다) 〈⋯⋯그리고 여자는 예수 뒤에 와서 발치에 서서 울며 눈물로 그 발을 적시었다. 그리고 자기 머리카락으로 닦고 나서 발에 입 맞추며 향유를 부어 드렸다.〉[13] (자신의 가슴을 친다) 모든 것이 죽었어! 구세주여, 구세주여, 저도 당신의 발에 향유를 발라 드리고 싶나이다.

---

11 「베드로의 첫째 편지」 2장 22절.
12 「요한의 복음서」 8장 3절, 11절.
13 「루가의 복음서」 7장 38절.

# 제17장

병영.
안드레스. 보이체크가 자신의 물건을 뒤적이고 있다.


**보이체크**   안드레스, 이 근무복은 이제 입을 일이 없을 것 같
아. 필요하면 너 가져. 이 십자가는 내 누이 거고, 반지도
그렇고…… 성화(聖畵)도 한 장 있군. 두 개의 심장과 황금
이 빛나는…… 그래, 원래 어머니의 성경 책에 끼워져 있던
거지. 여기 이렇게 써 있군.

고통은 나의 이득이요,

고통은 나의 예배로다.

주여, 당신의 몸이 상처 입고 피 흘렸듯이

저의 심장도 매시간 그렇게 하소서!

어머니는 햇빛이 손에 와닿는 것도 느끼시는 분이었어. 아
무것도 아닌 일인데도.

**안드레스**   (딱딱하게 굳은 채로 허공에다 말하듯이) 예, 알겠습
니다!

**보이체크**   (종이 한 장을 꺼낸다) 프리드리히 요한 프란츠 보이
체크, 육군 2연대 2대대 4중대 소속 보병. 성모 영보 축일
출생. 7월 20일 오늘 날짜로 나이는 30살 7개월 12일이다.

**안드레스**   프란츠, 아무래도 병원에 가보는 게 좋겠어. 불쌍
한 친구 같으니. 아니면 술에다 가루약이라도 타서 먹든지.
그러면 열이 내릴 텐데.

**보이체크**  그래, 안드레스. 목수가 관을 짜더라도 그 안에 누가 들어갈지는 아무도 몰라.


# 제18장

교수 강의실.
학생들은 아래쪽에 있고, 교수는 다락 창가에 서 있다.

**교수**  여러분, 나는 지금 다윗이 밧세바를 바라볼 때처럼 지붕 위에 서 있습니다. 하지만 내 눈에 보이는 것이라고는 여학생 기숙사 마당에 널린 빨래밖에 없습니다. 여러분, 우리는 주체와 객체의 관계에 대한 중요한 문제에 이르렀습니다. 사물들 가운데 하나를 취해 살펴봅시다. 그러니까 신성(神性)의 유기적 자기 긍정이 저 숭고한 관점으로 표출된 한 사물을 취해 공간과 지구, 행성과의 관계를 연구해 보면, 다시 말해 여러분, 내가 만일 고양이를 창문 밖으로 던지면 녀석은 자신의 본능에 따라 중력에 어떻게 대응할까요? 어이, 보이체크, (고함을 치듯이 부른다) 보이체크!

**보이체크**  교수님, 고양이가 물어요!

**교수**  저 작자는 지금 고양이가 마치 자기 할머니라도 되는 것처럼 다정하게 안고 있습니다.

**보이체크**  박사님, 저 지금 떨려요.

**박사**  (반가운 기색으로) 좋아, 좋아, 보이체크. (손을 비비며 고양이를 받아 든다) 여러분, 지금 내가 보고 있는 것은 신종 〈이〉입니다. 〈토끼 이〉라고 하는 아름다운 종이죠. 기존의 것들과는 완전히 다릅니다. 확실해요. (확대경을 꺼내 든다) 리치누스, 이 종의 이름입니다, 여러분. (고양이가 달아난다) 여러분, 저 동물은 과학적 본능이 없습니다.

**교수**  리치누스, 정말 아름다운 개체죠. 집에 동물 털가죽 옷이 있으면 가져와 보세요.

**박사**  이제부터는 여러분에게 다른 것을 보여 드리겠습니다. 그 대상은 사람입니다. 석 달 전부터 완두콩밖에 먹지 않은 사람이죠. 그 결과가 어떻게 나타났는지 유심히 살펴보세요. 맥박도 얼마나 불규칙한지 느껴 보시고. 그다음엔 눈도 살펴보세요.

**보이체크**  박사님, 눈앞이 캄캄해져요. (주저앉는다)

**박사**  용기를 내, 보이체크. 며칠만 더 견디면 끝나. 여러분, 느껴 보세요. (학생들이 보이체크의 관자놀이와 가슴을 만지고 맥박을 잰다)

말 나온 김에, 보이체크, 귀도 한번 움직여 봐. 여러분, 나는 사람도 귀를 움직일 수 있다는 것을 보여 드리고 싶습니다. 뭐 해, 보이체크. 어서, 안 보여 주고!

**보이체크**  아, 박사님!

**박사**  빌어먹을! 내가 직접 네 귀를 움직여야겠어? 고양이처럼 귀를 움직여 보라고! 여러분, 이건 인간이 당나귀로 넘어가는 과정입니다. 이건 여성적 교육의 결과일 때가 많습니다. 모국어 교육의 결과이기도 하고요. 자네 어머니가 사랑의 기념으로 자네 머리털을 대체 얼마나 뽑아 버린 거야? 며칠 전부터 머리가 휑해. 그래, 완두콩, 완두콩의 결과입니다, 여러분.

# 제19장

마리, 대문 앞에 소녀들과 함께 서 있다.

**소녀들** (노래한다)

성촉절[14]에 해는 얼마나 빛나는지,

들판엔 곡식이 한창 무르익고 있어.

그들은 거리를 따라 걸었어.

둘이서, 둘이서 걸었어.

피리 부는 사람들이 앞장섰고,

바이올린 켜는 사람들이 뒤를 따르고,

그들은 붉은…….

| | | |
|---|---|---|
| **소녀1** 이 노래 재미없어. | | **다른 소녀들** |
| **소녀2** 넌 무슨 노래 부르고 싶은데? | | (교대로 |
| **소녀1** 네가 처음에 불렀던 거. | | 중간중간에) |
| **소녀2** 난 못 해. | | 왜? |

14 「루가의 복음서」에 따르면 요셉과 마리아는 아기 예수가 태어난 지 40일 되던 날에 유대 관습에 따라 예루살렘 성전에 봉헌한다. 이는 예수를 구세주로 인식한 첫 번째 사건으로서, 서방 교회는 이날을 기념해 초를 밝히고 촛불행렬로 그리스도가 이방인 모두에게 구원의 빛이 된 것을 기린다.

소녀 3   그래도 불러 봐.

소녀들   마리 아줌마, 아줌마가 노래해 줘요.

마리   요 말괄량이들, 이리 와!

　　　둥글게, 둥글게, 장미 화환처럼,

　　　헤로데스 왕이……

이유가 있어!

그게 뭔데?

있다니까!

할머니, 옛날이야기 해주세요!

할머니   옛날 옛날에 한 불쌍한 아이가 살고 있었단다. 아빠도 없고, 엄마도 없는 아이였지. 게다가 다른 사람들도 전부 죽어서 이 세상에 그 아이 말고는 아무도 없었다는구나. 아이는 아무 데로나 걸으면서 하루 종일 울기만 했어. 땅에는 사람이 없어 아이는 하늘로 올라가려고 했어. 하늘을 보니, 달님이 자기를 다정하게 내려다보고 있지 않겠니? 그래서 달님한테 갔는데, 가보니 그건 달님이 아니라 썩은 나뭇조각이었어. 그래서 해님한테 갔어. 그런데 가보니 이번에도 해님이 아니라 시든 해바라기였어. 그래서 별님한테 갔지. 하지만 그것도 별이 아니라 때까치가 가시자두나무에 숨겨 놓은 작은 황금빛 모기였어. 아이는 다시 땅으로 내려가려고 했어. 그런데 땅은 엎어진 요강으로 변해 있었지. 혼자 남은 아이는 바닥에 주저앉아 엉엉 울기만 했어. 지금도 혼자서 그러고 앉아 있다는구나.


보이체크가 나타난다.


보이체크   마리!

**마리** (흠칫 놀라며) 무슨 일이에요?

**보이체크** 마리, 같이 갈 데가 있어. 시간이 됐어.

**마리** 어디로요?

**보이체크** 그건 나도 몰라.


# 제20장


마리와 보이체크.


**마리** 저쪽이 시내예요. 어두워지고 있어요.

**보이체크** 좀 더 있다 가. 이리 앉아.

**마리** 가야 해요.

**보이체크** 다리가 아프게 걷지는 않을 거야.

**마리** 대체 무슨 일인데 이래요?

**보이체크** 우리가 얼마나 같이 살았는지 알아?

**마리** 오순절이면 2년이죠.

**보이체크** 우리가 앞으로 얼마나 더 같이 살게 될지도 알아?

**마리** 가야겠어요. 벌써 밤이슬이 내려요.

**보이체크** 추운가? 당신이? 당신처럼 뜨거운 여자가? 당신 입술이 얼마나 뜨거운지 몰라? 창녀의 입김처럼 뜨거워! 그런데도 빌어먹을, 당신 입술에 다시 한번 키스하고 싶어. 몸이 차가워지면 더 이상 얼어붙는 일은 없어. 당신은 아침 이슬에도 얼어붙지 않을 거야.

**마리**　그게 무슨 소리예요?

**보이체크**　아무것도 아냐.

　(침묵)

**마리**　붉은 달이 떠올라요.

**보이체크**　피 묻은 낫 같군.

**마리**　당신 지금 무슨 생각 하는 거예요? 프란츠, 당신 얼굴
이 사색이에요. (칼을 본다) 프란츠, 안 돼요! 무슨 짓이에
요? 사람 살려요, 사람 살려!

**보이체크**　받아라! 이걸 받아! 넌 안 죽을 줄 알았어? 이래도?
이래도? 아직 움찔거리는군. (또 찌른다) 이래도 안 죽어?
이래도? 아직이군. (찌른다) 죽었나? 그래, 죽었어! 죽었
어! (사람들이 몰려오자 달아난다)


# 제21장


사람들이 온다.


**사람1**　잠깐!

**사람2**　이게 무슨 소리지? 조용! 저기!

**사람1**　맞아, 저쪽! 저기서 무슨 소리가 들렸어.

**사람2**　물소리인가? 사람 소리 같은데? 여기서 사람이 빠져
죽지 않은 지는 오래되지 않았나? 가자고. 느낌이 안 좋아.

**사람1**　어이쿠, 또 들려. 사람이 죽어 가는 소리야.

**사람2** 으스스해. 안개도 자욱하고. 사방이 온통 잿빛이야. 풍뎅이가 웽웽거리는 것 같기도 하고, 깨진 종에서 나는 소리 같기도 하고. 그만 가!

**사람1** 가만있어 봐. 너무 또렷하고 크게 들렸어. 올라가 보자고. 같이 가.


# 제22장

술집.


**보이체크** 다들 춤을 춰! 계속하라고! 땀을 흘리고 악취를 풍겨. 악마가 언젠가 너희 모두를 데려갈 테니까. (노래한다)
　　　　술집 여주인에겐 착한 하녀가 있어.
　　　　하녀는 밤낮으로 정원에 앉아,
　　　　정원에 앉아,
　　　　열두 시 종이 칠 때까지
　　　　군인들을 시중드네.
(춤을 춘다) 어이, 케테, 이리 와서 앉아 봐! 내 몸이 뜨거워, 뜨거워! (윗도리를 벗는다) 그럼 그렇지. 악마가 한 여자는 데려가고, 한 여자는 내버려 두는가 보군. 케테, 네 몸이 뜨거워! 케테, 왜 그래? 너도 차가워질 거야. 정신 차려. 노래라도 불러 줄 수 없어?

**케테** (노래한다)

슈바벤엔 가기 싫어,

긴 드레스가 없어.

하녀에겐 긴 드레스도,

뾰족구두도 어울리지 않아.

**보이체크**　그래, 구두는 필요 없어. 지옥은 맨발로도 갈 수 있
으니까.

**케테**　(노래한다)

왜 이래요, 자기, 이건 나빠요.

돈은 넣어 두고 혼자 자요.

**보이체크**　그래, 나는 정말 피를 보고 싶지 않아.

**케테**　근데 손에 묻은 건 뭐죠?

**보이체크**　나? 나 말이야?

**케테**　손에 빨간 게 묻었잖아요. 피 같은데. (사람들이 몰려
든다)

**보이체크**　피? 피라고?

**술집 주인**　그러게, 피 같은데.

**보이체크**　칼에 벤 모양이네, 오른손이.

**술집 주인**　그런데 팔꿈치에는 어떻게 피가 묻었지?

**보이체크**　거기다 닦았나 보지.

**술집 주인**　뭐? 오른손으로 오른쪽 팔꿈치를 닦았다고? 재주
도 좋군!

**바보 카를**　그때 거인이 말했어. 냄새가 나, 냄새가 나, 사람
고기 냄새가. 벌써 악취가 진동해.

**보이체크**　빌어먹을, 그래서 어쩌라고? 이게 당신들하고 무

슨 상관이야? 비켜! 안 그러면 누구든……. 우라질! 내가 누굴 죽이기라도 했다는 거야? 내가 살인자라고? 뭘 봐! 당신들 일이나 잘해! 비키라고! (서둘러 밖으로 나간다)

## 제23장

도시가 멀리 보인다.
보이체크 혼자.

**보이체크**  칼? 칼이 어디 있지? 여기다 둔 것 같은데. 찾아야해. 아님 내 정체가 탄로 나. 좀 더 가까이 가보자! 여기가 어디지? 무슨 소리지? 뭔가 움직이는 것 같은데. 저 근처야. 마리? 여보? 조용해. 온 사방이 조용해! 저기 뭔가 바닥에 누워 있어! 차갑고, 축축하고, 움직이지 않아. 여길 떠나야겠어. 저기, 칼, 칼이 있어. 이게 맞지? 그래, 맞아. 아, 저기 사람들이 오고 있어. (달아난다)

## 제24장

못가의 보이체크.

**보이체크**  그래, 저 아래로 던져야겠어! (칼을 물속에 던진다)

시커먼 물속에 돌처럼 가라앉는군. 달이 피 묻은 낫 같아! 온 세상이 멋대로 지껄여 대겠지? 근데 칼을 너무 가까이 던진 건 아닐까? 사람들이 멱을 감다가 혹시라도 발견하면? (못으로 들어가 칼을 찾아내어 더 멀리 던진다) 됐어. 아니지. 사람들이 혹시 여름에 조개를 캐러 잠수하면? 아냐, 그때는 이미 녹슬었을 거야! 그걸 누가 알아보겠어! 그래도 그냥 부러뜨리는 게 나았을까? 몸에 아직 피가 묻어 있군. 씻어야겠어. 여기도 피, 저기도 피.


# 제25장


거리에서.

아이들.


**소녀 1** 가보자. 마리 아줌마한테!

**소녀 2** 왜?

**소녀 1** 못 들었어? 어른들은 벌써 갔어. 저 너머에 아줌마가 누워 있대.

**소녀 2** 어디?

**소녀 1** 숲으로 들어가는 오솔길 왼편이래. 붉은 십자가 있는 숲 말이야.

**소녀 2** 빨리 가자. 늦으면 못 볼지도 몰라. 어른들이 치울 수도 있어.

# 제26장

법원 직원, 의사, 판사.

**법원 직원**  훌륭해요, 아주 멋진 살인입니다. 전문 킬러만큼 완벽한 솜씨 같습니다. 오랫동안 이렇게 멋진 살인은 없었습니다.


# 제27장

바보 카를, 아이, 보이체크.

**바보 카를**  (아이를 무릎에 앉힌 채) 저 사람 물에 빠졌어. 저 사람 물에 빠졌어. 맞아, 저 사람 물에 빠졌어.

**보이체크**  아가야, 크리스티안.

**바보 카를**  (보이체크를 뚫어지게 바라본다) 저 사람 물에 빠졌어.

**보이체크**  (아이를 쓰다듬으려 하자, 아이가 고개를 돌리고 울음을 터뜨린다) 맙소사!

**바보 카를**  저 사람 물에 빠졌어.

**보이체크**  우리 착한 크리스티안, 목마 하나 사줄까? 응, 응? (아이가 거부하자, 카를에게) 나중에 크리스티안한테 목마 하나 사줘.

**바보 카를** (보이체크를 뚫어지게 바라본다)

**보이체크** 이랴, 이랴! 백마야, 달려라!

**바보 카를** (신이 나서) 이랴, 이랴! 백마야, 달려라! (아이와 함께 달려 나간다)

# 레옹스와 레나

희극

# 서문

**알피에리**[1]  그럼 명성은?
**고치**[2]  그럼 배고픔은?

---

1 Vittorio Alfieri(1749~1803). 이탈리아 시인이자 비극 작가.
2 Carlo Gozzi(1720~1806). 이탈리아 희극 작가.

# 등장인물




**페터**  포포 왕국의 왕

**레옹스**  페터 왕의 아들

**레나**  피피 왕국의 공주, 레옹스의 약혼녀

**발레리오**

**가정 교사**

**궁내관**

**의전관**

**추밀원 의장**

**궁정 목사**

**군수**

**교장**

**로제타**

그 밖에 하인, 추밀원 대신들, 농부 등

# 제1막

> 오, 저도 광대였으면!
> 알록달록한 옷을 꼭 입어 보고 싶습니다.
> ─ 셰익스피어, 「뜻대로 하세요」 중에서

## 제1장

정원.

벤치에 반쯤 누운 레옹스, 궁내관.

**레옹스**  궁내관, 그래서 나한테 원하는 게 뭐요? 왕자의 직무를 준비하라고? 난 아주 바빠요. 할 일이 너무 많아 어쩔 줄 모르겠다고. 우선 여기 이 돌에다 365번이나 연달아 침을 뱉어야 해요. 아직 안 해봤죠? 해보세요, 재미가 쏠쏠해요. 그다음으론 여기 모래 한 줌 보이죠? (모래를 쥐어 공중으로 던졌다가 손등으로 받는다) 이제 다시 공중으로 던질 겁니다. 우리 내기할래요, 내 손등에 모래 몇 개가 남을지? 짝수, 아니면 홀수? 왜요, 내기하고 싶지 않아요? 혹시 궁내관은 이교도요? 신을 믿어요? 나는 보통 나 자신하고 이런 내기를 하면서 하루 종일 놀곤 해요. 궁내관이 가끔 나하고 내기할 마음이 있는 사람을 구해 준다면 정말 고마울 거요. 그것 말고 또 내가 뭘 하는지 알아요? 어떻게 하면 내 머리 위를 볼 수 있을지 고민하고 또 고민해요. 아, 자기 머리 위를 볼 수 있으면 얼마나 좋을까! 내 이상 중 하나죠. 그다음엔, 또 그다음엔…… 이런 종류의 일들은 한없이 많아요. 내가 빈둥거린다고 생각해요? 하는 일이 없다고 생각해요? 그렇다면 슬픈 일이죠…….

**궁내관** 무척 슬픈 일입니다, 왕자님.

**레옹스** 구름이 벌써 3주 전부터 서쪽에서 동쪽으로 움직이고 있어요. 그걸 보고 있으면 아주 우울해져요.

**궁내관** 당연히 무척 우울하시겠죠.

**레옹스** 아니, 내 말에 왜 반박을 하지 않는 거요? 아, 급한 볼일이 있으시군, 그렇죠? 이렇게 오래 붙잡아 둬서 미안합니다. (궁내관이 허리를 숙이고 물러난다) 궁내관, 허리를 숙일 때 당신의 다리가 만들어 내는 동작이 아주 멋지십니다. (혼자 벤치 위에서 몸을 쭉 뻗는다) 벌들은 나태하게 꽃에 앉아 있고, 햇빛은 한가하게 대지를 비추고 있구나. 어디를 가든 지독한 게으름뿐이야. 게으름은 모든 악덕의 시작이지. 사실 세상 모든 일이 지루함에서 나온 게 아닐까! 사람들은 너무 지루해서 공부하고, 너무 지루해서 기도한다. 또 너무 지루해서 사랑하고, 결혼하고, 자식을 낳고, 결국에는 너무 지루해서 죽는다. 그런데 웃기는 건 자기들이 왜 이런 일들을 하는지 이유도 모르면서 무슨 대단한 의미가 있다는 듯이 굴고, 그로써 신을 안다고 생각한다는 거야. 세상의 모든 영웅, 천재, 바보, 성자, 죄인, 가장(家長)

들은 근본적으로 노회한 게으름뱅이에 지나지 않아. 왜 이제야 이걸 깨닫게 되었지? 이 거추장스러운 옷을 벗어 버리고, 하찮은 인형에게 연미복을 입히고 우산을 쥐어 주면서 합법적이고 쓸모 있고 도덕적으로 살라고 하지 못할 이유가 어디 있을까? 방금 내 곁에 있던 그 남자가 부럽다. 너무 부러워서 실컷 때려 주고 싶다. 아, 다른 누군가가 될 수 있다면! 단 1분만이라도. 저 인간이 뛰는 걸 좀 봐! 태양 아래 나를 뛰게 하는 것이 있다면 얼마나 좋을까!

발레리오[3]가 약간 술에 취해 등장한다.

**발레리오**  (왕자 앞으로 바짝 다가와서는 손가락을 코에 대고 왕자를 뚫어지게 바라본다) 그러게 말입니다!

**레옹스**  (똑같이 행동하며) 그렇지!

**발레리오**  제 말을 이해하셨습니까?

**레옹스**  완벽하게.

**발레리오**  그럼 뭔가 다른 이야기를 해야겠네요. (풀밭에 눕는다) 저는 이제 풀밭에 누워 풀줄기 사이로 제 코를 꽃처럼 피어나게 한 다음 낭만적인 감각을 맛보고 싶습니다. 벌과 나비가 장미꽃인 줄 알고 제 코 위에서 살랑댈 테니까요.

**레옹스**  하지만 친구, 코를 너무 그렇게 벌렁거리지는 말게. 안 그랬다간 꽃의 꿀이 죄다 자네 코로 빨려 들어가서 벌

---

3 셰익스피어의 희극에 나오는 광대나 세르반테스의 『돈키호테』에 나오는 산초의 역할과 비슷하다.

과 나비는 굶어 죽고 말 테니까.

**발레리오** 아, 왕자님, 그건 제가 자연을 얼마나 사랑하는지 모르셔서 하는 말씀입니다! 저는 풀이 너무 아름다워 그 풀을 뜯어먹는 소가 되고 싶었는데, 그렇게 되지 못해서, 그럼 그런 소를 먹는 존재로라도 태어나자고 해서 태어난 인간이랍니다.

**레옹스** 불쌍한 친구 같으니, 자네도 이상(理想)에 지쳐 보이는군.

**발레리오** 비통한 일이죠. 목이 부러지는 걸 각오하지 않고는 교회 탑에서 뛰어내릴 수 없고, 복통을 각오하지 않고는 4파운드의 체리를 씨앗째 먹을 수 없습니다. 왕자님, 저는 한구석에 앉아 아침부터 저녁까지 이렇게 노래 부를 수 있습니다. 〈저기 봐, 벽에 파리 한 마리 붙어 있네! 벽에 파리 한 마리! 벽에 파리 한 마리!〉 죽을 때까지 계속 그렇게 노래 부를 수 있답니다.

**레옹스** 주둥이 닥쳐! 듣고 있으려니 바보가 될 것 같군.

**발레리오** 바보가 되면 얼마나 좋아요! 바보라니, 얼마나 대단합니까! 누가 제 이성을 자신의 어리석음과 바꿔 주지 않으려나요? 이놈들아, 나는 알렉산드로스 대왕이다! 내 머리를 덮은 금빛 왕관이 햇빛에 빛나고 내 제복이 번쩍거리는구나! 메뚜기 총사령관, 병력을 집결시키시오! 거미 재무대신, 돈을 마련하시오! 잠자리 여관(女官), 내 아리따운 완두콩 왕비는 뭘 하고 계신가? 딱정벌레 주치의, 나는 왕세자가 필요해. 이런 멋진 상상을 하는 사람은 맛있는 수프와 맛난 고기, 맛난 빵, 훌륭한 잠자리를 얻고, 머리도 공짜로 깎습니다. 정신 병원에서 말이죠. 반면에 건강한 이성을 가진 저는 기껏해야 벚나무 열매가 잘 익도록 열심히 남의 집 일이나 해준답니다. 뭘 위해서요? 뭘 위해서요?

**레옹스**   자네 바지에 난 구멍들 때문에 체리가 부끄러워 빨갛게 익게 하기 위해서겠지. 하지만 고상한 친구, 자네의 직업, 본업, 생업, 신분, 기술은 뭔가?

**발레리오**   (품위 있게) 왕자님, 저는 대단한 일을 한답니다. 빈둥거리는 일이죠. 무위도식하는 데는 도가 텄고, 게으름을 부리는 데는 따라올 자가 없습니다. 못이 박혀 손을 욕되게 한 적이 없고, 이마에서 흘러내린 땀방울로 땅을 더럽힌 적도 없습니다. 일과 관련해선 숫처녀나 다름없죠. 이런 엄청난 업적을 왕자님께 세세하게 설명드리면 좋으련만 워낙 품이 많이 드는 일이라 이 정도로 하겠습니다요.

**레옹스**   (감격한 표정으로) 내 품으로 오게! 자네는 정말 신적인 존재야. 땀과 먼지로 뒤범벅이 되어 지나가야 할 인생 대로를 깨끗한 이마로 힘들이지 않게 지나가고, 복된 신들처럼 휘황찬란한 신발과 생기 넘치는 몸으로 올림포스로 걸어 들어가는 존재라고 할까! 이리 와! 이리 와!

**발레리오**   (노래하며 퇴장한다) 저기 봐, 벽에 파리 한 마리 붙어 있네! 벽에 파리 한 마리! 벽에 파리 한 마리!


둘이 팔짱을 끼고 퇴장한다.

# 제2장

방.

시종 둘이 페터 왕에게 옷을 입혀 준다.

**페터 왕** (옷시중을 받으며) 사람은 생각을 해야 돼. 더구나 나는 내 신하들을 대신해서 생각해야 돼. 그들은 생각할 줄 모르거든. 생각을 할 줄 몰라. 실체라는 건 사물 그 자체야. 그게 나야. (거의 벌거벗은 몸으로 방 안을 돌아다닌다) 알겠나? 사물 자체는 사물 자체라고, 알아듣겠나? 거기서 이제 나의 속성, 변화, 애착, 우연성이 나와.[4] 내 셔츠가 어디 있지? 바지는? 가만, 이런! 자유 의지가 저 앞에 완전히 노출되어 있잖아. 도덕은 어디 있지? 커프스는? 범주들이 완전히 엉망진창이야. 단추는 두 개나 더 채워져 있고, 담뱃갑도 오른쪽 주머니에 들어 있어. 내 전체 체계가 무너졌어. 허, 손수건에 있는 이 단추는 또 뭐지? 젠장, 이 단추가 무슨 뜻이지? 내가 뭘 하려고 했더라?

**시종 1** 폐하께서는 단추를 손수건에 끼우려고 하시다가······.

**페터 왕** 그래서?

**시종 1** 뭔가 생각을 하셨습니다.

**페터 왕** 혼란스러운 대답이군! 이거 원! 그래, 무슨 생각이었던 것 같나?

---

4 사물 자체, 속성, 변화 등은 데카르트, 스피노자, 칸트로 대변되는 이상주의적 관념 철학의 핵심 개념이다.

**시종 2**  폐하께서는 단추를 손수건에 끼우려고 하시다가 뭔가를 생각하려 하셨습니다.

**페터 왕**  (이리저리 걷는다) 뭐? 뭐라고? 이 친구들이 나를 혼란스럽게 하는군. 완전 뒤죽박죽이야. 어째야 좋을지 모르겠군. (하인이 등장한다)

**하인**  폐하, 추밀원이 다 모였습니다.

**페터 왕**  (기뻐하며) 맞아, 그거야, 그거라고! 나는 백성들을 생각하려고 했어! 이리들 오게! 대칭으로 줄을 맞추어 가자고. 날이 무덥지 않나? 자네들도 손수건을 꺼내 얼굴을 닦게. 공식적으로 말을 하면 항상 이렇게 당황하게 되는군. (모두 퇴장)

페터 왕과 추밀원 대신들.

**페터 왕**  나의 친애하는 충신들이여, 여러분에게 알릴 말이 있소. 알릴 말이 있다오. 내 아들 일이오. 왕자가 결혼을 하느냐 마느냐(손가락을 이마에 대며), 하느냐 마느냐의 문제요. 내 말 알아듣겠소? 제3의 길은 없소. 인간은 생각을 해야 하오. (한동안 말없이 생각에 빠진다) 이렇게 큰 소리로 말을 할 때면 나는 그게 누군지 모르겠단 말이오. 나일까, 다른 사람일까? 이런 생각을 하면 불안해지오. (이번에는 좀 더 오래 생각한 끝에) 그래, 나는 나야! 의장의 생각은 어떻소?

**의장**  (목소리를 깔면서 느릿느릿) 폐하, 어쩌면 그런 것 같고,

어쩌면 그런 것 같지 않사옵니다.

**전 대신들**  (합창으로) 그러하옵니다. 어쩌면 그런 것 같고, 어쩌면 그런 것 같지 않사옵니다.

**페터 왕**  (감격해서) 오, 내 현명한 신하들이여! 그런데 원래 무슨 말을 하고 있었지? 내가 무슨 말을 하려고 했지? 의장, 이런 엄숙한 자리에서 어찌 그리 기억력이 나쁜 거요? 회의는 이것으로 끝냅시다. (왕이 위엄 있게 퇴장하자 추밀원 대신들도 모두 뒤따른다)

## 제3장

화려한 장식의 홀, 촛불이 밝혀져 있다.
레옹스와 하인 몇 명.

**레옹스**  덧문은 모두 닫았느냐? 촛불을 켜라! 낮은 사라져라! 나는 밤을 원한다. 그것도 깊은 천상의 밤을! 협죽도 꽃 사이에 크리스털 갓을 씌운 등을 갖다 놓아라. 등불이 처녀의 눈처럼 꿈을 꾸듯 꽃잎 속눈썹 아래에서 반짝거릴 수 있게. 장미꽃을 좀 더 가까이 갖다 놓아라. 포도주가 이슬방울처럼 꽃받침 위로 흐를 수 있게. 음악! 바이올린은 어디 있느냐? 로제타는 어디 있느냐? 물러가라! 모두 나가라!

하인들이 퇴장한다. 레옹스가 소파에 몸을 뻗고 눕는다. 우아하게 차려입은 로제타가 등장한다. 멀리서 음악 소리가 들린다.


**로제타**  (아양을 떨며 다가온다) 레옹스!

**레옹스**  로제타!

**로제타**  레옹스!

**레옹스**  로제타!

**로제타**  당신 입술이 게으르네요. 키스 때문인가요?

**레옹스**  하품 때문이야!

**로제타**  오!

**레옹스**  로제타. 난 지금 엄청난 일을 하고 있어.

**로제타**  무슨 일이요?

**레옹스**  아무것도 하지 않는 거.

**로제타**  사랑하는 것 말고는?

**레옹스**  아니, 일이라니까!

**로제타**  (기분이 상해서) 레옹스!

**레옹스**  아니면 직무.

**로제타**  아니면 무위도식이죠.

**레옹스**  늘 그렇듯 당신 말이 맞아. 당신은 똑똑한 여자야. 난
     당신의 그런 총명함이 좋아.

**로제타**  그러니까 지루해서 절 사랑하시나요?

**레옹스**  아니, 당신을 사랑해서 지루한 거야. 하지만 난 당신
     만큼이나 이 지루함을 사랑해. 당신과 지루함은 하나야.
     오, 달콤한 무위도식이여! 당신의 눈을 보면 나는 신비롭
     고 깊은 샘물을 보듯 꿈을 꾸고, 당신 입술의 애무는 파도

소리처럼 나를 잠들게 해. (그녀를 끌어안는다) 이리 와, 사
랑스러운 지루함이여. 당신의 키스는 관능을 일깨우는 하
품이고, 당신의 발걸음은 우아한 하품 소리야.

**로제타**    저를 사랑하세요, 레옹스?

**레옹스**    왜 아니겠어?

**로제타**    영원히?

**레옹스**    〈영원히〉라는 단어는 너무 길어. 차라리 앞으로 5천
년 7개월만 사랑해도 충분하지 않겠어? 영원보다는 훨씬
짧지만 그것만으로도 엄청난 시간이야. 우린 충분히 여유
를 갖고 사랑할 수 있어.

**로제타**    시간이 우리의 사랑을 앗아 갈 수도 있어요.

**레옹스**    아니면 사랑이 우리한테서 시간을 앗아 갈 수도 있
고. 춤을 춰, 로제타, 춤을 춰. 사랑스러운 당신 발의 박자
에 맞춰 시간이 흘러가도록.

**로제타**    제 발은 시간에서 벗어나는 걸 더 좋아해요.

(춤을 추며 노래한다)

> 오, 내 지친 두 발,
> 알록달록한 신 신고 춤추네,
> 차라리 깊디깊은 땅속에서
> 쉬면 더 좋으련만.

> 오, 내 뜨거운 두 뺨,
> 거친 애무 속에서 타오르네,
> 차라리 하얀 장미 두 송이

피우면 더 좋으련만.


오, 내 가여운 두 눈,
촛불 속에서 반짝이네,
차라리 고통의 어둠 속에서
잠들면 더 좋으련만.

**레옹스** (그 사이 꿈을 꾸듯 혼잣말로) 오, 식어 가는 사랑은 시
작하는 사랑보다 아름답구나. 나는 로마인이다. 근사한 식
사 시간에 후식으로 나온 황금 물고기가 죽음의 색으로 변
해 간다. 두 볼에서는 붉은색이 사라지고, 눈에서는 서서
히 빛이 꺼지고, 몸뚱이의 실룩거림도 조금씩 잦아드는구
나! 안녕, 안녕, 내 사랑, 내 너의 시신을 사랑하겠노라. (로
제타가 다가온다) 울었어, 로제타? 눈물을 흘릴 수 있다니
섬세한 향락주의군. 로제타, 햇볕으로 가서 서봐. 귀한 눈
물방울이 수정으로 맺히게. 거기서 화려한 다이아몬드가
생겨날 거야. 그것으로 당신 목걸이를 만들 수 있어.

**로제타** 그래요, 어쩌면 다이아몬드가 생겨날지도……. 하지
만 그게 내 눈을 아리게 해요. 아, 레옹스! (그를 껴안으려
한다)

**레옹스** 조심해, 내 머리! 우리의 사랑을 그 안에 안장했거든.
내 눈의 창문을 들여다봐. 보여? 그 불쌍한 것이 얼마나 아
름답게 죽어 있는지? 그 불쌍한 것의 두 볼 위에 놓인 하얀
장미 두 송이와 가슴에 놓은 붉은 장미 두 송이가 보여? 밀
치지 마, 그 불쌍한 것의 팔이 부러져. 그러면 얼마나 애석

하겠어! 난 어깨로 머리를 똑바로 받치고 있어야 해. 염을 하는 여인이 아이의 관을 들고 있는 것처럼.

**로제타**  (농담하듯이) 바보!

**레옹스**  로제타! (로제타가 얼굴을 찡그린다) 다행이야! (두 눈을 감는다)

**로제타**  (깜짝 놀라서) 레옹스, 나를 봐요.

**레옹스**  절대 안 봐!

**로제타**  딱 한 번만!

**레옹스**  절대 안 봐! 당신 울어? 조금만 울어, 그러면 내 사랑이 다시 세상으로 나올지도 모르니까. 난 내 사랑을 파묻어서 기뻐. 그 느낌을 오래 간직할 거야.

**로제타**  (슬픈 얼굴로 노래하면서 천천히 퇴장한다)

나는 불쌍한 고아,

혼자인 게 너무 무서워.

오 사랑스러운 비탄이여,

나와 함께 집으로 가지 않으련?

**레옹스**  (혼자서) 사랑은 참 이상한 녀석이야. 1년 내내 잠에 취해 누워 있다가 어느 아름다운 아침에 깨어나 물 한 잔 마시고 옷을 걸치고는 손으로 이마를 쓱 문지른 다음 고민하고 또 고민해. 빌어먹을, 제대로 된 사랑을 노래하려면 대체 얼마나 많은 여자가 필요한 거야? 한 여자로는 하나의 음도 제대로 내지 못해. 대지 위의 안개는 왜 프리즘이 되어 하얗게 타오르는 사랑의 광선을 무지개로 굴절시키는 거지? (술을 마신다) 내가 오늘 취하도록 마실 포도주는 대체 어느 병에 들어 있는 거야? 그것도 모를 정도가 됐나? 꼭 공기 펌프 밑에 앉아 있는 것 같군. 공기가 너무 아리고 희박해서 무명 바지를 입고 스케이트를 타는 것처럼 추워. 신사 여러분, 신사 여러분, 당신들도 칼리굴라[5]와 네로가 누군지 아십니까? 나는 압니다. 이리 와, 레옹스, 독백을 해봐, 경청해 줄 테니. 내 삶이 마치 커다란 백지처럼 눈앞에 펼쳐져 있어. 그 종이를 가득 채워야 하는데 쓸 말이 없어. 내 머리는 텅 빈 무도회장이야. 바닥에는 시든 장미 몇 송이와 구겨진 리본이 널브러져 있고, 구석에는 망가진 바이올린이 놓여 있어. 마지막 무희들은 가면을 벗고 피곤에 지친 눈으로 서로를 바라봐. 나는 매일 스물네 번이나 장갑을 뒤집어보듯 나를 뒤집어봐. 아, 나는 나를 알아. 내가 15분 후에, 8일 후에, 1년 후에 무슨 생각을 하고 어떤 꿈을 꿀지. 신이시여, 제가 대체 무슨 잘못을 저질렀다고 이렇게 자주 저를 어린 학생처럼 혼내시는 건가요?

브라보, 레옹스, 브라보! (박수를 친다) 이렇게 내가 내 이름을 부르니 기분이 아주 좋군. 어이! 레옹스! 레옹스!

**발레리오** (테이블 아래에서 기어 나오며) 왕자님은 정말 진정한 바보로 가는 최상의 길 위에 있으신 것 같습니다.

**레옹스** 그래, 잘 생각해 보니 나도 그런 것 같군.

**발레리오** 잠시만 기다리세요, 왕자님. 그 부분에 대해서는

5 Caligula(12~41). 고대 로마의 제3대 황제. 즉위 초에는 민심 수습책으로 환영받았으나, 점차 방탕한 생활을 하여 재정을 파탄 내고 독단적인 정치를 강행하다 암살되었다. 제5대 황제인 네로와 더불어 로마 폭군의 대명사다.

조금 이따 자세히 이야기를 나누어 보자고요. 부엌에서 가져온 고기 한 점을 마저 먹고, 왕자님 테이블에서 훔친 포도주만 비우면 됩니다. 곧 끝날 겁니다.

**레옹스** 쩝쩝거리며 맛있게도 먹는군. 네 녀석 때문에 목가적인 감정이 들어. 가장 단순한 것부터 다시 시작할 수 있을 것 같아. 치즈를 먹고 맥주를 마시고 담배를 피우는 거야. 이놈아, 그만해! 주둥이로 그렇게 꿀꿀대지 말고, 이빨로 그렇게 어기적어기적 씹어 대지 말라고!

**발레리오** 존귀하신 아도니스 님, 넓적다리를 물릴까 걱정되십니까?[6] 걱정 마세요. 저는 싸리비를 만드는 사람도 아니고, 학교 선생도 아니니까요. 그러니 싸리 회초리는 필요 없답니다.

**레옹스** 꼬박꼬박 말대꾸를 하는구나.

**발레리오** 제 주인님도 그렇다고 말씀드리고 싶습니다.

**레옹스** 맞고 싶은 거냐? 너를 어떻게 교육시켜야 될지 걱정되는구나.

**발레리오** 무슨 그런 말씀을! 누군가를 낳는 건 쉽지만 교육시키는 건 훨씬 어렵지요. 사람을 어떤 상태에서 다른 상태로 바꾸는 건 슬픈 일이랍니다. 어머니가 저를 낳고 제가 어떤 시간들을 보냈는지 아시나요? 태어난 걸 감사해야 할 만큼 좋은 일들을 경험했을까요?

6 멧돼지에게 넓적다리를 물려 죽은 그리스 신화 속의 미소년. 여기서 발레리오는 왕자가 자신을 돼지에 비유하자 신화 속의 아도니스를 거론하며 받아치고 있다.

**레옹스**   너의 그런 느낌이 설득력을 가지려면 좀 더 잘 표현해야 돼. 안 그러면 내가 너에 대해 아주 좋지 않은 인상을 갖게 될 수도 있어.

**발레리오**   제 어머니가 배를 타고 희망봉으로 갔을 때…….[7]

**레옹스**   그리고 네 아버지가 혼곶에서 난파당했을 때…….[8]

**발레리오**   맞습니다. 아버지는 야간 경비원[9]이었으니까요. 하지만 아버지는 높으신 양반네들만큼 그렇게 자주 뿔피리를 불지는 않았습지요.[10]

**레옹스**   이런 뻔뻔한 놈을 봤나! 나도 그런 뻔뻔함을 갖고 싶은 마음이 들 정도구나. 너를 패주고 싶어 미치겠어.

**발레리오**   그거야말로 납득할 만한 대답이고 적절한 증거입니다.

**레옹스**   (발레리오에게 달려든다) 도저히 안 되겠어. 좀 맞아야겠다. 네놈의 주둥이가 매를 벌고 있어!

**발레리오**   (달아난다. 레옹스가 비틀거리다 넘어진다) 왕자님은 아직 증명되지 않은 증거입니다. 왜냐하면 그 증거가 자기 발에 걸려 넘어지고 있으니까요. 기본적으로 스스로를 증명해야 할 자기 발에 말이죠. 정말 대단한 장딴지이고, 정말 문제적인 허벅지입니다요.

---

7 임신한 것을 암시한다.

8 혼Horn곶은 남아메리카 최남단에 위치한 곳. 독일어로 *Horn*은 뿔이라는 뜻인데, 〈뿔로 남편을 들이받다〉라는 관용구는 아내가 남편 몰래 바람을 피운 것을 의미한다.

9 아무것도 보지 못하고 눈치채지 못하는 어리석은 사람을 의미한다.

10 바람을 피우지 않았다는 뜻이다.

추밀원 대신들이 등장한다. 레옹스는 바닥에 앉아 있고, 발레리오는 서 있다.


**의장**  왕자님, 실례를 용서하십시오.

**레옹스**  나도 용서하세요. 경의 말을 경청하는 실례를 범할 테니. 자리에들 앉으시죠! 자리라는 말을 들으면 다들 왜 그런 표정을 지으시는지! 그럼 그냥 바닥에 앉으세요, 부담 갖지 마시고. 땅바닥은 언젠가 여러분이 마지막으로 눕게 될 자리 아닙니까? 물론 무덤 파는 사람 말고는 아무에게도 득이 안 되는 자리이지만.

**의장**  (당황해서 손가락을 튕기며) 황송하옵니다……

**레옹스**  나를 살인자로 만들고 싶지 않으면 손가락 좀 튕기지 마세요.

**의장**  (더 세게 손가락을 튕기며) 송구하옵니다……

**레옹스**  젠장, 그냥 손을 바지춤에 넣으세요. 아니면 손을 깔고 앉으시든지. 제정신이 아니시군요. 정신 좀 차리세요!

**발레리오**  아이들이 오줌 눌 때 중지시키면 안 되죠. 오줌 구멍이 막혀요.

**레옹스**  제길, 정신 좀 차리세요, 의장님. 가족과 국가를 생각하세요. 말이 막히면 뇌졸중에 걸릴 위험이 있어요.

**의장**  (주머니에서 종이를 꺼낸다) 아뢰올 말씀은……

**레옹스**  읽으실 수 있겠소? 그럼 읽어 보세요.

**의장**  폐하의 명을 받들어 아뢰옵니다. 왕자님의 약혼녀이신 피피 왕국의 레나 공주님께서 내일 도착해 왕자님의 예방을 기다리시겠다고 하웁니다.

**레옹스**  내 약혼녀가 나를 기다린다면, 나 역시 그녀의 뜻에 따라 나를 기다리게 하겠소. 어젯밤 꿈에서 난 그녀를 보았습니다. 두 눈이 어찌나 큰지 나의 로제타가 춤출 때 신는 신발을 눈썹으로 올려놓으면 딱 어울리겠더군요. 게다가 볼에 있는 보조개도 귀여움과는 거리가 멀고, 웃음을 자아내게 하는 커다란 하수구 한 쌍 같더이다. 나는 꿈을 믿습니다. 의장님도 가끔 꿈을 꾸시죠? 그렇다면 꿈에서 어떤 예감을 얻지 않으십니까?

**발레리오**  그렇고말고요. 폐하의 식탁에 올린 고기가 타버리거나, 거세로 살찌운 수탉 한 마리가 뒈지거나, 폐하께서 복통을 앓으시는 것도 모두 전날 밤 꿈에 징조로 나타난답니다요.

**레옹스**  그건 그렇고, 의장님께선 아직 할 말이 더 남았습니까? 개의치 말고 말씀해 보세요.

**의장**  폐하께선 결혼식 날에 왕자님께 왕위를 넘기실 생각이십니다.

**레옹스**  폐하께 전하세요. 제가 하지 않을 일만 제외하곤 다 하겠다고. 하지만 어차피 그런 일은 그리 많지 않을 겁니다. 여러분, 함께 가지 못하는 걸 용서하세요. 이대로 앉아 있고 싶은 욕구가 막 치솟았거든요. 내 두 다리로 그 욕구를 잴 수 있게 은총을 베풀겠소. (다리를 쩍 벌리며) 의장님, 한번 재보세요. 그래야 나중에 그걸 나한테 상기시킬 수 있지 않겠소? 발레리오, 이분들을 배웅해 드려라.

**발레리오**  종(鐘)이라굽쇼?[11] 의장님께 종을 달아 드리라고
요? 그래서 네 발 짐승처럼 끌고 가라굽쇼?

**레옹스**  이런, 네놈은 몹쓸 말장난밖에 할 줄 모르는구나. 그
러니 아비 어미 없이 모음 다섯 개가 아무렇게나 합쳐져서
만들어진 놈이란 소리를 듣지.[12]

**발레리오**  그러는 왕자님은 글자 없는 책[13]이지요. 그것도 생
각의 파편을 보여 주는 줄표밖에 없는 책입지요. 나리들,
이제 가시지요! 그런데 〈가다 *kommen*〉라는 단어는 참 슬
픈 말인 것 같습니다. 〈수입 *Ein-kommen*〉을 원하면 남의
걸 훔쳐야 하고, 〈출세 *Auf-kommen*〉를 원하면 목이 매달
릴 것을 각오해야 하고, 〈거처 *Unter-kommen*〉를 원하면 땅
에 묻혀서야 가능합지요. 게다가 방금 저나, 좀 전의 의장
님처럼 무슨 말을 해야 좋을지 모르는 상황에서 〈빠져나가
려면 *Aus-kommen*〉 항상 농담을 할 수밖에 없지요. 이제
나리들께서는 〈방향을 잃으셨으니 *Ab-kommen*〉 〈앞으로
헤쳐 나갈 *Fort-kommen*〉 방도를 찾으셔야겠습니다. (추밀
원 대신들과 발레리오 퇴장)

**레옹스**  (혼자 남아) 내가 너무 비열하게 저 불쌍한 인간들의
기를 꺾어 버렸나! 하지만 어느 정도의 비열함에는 늘 어

---

11 독일어로 〈배웅〉을 뜻하는 〈겔라이트 *Geleit*〉와 〈종〉을 뜻하는 〈겔로이
테 *Geläute*〉의 발음이 유사한 점을 노려 대신들을 짐승에 비유하며 말장난을
하고 있다.

12 발레리오 Valerio의 이름에 들어간 모음 V(=U), A, E, I, O를 빗댄 말
이다.

13 앞서 왕자가 자신의 삶을 빈 종이에 비유한 것을 빗댄 말이다.

느 정도의 즐거움이 따르는 법이지. 그런데 흠…… 결혼을 한다! 그건 우물이 바닥을 드러낼 때까지 우물물을 퍼마시는 것과 같은 일이야. 오 샌디, 오 늙은 샌디,[14] 당신의 시계를 내게 선사하려는 이 누구인가! (발레리오가 돌아온다) 아, 발레리오, 너도 얘기 들었지?

**발레리오**  왕자님은 이제 왕이 되셔야 합니다. 아주 즐거운 일입죠. 왕이 되면 하루 종일 마차를 타고 산책을 할 수 있고, 사람들의 모자를 수없이 벗게 해서 닳게 할 수도 있습니다. 게다가 착실한 사람을 착실한 군인으로 만들어 세상을 왕자님이 원하는 대로 만들 수 있고, 검은색 연미복과 하얀색 나비넥타이를 맨 인간들을 국가의 종복으로 삼을 수도 있답니다. 그리고 왕자님이 죽으면 반짝거리는 단추는 모두 푸른빛으로 변할 테고, 종을 매단 밧줄은 수없이 울리는 바람에 실처럼 끊어지겠죠. 재미있지 않겠습니까?

**레옹스**  발레리오! 발레리오! 우린 뭔가 다른 일을 해야겠어. 좋은 게 있으면 추천해 봐!

**발레리오**  아, 학문, 학문이 좋겠네요! 우리가 학자가 되는 건 어떨까요? 인식은 과연 선험적일까요, 아니면 후험적일까요?[15]

**레옹스**  그건 어렵지 않아. 〈선험〉은 내 아버지를 보면 알 수

---

14 영국 작가 로런스 스턴의 소설 『트리스트럼 샌디』에 나오는 주인공. 소설에서 주인공의 아버지는 한 달에 한 번 규칙적으로 태엽을 감는 시계처럼 결혼의 의무를 수행한다.

15 선험적 판단은 경험이 아닌 순수 이성에서 나오는 선천적 인식이고, 후험적 판단은 경험에 종속된 인식이다.

있고, 〈후험〉은 대개 옛날이야기처럼 시작해. 〈옛날 옛적에〉 하고 말이야.

**발레리오**  그럼 영웅이 되는 건 어떠세요? (나팔을 불고 북을 치는 시늉을 하며 이리저리 돌아다닌다) 빰빠라밤, 둥둥둥!

**레옹스**  영웅주의는 싸구려 브랜디 맛이 나. 게다가 무시무시한 열병에 걸리기 십상이고, 계속해서 장교와 신병이 공급되지 않으면 유지되지 않아. 그러니 알렉산드로스 영웅주의나 나폴레옹 낭만주의 같은 건 넣어 둬!

**발레리오**  그럼 천재는 어떠세요?

**레옹스**  문학의 나이팅게일들은 온종일 우리 머리 위에서 노래하지만, 결국 그 섬세하고 고결한 것은 모두 파괴되어 잉크나 물감에 담그는 깃털로만 쓰이지.

**발레리오**  그럼 인간 세상의 쓸모 있는 일원이 되는 건 어떠세요?

**레옹스**  차라리 인간임을 사양하겠어.

**발레리오**  그럼 악마한테나 가버릴까요?

**레옹스**  악마는 그저 비교를 위해 존재하는 것뿐이야. 우린 하늘에 원래 뭔가 있다고 생각하거든. (벌떡 일어나며) 아, 발레리오, 발레리오, 이제 알겠어! 남쪽에서 바람이 불어오는 게 느껴져? 짙푸른 빛으로 달구어진 창공이 일렁이는 게 느껴지지 않아? 황금빛 햇살 가득한 대지에서, 성스러운 바다에서, 대리석 기둥과 대리석 건물에서 빛이 반짝거리는 게 느껴지지 않아? 위대한 목양신(牧羊神) 판은 잠들어 있고, 청동상은 넘실대는 파도 위 고랑에서 꿈을 꾸고 있어. 늙은 마법사 베르길리우스를, 가면과 횃불과 기타 소리로 가득한 광란의 밤을, 타란텔라 춤과 탬버린을! 그래, 라차로니[16]가 되는 거야! 발레리오, 우린 라차로니가 되자. 라차로니! 우리 이탈리아로 가자.

# 제4장

정원.
신부 치장을 한 레나 공주와 가정 교사.

**레나**  휴, 벌써 이렇게 됐네요. 시간은 생각도 못 하고 살았어요. 그냥 흘러가는가 싶었는데, 어느 순간 갑자기 오늘이 이렇게 내 앞을 가로막고 섰어요. 내 머리엔 화환이 얹혀 있고, 종소리까지 울려 퍼지고 있어요! (뒤로 몸을 기댄 채 눈을 감는다) 차라리 내 몸 위로 풀이 자라고, 벌들이 내 몸 위에서 왱왱 날아다녔으면 좋겠어요. 그런데 지금 난 신부 옷을 입고 있고, 머리엔 로즈메리까지 꽂았어요.[17] 이런 옛 노래도 있지 않아요?

   아, 교회 묘지에 눕고 싶어라,

   요람 속 아기처럼.

16 18세기 나폴리 빈민층의 부랑자나 거지를 이른다. 여기서는 나폴리로 가자는 의미다.
17 로즈메리 가지는 결혼식에서 장식으로 쓰이지만 장례식에도 사용된다. 원하지 않는 결혼을 하는 것이 죽기보다 싫다는 뜻이다.

**가정 교사**  불쌍한 우리 아기씨, 반짝거리는 귀금속을 차고 있으니 얼굴이 더욱 창백해 보이십니다.

**레나**  나도 스스로 사랑을 찾을 줄 아는 사람이에요. 왜 아니겠어요? 사람은 다들 외롭게 살다가 자신을 잡아 줄 손을 찾고, 염하는 여인이 그 두 손을 갈라 각자의 가슴 위에 포개 놓을 때까지 같이 살아가요. 그런데 사랑으로 붙잡지 않은 손을 왜 억지로 잡게 해서 못을 박으려는 거죠? 내 불쌍한 손이 무슨 잘못을 했다고? (손가락에서 반지를 뺀다) 이 반지가 독사처럼 나를 물어요.

**가정 교사**  하지만 그분은 진정한 돈 카를로스[18] 같은 남자라고 합니다.

**레나**  아무리 그래도…….

**가정 교사**  그래도요?

**레나**  내가 사랑하지 않는 남자예요. (일어선다) 수치스러워요. 내일이면 내 몸에서 모든 향기와 광채가 사라질 거예요. 내 신세가 어쩔 줄 모르는 가련한 샘물 같지 않아요? 그 위로 몸을 숙이는 어떤 모습도 거부하지 못하고 그냥 잔잔한 수면으로 비추기만 해야 하는 샘물 말이에요. 꽃도 자기 원하는 대로 아침 햇살과 저녁 바람에 봉오리를 여닫아요. 하지만 일국의 공주라는 여자가 그런 꽃보다도 못하다니!

**가정 교사**  (울면서) 오, 천사 같은 우리 아기씨, 공주님이야

---

18  Don Carlos(1545~1568). 스페인 왕 펠리페 2세의 아들. 프리드리히 실러의 동명 비극 작품에 나오는 주인공으로, 이상적인 청년의 본보기다.

말로 진짜 희생양이에요.

**레나**  맞아요. 하지만 사제가 벌써 칼을 빼들었어요. 신이시여, 신이시여, 우리가 우리의 고통으로 스스로를 구원해야 한다는 게 정말인가요? 이 세계는 십자가에 못 박힌 구세주이고, 태양은 구세주의 가시 면류관이고, 별들은 구세주의 허리와 발에 박힌 창과 못이라는 게 정말인가요?

**가정 교사**  우리 아기씨, 우리 아기씨! 더는 보고 있을 수가 없네요. 안 되겠어요. 이러다간 공주님이 죽겠어요. 저한테 생각이 있어요. 어떻게 될지는 몰라도 해보는 거예요. 이리 와요, 공주님! (공주를 데리고 나간다)

# 제2막

내 마음 가장 깊은 곳에서
어떤 목소리가 울려 퍼지더니
내 모든 기억을
일거에 집어삼켜 버렸다네.
─아달베르트 폰 샤미소

## 제1장

들판. 뒤쪽에 여관이 있다.
레옹스와 짐을 든 발레리오가 등장한다.


**발레리오** (헉헉거리며) 왕자님, 세상은 정말이지 어마어마하게 큰 건물이네요.

**레옹스** 그렇지 않아! 그렇지 않아! 나는 손을 뻗을 엄두가 나지 않을 만큼 좁디좁은 거울 방에 갇혀 있는 느낌이야. 몸을 움직였다가는 사방에 부딪혀 아름다운 형상들이 산산조각 나고, 그래서 아무것도 없는 벽만 물끄러미 보게 되지 않을까 두려워.

**발레리오** 저는 어차피 버린 몸입니다.

**레옹스** 너를 얻는 사람 말고는 아무도 손해 보는 사람이 없을 것이다.

**발레리오** 어쨌든 저는 제 그림자의 그림자 속에서 살아갈 겁

214

니다.

**레옹스** 너는 햇빛에 완전히 증발해 버릴 거야. 저 하늘에 아름다운 구름 보여? 구름은 적어도 네 몸의 4분의 1이야. 구름이 너의 투박한 물질적 원소들을 아주 기분 좋게 내려다보고 있어.

**발레리오** 저 구름도 왕자님의 머리에는 해를 끼칠 일이 없을 겁니다. 왕자님이 머리카락을 자르고, 구름이 물방울이 되어 그 위에 떨어진다고 하더라도 말입니다. 얼마나 멋진 생각입니까? 우리는 지금껏 제후국 십여 곳과 대공국 대여섯 곳, 왕국 몇 곳을 지나왔습니다. 그것도 엄청나게 서둘러서 한나절 만에 지나왔죠. 왜 그랬을까요? 왕자님이 왕위도 싫다, 아름다운 공주님과 결혼하는 것도 싫다고 하셔서죠. 하지만 다들 그렇게 살아요. 그런 걸 왕자님은 왜 포기하시는지 이해가 안 돼요. 게다가 다 싫으시면 그냥 콱 비소를 드시든지, 아니면 교회 탑 난간에 서서 머리에 총을 쏘시든지 하면 될 걸, 왜 그러시지 않는지도 이해가 안 됩니다.

**레옹스** 발레리오, 나한테는 이상이 있어서 그래! 내 마음속엔 이상적인 여인이 있고, 난 그 여인을 찾아야 해. 무한히 아름다우면서 무한히 백치 같은 여인이지. 그녀의 아름다움은 갓 태어난 아이처럼 어찌할 줄을 모르고, 감동적이야. 어디서도 찾아볼 수 없을 정도로 멋진 대조지. 지극히 어리석어 보이는 눈, 지극히 소박한 입, 오뚝한 콧날의 그리스인 같은 옆모습, 정신적인 육체 속의 정신적인 죽음이라고 할까!

**발레리오**   젠장, 이놈의 국경이 또 나오네! 이건 까도 까도 껍질밖에 안 나오는 양파 같군. 아니면 겹겹이 들어 있는 상자하고 비슷하든가. 가장 큰 상자에는 다른 상자들만 담겨 있고, 가장 작은 상자에는 아무것도 없죠. (짐을 바닥에 던진다) 이 짐이 제 묘비가 되어야 하나요? 왕자님, 제가 인간 삶의 모습을 철학적으로 좀 씨불여 볼 테니까 한번 들어 보십시오. 저는 상처 난 발로 추위와 뙤약볕을 뚫고 이 짐을 질질 끌고 다니고 있습니다. 저녁에라도 깨끗한 셔츠를 한번 입고 싶어서요. 그런데 막상 저녁이 되면 이놈의 이마에는 주름이 파이고, 뺨은 움푹 들어가고, 눈은 침침해집니다. 그래도 이제 셔츠를 갈아입나 했더니 그게 수의인 거죠. 그럴 거면 차라리 꼭꼭 싸맨 보따리를 풀어서 아무 근사한 술집에다 팔아 치우고, 술이나 잔뜩 퍼마시다가 저녁이 되면 그늘에서 한숨 푹 잠을 자는 게, 땀을 뻘뻘 흘리며 티눈이 생기도록 걷는 것보다 현명하지 않을까요? 왕자님, 이제 여기서 응용과 실천이 나옵니다. 우리는 순전히 수치심 때문에 내면의 인간에게도 저고리와 바지를 입히고, 그 안에 속옷을 입히려고 합니다. (둘이 여관으로 향한다) 사랑스러운 짐아, 이 얼마나 좋은 냄새냐! 향긋한 포도주와 군침 도는 고기 냄새 아니냐! 이 사랑스러운 바지는 땅에 뿌리를 내리고 싹을 틔우고 꽃을 피운 것 같구나! 알이 주렁주렁 매달린 묵직한 포도송이가 내 주둥이 위에 늘어뜨려져 있고, 포도즙이 압착기 안에서 부글부글 끓는

것 같구나. (두 사람 퇴장)

레나 공주와 가정 교사가 나타난다.

**가정 교사** 뭔가에 홀린 것 같습니다, 공주님! 해가 지질 않아요. 우리가 도망친 지 아주 오래된 것 같은데.

**레나** 그렇지 않아요. 우리가 정원을 나올 때 작별 기념으로 꺾어 온 꽃들도 거의 시들지 않았어요.

**가정 교사** 그런데 어디서 쉬어 갈까요? 여기까지 오는 데 아무도 못 만났어요. 수도원도, 은자도, 심지어 양치기도 하나 보이지 않아요.

**레나** 우리는 은매화와 협죽도가 만발한 정원에서 책을 읽으며 실제와 완전히 다른 세상을 꿈꾸었던가 봐요.

**가정 교사** 추하고 실망스러워요! 이런 곳에서 방황하는 왕자를 만나는 건 생각할 수도 없을 것 같아요.

**레나** 오, 세상이 얼마나 아름답고 넓은지. 무한한 것 같아요. 나는 낮이고 밤이고 계속 걷고 싶어요. 봐요, 움직이는 것도 없어요. 들판 위의 붉은 빛이 동자꽃과 노닐고, 먼 산들은 쉬고 있는 구름처럼 대지에 드리워져 있어요.

**가정 교사** 맙소사, 그게 무슨 말씀이세요? 이토록 여리고 여성스러운 분이라니! 이건 체념이에요. 성녀 오틸리에[19]의

---

19 알자스 지방의 성녀. 아버지가 맹인으로 태어난 딸을 죽이려 하자, 어머니가 유모를 통해 수도원으로 피신시킨다. 이후 오틸리에는 아버지와 화해하고, 호엔부르크의 땅을 받아 그곳에 수도원을 지었다고 한다. 다른 전설에 따르면 오틸리에는 그리스도에게 귀의하기 위해 아버지가 정해 준 배필

도주 같아요. 하지만 이제 우리는 숙소를 찾아야 해요. 곧
저녁이에요!

**레나**  그래요. 꽃들도 자려고 깃털 같은 잎을 오므리고, 햇살
도 지친 잠자리처럼 풀줄기에서 살랑거리고 있어요.


## 제2장

강변 언덕 위 전망이 툭 트인 여관 앞 정원.
발레리오와 레옹스.


**발레리오**  어때요, 왕자님, 왕자님 바지가 역시 훌륭한 음료
를 제공하지 않습니까? 왕자님 장화가 아주 가볍게 목을
타고 넘어가지 않습니까?

**레옹스**  저기 보여? 늙은 나무와 산울타리, 그리고 꽃들이?
모두 자기만의 이야기를 간직하고 있어. 사랑스럽고 비밀
스러운 사연을. 저기 문 옆의 포도나무 아래 온순한 얼굴
의 늙은이들이 보이지? 저 사람들은 손을 잡고 앉아 불안
해하고 있어. 자신들은 이렇게 늙었는데, 세상은 아직도
저렇게 젊다며. 그런데 말이야, 발레리오, 나는 그 반대야.
나는 이렇게 젊은데, 세상이 너무 늙은 것 같아. 가끔은 내
가 너무 걱정이 돼서 구석에 앉아 나에 대한 연민으로 뜨
거운 눈물을 흘리고 싶어.

과 결혼하지 않고 도주했다고 한다.

**발레리오** (왕자에게 잔을 건넨다) 이 잔 받으세요. 이걸 쭉 들이켜시고 포도의 바다에 푹 빠지세요. 그러면 왕자님 머리 위로 포도알이 떨어지고, 요정들이 포도 꽃받침 위에서 금빛 신발을 신고 심벌즈를 치며 떠다니는 게 보일 겁니다.

**레옹스** (벌떡 일어나며) 이리 와, 발레리오. 할 일이 생각났어. 할 일이 생각났다고! 일단 깊이 생각을 해보자고. 의자는 왜 다리가 둘이 아니라 세 개일까? 인간은 왜 파리처럼 발이 아니라 손으로 코를 비빌까? 충분히 연구해 볼 만한 일이야. 그것 말고도 많아. 개미를 해부하고, 꽃실의 수도 헤아려 보는 거야. 이런 것들이야말로 정말 멋진 취미가 되지 않겠어? 게다가 죽을 때가 되어서야 손에서 놓게 될 아기들의 딸랑이 장난감도 다시 찾아낼 거야. 난 쏟아부어야 할 평생의 열정이 아직 좀 더 남았어. 음식을 따뜻하게 요리해 놓고도 그것을 떠먹을 순가락을 찾느라 시간을 보내 버리고 나면 그사이 음식은 다 식어.

**발레리오** 그러니 술이나 마시자고요. 이 술병은 애인도 아니고 관념도 아니에요. 출산의 고통도 주지 않고, 지루하지도 않으며, 믿음을 저버리지 않고, 첫 방울부터 마지막 방울까지 한결같아요. 뚜껑을 따시기만 하면 돼요. 그러면 그 안에 잠들어 있던 모든 꿈이 튀어나와 왕자님에게 날아갈 거예요.

**레옹스** 아, 신이시여! 제게 지푸라기 하나만 허락하소서. 그러면 우아한 백마에 올라타듯 지푸라기에 올라 짚더미에 누워, 숨을 거둘 때까지 남은 삶의 절반을 기도하며 보낼 텐데. 아, 얼마나 섬뜩한 저녁인가! 저 아래는 모든 게 고요하고, 저 위는 구름이 모습을 바꾸며 지나가고, 해는 내일 다시 뜨기 위해 지고 있어. 저길 봐, 이상한 형체들이 서로를 뒤쫓고 있어! 저길 봐, 끔찍하게 마른 다리와 박쥐 날개를 가진 길고 흰 그림자! 모든 게 서두르고 혼란스러워 보이는데, 저 아래에서는 나뭇잎 하나, 풀 줄기 하나 움직이지 않아. 대지는 겁먹은 어린아이처럼 잔뜩 웅크리고 있고, 대지의 요람 위에는 유령들이 지나다니고 있어.

**발레리오**   왕자님이 뭘 원하시는지 이놈은 전혀 모르겠습니다요. 저는 아주 기분이 좋습니다. 태양은 여관 간판처럼 보이고, 그 밑의 붉은 구름은 〈황금빛 태양으로 가는 여관〉이라고 적힌 글귀 같습니다요. 또 저 아래 대지와 강물은 포도주가 쏟아진 탁자 같고, 우리는 그 위에 신과 악마가 지루함을 이기기 위해 치는 카드놀이의 카드처럼 누워 있어요. 왕자님은 킹이고 저는 잭이죠. 퀸만 없군요. 가슴에 과자로 만든 커다란 하트 모양을 달고, 큼직한 튤립에다 긴 코를 센티멘털하게 묻고 있는 아름다운 퀸 말입니다. (가정 교사와 공주가 등장한다) 어럽쇼, 저기 퀸이 나타났네! 그런데 튤립이 아니라 담배 한 줌이고, 코가 아니라 주둥이네. (가정 교사에게) 귀하신 분께서 어딜 그리 급히 가시나요? 스타킹 밴드 부분까지 종아리가 훤히 보이게.

**가정 교사**   (격분해서 멈추어 선다) 귀하는 왜 주둥이를 그렇게 쩍 벌리는 거예요? 목구멍이 훤히 다 들여다보이게.

**발레리오**   귀하신 분께서 지평선에 코를 부딪혀 피라도 흘리

면 큰일이다 싶어서죠. 당신의 코는 다마스쿠스 쪽을 살피는 레바논의 성루 같습니다.[20]

**레나** (가정 교사에게) 선생님, 길이 아직 멀었나요?

**레옹스** (꿈을 꾸듯 앞을 지그시 바라보며) 아, 모든 길은 멀구나! 우리 가슴속 죽음의 시계는 느리게 움직이고, 핏방울 하나하나는 자신의 시간을 재고, 우리의 삶은 살금살금 다가오는 열병과 같구나. 지친 다리에는 모든 길이 너무 멀어……

**레나** (불안한 듯 생각에 잠겨 그의 말을 듣는다) 지친 눈에는 모든 빛이 너무 눈부시고, 지친 입술에는 모든 숨결이 너무 무겁고, (미소 지으며) 지친 귀에는 모든 말이 너무 많다네. (가정 교사와 함께 집 안으로 들어간다)

**레옹스** 오, 발레리오! 나도 이렇게 말할 수 있지 않을까? 〈내 신발에 한 줌의 새 깃털과 장미꽃 리본을 몇 개 다는 게 어떨까?〉[21] 내가 너무 우울하게 말한 것 같군. 우울을 느끼기 시작하다니 다행이야. 대기는 이젠 더 이상 환하지도 않고 차갑지도 않아. 불덩이 같은 하늘이 내 주변에 바짝 내려앉고, 무거운 빗방울들이 떨어져. 오, 그 목소리. 〈길이 아직 멀었나요?〉 대지 위로 많은 목소리들이 쏟아져 나오고, 사람들은 그게 다른 것들을 말한다고 생각하지만, 나는 그 목소리의 의미를 알아들었어. 그 소리는 빛이 생기기 이전 물 위에 떠 있던 신의 정신처럼 내 위에 머물러 있어. 깊은

20 「아가」 7장 5절에 나오는 표현.
21 셰익스피어의 「햄릿」에 나오는 구절.

곳에서 무언가가 부글부글 끓어오르고, 내 안에서 무언가가 생겨나고, 그 목소리가 공간으로 흘러내려. 〈길이 아직 멀었나요?〉 (퇴장)

**발레리오**  멀지 않았어요, 왕자님, 정신 병원으로 가는 길이. 왕자님이라면 그 길을 쉽게 찾을 거야. 난 정신 병원으로 가는 모든 길을 알아. 오솔길, 마을길, 포장길 할 것 없이. 벌써 눈에 선하군. 왕자님이 추운 겨울날 모자를 옆구리에 끼고 정신 병원으로 가는 넓은 가로수 길에 서서 앙상한 나무 아래 긴 그림자를 드리우며 손수건으로 부채질하는 모습이. 왕자님은 바보야! (그를 따라간다)

# 제3장

방.
레나와 가정 교사.

**가정 교사**  그 사람 생각은 하지 마세요.
**레나**  금발 아래의 얼굴이 늙어 보였어요. 두 뺨은 봄인데 가슴속은 겨울이었어요. 슬픈 일이죠. 지친 몸은 어디서건 편히 쉴 베개를 찾지만, 정신이 지치면 어디서 쉬어야 할까요? 무서운 생각이 들어요. 존재하는 것만으로 불행하고 치유할 수 없는 사람들이 있는 것 같아요. (일어선다)
**가정 교사**  어딜 가시려고요?

**레나**  정원에 내려가려고요.

**가정 교사**  하지만······.

**레나**  왜요, 선생님? 사람들이 저를 정원의 화분처럼 키우려고 한 건 선생님도 아시잖아요. 저는 꽃처럼 이슬과 밤공기가 필요해요. 저녁의 화음이 들리지 않아요? 귀뚜라미는 낮을 노래하고, 딤스로켓 꽃은 향기로 낮을 잠들게 해요! 방 안엔 더 이상 못 있겠어요. 벽이 내 위로 무너질 것 같아요.


# 제4장


정원. 달빛이 환한 밤.
레나가 잔디에 앉아 있다.


**발레리오**  (조금 떨어져서) 자연은 아름다워. 물론 모기만 없다면, 여관 침대만 좀 더 깨끗하다면, 벽을 갉아 대는 벌레만 없다면 훨씬 더 아름다울 텐데. 안에서는 인간들이 코를 드르렁거리고, 밖에서는 개구리들이 개굴개굴 울어 대는구나. 안에서는 집 귀뚜라미가, 밖에서는 들 귀뚜라미가 귀뚤귀뚤 울고. 사랑스러운 잔디여, 이건 쏜살같은 결심이다![22] (잔디에 눕는다)

**레옹스**  (등장한다) 오 밤이여, 낙원에 내려앉은 첫날밤처럼

---

22 독일어로 〈잔디〉는 *Rasen*이고, 〈쏜살같이 빨리 달린다〉는 뜻의 동사도 *rasen*이다. 철자가 동일한 것을 이용한 말장난이다.

향기롭구나. (공주를 알아보고 가만히 다가간다)

**레나** (혼잣말로) 꿈속에서 휘파람새가 지저귀며 노래했어. 밤은 점점 깊이 잠들고, 밤의 뺨은 점점 창백해지고, 밤의 숨결은 점점 잔잔해져. 달은 사랑스러운 얼굴 위로 금발이 곱슬곱슬 흘러내린 잠든 아이 같아. 아, 달의 잠은 죽음이야. 죽음의 천사가 달을 시켜먼 베개 삼아 누워 있고, 그 주위엔 별이 촛불처럼 타오르는구나. 가엾은 아가야, 검은 옷을 입은 남자들이 곧 너를 데리러 올까? 엄마는 어디 있니? 엄마가 다시 한번 너에게 입을 맞춰 주지 않겠니? 아, 죽어서 홀로 있는 건 너무 슬퍼.

**레옹스** 그대, 흰 옷을 입고 일어나 시신 뒤에서 밤새 걸으며 장송곡을 불러 주어라.

**레나** 거기 누구예요?

**레옹스** 꿈이랍니다.

**레나** 꿈은 지극히 행복해요.

**레옹스** 그럼 그렇게 행복한 꿈을 꾸시고, 내가 그대의 행복한 꿈이 되게 하소서.

**레나** 가장 행복한 꿈은 죽음이에요.

**레옹스** 그럼 내가 그대의 죽음의 천사가 되게 하소서. 내 입술이 천사의 날개처럼 그대의 눈에 내려앉게 하소서. (레나에게 키스한다) 아름다운 시신이여, 그대는 관을 덮은 밤의 검은 천 위에 지극히 아름다운 모습으로 누워 있구려. 자연이 삶을 미워하고 죽음을 사랑할 만큼 아름다운 모습으로.

**레나**  안 돼요! 놔줘요. (벌떡 일어나 재빨리 달아난다)

**레옹스**  이제 충분해! 이제 충분하다고! 나의 온 존재는 오직 이 한순간 속에 있어. 이제 죽어 버려라! 더 이상 갈 수는 없다! 창조가 혼돈에서 벗어나 신선한 숨결과 찬란한 아름다움으로 내게 다가온다. 대지는 짙은 황금 접시다. 빛이 이 접시 안에서 거품처럼 일어나 가장자리로 흘러넘치고, 별들이 방울져 떨어진다. 내 입술은 그것들을 빨아들인다. 이 한 방울의 행복이 나를 멋진 그릇으로 만든다. 성배여, 아래로! (강으로 뛰어내리려 한다)

**발레리오**  (벌떡 일어나 그를 껴안는다) 멈춰요, 왕자님!

**레옹스**  놔라!

**발레리오**  진정하시고, 강물을 그대로 두겠다고 약속하시면 놓아드리겠습니다.

**레옹스**  바보!

**발레리오**  왕자님은 애인의 건강을 위해 건배하고 나서 잔을 창밖으로 던져 버리는 〈장교의 낭만〉에서 아직도 벗어나지 못하셨어요?

**레옹스**  네 말이 틀렸다고는 말 못하겠구나.

**발레리오**  일단 마음을 가라앉히세요. 오늘 밤 풀 밑에서는 주무시지 못하더라도 최소한 풀 위에서는 주무실 수 있을 겁니다. 잠자리에 드는 것도 자살 시도랑 그닥 다를 것이 없답니다. 죽은 사람처럼 짚더미에 누워 산 사람처럼 벼룩한테 뜯기니까요.

**레옹스**  아무래도 상관없어. (풀밭에 눕는다) 망할 녀석, 네놈은 내게서 정말 아름답게 죽을 수 있는 기회를 앗아 갔어. 내 삶에서 이렇게 좋은 순간을 다시 찾기는 어려울 거야. 날씨도 이리 기가 막힌데! 지금은 벌써 그럴 기분이 사라졌어. 네놈이 노란 조끼와 하늘색 바지[23]로 모든 것을 망쳐 버렸어! 하늘이 건강하고 묵직한 잠이라도 선사해 주었으면.

**발레리오**  아멘. 한 인간의 목숨을 구했으니 오늘 밤은 편안히 푹 자야겠군. 푹 자자고, 발레리오!

---

23  괴테의 『젊은 베르테르의 슬픔』에서 주인공 베르테르가 입은 옷.

# 제3막

## 제1장

레옹스와 발레리오.

**발레리오**  결혼이라고요? 왕자님이 언제부터 그런 영원한 달력[24]을 탐하셨어요?

**레옹스**  발레리오, 너도 알지 않아? 아무리 미천한 인간이라도 그 자체로 위대하고, 그래서 그 사람을 사랑하기엔 인생이 너무 짧다는 거? 그렇다면 나는 우리의 인생이 더 아름답고 성스러울 수 없을 만큼 충분히 아름답고 성스럽다고 생각하는 사람들의 즐거움을 이해할 수 있어. 이런 사랑스러운 오만함에는 어느 정도의 즐거움이 담겨 있지. 그렇다면 내가 그 사람들의 그런 즐거움을 부러워하면 안 될 이유가 있을까?

24 검은 머리가 파뿌리 되도록 영원히 함께 살겠다는 혼인 서약을 의미하는 걸로 보인다.

**발레리오**　참으로 인간적이고 이웃 사랑이 넘치십니다. 근데 그 숙녀분은 왕자님이 누구신지 알기는 합니까?

**레옹스**　자신이 나를 사랑한다는 것만 알지.

**발레리오**　왕자님은 그 숙녀가 누군지 아시고요?

**레옹스**　멍청한 놈! 패랭이꽃이나 이슬방울한테 가서 그 숙녀의 이름을 물어봐!

**발레리오**　그 말씀은 곧 이름이 너무 비천하지 않고, 지명 수배자의 냄새만 나지 않으면 괜찮다는 뜻으로 들리는군요. 하지만 어떻게 하시려고요? 아무튼…… 왕자님이 오늘 폐하 앞에서 그 이름도 신분도 모르는 숙녀분과 혼인 서약으로 맺어지신다면, 저는 대신이 되는 건가요? 약속하시는 건가요?

**레옹스**　약속하지!

**발레리오**　비천한 인간 발레리오가 발레리오 폰 발레리엔탈 대신께 안부 인사를 드리옵니다. 〈뭐 하는 놈이냐? 너 따위 놈은 모른다. 당장 꺼지지 못할까!〉 (발레리오가 달려 나가고, 레옹스가 그 뒤를 따른다)

## 제2장

페터 왕의 궁전 앞 광장.
군수, 교장, 전나무 가지를 든 외출복 차림의 농부들.

**군수**  교장 선생, 당신이 동원한 사람들은 잘 버티고 있습니까?

**교장**  물론이죠. 시간이 벌써 꽤 지났는데도 서로 몸을 밀착
시킨 채 고통을 잘 견디고 있습니다. 다들 성실하게 서로
에게 원기를 불어넣고 있는 거죠. 그렇지 않으면 이런 무
더위에 이렇게 오래 서 있는 건 불가능합니다. 자, 여러분,
힘을 냅시다! 전나무 가지를 앞으로 쭉 뻗으세요. 여러분
자체가 전나무 숲이고, 여러분 코가 딸기고, 여러분 삼각
모자가 야생 동물 뿔이고, 여러분 사슴 가죽 바지가 숲속
의 달빛이라고 생각할 수 있도록 말입니다. 그리고 명심하
세요! 맨 뒤에 있는 사람들은 계속 앞으로 비집고 나오려
고 하세요. 그래야 우리 숫자가 곱절로 보이니까.

**군수**  무엇보다 교장 선생이 정신을 바짝 차리셔야 합니다.

**교장**  당연하죠. 너무 정신이 멀쩡해서 서 있기가 어려울 지
경입니다.

**군수**  여러분, 주목! 우리 계획에 따르면, 모든 신민은 자발
적으로 말쑥하게 차려입고, 잘 먹어서 흡족한 얼굴로 국도
를 따라 도열하게 되어 있습니다. 절대 수치스러운 모습을
보여서는 안 됩니다!

**교장**  의연하게 버티세요! 왕자님과 공주님이 지나가는 동
안 귀 뒤를 긁거나 손가락으로 코를 풀어선 안 됩니다. 감
동한 표정을 지어야 합니다. 그렇지 않으면 그런 표정이
나오도록 감동적인 수단이 사용될 수도 있어요! 여러분 자
신을 위한 일이라는 걸 잊지 마세요. 보세요, 여러분을 어
떻게 세워 놓았는지. 궁궐 부엌에서 바람이 부는 쪽으로 세

위 놓지 않았습니까? 이렇게라도 고기 굽는 냄새를 맡을 수 있으니 얼마나 고마운 일입니까? 연습한 거 잊지 않았죠? 자! 따라해 보세요. 비-!

**농부들**  비-!

**교장**  바트-!

**농부들**  바트-!

**교장**  비바트![25]

**농부들**  비바트!

**교장**  이 정도입니다, 군수님. 저 무지렁이들의 지능이 얼마나 향상되었는지 보셨죠? 라틴어 아닙니까, 라틴어? 저것들은 오늘 저녁에 구멍이 숭숭 뚫린 저고리와 바지를 입고 투명한 무도회를 열 것이고, 그러다 서로 치고받고 싸워 머리에 혹을 하나씩 달 겁니다.


# 제3장

넓은 홀. 말쑥하게 단장한 신사 숙녀들이 정렬해 있다.
맨 앞에 의전관이 하인 몇 명과 함께 서 있다.


**의전관**  이게 무슨 꼴이람? 모든 게 엉망이야. 구운 고기는 말라비틀어졌고, 축하 인사는 시들해졌으며, 정성을 다해 세워 놓은 옷깃은 우울한 돼지 귀처럼 축 처졌어. 농부들

25 *Vivat*는 〈만세〉라는 뜻의 라틴어이다.

의 손톱과 수염은 다시 자라고, 군인들의 머리카락은 힘없이 풀어지고 있어. 귀빈을 맞을 열두 시녀 중에 수직 자세보다 수평 자세를 선호하지 않는 사람은 아무도 없어. 흰옷을 입고 있는 모습이 꼭 파김치처럼 축 늘어진 앙고라토끼야. 게다가 궁정 시인은 수심에 찬 기니피그처럼 꿀꿀거리며 열두 시녀 주변을 돌아다니고 있어. 장교들까지 꼿꼿한 자세가 완전히 무너졌어. (한 하인에게) 저 장교님한테 가서 물어봐. 혹시 부하들한테 오줌 눌 시간을 주는 게 어떠냐고. 저기 불쌍한 궁정 목사님은 또 무슨 고생인지! 축 늘어뜨린 연미복 꼬랑지가 우울하기 짝이 없어. 이상을 갖고 있는 분이시라 시종관들을 죄다 의자로 만들고 싶으실 거야. 너무 오래 서 있어서 피곤할 테니까.

**하인 2**　너무 시간이 지나 고기가 모두 상했습니다. 궁정 목사님도 오늘 아침부터 저러고 계셔서 그런지 완전히 맛이 갔습니다.

**의전관**　저기 여관(女官)들은 또 어떻고! 목걸이에 소금이 수정처럼 맺힌 게 꼭 서 있는 염전 같군.

**하인 2**　그래도 여관들은 편한 자세로 서 있을 수는 있잖습니까! 남들만큼 힘들어 보이지는 않습니다요. 어쨌든 마음이 열려 있는지는 모르겠지만, 가슴은 훤히 파여 있네요.

**의전관**　그래, 여관들은 터키 제국의 훌륭한 지도지. 다르다넬스 해협과 대리석 바다가 훤히 보이잖아.[26] 그만! 모두

26 에로틱한 묘사다. 대리석 바다는 여자의 가슴을 가리키고, 해협은 가슴골을 의미한다.

자기 위치로! 창가로! 폐하께서 오신다.

페터 왕과 추밀원 대신들이 등장한다.

**페터 왕**  그러니까 공주도 사라졌다? 우리 사랑하는 왕세자에 대한 흔적은 아직 찾지 못했느냐? 내 명령이 제대로 이행되고 있는 것이냐? 국경은 확실히 통제되고 있느냐?

**의전관**  예, 폐하. 국경은 이 홀에서도 철저히 감시할 수 있사옵니다. (하인 1에게) 발견한 게 있느냐?

**하인 1**  주인을 찾는 개 한 마리가 왕국을 돌아다니고 있사옵니다.

**의전관**  (다른 하인에게) 그럼 너는?

**하인 2**  누군가 북쪽 국경에서 산책을 하고 있는데, 왕자님은 분명 아닙니다. 왕자님이라면 한눈에 알아볼 수 있을 것입니다.

**의전관**  그럼 너는?

**하인 3**  용서하십시오. 아무것도 보지 못했습니다.

**의전관**  별게 없다는 뜻이군. 그럼 너는?

**하인 4**  저도 아무것도 보지 못했사옵니다.

**의전관**  더더욱 별게 없다는 뜻이군.

**페터 왕**  하지만 경들도 알다시피, 짐은 이날을 즐길 것이고, 이날 결혼식이 거행되어야 한다고 결정하지 않았소? 그게 우리의 확정적인 결정 아니었소?

**의장**  그러하옵니다, 폐하. 그렇게 실록에 기록해 두었사옵니다.

**페터 왕**  이 결정이 시행되지 않는다면, 내 체면이 깎이지 않겠소?

**의장**  혹시라도 폐하께 체면이 깎이는 일이 생길 수 있다면, 이번이 능히 폐하의 체면이 깎이는 일이라고 사료되옵니다.

**페터 왕**  내 말은 곧 지엄한 왕명이지 않느냐? 그렇다면 나는 이 결정을 즉시 시행토록 하겠다. 나는 즐거워할 것이다. (두 손을 비빈다) 오, 더없이 즐겁도다!

**의장**  저희도 신하로서 가능하고 온당한 선까지 전적으로 폐하와 같은 마음이옵나이다.

**페터 왕**  오, 너무 기뻐서 어찌할 바를 모르겠소. 내 시종관들에게 빨간 저고리를 입힐 것이고, 사관후보생 몇 명을 소위로 임명할 것이며, 신하들을 용서할 것이오. 하지만, 하지만 결혼식은? 결정의 또 다른 절반은 결혼식이 거행되어야 한다는 것 아니었소?

**의장**  그러하옵니다, 폐하.

**페터 왕**  맞소. 그런데 만일 왕자가 오지 않고 공주도 오지 않는다면?

**의장**  그러하옵니다, 만일 왕자님이 오지 않으시고 공주님도 오지 않으신다면…… 그렇다면…… 그렇다면…….

**페터 왕**  그렇다면 어쩐다는 거요?

**의장**  그렇다면 두 분은 당연히 결혼을 할 수가 없습니다.

**페터 왕**  잠깐, 그게 논리적인 결론이요? 만일 신랑과 신부가 나타나지 않는다면 결혼을 못 한다는 게? 그래, 맞는 말이군. 하지만 그렇다면 내 말, 그러니까 왕명은 어떻게 되는 거요?

**의장**  폐하, 다른 제후들을 보시면서[27] 위안을 삼으시는 게 어떠실지⋯⋯. 왕명이란 하나의 사물에 지나지 않는 것이옵니다.

**페터 왕**  (하인들에게) 여전히 아무것도 안 보이느냐?

**하인들**  폐하, 아무것도 보이지 않사옵니다.

**페터 왕**  나는 12시를 알리는 종소리와 함께 열두 시간 동안 계속 즐거워할 생각이었는데⋯⋯ 점점 우울해지는군.

**의장**  저희 신하들도 폐하와 같은 마음이 아닐 수 없나이다.

**의전관**  법도상 손수건이 없는 사람은 눈물을 흘릴 수 없으니 유념해 주시기 바랍니다.

**하인 1**  잠깐만요! 뭔가 보입니다! 코처럼 뭔가 툭 튀어나온 것이 보이고, 나머지는 아직 국경을 넘지 않았습니다. 아, 이제 남자 한 명과 반대 성을 가진 두 사람이 더 보입니다.

**의전관**  어느 방향이냐?

**하인 1**  점점 다가오고 있습니다. 궁전으로요. 저기 도착했습니다.

발레리오, 레옹스, 가정 교사, 공주가 가면을 쓰고 등장한다.

**페터 왕**  너희들은 누구냐?

---

27 1815년 프로이센 왕과 오스트리아 황제가 독일 연방의 건설을 약속해 놓고 어긴 것을 가리킨다.

**발레리오**　저라고 알깝쇼? (쓰고 있던 여러 개의 가면을 차례로 천천히 벗으며) 이것이 저일까요? 아니면 이것이 저일까요? 그것도 아니면 이것일까요? 가면을 하나씩 벗을 때마다 제가 한 꺼풀씩 벗겨지고 떨어져 나가는 것 같아 무섭습니다.

**페터 왕**　(당황해서) 하지만…… 너희는 분명 어떤 누군가이지 않느냐?

**발레리오**　폐하께서 어떤 누군가가 되라고 명하시면 그리됩지요. 그런데 나리들, 여기 있는 거울을 옆으로 좀 돌려 주시고, 나리들의 반짝거리는 단추도 좀 가려 주시지 않겠습니까? 게다가 나리들의 눈에 제가 비칠 정도로 저를 빤히 바라보지 말아 주십시오. 그렇지 않으면 제가 원래 누구인지 저도 정말 모르겠답니다.

**페터 왕**　이 친구가 나를 당황하게 하는군. 절망에 빠지게 해! 무슨 소릴 하는지 도통 모르겠어!

**발레리오**　사실 저는 여기 높으신 나리들께 방금 이 자리에 세계적으로 유명한 자동 기계 두 대가 도착했음을 알려 드리고 싶었습니다. 저로 말씀드릴 것 같으면, 저는 세 번째 자동 기계로서 아마 가장 특이할 겁니다. 물론 제가 누군지 제 스스로 알고 있다면 말입니다. 하지만 그 점에 대해선 놀라지 않으셔도 됩니다. 저 자신도 제가 무슨 말을 하는지 전혀 모를 뿐 아니라, 그것을 모른다는 사실조차 모르기 때문입니다. 그래서 사람들은 제가 아무 말이나 지껄이도록 그냥 내버려 두는 쪽을 택합니다. 그런데 사실 이 모든 말은 몸통과 공기 호스에서 나는 소리에 불과합니다. (기계 목소리를 흉내 내며) 신사 숙녀 여러분, 여기 성이 다른 두 인물을 보십시오. 사내와 계집, 신사와 숙녀입니다. 인조 기계 장치에 불과하고, 판지 껍데기와 시계태엽에 지나지 않습니다. 이들의 오른쪽 새끼발가락 발톱 밑에는 루비로 만든 정교한 태엽이 하나 설치되어 있는데, 그것을 살짝 누르면 이 기계 장치는 50년은 족히 돌아갑니다. 이 인물들은 정말 완벽하게 만들어졌습니다. 이것들이 단순한 판지에 불과하다는 사실을 모르면 다른 인간들과 전혀 구분이 안 되고, 그래서 인간 사회의 일원으로 삼아도 무방할 정도지요. 게다가 이들은 무척 고상합니다. 표준 독일어를 자유롭게 구사하니까요. 또 무척 도덕적이어서 종소리에 맞춰 일어나고, 종소리에 맞춰 점심을 먹고, 종소리에 맞춰 잠자리에 듭니다. 소화력도 아주 좋은데, 이는 이들에게 훌륭한 양심이 있다는 것을 보여 주는 증거이지요. 이들은 품행 역시 무척 방정합니다. 이 숙녀는 아예 〈바지〉라는 개념조차 모르고, 이 신사는 여자 뒤에서 계단을 올라가거나 여자보다 앞서 계단을 내려가는 걸 있을 수 없는 일로 여깁니다. 이들은 교양도 넘칩니다. 숙녀는 새로 나온 오페라를 척척 부르고, 신사는 커프스까지 달고 있습니다. 신사 숙녀 여러분, 주목해 주십시오. 이들은 지금 아주 흥미로운 단계에 있습니다. 이른바 사랑의 메커니즘이 작동하기 시작한 것이죠. 신사는 숙녀의 숄을 벌써 여러 차례 들어 주었고, 숙녀 역시 벌써 여러 차례 새치름하게 고개를 돌려 하늘을 처다보기도 했습니다. 둘이 속삭이는 것도 벌써 여러 번 목격되었습니다. 믿음과 사랑과 소망을 속삭였죠. 둘의 생각은 완전히 일치된 것처럼 보이고, 이젠 남은 건 〈아멘!〉이라는 말 한마디뿐입니다.

**페터 왕** (손가락으로 코를 문지르며) 음…… 옛날에는 인형으로 죄인의 죄를 대신 물은 일이 있었지. 인형이라…… 의장, 만일 체포되지 않은 죄인의 인형을 교수형에 처하면, 그 역시 죄인을 교수형에 처하는 것과 매한가지이지 않소?

**의장** 아뢰옵기 황송하오나, 그리하는 편이 훨씬 낫사옵니다. 실제로 고통을 당하지 않으면서 교수형에 처해지는 것이니까요.

**페터 왕** 옳거니! 그럼 우리도 인형으로 결혼식을 올립시다. (레옹스와 레나를 가리키며) 저것이 왕자고, 저것이 공주요. 나는 내 결정을 실행에 옮기고, 즐거워할 것이요. 종을 울리고 축사를 준비하시오. 궁정 목사는 서두르시오!

궁정 목사가 앞으로 나와 헛기침을 하더니 하늘을 몇 번 올려다본다.

**발레리오** 어서 시작하세요! 그런 기분 나쁜 표정 짓지 마시고. 어서요!

**궁정 목사** (무척 혼란스러워하며) 우리가 만일…… 또는…… 그러나…….

**발레리오** 다음과 같은 이유로…….

**궁정 목사**   왜냐하면……

**발레리오**   이 세상이 창조되기 전에……

**궁정 목사**   주님께서……

**발레리오**   기나긴 시간 동안 지루해하셔서……

**페터 왕**   목사, 짧게 하시오.

**궁정 목사**   (정신을 차리며) 포포 왕국의 레옹스 왕자님과 피피 왕국의 레나 공주님, 황송하오나 두 분이 하나 되기를 원하신다면 큰 소리로 분명하게 〈예〉라고 말씀해 주십시오.

**레나와 레옹스**   예!

**궁정 목사**   그럼 저도 〈아멘〉이라고 말하겠나이다.

**발레리오**   잘하셨습니다. 짧고 명확했어요. 남자와 여자는 이렇게 만들어졌을 것이고, 낙원의 모든 동물이 그들 주위에 서 있었을 겁니다.


레옹스가 가면을 벗는다.


**모두**   왕자님이다!

**페터 왕**   왕자라고? 내 아들이라고? 이런, 내가 완전히 속았어! (공주에게 다가간다) 이 사람은 누구냐? 나는 이 결혼식을 무효로 선포하겠다.

**가정 교사**   (공주의 가면을 벗기며 의기양양하게) 공주님이십니다!

**레옹스**   레나?

**레나**   레옹스?

**레옹스**   아니, 레나, 낙원으로 도피하는 중이라고 생각했는데 내가 속았구려.

**레나**   나도 속았어요.

**레옹스**   아, 이런 우연이!

**레나**   아, 이런 섭리가!

**발레리오**   웃음밖에 나오지 않네요. 두 분은 정말 우연을 통해 서로의 사람이 되셨습니다. 이 우연을 위해서라도 두 분이 서로를 진정으로 위하시길 소망합니다.

**가정 교사**   이 늙은것이 이런 장면을 실제로 보게 되다니! 방황하는 왕자여! 이젠 마음 편히 눈을 감을 수 있겠습니다.

**페터 왕**   사랑하는 아이들아, 가슴이 뭉클하구나. 감격에 겨워 어찌할 바를 모르겠구나. 이 세상에서 나만큼 행복한 사람이 있을까! 아들아, 이제 나는 너에게 엄숙하게 통치권을 넘기고, 이후부터는 오직 마음껏 생각하는 일에만 전념하고 싶구나. 다만 아들아, (추밀원 대신들을 가리키며) 이 현자들은 내게 넘겨다오. 내 일을 도와줄 사람들이다. 경들, 이리 오시오. 우린 생각을 해야 하오. 방해받지 않고 마음껏 생각을 해야 하오. (추밀원 대신들과 함께 나가면서 혼잣말로) 아까 그 인간 때문에 머릿속이 혼란스러웠는데, 일단 여기를 빠져나가서 다시 생각해 봐야겠어.

**레옹스**   (참석한 사람들에게) 여러분, 내 아내와 나는 오늘 이 결혼식 때문에 여러분을 이렇게 오래 서 있게 한 것을 무한히 애석하게 생각합니다. 여러분이 서 계신 모습이 너무나 힘들어 보여 더 이상 여러분의 인내를 시험하고 싶지 않습니다. 이제 집으로 돌아가세요. 다만 여러분의 축사와 설교, 노래는 잊지 마세요. 내일 아주 여유롭고 편안하게 이 놀이를 다시 처음부터 시작할 생각이니까. 안녕히 가십시오!

레옹스, 레나, 발레리오, 가정 교사를 제외하고 모두 물러간다.

**레옹스** 자, 레나, 이제 알겠소? 우리 주머니에 인형과 장난감이 얼마나 두둑하게 들어 있는지? 그것들을 갖고 뭘 할까요? 그것들에게 수염을 붙여 주고, 검을 하사할까요? 아니면 그것들에게 연미복을 입힌 다음 하찮기 그지없는 정치와 외교를 맡겨 버리고, 우리는 그 옆에 앉아 현미경이나 들여다보고 있을까요? 아니면 당신은 아름다운 우윳빛 손가락을 현란하게 움직일 수 있는 손풍금을 원하오? 극장을 지을까요? (레나가 그에게 기대며 고개를 젓는다) 그래요, 난 그대가 뭘 원하는지 잘 알아요. 시계란 시계는 모두 부수어 버리고 달력이란 달력은 모두 금지시킨 다음 오직 자연의 시계에 따라, 그러니까 꽃이 피고 열매가 맺는 것에 따라 시간과 달이 흘러가는 것을 헤아리도록 해요. 그런 다음 이 작은 땅을 오목 거울로 두르는 거예요. 그러면 이 땅에서 겨울은 없어지고, 여름이면 이스키아섬과 카프리섬에 이르기까지 모두 따뜻해질 것이고, 우리는 1년 내내 장미꽃과 제비꽃, 오렌지 나무와 월계수 사이에 푹 파묻혀서 지내게 될 겁니다.

**발레리오**   그럼 저는 장관이 되어 이런 법령을 내릴 겁니다. 〈손에 굳은살이 박인 자는 나라의 지원을 받게 될 것이고, 몸이 아픈데도 일하는 자는 법적 처벌을 받게 될 것이며, 땀방울 묻은 빵을 먹는 것을 자랑하는 자는 미쳤거나, 인간 사회에 위험한 인물로 간주될 것이다.〉 그런 다음 우리는 나무 그늘에 누워 신에게 마카로니와 멜론, 무화과를 청하고, 감미로운 목소리와 고전적인 몸과 편안한 종교를 내려 달라고 부탁할 것입니다!

# 「레옹스와 레나」의 흩어진 단편들

# 서문

**알피에리**  그럼 명성은?

**고치**  그럼 배고픔은?

# 등장인물

**페터**　포포 왕국의 왕

**레옹스**　페터 왕의 아들

**레나**　피피 왕국의 공주, 레옹스의 약혼녀

**발레리오**

**가정 교사**

**궁내관**

**의전관**

**추밀원 의장**

**궁정 목사**

**군수**

**교장**

**로제타**

**그 밖에 하인, 추밀원 대신들, 농부 등**

## ⟨수고 1⟩[1]
# 제1막

> 오, 저도 광대였으면!
> 알록달록한 옷을 꼭 입어 보고 싶습니다.
> ─셰익스피어, 「뜻대로 하세요」 중에서

## 제1장

정원.
벤치에 반쯤 누운 레옹스, 궁내관.

**레옹스**  궁내관, 그래서 나한테 원하는 게 뭐요? 왕자의 직무를 준비하라고? 난 아주 바빠요. 할 일이 너무 많아 어쩔 줄 모르겠다고. 우선 여기 이 돌에다 365번이나 연달아 침을 뱉어야 해요. 아직 안 해봤죠? 해보세요, 재미가 쏠쏠해요. 그다음으론 여기 모래 한 줌 보이죠? (모래를 쥐어 공중으로 던졌다가 손등으로 받는다) 이제 다시 공중으로 던질 겁니다. 우리 내기할래요? 내 손등에 모래 몇 개가 남을지. 짝수, 아니면 홀수? 왜요, 내기하고 싶지 않아요? 혹시 궁

---

1 뷔히너는 「레옹스와 레나」를 집필하는 과정에서 일부 토막 원고들을 남겼는데, 여기에 실린 두 편이 그것이다. 이 원고들은 내용 면에서 수정되거나 추가된 부분들이 있다.

내관은 이교도요? 신을 믿어요? 나는 보통 나 자신하고 이런 내기를 하면서 하루 종일 놀곤 해요. 궁내관이 가끔 나하고 내기할 마음이 있는 사람을 구해 준다면 정말 고마울 거요. 그것 말고 또 내가 뭘 하는지 알아요? 어떻게 하면 내 머리 위를 볼 수 있을지 고민하고 또 고민해요. 아, 자기 머리 위를 볼 수 있으면 얼마나 좋을까! 내 이상 중 하나죠. 그다음엔, 또 그다음엔…… 이런 종류의 일들은 한없이 많아요. 내가 빈둥거린다고 생각해요? 하는 일이 없다고 생각해요? 그렇다면 슬픈 일이죠…….

**궁내관**　무척 슬픈 일입니다, 왕자님.

**레옹스**　구름이 벌써 3주 전부터 서쪽에서 동쪽으로 움직이고 있어요. 그걸 보고 있으면 아주 우울해져요.

**궁내관**　당연히 무척 우울하시겠죠.

**레옹스**　아니, 내 말에 왜 반박을 하지 않는 거요? 아, 급한 볼일이 있으시군, 그렇죠? 이렇게 오래 붙잡아 둬서 미안합니다. (궁내관이 허리를 숙이고 물러난다) 궁내관, 허리를 숙일 때 당신의 다리가 만들어 내는 동작이 아주 멋지십니다. (혼자 벤치 위에서 몸을 쭉 뻗는다) 벌들은 나태하게 꽃에 앉아 있고, 햇빛은 한가하게 대지를 비추고 있구나. 어디를 가건 지독한 게으름뿐이야. 게으름은 모든 악덕의 시작이지. 사실 세상 모든 일이 지루함에서 나온 게 아닐까! 사람들은 너무 지루해서 공부하고, 너무 지루해서 기도한다. 또 너무 지루해서 사랑하고, 결혼하고, 자식을 낳고, 결국에는 너무 지루해서 죽는다. 그런데 웃기는 건 자기들이 왜 이런 일들을 하는지 이유도 모르면서 무슨 대단한 의미가 있다는 듯이 굴고, 그로써 신을 안다고 생각한다는 거야. 세상의 모든 영웅, 천재, 바보, 성자, 죄인, 가장(家長)들은 근본적으로 노회한 게으름뱅이에 지나지 않아. 왜 이제야 이걸 깨닫게 되었지? 나라는 인간은 정말 한심한 광대일까? 나는 왜 진지한 얼굴로 농담을 하지 못할까? 방금 내 곁에 있던 그 남자, 그 남자가 부럽다. 너무 부러워서 실컷 때려 주고 싶다. 아, 다른 누군가가 될 수 있다면! 단 1분만이라도.


발레리오가 약간 술에 취해 등장한다.


**레옹스** (발레리오의 팔을 잡으며) 이놈아, 너는 뛸 수 있어? 젠장, 태양 아래 나를 뛰게 할 수 있는 게 뭔지 알면 얼마나 좋을까!

**발레리오** (손가락을 코에 대고 왕자를 뚫어지게 바라본다) 그러게 말입니다!

**레옹스** (똑같이 행동하며) 그렇지!

**발레리오** 제 말을 이해하셨습니까?

**레옹스** 완벽하게.

**발레리오** 그럼 뭔가 다른 이야기를 해야겠네요. 저는 이제 풀밭에 누워 풀 줄기 사이로 제 코를 꽃처럼 피어나게 한 다음 낭만적인 감각을 맛보고 싶습니다. 벌과 나비가 장미꽃인 줄 알고 제 코 위에서 살랑댈 테니까요.

**레옹스**   하지만 친구, 코를 너무 그렇게 벌렁거리지는 말게. 안 그랬다간 꽃의 꿀이 죄다 자네 코로 빨려 들어가서 벌과 나비는 굶어 죽고 말 테니까.

**발레리오**   아, 왕자님, 그건 제가 자연을 얼마나 사랑하는지 모르셔서 하는 말씀입니다! 저는 풀이 너무 아름다워 그 풀을 뜯어먹는 소가 되고 싶었는데, 그렇게 되지 못해서, 그럼 그런 소를 먹는 존재로라도 태어나자고 해서 태어난 인간이랍니다.

**레옹스**   불쌍한 친구 같으니, 자네도 이상(理想)에 지쳐 보이는군.

**발레리오**   그러게나 말입니다! 저는 벌써 여드레 전부터 소고기의 이상을 좇고 있지만, 현실 어디서도 그걸 찾지 못했으니까요. (노래한다)

> 술집 여주인에겐 착한 하녀가 있어.
> 하녀는 밤낮으로 정원에 앉아,
> 정원에 앉아
> 열두 시 종이 칠 때까지
> 군인들을 시중드네.

(바닥에 앉는다) 이 개미들을 보세요. 정말 사랑스러운 녀석들 아닙니까? 이 조그만 피조물 속에 질서와 부지런함 같은 본능이 숨어 있다는 게 정말 경탄스럽습니다. 왕자님, 인간에게 돈을 버는 방법은 세 가지뿐입니다요. 복권에 당첨되거나, 상속받거나, 아니면 신의 이름으로 훔치는 것이죠. 양심의 가책을 느끼지 않을 재주가 있다면요.

**레옹스** 너는 그런 원칙을 갖고 있으면서도 배고파서 죽거나 교수대에 매달리지 않고 꽤 오래 살았구나.

**발레리오** (왕자를 계속 꼿꼿이 바라보며) 맞습니다요, 왕자님. 그래서 저는 다른 방식으로 돈을 버는 인간을 나쁜 놈이라고 주장합지요.

**레옹스** 네 말대로 하자면 일을 해서 돈을 버는 사람은 복잡 미묘한 자살자이고, 자살자는 범죄자이고, 범죄자는 나쁜 놈이니까, 고로 일하는 사람은 나쁜 놈이라는 말이구나.

**발레리오** 맞습니다요. 하지만 그럼에도 개미는 매우 유익한 해충입니다. 아무런 해를 끼치지 않는 것 말고는 별로 유익한 점이 없지만요. 어쨌든 매우 소중한 해충임에도 불구하고 저는 녀석들의 엉덩이를 걷어차고, 코를 풀어 주고, 발톱을 자르는 즐거움을 포기할 수가 없습니다요.

경찰 두 명이 등장한다.

**경찰1** 정지, 그놈이 어디 있지?

**경찰2** 저기 두 명이 있어.

**경찰1** 달아나는 놈은 없어?

**경찰2** 없는 것 같은데.

**경찰1** 그럼 저 둘을 조사해 보자고. 여러분, 우리는 누군가를 찾고 있습니다. 한 인간이고, 한 개인이고, 한 인물이고, 한 범법자이고, 한 피고인인 누군가를요. (다른 경찰에게) 얼굴 빨개지는 놈 없어?

**경찰2** 없는데.

**경찰1** 그럼 다른 식으로 시험해 봐야겠군. 지명 수배지, 인 상착의서, 신분증명서 어디 있어? (경찰 2가 주머니에서 종이 한 장을 꺼내어 건넨다) 내가 읽을 테니 저 인간들과 맞춰 봐. 한 인간······.

**경찰2** 아냐, 두 명이야.

**경찰1** 멍청이! 두 발로 걷고 팔은 두 개야. 게다가 입과 코는 하나, 눈과 귀는 두 개고. 특징은 매우 위험한 개인이라는 거야.

**경찰2** 그럼 저 둘한테도 맞아떨어져. 체포해 버릴까?

**경찰1** 위험해. 저기도 둘이지만, 우리도 둘뿐이야. 일단 보고부터 해야겠어. 이건 범죄적으로 얽힌 복잡한 일이거나 복잡한 범죄 사건이야. 왜 그런지 알아? 내가 술을 마시고 침대에 들면, 그건 내 문제야. 다른 누구와도 상관이 없지. 하지만 내가 침대를 갈아 마셨다고 생각해 봐. 그건 누구의 문제겠어?

**경찰2** 글쎄, 모르겠는데.

**경찰1** 나도 몰라. 하지만 핵심은 그거야. (두 사람 퇴장)

**발레리오** 섭리라는 건 없는 것 같습니다요. 왕자님은 혹시 벼룩 한 마리가 뭘 할 수 있는지 아십니까? 그 녀석이 오늘 밤 저한테 달려들지 않았다면 저는 아침에 침대를 햇볕에 내놓지 않았을 것이고, 침대를 햇볕에 내놓지 않았다면 제가 〈달로 가는 여관〉으로 옮기지 않았을 것이고, 또 해와 달이 침대를 비추지 않았다면 저는 짚으로 만든 매트리스로 포도주를 짜서 그걸 마시고 취할 수 없었을 것이고, 이 모든 일이 일어나지 않았다면 저는 지금 그 소중한 개미들에게 해체되어 햇볕에 말라비틀어지는 것이 아니라 구운 고기를 썰면서 포도주 한 병을 다 비웠을 겁니다. 병원에서요.

**레옹스**  배울 게 많은 이력[2]이군.

**발레리오**  사실 이놈의 이력은 아주 분주하답니다. 전쟁통에 이놈의 이력에 구멍이 날 뻔한 상황에서 목숨을 구할 수 있었던 건 저의 달리기 능력 때문이었죠. 그렇게 목숨을 구한 결과 얻은 것이 마른기침이고요. 의사 말로는 저의 달리기가 질주로 변하는 바람에 몸이 재빨리 쇠약해져서 앓게 된 것이 마른기침이라고 했습니다. 게다가 당시 저는 먹을 게 없어서 소모성 열병에 걸렸고, 그 열병 속에서 조국의 수호자 역할을 하려고 매일 좋은 수프와 좋은 소고기, 좋은 빵을 먹고 좋은 포도주를 마셔야 했습죠.

**레옹스**  고상한 녀석이군. 그럼 자네의 직업과 본업, 생업, 신분, 기술은 뭔가?

**발레리오**  왕자님, 저는 대단한 일을 한답니다. 빈둥거리는 일이죠. 무위도식하는 데는 도가 텄고, 게으름을 부리는 데는 따라올 자가 없습죠.


[이후의 원고는 쓰지 않은 상태로 비어 있다.]


2 독일어로 〈이력〉은 *Lebens-lauf*인데 여기서 *lauf*는 〈달리다〉라는 뜻이다. 발레리오는 이 단어의 기본형을 이용해서 〈분주하다 *läufig*〉, 〈전쟁통 *im Lauf dieses Krieges*〉, 〈달리기 *Lauf*〉 같은 단어를 유희적으로 사용하고 있다.

## 〈수고 2〉

**가정 교사**  (울면서) 오, 천사 같은 우리 아기씨, 공주님이야 말로 진짜 희생양이에요.

**레나**  맞아요. 하지만 사제가 벌써 칼을 빼들었어요. 신이시여, 신이시여, 우리가 우리의 고통으로 스스로를 구원해야 한다는 게 정말인가요? 이 세계는 십자가에 못 박힌 구세주이고, 태양은 구세주의 가시 면류관이고, 별들은 구세주의 허리와 발에 박힌 창과 못이라는 게 정말인가요?

**가정 교사**  우리 아기씨, 우리 아기씨! 더는 보고 있을 수가 없네요. 안 되겠어요. 이러다간 공주님이 죽겠어요. 저한테 생각이 있어요. 어떻게 될지는 몰라도 해보는 거예요. 이리 와요, 공주님! (공주를 데리고 나간다)

# 제2막


내 마음속 깊은 곳에서 하나의 목소리가 울려 퍼지더니
[여기서 문장이 끊어진다.]


흰 옷을 입고 일어나 밤새 떠돌며 시신에게 말하라. 일어나
걸으라고.


**레나**   그런 말을 했던 성스러운 입술은 오래전에 먼지가 되
었어요.

**레옹스**   아니오, 그렇지 않소.


[여기서 내용이 끊어진다.]


**발레리오**   결혼이라고요?

**레옹스**   결혼은 삶과 사랑을 하나로 만드는 거야. 사랑이 삶
이 되고, 삶이 사랑이 되는 거지. 발레리오, 너도 알지 않
아? 아무리 미천한 인간이라도 그 자체로 위대하고, 그래

서 그 사람을 사랑하기엔 인생이 너무 짧다는 거? 그렇다면 나는 우리의 인생이 더 아름답고 성스러울 수 없을 만큼 충분히 아름답고 성스럽다고 생각하는 사람들의 즐거움을 이해할 수 있어. 이런 사랑스러운 오만함에는 어느 정도의 즐거움이 담겨 있지. 그렇다면 내가 그 사람들의 그런 즐거움을 부러워하면 안 될 이유가 있을까?

**발레리오** 이놈이 뭘 알겠습니까요? 다만 포도주가 인간이 되려면 한참 멀었지만, 그래도 제가 포도주를 평생 사랑할 거라는 건 알지요. 근데 그 숙녀분은 왕자님이 누구신지 알기는 합니까?

**레옹스** 자신이 나를 사랑한다는 것만 알지.

**발레리오** 왕자님은 그 숙녀가 누군지 아시고요?

**레옹스** 멍청한 놈! 그 숙녀분은 봉오리를 펼치지 않은 여린 꽃이야. 아침 이슬에 젖어 밤이 끝나기를 꿈꾸는 아직 꺾을 수 없는 꽃이라고!

**발레리오** 뭐 마음대로 생각하십시오. 저야 상관없으니. 근데 어쩌시려고요? 왕자님이 오늘 폐하 앞에서 그 이름도 신분도 모르는 숙녀분과 하나로 맺어지신다면 저는 대신이 되는 건가요?

**레옹스** 그게 가능하다고 생각해?

**발레리오** 방법이야 찾으면 되죠. 그러면 제가 대신이 되는 거죠?

**레옹스** 약속하지.

**발레리오** 고맙습니다. 가시죠.

렌츠

렌츠[1]는 20일에 산에 갔다. 산봉우리와 높직한 산등성이는 눈에 덮여 있었고, 골짜기 아래로 잿빛 암석과 초록의 풀밭, 바위, 전나무가 보였다. 날은 차고 습했으며, 물은 바위 틈으로 콸콸 흐르다가 길 위로 넘쳤다. 전나무 가지는 젖은 대기 속에 축 늘어져 있었다. 하늘에는 먹구름이 깔려 있었고, 온 사방이 조밀했다. 땅에서 피어오른 안개가 덤불숲 사이로 무겁고 축축하게 퍼져 나가더니 느릿하고 둔탁하게 사방을 에워쌌다. 그는 무심코 계속 걸었다. 길을 방해하는 것은 없었다. 때로는 오르막길이, 때로는 내리막길이 나타났다. 피곤함은 느낄 수 없었다. 다만 물구나무서기로 걸어갈 수 없다는 게 아쉬웠다.[2] 처음에는 커다란 돌멩이가 길에서

---

1 Jakob Michael Reinhold Lenz(1751~1792). 독일 질풍노도 시기의 시인이자 극작가. 정신 분열증에 시달렸고, 재능에 비해 세상의 인정을 받지 못한 비운의 천재로 알려져 있다. 작품으로는 『군인들』, 『가정 교사』, 『시집』, 『연극 각서』등이 있다.

2 이 문장을 두고는 여러 해석이 분분하지만, 푸르네스N. A. Furness의 견해에 따르면 이것은 『돈키호테』와 관련이 있다고 한다. 돈키호테는 산에서

떨어져 나가고, 발아래 잿빛 숲이 흔들리고, 안개가 어떨 때는 형체를 집어삼켰다가 어떨 때는 우람한 형체를 반쯤 드러낼 때면 마음이 급해졌다. 가슴이 죄어 왔다. 잃어버린 꿈과 같은 무언가를 찾았지만 아무것도 찾지 못했다. 모든 게 너무 작고 가깝고 습하게 느껴졌다. 땅덩어리 전체를 오븐 안에 넣을 수 있을 것 같은 기분이었다. 그런데도 언덕 하나를 넘어 이 지점까지 오는 데 그렇게 많은 시간이 걸린 게 이해가 되지 않았다. 몇 걸음이면 모든 걸 가늠할 수 있을 거라 생각했다. 다만 가끔, 거센 바람이 구름 덩이를 골짜기 속으로 몰아넣고, 그 구름이 숲에서 수증기로 피어오르고, 바위 속의 목소리가 깨어나 곧 멀리 사라져 가는 천둥소리처럼 들리다가 이내 열렬한 환호성 속에서 대지를 찬미하려는 듯 맹렬한 기세로 울려 퍼지고, 구름이 사납게 울부짖는 야생마처럼 질주하고, 햇빛이 구름 사이를 뚫고 나와 눈 덮인 곳을 번쩍이는 검처럼 가르고, 눈부신 햇빛 한 줄기가 봉우리를 지나 골짜기 속으로 파고들 때면, 또는 거센 바람이 구름 덩이를 산 아래로 몰아넣어 햇살로 반짝이는 푸른 호수를 휘젓고, 그러다 차츰 잦아든 바람이 협곡 깊숙한 곳과 전나무 우듬지에서 자장가와 종소리처럼 잔잔하게 올라오고, 짙푸른 하늘가에 분홍빛이 번져 가고, 조각구름이 은빛 날개를 달고 지나가고, 봉우리마다 대지 위로 환한 빛이 선연하게 반짝거

길을 걷다가 갑자기 물구나무서기를 하고 걸었는데, 산초는 그것을 보고 주인이 미쳤다고 생각한다. 뷔히너는 이 문장을 소설 서두에 배치함으로써 렌츠가 모종의 광기에 사로잡혀 있음을 처음부터 암시하고 있다.

릴 때면 가슴이 찢어지는 듯했다. 그는 숨을 헐떡거리며 멈추어 서서 몸을 구부리고 눈과 입을 크게 벌렸다. 저 거센 바람을 자기 속으로 빨아들이고, 모든 것을 자기 속에 집어넣어야 한다고 생각했다. 그는 땅바닥에 몸을 쭉 뻗고 누워 우주 속으로 들어갔다. 아픈 쾌감이 일었다. 그러다 가만히 이끼 속으로 머리를 묻고 눈을 게슴츠레 감았다. 그러고는 이끼를 떼어 냈다. 땅이 발밑에서 푹 꺼져 하나의 유랑별처럼 작아지더니 거칠게 일렁이는 강물 속에 빠졌다. 이 모든 일이 순식간에 일어났다. 그는 마치 방금 눈앞에서 그림자놀이라도 끝난 것처럼 멀쩡한 표정으로 차분하게 일어났다. 기억나는 것은 없었다. 저녁 무렵 그는 산등성이 눈밭에 도착했다. 거기서부터 서쪽으로는 다시 평지로 이어지는 내리막길이었다. 그는 산등성이에 자리를 잡고 앉았다. 저녁 무렵의 산속은 점점 고요 속에 잠겼다. 구름은 미동도 없이 하늘에 단단히 걸려 있었고, 시야에 들어오는 것이라고는 산봉우리뿐이었다. 거기서부터 아래쪽으로 넓은 평지가 펼쳐졌다. 만물이 적막이고, 잿빛이며, 어슴푸레했다. 지독한 고독이 몰려왔다. 혼자였다. 완전히 혼자였다. 자신과 이야기라도 나누려 했지만 할 수가 없었다. 숨조차 쉬기 어려웠다. 일어나 다시 걸어 보았지만, 발을 내디딜 때마다 천둥소리가 울리는 듯했다. 다시 앉아야 했다. 이 무(無)의 세계에서 이름조차 알 수 없는 공포가 엄습했다. 세상이 텅 빈 것 같은 느낌이었다. 그는 벌떡 일어나 비탈을 쏜살같이 내려갔다. 점점 어두워지면서 하늘과 땅이 하나로 녹아들었다. 무언가 그를 뒤쫓고 있었다. 마치 인간이 감당하지 못할 무시무시한 무언가가 그를 붙잡으려는 듯했고, 광기가 말을 타고 뒤쫓는 듯했다. 마침내 사람 소리가 들리고 불빛이 보였다. 한결 마음이 놓였다. 발트바흐까지는 30분을 더 가야 한다고 했다. 마을을 지나갔다. 창문으로 불빛이 비쳤다. 그는 지나가면서 안을 들여다보았다. 식탁에 모여 앉은 아이들과 노파, 처녀들이 보였다. 모두 평온한 얼굴이었다. 그들에게서 빛이 쏟아져 나오는 듯했다. 마음이 놓였다. 그는 곧 발트바흐의 목사관에 도착했다. 사람들이 식탁에 앉아 있었다. 그는 안으로 들어갔다. 금빛 곱슬머리가 창백한 얼굴을 반쯤 가렸고, 눈과 입 주위는 실룩거렸으며, 옷은 찢어져 있었다. 오벌린[3]은 그를 반갑게 맞아 주었다. 렌츠를 떠돌이 수공업자 정도로 생각하는 눈치였다. 「누구신지는 모르겠지만 어쨌든 잘 오셨습니다.」 「저는 ……의 친구입니다. 안부를 전해 달라고 하더군요.」 「실례지만 성함이…….」 「렌츠라고 합니다.」 「아! 혹시 책을 출판하시지 않았나요? 그 이름을 가진 분이 쓴 희곡을 몇 편 읽었는데?」 「맞습니다. 하지만 그걸로 저를 판단하지는 말아 주십시오.」 그들은 계속 이야기를 나누었다. 렌츠는 무슨 말이라도 하려고 애쓰며 빠르게 이야기했지만, 그 자체가 고문이었다. 그러다 서서히 마음이 차분해졌다. 아늑한 방, 방의 그늘진 곳에서 모습을 드러낸 평온한 얼굴들, 세상

---

3 Johann Friedrich Oberlin(1740~1826). 개신교 목사. 알자스 지방의 산골 마을에 교회를 세우고 그곳 농민들의 삶을 향상시키며 봉사하는 데 힘썼다. 뷔히너는 이 작품을 쓰면서 오벌린의 기록을 많이 참조했다.

모든 빛이 깃든 것 같은 얼굴에다 호기심 가득한 눈길로 친근하게 올려다보는 아이, 방 뒤쪽의 그늘진 곳에 천사처럼 조용히 앉아 있는 아이의 어머니……. 그는 자신의 고향에 대해 이야기하기 시작했다. 이야기가 갖가지 민속 의상의 묘사에 이르자 사람들이 관심을 보이며 주위로 몰려들었다. 그는 집에 와 있는 기분이 들었다. 아이 같은 창백한 얼굴에는 이제 미소가 피어올랐고, 이야기는 활기를 띠었다. 그는 편안해졌다. 모두 아는 얼굴 같았고, 잊고 있던 얼굴이 어둠 속에서 다시 나타난 것 같았다. 옛 노래들이 깨어나는 듯했다. 그사이 그런 것들에서 얼마나 멀리 떨어져 있었던지! 이윽고 가야 할 시간이 되었다. 사람들이 그를 길 건너편으로 안내했다. 목사관이 너무 좁아 학교 건물의 방 하나를 쓰기로 한 것이다. 그는 위층으로 올라갔다. 방은 넓고 싸늘했으며, 안쪽에 높직한 침대가 하나 놓여 있었다. 그는 램프를 탁자에 내려놓고 방 안을 서성이며 이날 하루를 곰곰이 떠올려 보았다. 어떻게 여기까지 왔을까? 지금 자신이 있는 곳은 어디일까? 램프 불빛 아래 사랑스러운 얼굴들이 앉아 있던 목사관의 방도 떠올랐다. 모두 그림자 같고 꿈같았다. 그는 산에서처럼 다시 공허해졌다. 공허감은 더 이상 어떤 것으로도 채워지지 않았다. 불을 끄자 어둠이 모든 것을 집어삼켰다. 정체불명의 불안이 엄습했다. 그는 벌떡 일어나 방을 가로질러 계단을 내려가 집 밖으로 나갔다. 하지만 그마저도 소용이 없었다. 사방은 컴컴하고 아무것도 보이지 않았다. 자기 자신이 하나의 꿈처럼 여겨졌고, 생각이 파편처럼 휙휙 스치고 지나갔다. 그는 그 생각들을 붙잡았다. 그럴 때마다 〈하늘에 계신 우리 아버지〉를 외쳐야 할 것 같았다. 그는 더 이상 자기 자신을 찾을 수 없었고, 오직 자신을 구해 내야 한다는 어렴풋한 본능밖에 없었다. 그는 돌에 몸을 찧고, 손톱으로 자신을 쥐어뜯었다. 통증으로 의식이 돌아오기 시작했다. 그는 우물 속으로 뛰어들었다. 그러나 물은 깊지 않아 허리춤에서 찰랑거렸다. 그 소리를 들은 사람들이 와서 그의 이름을 불렀다. 오벌린이 달려왔다. 렌츠는 차츰 제정신을 찾았고, 지금 이 상황을 온전히 의식하면서 다시 편안해졌다. 이제 자신이 부끄러워졌고, 선량한 사람들에게 걱정을 끼쳤다는 사실에 마음이 무거워졌다. 그는 사람들에게 냉수욕을 하는 습관이 붙어서 그렇다고 둘러대고는 다시 방으로 올라갔다. 마침내 극도의 피로감이 그를 잠들게 했다.

다음 날은 잘 지냈다. 렌츠는 오벌린과 함께 말을 타고 골짜기로 갔다. 커다란 산은 상당한 높이에서 좁고 구불구불한 골짜기로 오므라들었고, 골짜기는 다시 여러 방향에서 산 쪽으로 치달았으며, 큰 바위는 아래쪽으로 부채처럼 펼쳐졌고, 숲은 별로 없었다. 이 모든 것에는 잿빛 진지함이 묻어 있었다. 서쪽 먼 곳으로는 들판이 펼쳐져 있었고, 남쪽과 북쪽으로는 산맥이 일직선으로 뻗어 있었으며, 우람하고 단단한 봉우리들은 어렴풋한 꿈처럼 고요히 솟아 있었다. 가끔 골짜기에서는 강력한 빛 덩어리가 황금빛 강물처럼 솟아났고, 가장 높은 봉우리에 걸려 있던 구름은 천천히 숲을 지나 골짜기 아래로 내려가거나, 아니면 햇살 속에서 날아다니는 은빛 유령처럼 가라앉았다가 다시 떠올랐다. 아무 소리도, 아무 움직임도 없었다. 새 한 마리 보이지 않았다. 가끔은 가까이서, 가끔은 멀리서 바람밖에 불지 않았다. 인공의 지점들, 즉 오두막의 골격과 짚으로 덮은 판자들도 진지한 검은색으로 보였다. 그들이 말을 타고 지나가면 숲속에 사는 과묵하고 진지한 사람들은 골짜기의 정적을 방해하지 않으려는 듯 조용히 인사했다. 오두막 안은 생기가 넘쳤다. 사람들이 오벌린 주위로 몰려들었고, 그는 훈계하고 조언하고 위로했다. 모두 신뢰가 넘치는 시선으로 그를 바라보았고 기도했다. 사람들은 꿈과 예감을 이야기했다. 그런 다음엔 재빨리 현실로 돌아가 길을 만들고, 수로를 파고, 학교를 찾았다. 오벌린은 지칠 줄 몰랐다. 렌츠는 줄곧 그와 동행하며 때로는 대화하고, 때로는 함께 일하고, 때로는 자연 속에 침잠했다. 이 모든 것이 그에게 편안함과 안정감을 주었다. 렌츠는 오벌린의 눈을 들여다볼 때가 많았다. 잠들어 있는 자연, 깊은 숲속, 그리고 환한 달빛에 녹아드는 여름밤이면 우리를 엄습하는 거대한 고요가 그의 잔잔한 눈 속에, 그의 품위 있고 진지한 얼굴 속에 좀 더 깊이 담겨 있는 듯했다. 렌츠는 소심한 성격이었지만 자연에서 본 이런저런 관찰과 의견을 피력했다. 오벌린은 렌츠의 이야기를 퍽 마음에 들어 했고, 그의 귀여운 동안(童顏)을 보는 것을 무척 좋아했다. 그러나 렌츠는 골짜기에 햇볕이 드는 동안에만 견딜 만했다. 저녁 무렵이 되면 그 이상한 공포가 다시 덮쳤고, 그는 태양을 따라가고 싶었다. 사물들이 서서히 그늘에 묻히기 시작하면 모든 것이 꿈같고 거북하게 느껴졌으며, 어둠 속에서 잠자는 아이처럼 두려움이 찾아왔다. 마치 장님이 된 듯했다. 이제 공포는 커졌으며, 광기의 악령이 그의 발을 묶고, 만사가 꿈인 것 같은 허망한 생각이 그 앞에 똬리를 틀었다. 그는 모든 사물을 꽉 붙잡았다. 형체들은 빠르게 그를 스쳐 지나갔고, 그는 그것들의 틈을 비집고 들어가려 했다. 그러나 그 모두는 그림자였다. 그의 몸에서 생기가 빠져나갔고, 사지는 완전히 마비되었다. 그는 말을 하고, 노래를 부르고, 셰익스피어의 구절을 읊조렸다. 평소에 그의 피를 더 빨리 돌게 했던 모든 것을 붙잡고, 모든 것을 시도했지만, 차갑고 또 차가웠다. 그러면 밖으로 나갈 수밖에 없었다. 어둠에 눈이 익숙해지면 밤에 흩뿌려진 미광이 도움이 되었다. 그는 우물에 뛰어들었고, 정신을 번쩍 들게 하는 물의 작용으로 상태가 한결 나아졌다. 그러면서도 병에 걸렸으면 하는 은밀한 희망을 품었다. 그는 이제 소리를 내지 않으면서 목욕을 했다. 그런데 현실의 삶 속으로 깊이 들어갈수록 점점 평온해졌다. 그는 오벌린을 돕고, 그림을 그리고, 성경을 읽었다. 사라진 옛 희망이 다시 떠올랐고, 신약 성경이 이렇게 그를 찾아왔다. 어느 날 아침 그는 밖으로 나갔다. 오벌린이 그에게 이런 이야기를 들려주었다. 걷잡을 수 없는 어떤 손이 다리 위에서 그를 어떻게 붙잡았는지, 저 높은 곳의 광채가 그의 눈을 어떻게 멀게 했는지, 어떤 말을 들었는지, 밤중에 그 목소리와 어떤 이야기를 나누었는지, 신이 그의 집을 어떻게 찾아들었는지, 앞으로 무엇을 해야 할지 알고 싶어 얼마나 천진하게 자신의 운명을 호

주머니에서 꺼냈는지, 이 믿음과 이 땅에서의 영원한 천국, 신 안의 존재가 어떤 것인지에 대해 이야기했다. 그제야 비로소 렌츠는 성경이 떠올랐다. 이 사람들에게는 자연이 참으로 가까이 있었고, 모든 것이 천상의 신비 속에 있었다. 그것도 장대하고 위엄스러운 모습이 아니라 지극히 친근한 모습으로. 렌츠는 아침에 야외로 나갔다. 밤사이 눈이 내렸다. 골짜기에는 환한 햇살이 비쳤지만, 자연 풍경에는 여전히 안개가 희미하게 끼어 있었다. 그는 곧 길에서 벗어나 완만한 비탈을 올라갔다. 전나무 숲 옆쪽으로 사람 발자국은 보이지 않았다. 해는 눈 덮인 풍경을 크리스털 조각품으로 만들고 있었다. 눈은 가볍고 솜털같이 푹신했다. 눈 위에는 산속으로 이어진 야생 동물의 흔적이 여기저기 희미하게 남아 있었다. 대기 중에는 살랑거리는 바람과 꼬리에 묻은 눈을 가볍게 털어 내는 새의 바스락거림 외에 다른 움직임은 없었다. 온 세상이 고요했다. 짙푸른 허공에는 하얀 깃털처럼 눈송이를 휘날리는 나무만 서 있었다. 그는 점점 집에 온 것처럼 편안해졌다. 가끔 큰 소리로 말을 거는 것 같던 단조롭고 거대한 평면과 선은 눈에 가려져 있었다. 불현듯 그는 친근한 크리스마스 분위기에 사로잡혔다. 그 말은 곧 나무 뒤에서 어머니가 불쑥 나타나 이 모든 게 크리스마스 선물이라고 말할 것 같다는 뜻이다. 산 밑으로 내려가면서 그는 자신의 그림자 주변으로 무지개 햇살이 비치는 것을 보았다. 무언가 자신의 이마를 살짝 건드리면서 말을 하는 것 같은 느낌이었다. 마을에 도착했다. 오벌린은 방에 있었다. 렌츠는 밝은 얼굴로

다가가 기회가 되면 설교를 해보고 싶다고 했다. 「신학자인 가요?」 「네!」 「좋아요. 그럼 다가오는 일요일에 해보세요.」

렌츠는 흥겹게 자기 방으로 올라갔고, 설교할 구절을 떠올리며 깊은 사색에 잠겼다. 이후의 밤들은 평온했다. 일요일 아침이 왔다. 눈이 녹을 만큼 따뜻한 날씨였다. 스쳐 지나가는 구름 사이로 파란 하늘이 보였다. 교회는 산자락 옆으로 삐죽 튀어나온 부분에 위치해 있었고, 그 주위에 교회 묘지가 있었다. 렌츠는 그 지점에 서 있었다. 종소리가 울려 퍼지고, 신도들이 여러 방향에서 바위 사이의 좁은 길을 따라 교회를 향해 올라오고 있었다. 특히 검은색 정장을 차려입은 아낙과 아가씨들은 찬송가 책 위에 곱게 접은 하얀 손수건을 올려놓고 로즈메리 가지를 들고 있었다. 이따금 골짜기 위로 햇살이 비쳤고, 온화한 바람이 살며시 일었으며, 주변이 향기 속에 아물거렸다. 멀리 퍼지는 종소리 속에 세상 만물이 조화로운 물결로 녹아드는 듯했다.

자그마한 교회 묘지에서는 눈이 다 녹았고, 검은 십자가 밑에는 짙은 이끼가 끼어 있었다. 늦자란 장미 덤불은 묘지 담장에 몸을 기대었고, 이끼 사이에도 늦자란 꽃이 피어 있었다. 이따금 해가 나왔지만 곧 다시 어두워졌다. 예배가 시작되자 찬송의 목소리가 순수하고 맑은 울림 속에 하나가 되었다. 마치 맑고 투명한 계곡물을 들여다보는 듯했다. 찬송이 끝나자 렌츠의 말이 시작되었다. 그는 수줍어했다. 하지만 찬송 소리에 몸은 이미 경직에서 풀린 상태였다. 이제 오롯한 고통이 깨어나 가슴속으로 스며들었다. 무한한 편안함의 달콤한 감정이 그를 사로잡았다. 그는 사람들과 대화를 하듯이 말했다. 그들 모두 그의 고통과 함께했다. 울다가 지친 눈을 잠들게 하고, 괴로워하는 가슴에 안식을 주고, 또 물질의 궁핍으로 고통받는 이 존재들과 그 먹먹한 고통을 하늘로 이끌 수만 있다면 그것으로 그에겐 충분한 위안이었다. 말이 끝났을 때 그는 더욱 단단해졌고, 다시 찬송이 시작되었다.

내 마음속 성스러운 고통이
깊은 샘물처럼 터져 나오게 하소서.
고통은 나의 이득이요,
고통은 나의 예배로다.

마음속 들끓음, 음악, 고통이 그를 뒤흔들었다. 온 세상이 상처였다. 그는 그 상처에서 뭐라 이름 붙일 수 없는 깊은 통증을 느꼈다. 이제 다른 존재, 실룩거리는 신적인 입술이 그 위로 몸을 숙여 그의 입술을 빨아들였다. 그는 자신의 쓸쓸한 방으로 갔다. 혼자였다, 완전히 혼자였다! 그때 샘물이 터졌고, 눈에서 강물처럼 눈물이 쏟아져 나왔다. 그는 몸을 뒤틀며 사지를 떨었다. 마치 자신이 녹아 없어질 것 같았다. 환희의 끝도 보이지 않았다. 이윽고 마음속에 여명이 깃들었다. 그는 스스로에 대해 나직하고 깊은 연민을 느꼈다. 자신을 생각하며 울었고, 고개를 숙이며 잠이 들었다. 하늘에는 보름달이 떠 있었다. 그의 금발이 관자놀이와 얼굴로 흘러내렸다. 속눈썹에는 눈물이 맺혀 있었고, 뺨 위로 흐른 눈물은 말라 있었다. 그는 이제 혼자 누워 있었다. 모든 것이 평온하고 고요하고 차가웠다. 밤새 달이 빛을 내리쬐며 산 위에 떠 있었다.

이튿날 아침 그는 방에서 내려가 오벌린에게 간밤에 어머니가 나타났노라고 차분하게 이야기했다. 흰옷을 입은 어머니는 시커먼 교회 묘지 담장에서 걸어 나왔는데, 가슴에 흰 장미와 붉은 장미를 한 송이씩 꽂고 있었다고 했다. 그러다 어머니는 한구석에 가라앉았고, 그 위로 서서히 장미가 자라났는데, 어머니가 죽은 것이 분명하다는 느낌이 들었는데도 자기는 무척 침착했다고 말했다. 그러자 오벌린은 렌츠에게 이렇게 대꾸했다. 자기도 아버지가 죽었을 때 혼자 들판에 있다가 어떤 목소리를 듣고 아버지가 죽은 것을 알게 되었는데, 집으로 돌아와 보니 실제로 그랬다고 말이다. 이 이야기를 빌미로 두 사람의 대화는 계속 이어졌다. 오벌린은 산사람들에 대해 이야기했다. 어떤 처녀는 지하에 물이나 금속이 있는 것을 느낌으로 알고, 어떤 남자들은 고산 동굴에 갇혀 귀신과 싸우고 있다고 했다. 또 한번은 속이 텅 빈 것 같은 깊은 계곡물을 들여다보다가 몽유병 같은 증세에 빠진 적도 있다고 했다. 그러자 렌츠는 물의 정령이 그에게 임하는 바람에 그 특이한 존재의 뭔가를 느끼게 된 거라고 대답했다. 렌츠의 말이 이어졌다. 가장 단순하고 순수한 자연은 근본적인 자연과 제일 깊이 관련되어 있고, 인간이 정신적으로 세련되게 느끼며 살수록 그러한 근본적인 감각은 점점 무뎌진

272

다. 자신은 이 감각을 고차원의 상태로 여기지 않고, 그게 충분할 만큼 독립적이지도 않다고 생각하지만, 온갖 형태의 독특한 삶과 접촉하고, 돌과 금속, 물, 식물에 대한 감각을 가지고 있으며, 달이 차고 기우는 것에 따라 공기를 받아들이는 꽃처럼 자연의 모든 존재를 꿈과 같은 형태로 자기 속에 받아들이는 것은 무한한 환희의 감정일 게 틀림없다고 했다.

그는 마치 스스로에게 말하듯 말을 이어 갔다. 만물 속에는 말로 표현할 수 없는 조화와 음조, 지극한 행복이 깃들어 있다. 이것들은 신체 기관이 많은 고등 형체들 속에서는 스스로에게서 추출되고, 소리를 내고, 파악되지만, 그럴수록 동요하거나 병적으로 바뀔 가능성이 크다. 반면에 하등 형체들 속에서는 모든 것이 더 억제되고 제한적이기는 하지만, 자기 속의 평온은 한층 더 크다. 렌츠가 이 이야기를 좀 더 발전시켜 나가려고 하자 오벌린이 중단시켰다. 그처럼 소박한 정신의 인간에게는 너무나 동떨어진 이야기였다. 오벌린은 렌츠에게 작은 색채 판을 보여 주며, 각각의 색이 인간과 어떤 관계에 있는지 설명했다. 심지어 예수의 열두 제자도 각각 하나의 색으로 대변된다고 말했다. 렌츠는 그 말을 이해했고, 계속 이 문제에 매달렸으며, 불안한 꿈을 꾸었고, 슈틸링[4]처럼 「묵시록」을 읽기 시작했다. 성경을 많이 읽은 시기였다.

그 무렵 카우프만[5]이 새 신부와 함께 슈타인탈에 왔다. 처

4 요한 하인리히 융Johann Heinrich Jung(1740~1817)을 말한다. 보통 〈융-슈틸링〉이라고 불렸다. 경건주의 성향의 의사 겸 저술가로 성경의 「요한의 묵시록」을 집중적으로 연구해서 여러 편의 글을 발표했다.

5 Christoph Kaufmann(1753~1795). 스위스의 철학자.

음에 렌츠는 이 만남이 불편했다. 이제 겨우 이 좁은 장소에 적응하고 이곳의 소박한 안식을 감사히 받아들이고 있는데, 바로 이 시점에 과거의 많은 것을 떠올리게 하고, 함께 이야기를 나누어야 하며, 자신의 상황을 잘 아는 누군가가 나타난 것이 달갑지 않았던 것이다. 오벌린은 렌츠에 대해 아는 것이 전혀 없었다. 그저 그를 따뜻하게 받아 주고 보살피기만 했다. 그는 이 불행한 남자가 자신을 찾아온 것을 신의 섭리로 여겼고, 렌츠를 진심으로 사랑했다. 또한 렌츠가 지금 여기 있고, 마치 오래전부터 여기 살았던 사람처럼 그들 속에 자연스럽게 스며든 것을 순리로 생각했다. 그러다 보니 누구도 렌츠가 어디에서 왔고 어디로 가는지 묻지 않았다. 렌츠는 같이 식사를 하면서 다시 기분이 좋아졌다. 문학에 관한 이야기가 나왔다. 그의 전공 분야였다. 당시엔 이상주의가 태동하던 시기였고, 카우프만은 이상주의의 신봉자였다. 렌츠는 그에게 격하게 반대했다. 그가 말했다. 현실을 재현한다고 하는 작가들도 현실에 대해 아는 것이 없다. 하지만 이들은 그래도 현실을 미화하는 작가들보다는 견딜 만하다. 그는 계속 말했다. 사랑하는 주님은 세상을 원래 그래야 하는 모습 그대로 잘 만들었을 것이다. 우리는 더 나은 신의 작품을 더럽혀서는 안 된다. 우리의 유일한 노력은 더 나은 것을 조금이라도 모방하는 것뿐이다. 내가 모든 생명에 요구하는 것은 나름대로의 실존 방식이고, 그것만으로 충분하다. 그리되면 그것이 아름다운지 추한지 물을 필요가 없다. 무언가가 창조되었고, 생명을 가지고 있다는 감정이 아름다움이

나 추함보다 상위에 위치하며, 그것이 예술의 유일한 기준이다. 물론 그런 감정을 만나는 것은 아주 드물다. 셰익스피어의 작품이나 민요, 아니면 가끔은 괴테의 작품에서 만나 볼 수 있다. 나머지 것들은 모두 불속에 던져 버려도 된다. 우리는 개집도 하나 제대로 그려 내지 못한다. 사람들은 이상적인 형태를 원하지만, 내가 거기서 본 것은 모두 목각 인형뿐이다. 이 이상주의는 인간 본성의 가장 치욕적인 무시다. 우리는 지극히 평범한 삶에 침잠해서 경련과 암시, 그리고 거의 인지할 수 없는 섬세한 표정 변화 속에서 그것을 재현해야 한다. 자신은 『가정 교사』와 『군인들』에서 그런 시도를 해보았다. 그 속의 인물들은 하늘 아래 가장 산문적인, 그러니까 가장 범속한 인간들이다. 그러나 감정의 혈관은 거의 모든 사람이 동일하다. 다만 깨뜨려야 할 껍질의 두께만 다를 뿐이다. 우리에겐 그것을 보고 들을 눈과 귀만 있으면 된다. 나는 어제 골짜기 쪽으로 올라가다가 소녀 둘이 바위에 앉아 한 명은 머리를 묶고, 다른 한 명은 도와주는 것을 보았다. 금발 머리를 늘어뜨린 소녀는 진지하고 창백한 얼굴에 검은 옷을 입었고, 다른 소녀는 세심하게 친구의 머리를 묶어 주었다. 옛 독일 화파의 어떤 아름답고 내밀한 그림도 그런 것을 묘사한 적이 거의 없다. 나는 가끔 메두사의 머리가 되어 그 소녀들을 돌로 바꾸어 버리고 싶은 마음이 든다. 그래서 사람들에게 그것을 소리쳐 보여 주고 싶다. 두 소녀가 자리에서 일어나자 아름다운 집합체는 파괴되었다. 그러나 그들이 바위 사이로 내려가는 모습은 다시 하나의 완전히 다른 그림이 되었다. 더없이 아름다운 모습과 더없이 부풀어 오르던 소리가 한데 모였다가 다시 흩어졌다.

남은 건 오직 하나다. 영원히 펼쳐지고 변화하면서 한 형태에서 다른 형태로 옮겨 가는 무한한 아름다움이 그것이다. 물론 그것을 항상 단단히 포박해서 박물관에 전시하고, 악보로 옮긴 다음 남녀노소를 불러 모아 그에 대해 수다를 떨게 하고, 황홀감에 빠지게 할 수는 없다. 각 개체의 고유한 본질로 파고들려면 인간을 사랑해야 한다. 어떤 누구도 너무 하찮거나 너무 추하게 취급해서는 안 되고, 그래야만 그들을 이해할 수 있다. 아무리 보잘것없는 얼굴도 미의 단순한 느낌보다 더 깊은 인상을 준다. 우리는 그 형상들이 자기 속에서 스스로 걸어 나오게 할 수 있다. 생기 없고 근육이나 맥박도 뛰지 않는 외부의 무언가를 모사할 필요는 없다. 카우프만은 반박했다. 현실에서는 「벨베데레의 아폴로」나 라파엘로의 「시스티나 성모」 같은 작품의 모델을 찾을 수 없다는 것이다. 렌츠는 그게 무슨 대수냐고 대답했다. 고백하자면 나는 그 작품들에서 생기를 거의 느끼지 못한다. 나는 나 자신 속에서 작업할 때면 거기서 무언가를 느끼고, 또 그러려고 최선을 다한다. 내가 가장 좋아하는 작가와 화가는 자연을 가장 실제적으로 보여 줌으로써 그 형상을 그대로 느끼게 해주는 사람들이다. 나머지 작품은 모두 거슬린다. 나는 이탈리아 화가들보다 네덜란드 화가들을 더 좋아한다. 그들이야말로 내가 공감하는 유일한 화가다. 신약 성경만큼 내게 깊은 인상을 준 그림이 두 점 있다. 모두 네덜란드 화가의 작품이다. 하나는 누구의 그림인지는 모르겠으나「그리스도와 에마우스의 제자들」이다. 성경에서 제자들이 길을 나서는 대목을 읽으면 몇 마디 말속에 온 자연이 묘사된 듯한 느낌이다. 흐릿한 해 질 녘이다. 지평선에는 붉은 띠가 일직선으로 그어져 있고, 거리는 어둑어둑하다. 한 낯선 사람이 그들에게 다가와 말을 하더니 빵을 나눠 준다. 순간 그들은 그를 알아본다. 지극히 소박한 인간의 얼굴이지만 신의 고통이 어른거리는 표정이 그들에게 분명하게 말을 건다. 그들은 깜짝 놀란다. 날이 이미 어두워져 있었기 때문이다. 그들의 얼굴에 불가해함의 표정이 피어오른다. 그러나 섬찟한 공포는 아니다. 마치 사랑하던 망자가 어둑어둑한 시간에 예전의 모습으로 다시 나타난 듯하다. 그 그림도 비슷하다. 때는 흐리고 고요한 저녁 무렵이고, 분위기는 단조로운 갈색 톤을 띠고 있다. 다른 그림은 한 여인이 기도서를 들고 방 안에 앉아 있다. 여인은 일요일 교회에 갈 때처럼 옷을 차려입고, 방 안에는 모래가 뿌려져 있다. 아늑하고 온화한 분위기다. 여인은 교회에 갈 수 없어 집에서 예배를 본다. 창문은 열려 있고, 여인은 창문 쪽을 향해 앉아 있다. 종소리가 마치 마을에서부터 넓은 벌판을 지나 창문으로 둥둥 떠 오는 듯하고, 가까운 마을 교회에서 부르는 찬송가가 여기까지 울려 퍼지는 듯하다. 여인은 성경 구절을 따라 읽는다. 렌츠는 이런 식으로 길게 말했고, 사람들은 귀 기울여 들었다. 여러 사람이 감동한 눈치였다. 그는 이야기에 빠져 상기되어 있었고, 때로는 웃음을 지으며 때로는 진지한 표정으로 금빛 머리를 흔들었다. 그는 망아지경에 빠진 듯했다. 식사 후 카우프만이 그를 한쪽으로 불러냈다. 렌츠의 아버지에게서 편지를 받았는데, 아들이 돌아와 자기를 도와주었으면 한다고 했다. 카우프만은 렌츠에게 여기서 이렇게 인생을 허비하며 무의미하게 보낼 거냐고 물으면서 한 가지 목표를 세워 힘껏 밀고 나가야 한다고 말했다. 렌츠가 그에게 버럭 소리를 질렀다. 「떠나라고? 여기를? 집으로 돌아가라고? 거기서 미쳐 버리라고? 자네도 알겠지만, 난 다른 곳은 더 이상 견딜 수가 없어. 가끔 산에 올라가 풍경을 감상하고, 그런 다음 다시 집으로 내려와 정원을 거닐거나 창문을 들여다보지 못하면 견딜 수가 없어. 나는 미쳐 버릴 거야! 미쳐 버릴 거라고! 날 좀 내버려 둬! 이제 겨우 안정을 찾았어. 이제 조금 편안해졌다고! 그런데 여길 떠나라고? 이해할 수가 없어. 여길 떠난다는 건 내게 세상이 망가지는 것이나 다름없어. 누구나 각자 필요한 것이 있어. 안식을 누릴 수 있다면 뭐가 더 필요하겠어? 다들 위로 올라가려고만 하고, 무언가를 얻으려고만 해. 그것도 영원히. 순간이 선사하는 것을 모두 내팽개치고 항상 궁금해하지. 나중에 누리겠다고 말이야. 길 위에는 맑은 샘물이 넘쳐나는데 다들 목이 마르다고 아우성이야. 이젠 그걸 견딜 수가 없어. 여기 머무를 거야. 왜냐고? 왜냐고? 여기가 편안하기 때문이야. 아버지가 원하시는 게 뭐지? 아버지가 뭘 줄 수 있지? 안식을? 불가능해! 날 내버려 둬.」 렌츠는 감정이 격해졌고, 카우프만은 물러났다. 렌츠는 마음이 몹시 언짢았다.

이튿날 카우프만은 떠나려 했고, 오벌린에게 함께 스위스로 가자고 설득했다. 오벌린은 오랫동안 편지로만 알고 지내던 라바터를 직접 만나길 소망했는데, 그것이 마음을 움직였다. 결국 그는 카우프만의 제안을 받아들였다. 준비 때문에 하루를 더 기다려야 했다. 그로 인해 렌츠는 마음이 무거워졌고, 끝없는 고통을 떨쳐 버리기 위해 노심초사하며 무엇에건 매달리려 했다. 순간적으로는 자신이 제대로 해나가고 있다는 느낌이 강하게 들었다. 그는 스스로를 병든 아이처럼 대했다. 여러 생각과 강렬한 감정을 크나큰 불안감과 함께 떨쳐 냈지만, 그것은 다시 무한한 힘으로 그에게로 몰려왔다. 그러면 그는 사지를 떨고 모골이 송연해지다가 마침내 극도의 긴장 속에서 완전히 탈진해 버렸다. 그는 항상 눈앞에 어른거리는 한 형상과 오벌린을 생각하며 이겨 냈다. 오벌린의 말과 얼굴은 무한한 안정감을 주었다. 이렇게 그는 불안해하며 오벌린의 출발을 기다렸다.

렌츠는 이제 혼자 집에 있는 것이 섬뜩했다. 날은 많이 풀렸다. 그는 산속까지 오벌린과 동행하기로 마음먹었다. 그들은 골짜기가 평지로 바뀌는 반대편 지점에서 헤어졌다. 렌츠는 혼자 돌아갔다. 중간에 여러 방향으로 산속을 돌아다녔다. 골짜기 아래로 넓은 평지가 뻗어 있었고, 숲은 별로 없었다. 보이는 것이라고는 견실한 윤곽선과 저 멀리 연기가 피어오르는 넓은 들판밖에 없었다. 세찬 바람이 불었고, 양치기들이 여름에 머무는 황량한 오두막이 비탈에 기댄 채 여기

저기 흩어져 있었다. 그 밖에 사람의 흔적은 어디에도 없었다. 렌츠는 마음이 차분히 가라앉았다. 어쩌면 꿈을 꾸는 것 같기도 했다. 그에게는 모든 것이 오르내리는 물결처럼 하늘과 땅 사이에서 하나의 선으로 녹아드는 듯했다. 어떻게 보면 파도가 가볍게 일렁이는 드넓은 바닷가에 누워 있는 것 같기도 했다. 렌츠는 가끔 앉았다가 다시 일어나 꿈을 꾸듯 천천히 걸었다. 길은 보이지 않았다. 어두운 저녁에 이르러서야 슈타인탈 방향의 비탈에서 사람이 사는 오두막에 도착했다. 문은 닫혀 있었다. 그는 창가로 갔다. 희미한 빛이 새어 나오고 있었다. 방 안의 등불은 거의 한 지점만 비추고 있었고, 그 불빛 아래 한 소녀의 창백한 얼굴이 보였다. 소녀는 누워서 반쯤 눈을 감은 채 입술을 달싹거리고 있었다. 방 안쪽의 어두운 곳에서는 노파가 가르랑거리는 목소리로 찬송가를 부르고 있었다. 한참 동안 문을 두드린 끝에 문이 열렸다. 노파는 반쯤 귀가 먹었다. 그녀는 렌츠에게 음식을 차려 주고, 잠잘 곳을 일러 주면서도 쉬지 않고 찬송가를 불렀다. 소녀는 미동도 없었다. 얼마 뒤 한 남자가 들어왔다. 크고 마른 몸매에 머리는 희끗희끗하고, 얼굴은 불안하고 초조해 보였다. 그가 다가가자 소녀는 움찔 놀라며 불안해했다. 그는 벽에서 말린 약초를 꺼내 소녀의 손에 쥐여 주었다. 그제야 소녀는 진정되더니 늘어지고 가라앉은 목소리로 어느 정도 알아들을 수 있는 말을 웅얼거렸다. 남자는 이야기했다. 산속에서 어떤 목소리를 들었고, 그 뒤 골짜기 위쪽에서 번개가 치는 것을 보았으며, 번개가 자신에게 내려치자 야곱처럼 맞서 싸웠다고 했다. 남자는 무릎을 꿇고서 나지막한 목소리로 간절히 기도했고, 병든 소녀는 늘어지고 가라앉은 목소리로 노래했다. 그 뒤 남자는 잠자리에 들었다.

렌츠는 꿈을 꾸듯 선잠이 들었다. 잠결에 째깍거리는 시계 소리가 들렸다. 소녀의 나지막한 노랫소리와 노파의 목소리 사이로 어떤 때는 가까이서, 어떤 때는 멀리서 바람 부는 소리도 들렸으며, 달이 마치 꿈처럼 어떤 때는 환하게, 또 어떤 때는 흐릿하게 교대로 방 안을 비추는 것도 보았다. 한번은 노랫소리가 커졌고, 소녀는 또렷하고 단호한 목소리로 맞은편 벼랑 위에 교회가 있다고 말했다. 렌츠는 고개를 들어 보았다. 소녀는 눈을 부릅뜨고 테이블에 꼿꼿이 앉아 있었다. 섬뜩한 광채가 흘러나오는 것 같은 소녀의 얼굴을 달이 고요히 비추고 있었다. 노파의 가르랑거림도 멈추지 않았다. 렌츠는 달빛의 이런 일렁임과 두 여자의 노랫소리, 그리고 웅얼거림 속에서 마침내 깊은 잠에 빠졌다.

그는 일찍 잠에서 깼다. 어둑어둑한 방 안은 모두 잠들어 있었고, 소녀도 조용했다. 소녀는 두 손을 왼뺨 밑에 포갠 채 뒤로 기대어 있었다. 이제 얼굴에 유령 같은 표정은 사라지고 없었다. 대신 형언할 수 없는 고통이 어른거렸다. 그는 창가로 가서 창문을 열었다. 아침 찬 공기가 훅 하고 끼쳐 들어왔다. 이 집은 동쪽으로 탁 트인 좁고 깊은 골짜기 끝에 위치해 있었다. 붉은 햇살이 잿빛 하늘을 뚫고 흰 안개 가득한 여명의 골짜기로 쏟아져 들어왔다. 잿빛 바위와 오두막 창문이 햇빛에 반짝거렸다. 남자도 곧 깼다. 그의 눈이 벽에 걸린 환한 그림으로 향하더니 꼿꼿이 그림 위에 머물렀다. 이제 그는 입술을 움직여 나지막이 기도하기 시작했다. 기도 소리는 점점 커져 갔다. 그사이 사람들이 오두막에 들어와 묵묵히 무릎을 꿇었다. 소녀는 경련을 일으키며 누워 있었고, 노파는 가르랑거리는 목소리로 노래를 부르며 이웃들과 잡담을 나누었다. 사람들은 렌츠에게 오두막 주인에 대해 이야기했다. 남자는 오래전에 이곳에 들어왔는데, 어디서 왔는지는 모른다. 다만 그 이후 성자라는 소문이 퍼졌다. 그는 지하의 수맥을 보고, 귀신을 부릴 줄 안다. 그래서 사람들이 순례하듯 그를 찾아온다는 것이다. 이 이야기를 통해 렌츠는 자신이 슈타인탈에서 상당히 멀리 벗어났음을 알아차렸다. 그는 슈타인탈 방향으로 가는 벌목꾼 몇 명과 함께 길을 떠났다. 일행이 있어 다행이었다. 이따금 소름 끼치는 어조로 말하는 그 이상한 남자와 함께 있는 것은 섬뜩한 일이었고, 또 외로움에 빠진 자기 자신도 두려웠다.

그는 집으로 돌아왔다. 하지만 지난밤의 경험은 그의 뇌리에 강한 인상을 남겼다. 세계가 명확해진 것이다. 이 세계는 어떤 무자비한 힘이 그를 낚아채 끌고 들어가는 낭떠러지의 요동과 들끓음 그 자체였다. 그는 자기 속으로 파고들었다. 별로 먹지도 않았고, 기도와 열병 같은 꿈속에서 밤의 상당 부분을 보냈다. 하지만 그렇게 격렬하게 파고들다가 결국 지쳐서 나뒹굴고 말았다. 그는 뜨겁디뜨거운 눈물을 흘리며 누워 있다가 불현듯 힘을 얻어 차갑고 무덤덤하게 일어났다. 눈물조차 얼음처럼 차가웠고, 자신도 모르게 웃음이 터져 나왔다. 자신을 더 높이 끌고 올라갈수록 추락도 더 깊었다. 모든 것이 다시 합류했다. 예전 상태에 대한 자각이 섬광처럼 떠오르면서 정신의 황폐한 혼돈을 주마등처럼 비추었다. 그는 대개 낮에는 아랫방에 앉아 있었는데, 가끔 오벌린 부인이 다녀갔다. 그는 스케치를 하거나 그림을 그리거나 책을 읽었다. 생각을 다른 데로 돌릴 수 있다면 무엇이건 매달렸지만, 하나에 오래 붙어 있지는 못하고 금세 다른 것으로 넘어갔다. 이제는 오벌린 부인과 함께 있을 때가 많았다. 특히 그녀가 방 안의 화초 옆에서 검은색 찬송가를 펼쳐 놓고 막내를 무릎에 안고 앉아 있을 때면 말이다. 렌츠는 이 아이와도 많은 시간을 보냈다. 한번은 그렇게 앉아 있다가 갑자기 불안해져서 벌떡 일어나 방을 서성였다. 그때 반쯤 열린 문으로 젊은 여인의 노랫소리가 들려왔다. 처음에는 무슨 말인지 알아들을 수 없었지만 곧 가사가 들렸다.

이 세상엔 아무 기쁨이 없어라,
소중한 이 있지만 멀리 가고 없어라.

노래가 그의 마음에 내려앉았다. 노랫소리에 렌츠 자신이 녹아 없어지는 듯했다. 오벌린 부인이 그를 가만히 바라보았다. 그는 용기를 냈다. 더는 잠자코 있을 수가 없어 말했다. 「오벌린 부인, 그 아가씨[6]가 무엇을 하는지 말씀해 주실 수

6 허구적 인물인 이 아가씨는 현실에서 렌츠의 첫사랑인 프리데리케 브리온Friederike Brion(1752~1813)을 가리킨다. 실제로 렌츠는 나중에 이

없으신가요? 저 여인의 운명이 제 가슴을 천근만근으로 짓누릅니다.」「렌츠 씨, 저는 아무것도 몰라요.」

그는 다시 입을 다물었고, 초조하게 방을 서성였다. 그러더니 다시 입을 열었다.「부인, 저는 가야겠습니다. 당신들이야말로 제가 견딜 수 있는 유일한 사람들입니다. 하지만······ 하지만 떠나야 합니다. 그녀에게로. 그런데 그럴 수가 없습니다. 그래서도 안 됩니다.」그는 감정이 격해져서 밖으로 나갔다.


렌츠는 저녁 무렵 다시 왔다. 방 안은 컴컴했다. 그는 오벌린 부인 옆에 앉아 말하기 시작했다.「제 말 좀 들어 주시겠습니까, 부인? 그녀가 방 안을 거닐면서 혼자 노래를 흥얼거리면, 발걸음 하나하나가 음악이었습니다. 그녀의 내면은 더없는 행복으로 가득했고, 그게 저에게로 흘러왔습니다. 그녀를 바라볼 때면, 또는 그녀가 제게 머리를 기댈 때면 저는 항상 평온해졌죠. 그런데 오, 맙소사! 저는 오랫동안 더 이상 평온하지 못합니다······. 완전히 어린아이였습니다. 그녀에겐 세상이 너무 넓은 것 같았습니다. 그녀는 자기 속으로 칩거해 들어갔고, 온 집에서 가장 좁은 장소를 찾아냈습니다.

작품에서 〈프리데리케〉라는 이름을 부르기도 한다. 그녀는 괴테와도 애정 관계에 있었는데, 괴테가 떠난 뒤 렌츠가 그녀에게 빠졌다. 프리데리케가 그의 사랑에 응했는지는 미지수다. 다만 연구에 따르면 렌츠의 연애는 대개 일방적이었고, 프리데리케에 대해서도 그녀가 자신을 사랑한다고 철석같이 믿었다고 한다. 어쨌든 두 사람의 사랑은 이루어지지 못했고, 그것이 렌츠의 정신적 광기에 지대한 영향을 끼친 것으로 보인다.

그리고 자신의 모든 행복이 오직 그 좁은 곳에 있다는 듯이 거기 앉아 지냈습니다. 그건 저도 마찬가지였습니다. 심지어 어린아이처럼 거기서 놀 수도 있었습니다. 그런데 지금은 그게 너무 좁고 답답합니다. 가끔은 너무 답답해서 하늘을 두 손으로 밀어내야만 할 것 같습니다. 아, 정말 질식할 것 같습니다. 그럴 때면 예전에 그녀의 몸이 닿았던 왼쪽 옆구리나 팔에서 자주 육체적 통증이 느껴지는 것 같습니다. 그런데 지금은 그녀의 모습이 떠오르지 않습니다. 그녀의 모습이 제게서 완전히 달아나 버렸습니다. 그게 너무 괴롭습니다. 가끔 정신이 맑을 때만 상태가 다시 좋아집니다.」그는 나중에도 오벌린 부인과 그 이야기를 자주 나누었지만, 대개 잘라진 문장으로 띄엄띄엄 이야기할 뿐이었다. 그녀는 뭐라 대꾸해야 할지 몰랐고, 그는 그게 편했다.

그사이 그의 종교적인 고통도 계속되었다. 그는 내면이 점점 더 휑해지고 추워지고 죽어 간다는 느낌이 들수록 자기 속의 불덩이를 어서 빨리 일깨워야겠다는 생각이 점점 더 강렬해졌다. 내면에서 온갖 것들이 솟구쳐 나오고 치솟은 감정을 주체하지 못해 헐떡이던 시절에 대한 기억이 선명하게 떠올랐다. 그런데 지금은 그게 모두 죽어 버렸다. 그는 자기 자신에게 절망했다. 그러다 무릎을 꿇고 애원하듯이 두 손을 비비며 자기 속의 모든 것을 불러내 깨우려 했다. 그러나 움직임이 없었다. 모든 게 죽었다. 그는 신에게 신호를 내려 달라고 간청했고, 그런 다음 자기 속으로 파고들어 가 음식을 끊고, 꿈을 꾸듯 바닥에 누웠다. 2월 셋째 날 그는 푸데이에서 한 아이가 죽었다는 소식을 들었고, 그것을 하나의 확고한 생각으로 받아들였다. 그는 방에 칩거한 채 하루를 금식했다. 넷째 날에는 얼굴에 재를 바르고 느닷없이 오벌린 부인의 방을 찾아가 낡은 자루를 하나 달라고 했다. 그녀는 덜컥 겁이 났지만, 그의 요구를 들어주었다. 그는 참회하는 수도사처럼 자루를 두르고 푸데이로 길을 나섰다. 골짜기 사람들은 그런 렌츠에게 익숙해져 있었다. 그에 대해 온갖 이상한 이야기들이 이미 무성히 나돌았던 것이다. 그는 아이가 죽었다는 집으로 갔다. 사람들은 아무 일 없다는 듯이 무심하게 자기 일을 하고 있었다. 사람들이 알려 준 방으로 들어가니 셔츠 차림의 아이가 나무 탁자 위 짚 더미에 누워 있었다.

렌츠는 아이의 차가운 손발을 만지고, 초점 없이 반쯤 감긴 눈을 보는 순간 소름이 끼쳤다. 아이는 무척 외로워 보였다. 자신도 그만큼 외롭고 쓸쓸했다. 그는 시신 위로 엎드렸다. 순간 죽음의 경악이 몰려왔고, 격렬한 고통이 그를 사로잡았다. 이 가녀린 표정, 이 잔잔한 얼굴이 썩어야 하다니! 그는 무릎을 꿇고 절망의 비탄 속에서 간절히 기도했다. 「주여, 제게 신호를 주소서. 이 아이를 살려 주소서. 저는 힘없고 불행한 인간입니다.」 기도가 끝나자 그는 자기 속으로 침잠해서 마음속 의지를 모두 한곳에 모은 뒤 한동안 꼼짝 않고 앉아 있었다. 그러다 벌떡 일어나 아이의 두 손을 잡더니 크고 단호한 목소리로 말했다. 「일어나 걸어라!」 사방의 벽은 그의 말을 비웃기라도 하듯 무심히 메아리만 보낼 뿐, 시신은 여전히 차갑게 굳어 있었다. 그는 반쯤 정신이 나간 상태로 쓰러지더니 갑자기 일어나 산으로 뛰어갔다. 구름이 달을 가리며 빠르게 지나갔다. 때로는 모든 것이 어둠에 잠겼고, 때로는 안개처럼 흩어지는 풍경이 달빛에 드러났다. 그는 산길을 오르내리며 달렸다. 가슴속에서는 지옥의 승리가가 울려 퍼졌고, 바람 소리는 거인족의 노래처럼 들렸다. 그는 마치 거대한 주먹을 하늘로 뻗어 신을 낚아챈 뒤 구름 사이로 질질 끌고 갈 수 있을 것 같았고, 세상을 잘근잘근 씹어 조물주의 얼굴에다 뱉을 수 있을 것 같았다. 그는 맹세를 하고 욕을 했다. 그러다 마침내 산 중턱에 올랐다. 흐릿한 빛이 아래쪽 흰 암석 덩어리가 있는 곳까지 이어졌다. 하늘은 멍청한 푸른 눈이었고, 달은 그 안에 우스꽝스럽고 아둔하게 박혀 있었다. 렌츠는 큰 소리로 웃음을 터뜨렸고, 그 웃음과 함께 무신론이 그의 마음속으로 손을 뻗어 확실하고 차분하게 그를 움켜잡았다. 그전에 그를 그렇게 동요시킨 것이 무엇인지 더는 알지 못했다. 추웠다. 이제는 잠자리에 들고 싶었다. 그는 차갑고 굳건하게 섬뜩한 어둠 속을 헤치며 나아갔다. 모든 것이 공허하고 텅 빈 듯했다. 그는 달리고 또 달려 잠자리에 들었다.

이튿날 어제의 상태에 대한 공포가 엄습했다. 그는 이제 낭떠러지에 서 있었다. 자꾸 밑을 내려다보며 그 고통을 반복하라는 광적인 욕구가 그를 휘몰아쳤다. 이어 불안감이 커졌고, 죄악과 성령이 그 자신 앞에 서 있었다.

며칠 뒤 오벌린이 예상보다 훨씬 일찍 스위스에서 돌아왔다. 렌츠는 당혹스러웠다. 그러나 오벌린이 알자스 지방에 사는 자신의 친구들에 대해 이야기하는 순간 다시 밝아졌다. 오벌린은 방 안을 서성이며 이야기했고, 짐을 풀고는 누웠다. 그는 페펠[7]에 대해서도 이야기했고, 시골 성직자의 행복한 삶을 찬양하기도 했다. 아울러 렌츠에게는 아버지 뜻대로 고향으로 돌아가 자신의 소명에 맞게 살라고 타일렀다. 그러면서 모두의 아버지와 어머니에 관한 이런저런 이야기를 덧붙였다. 이 대화로 렌츠는 격심한 불안에 빠졌다. 깊은 한숨과 눈물을 토해 내면서 띄엄띄엄 말했다. 「네…… 하지만 견딜 수가…… 없습니다. 저를…… 쫓아내실 건가요? 오직 당신을 통해서만…… 신에게로 가는 길이 있습니다. 하지만…… 저는 끝났습니다! 믿음을 등졌고 영원히 저주를 받았습니다. 저는…… 영원한 유대인[8]입니다.」 오벌린은 예수님이 죽은 것도 그 때문이니 예수님을 믿고 열심히 기도하면 은총을 받게 될 거라고 말했다.

렌츠는 고개를 들고 손을 비비며 말했다. 「아! 아! 신의 위안이여.」 이어 그는 갑자기 그 여인이 무엇을 하느냐고 다정하게 물었다. 오벌린은 자신은 아는 게 아무것도 없지만, 무엇이건 돕고 조언하고 싶으니 그 여인의 이름과 장소, 상황을 알려 달라고 말했다. 렌츠는 그에 대한 대답은 하지 않고 종잡을 수 없는 말만 했다. 「아, 그녀는 죽었어요! 그녀가 아

---

7  Gottlieb Konrad Pfeffel(1736~1809). 알자스 지방의 시인, 소설가, 동화 작가.

8  110쪽 118번 각주 참조.

직 살아 있나요? 그대 천사여, 그녀는 저를 사랑했어요. 저도 그녀를 사랑했고, 그녀는 사랑받을 만했어요, 오, 그대 천사여! 저주받을 질투여, 저는 그녀를 희생시켰습니다. 그녀는 다른 남자를 사랑했어요. 저는 그녀를 사랑했고, 그녀는 사랑받을 만했습니다. 오, 자애로운 어머니여, 어머니도 저를 사랑했어요. 저는 살인자입니다.」오벌린이 대답했다. 그 사람들은 모두 살아 있을 것이고, 그것도 어쩌면 만족스럽게 살고 있을지 모른다. 원하는 대로 될 것이고, 렌츠가 신에게 귀의하면 신이 그의 기도와 눈물을 보고서 그 사람들에게 많은 은혜를 베푸실 것이다. 그러면 그들이 그에게서 받은 이득이 그가 그들에게 입힌 손해보다 훨씬 클 것이다. 그러자 렌츠는 차츰 진정되어 다시 그림을 그릴 수 있었다.

오후에 렌츠가 다시 왔다. 왼쪽 어깨에는 모피 한 장을 걸치고, 손에는 회초리 다발을 들고 있었다. 사람들이 렌츠를 징계해 달라는 편지와 함께 오벌린에게 보낸 회초리였다. 렌츠는 오벌린에게 회초리를 건네며 그걸로 자기를 때려 달라고 부탁했다. 오벌린은 회초리를 받아 들고 그에게 몇 번 입을 맞추더니 말했다. 이 입맞춤이 렌츠에게 내리는 매이다. 렌츠가 평온해지길 원하고, 신과의 문제를 스스로 해결해야 한다. 아무리 매를 들어도 그 어떤 죄악도 씻을 수 없다. 그 일은 예수님이 우리를 위해 대신해 주셨으니 예수님께 귀의하기만 하면 된다는 것이다. 렌츠는 다시 나갔다.

저녁 식사를 하는 동안 렌츠는 여느 때처럼 약간 우울했다. 하지만 많은 이야기를 했다. 그것도 불안한 조급증에 쫓기듯이 바쁘게. 오벌린은 자정 무렵 소란스러운 소리에 잠에서 깼다. 렌츠가 탁하고 거친 목소리로 〈프리데리케〉라는 이름을 부르며 마당을 뛰어다니고 있었다. 빠르고 혼란스럽고 절망적인 외침이었다. 그러다 그는 우물 물받이 통에 뛰어들어 첨벙거리다가 다시 나와 자기 방으로 올라갔고, 또다시 내려와 물받이 통에 들어갔다. 이렇게 몇 번을 반복한 끝에 마침내 잠잠해졌다. 아래층 아이들 방에서 자던 하녀들이 전하는 말에 따르면, 다른 날도 그럴 때가 많았지만 그날 밤에는 특히 이상하게 울부짖는 소리가 심하게 들렸다고 했다. 목동의 피리 소리 말고 다른 것과는 비교할 수가 없는 신음이었는데, 그건 아마 공허와 두려움에 찬 절망이 불러낸 간절한 애원이었을 것이다.

다음 날 아침 렌츠는 한참 동안 오지 않았다. 결국 오벌린이 방에 올라가 보니 그는 침대에 미동도 없이 가만히 누워 있었다. 오벌린이 몇 번을 물었지만 대답이 없었다. 그러다 마침내 렌츠가 말문을 열었다. 「보세요, 목사님, 지루함 때문이에요! 지루함이요! 아, 정말 너무 지루해요. 무슨 말을 더 해야 할지 모르겠어요. 벽에다 아무 그림이나 그려 놓은 거 보세요!」 오벌린은 신을 믿고 의지하라고 말했다. 그러자 렌츠는 웃으며 말했다. 「제가 목사님처럼 그런 한가한 소일거리나 찾을 만큼 행복하다면요. 그러면 시간을 그렇게 때울 수 있겠죠. 다 할 일이 없어서 그래요. 대부분의 사람은 지루해서 기도해요. 또 어떤 이는 지루해서 사랑에 빠지고, 어떤

이는 지루해서 착한 일을 하고, 어떤 이는 지루해서 나쁜 짓을 해요. 그런데 저는 아무것도, 아무것도 할 게 없어요. 자살조차 할 수 없어요. 너무 지루해요.

오, 신이여, 당신의 빛의 물결 속에서,
당신의 작열하는 정오의 방 속에서
제 눈은 상처 입은 채 깨어 있습니다.
밤은 다시 오지 않는 걸까요?」

오벌린은 마뜩잖은 눈길로 그를 바라보더니 나가려고 했다. 그러자 렌츠가 재빨리 뒤따라와 섬뜩한 눈으로 바라보며 말했다. 「목사님, 이제 뭔가 생각이 났어요. 제가 지금 꿈을 꾸고 있는지, 아니면 깨어 있는지만 구분할 수 있으면 좋겠어요. 아시겠어요? 이건 정말 중요해요. 연구해 볼 만해요.」이 말과 함께 그는 다시 재빨리 침대로 돌아갔다. 오후에 오벌린은 인근의 한 가정을 방문하려고 했다. 아내는 벌써 떠났다. 그가 막 출발하려고 하는데, 노크 소리와 함께 렌츠가 들어왔다. 몸을 구부린 채 고개를 축 늘어뜨리고 있었는데, 얼굴은 재 범벅이고 옷에도 여기저기 재가 묻어 있었으며, 오른손으로 왼팔을 잡고 있었다. 그는 오벌린에게 팔을 당겨 달라고 부탁했다. 창문에서 떨어져 팔이 탈골되었다는 것이다. 하지만 아무도 본 사람이 없었기에 자신도 그런 이야기를 하고 싶지 않다고 했다. 오벌린은 가슴이 철렁 내려앉을 정도로 놀랐지만 별말 없이 렌츠가 원하는 대로 해주었다.

그러고는 벨레포세의 교장[9]에게 이리로 내려와 달라는 편지를 썼고, 렌츠에게는 몇 가지 지시를 했다. 그런 다음 말을 타고 떠났다. 제바스티안 교장이 왔다. 렌츠는 그를 이미 자주 보았고, 여러 번 같이 다닌 적도 있었다. 그는 오벌린에게 할 얘기가 있어서 온 것처럼 굴더니 다시 가려고 했다. 렌츠는 그에게 여기 있어 달라고 부탁했고, 그렇게 해서 두 사람은 함께 남았다. 렌츠는 푸데이로 산책을 가자고 제안했다. 그는 자기가 소생시키려고 했던 아이의 무덤을 찾아가 여러 번 무릎을 꿇고 무덤의 흙에 입을 맞추었다. 기도하는 듯했지만 무척 혼란스러워 보였고, 기념으로 갖고 가려는지 무덤위의 꽃도 약간 꺾었다. 그런 다음 발트바흐로 향했고, 그러다 다시 무덤 쪽으로 방향을 틀었다. 제바스티안도 함께 움직였다. 렌츠는 곧 천천히 걸었고, 팔다리에 힘이 하나도 없다고 하소연했으며, 그러다 다시 필사적으로 빨리 걸었다. 주변 풍경에 잔뜩 겁을 집어먹은 것이다. 그는 어디에든 부딪힐까 걱정될 만큼 자신을 둘러싼 공간이 너무 좁게 느껴졌다. 형언할 수 없는 불쾌감이 엄습했고, 결국에는 동행자까지 귀찮아졌다. 렌츠는 제바스티안의 의도가 무엇인지 탐색해 가면서 그를 떼어 놓을 방법을 강구했다. 제바스티안은 렌츠가 하자는 대로 모두 따르는 것 같았지만, 속으로는 형제들에게 위험을 알릴 방법을 찾고 있었다. 이렇게 해서 렌

9 벨레포세는 발더스바흐 지역의 다섯 개 마을 중 하나다. 교장은 제바스티안 샤이데커Sebastian Scheidecker를 가리킨다. 이 지역에서 오벌린 다음으로 교육을 많이 받은 사람으로, 오벌린이 멀리 출타할 때면 그를 자신의 대리인, 즉 〈촌장〉으로 임명했다.

츠에겐 이제 한 명이 아닌 두 명의 감시자가 생겼다. 그는 그들을 계속 이리저리 끌고 다닌 끝에 마침내 발트바흐로 향했다. 하지만 마을 근처에 이르자 렌츠는 번개처럼 등을 돌리더니 사슴처럼 펄쩍펄쩍 뛰며 푸데이로 달아났다. 두 사람은 서둘러 뒤쫓았다. 푸데이에 도착해서 렌츠를 찾고 있는데, 떠돌이 상인 두 명이 오더니 어떤 집에 낯선 남자 하나가 묶여 있다고 했다. 남자는 자신을 살인자라고 하는데, 살인자는 확실히 아닌 것 같다고 했다. 그들은 그 집으로 달려갔고, 정말 그런 상황이 펼쳐져 있었다. 렌츠가 하도 자신을 묶어 달라고 격렬하게 요구하는 바람에 한 젊은이가 불안해서 그를 묶어 놓았다는 것이다. 그들은 렌츠를 풀어 주었고, 무사히 함께 발트바흐로 돌아갔다. 그사이 오벌린과 그의 아내는 집에 있었다. 렌츠는 혼란스러워 보였다. 하지만 사람들이 자신을 친절하고 다정하게 받아 주는 것을 보고는 다시 용기를 얻었다. 얼굴도 한결 좋아졌다. 그는 동행자 두 명에게 무척 다정한 말투로 고맙다고 인사했다. 저녁은 조용히 흘러갔다. 오벌린은 렌츠에게 이제는 우물에 들어가지 말고 얌전히 침대에서 밤을 보내고, 잠이 안 오면 주님과 대화를 나누어 볼 것을 간곡히 부탁했다. 렌츠도 그렇게 하겠다고 약속했고, 실제로 그날 밤은 그렇게 했다. 하녀들은 밤새 그의 기도 소리를 들었다. 이튿날 아침 렌츠는 흡족한 표정으로 오벌린의 방에 들어왔다. 이런저런 이야기가 오간 끝에 렌츠는 전에 없이 다정하게 말했다. 「존경하는 목사님, 제가 전에 말씀드렸던 그 여인이 죽었습니다. 천사가 죽었죠.」「그걸 어떻게 알았습니까?」「상형 문자요, 상형 문자요!」그런 다음 하늘을 올려다보고는 다시 말했다. 「네, 죽었습니다. 상형 문자죠.」더 이상 말이 없었다. 그는 앉아서 편지를 몇 통 쓰더니 거기다 몇 줄 첨가해 달라는 부탁과 함께 오벌린에게 건넸다. 편지 참조.[10]

렌츠의 상태는 점점 절망적으로 변해 갔다. 오벌린 곁에 머물면서 얻은 안식과 골짜기의 고요함 속에서 얻은 평온은 모두 사라졌다. 그가 도움을 주고 싶었던 세상은 거대한 균열이 생겼다. 그에겐 미움이나 사랑, 희망이 없었고, 끔찍한 공허와 그 공허를 채워야 한다는 고통스러운 불안뿐이었다. 그에겐 아무것도 없었다. 의식적으로 무언가를 할 때도 사실 내면의 어떤 본능이 강제한 것에 지나지 않았다. 혼자 있을 때면 끔찍할 정도로 외로워서 끊임없이 큰 소리로 자신과 대화하고 소리를 질렀다. 그러면 다시 깜짝 놀랐고, 마치 낯선 사람과 이야기를 한 듯했다. 그는 대화를 나누다가 말이 막힐 때가 많았다. 그럴 때면 말로 표현할 수 없는 불안이 엄습하면서 말의 끝부분을 놓쳤다. 그래서 마지막으로 말한 단어를 잘 기억해 두었다가 말해야겠다고 생각했지만, 그 욕구를 간신히 억눌렀다. 가끔 평온한 순간에 선한 사람들과 함께 앉아 스스럼없이 이야기하다가 말문이 막혀 형언할 수 없는 불안이 그의 얼굴에 드리울 때면, 그들은 몹시 걱정스러워했다. 그럴 경우 옆에 앉아 있던 사람이 경련을 일으키는 그의

10 〈편지 참조〉라는 대목은 뷔히너 특유의 서술 기법으로서 렌츠라는 실존 인물의 실제 편지가 허구임을 암시한다.

팔을 잡아 주면, 그제야 서서히 정신이 돌아오곤 했다. 혼자 있거나 책을 읽을 때는 상태가 더 심각했다. 그의 정신 활동은 가끔 한 가지 생각에만 매달렸다. 낯선 사람에 대한 생각이나 생생한 상상에 빠지면 자신이 그 사람이 되어 버린 것 같은 느낌이 들었다. 그는 혼란스러워했고, 머릿속으로 주변의 모든 것과 마음대로 교류하려는 무한한 충동을 느꼈다. 오벌린을 제외한 인간들과 자연, 그 모든 것이 꿈같고 차가웠다. 그는 머릿속으로 집들을 헤집고, 사람들의 옷을 입히거나 벗기고, 또 말도 안 되는 농담을 지어내면서 즐거워했다. 가끔은 그런 것들을 실제로 해보고 싶은 거역할 수 없는 충동을 느꼈는데, 그럴 때면 얼굴이 흉측하게 일그러졌다. 한번은 그가 오벌린 옆에 앉고, 고양이가 맞은편 의자에 누워 있었다. 갑자기 그의 눈이 굳어지면서 고양이에게 달라붙어 떨어지지 않았다. 그러다 천천히 의자 밑으로 시선이 미끄러졌다. 고양이도 마찬가지였다. 마치 그의 시선에 홀린 듯 똑같이 따라 했다. 하지만 무척 불안해 보였다. 고양이는 렌즈를 향해 소심하게 저항했다. 소심한 소리와 일그러진 표정으로. 그러다 둘은 더 이상 어쩔 수 없다는 듯이 서로에게 달려들었다. 결국 오벌린 부인이 일어나 둘을 떼어 놓아야 했다. 그러고 나면 그는 다시 몹시 부끄러워졌다. 하지만 가장 끔찍한 것은 밤의 발작이었다. 밤이면 그는 끔찍한 공허함을 채우려고 발버둥 치다가 천신만고 끝에 잠이 들었지만, 곧 비몽사몽의 끔찍한 상태에 빠졌다. 소름 끼치고 경악스러운 것이 찾아왔고, 광기가 그를 사로잡았다. 그는 땀에 흠뻑

젖은 채로 괴성과도 같은 비명을 지르며 벌떡 일어났다. 정신을 차리기까지는 시간이 걸렸다. 제정신으로 돌아오려면 지극히 단순한 일부터 시작해야 했다. 사실 그렇게 하는 건 그 자신이 아니라 어떤 강력한 보존 본능이었다. 그는 마치 둘인 듯했다. 한쪽이 다른 쪽을 구하려 했고, 자기 자신을 소리쳐 불렀다. 그는 정신이 돌아올 때까지 극심한 불안 속에서 아무 말이나 떠들고 시를 읊조렸다.

낮에도 이런 발작이 있었다. 그러면 훨씬 끔찍했다. 왜냐하면 평소에는 환한 햇빛이 그런 발작으로부터 그를 지켜 주었기 때문이다. 발작이 일어나면 마치 이 세상에 자기 혼자 존재하는 것 같았고, 세상이 오직 자신의 상상 속에서만 존재하는 것 같았으며, 아무것도 없는 것 같았고, 자신이 영원히 저주받은 사탄인 것 같았다. 한마디로 고문과도 같은 상상에 시달리는 외로운 존재였다. 그는 미친 듯이 빠르게 삶을 질주하고는 이렇게 말했다. 〈일관적이야, 일관적이야!〉 누군가 무슨 말을 하면 〈일관적이지 않아, 일관적이지 않아〉하고 말했다. 그것은 영원을 관통하는 구제할 길 없는 광기의 깊은 구렁텅이였다. 정신의 보존 본능으로 후다닥 깨어나면, 그는 오벌린의 품에 안겨 그의 몸 안으로 비집고 들어갈 것처럼 파고들었다. 오벌린은 렌츠를 위해 살아가고, 삶의 본모습을 보여 준 유일한 사람이었다. 오벌린이 말을 하면 렌츠도 서서히 정신이 들었다. 그는 오벌린 앞에 무릎을 꿇고, 오벌린의 두 손을 잡고, 식은땀으로 범벅된 얼굴을 오벌린의 무릎에 묻었다. 온몸도 부들부들 떨었다. 오벌린은 그런 그에게 한없는 연민을 느꼈고, 가족들은 무릎을 꿇은 채 불행한 이를 위해 기도했다. 하녀들만 그를 미친 사람으로 여기며 피했다. 그러다 조금 진정이 되면 그는 가련한 아이와도 같았다. 흐느껴 울면서 스스로에게 깊고도 깊은 연민을 느꼈다. 그에겐 가장 행복한 순간이기도 했다. 오벌린은 신에 대해 말했다. 그러면 렌츠는 차분하게 몸을 돌렸고, 한없이 고통스러운 표정으로 오벌린을 바라보다가 이윽고 입을 열었다. 「만일 제가, 제가 전능하다면, 아시겠어요, 제가 만일 그렇다면, 저는 이 고통을 견딜 수 없습니다. 저는 제 자신을 구원할 겁니다. 구원할 거예요. 제가 원하는 건 안식뿐이에요. 그저 약간의 안식뿐이고, 잠을 잘 수 있었으면 좋겠어요.」 오벌린은 그건 신성 모독이라고 말했다. 렌츠는 절망적으로 고개를 흔들었다. 그동안 자신이 줄기차게 했던 어중간한 자살 시도는 진심이 아니었다. 진실로 죽음을 원한 것은 더더욱 아니었다. 자신에게 죽음은 결코 안식이나 희망이 아니었다. 그럼에도 죽으려고 한 것은 끔찍하기 짝이 없는 불안의 순간이나, 없는 것이나 다름없는 희미한 안식의 순간에 육체적 고통을 통해 스스로에게 이르려는 시도였다. 그의 정신이 터무니없는 상상의 날개를 타고 달리는 것 같은 순간들은 그래도 더없이 행복했다. 거기엔 약간의 안식이 있었고, 그의 혼란스러운 시선도 구원을 목말라 하는 공포와 불안의 영원한 고통만큼 경악스럽지 않았다. 그는 벽에 머리를 찧거나 그 밖의 다른 격렬한 육체적 고통을 자신에게 가할 때가 많았다.

8일 아침이었다. 그는 침대에 누워 있었고, 오벌린이 그의 방으로 올라갔다. 렌츠는 거의 벌거벗은 채 침대에 누워 몸부림을 쳤다. 오벌린이 이불을 덮어 주려 했지만, 그는 모든 게 너무 무겁게 느껴져 걸음조차 내디딜 수 없을 것 같다며 하소연했다. 심지어 이제는 공기의 어마어마한 무게까지 고스란히 느껴진다고 했다. 오벌린은 그에게 용기를 불어넣어 주었다. 그러나 상태는 나아지지 않았고, 그는 낮의 대부분을 그렇게 보냈다. 음식도 일절 먹지 않았다. 저녁 무렵 오벌린은 벨레포세에 병자가 있다고 해서 갔다. 날은 온화했고, 달빛이 비쳤다. 그는 돌아오는 길에 렌츠를 만났다. 렌츠는 아주 멀쩡해 보였고, 말하는 것도 차분하고 살가웠다. 오벌린은 너무 멀리 가지 말라고 당부했고, 렌츠도 그러겠노라고 약속했다. 그런데 가다가 갑자기 등을 돌려 오벌린에게 바짝 다가오더니 빠르게 말했다. 「목사님, 저 소리만 들리지 않아도 정말 좋겠어요.」「무슨 소리요?」「아무 소리 안 들리세요? 저기 지평선 곳곳에서 외쳐 대는 저 끔찍한 소리? 사람들이 보통 정적이라고 부르는 소리인데…… 저는 이 조용한 골짜기에 온 뒤로 항상 저 소리가 들려요. 저 소리 때문에 잠을 잘 수가 없어요. 네, 목사님? 잠만 다시 잘 수 있으면 좋겠어요.」그는 고개를 절레절레 흔들며 계속 걸어갔다. 오벌린은 발트바흐로 돌아왔다. 나중에 렌츠의 방으로 누군가 올라가는 소리가 들렸을 때, 그리로 사람을 보내려고 했다. 그런데 바로 다음 순간 마당에서 뭔가 쿵 떨어지는 굉음이 들렸다.

사람이 떨어진 소리라고는 믿기지 않을 정도로 큰 소리였다. 잠시 후 아이를 돌보는 하녀가 사색이 되어 왔다. 몸도 바들 바들 떨었다.

렌츠는 골짜기에서 서쪽으로 가는 마차 안에 차가운 체념 상태로 앉아 있었다. 행선지는 어디든 상관없었다. 길 상태가 좋지 않아 마차가 여러 번 위험에 빠졌을 때도 태연히 앉아 있기만 했다. 아무래도 좋았다. 이런 상태로 산길을 지나갔다. 저녁 무렵 마차는 라인탈에 닿았다. 거기서부터 서서히 산악 지대에서 멀어졌다. 산은 이제 짙푸른 수정 물결처럼 저녁노을 속에 우뚝 서 있었고, 그 따스한 물결 위로 붉은 저녁 햇살이 노닐었다. 산기슭의 평지 위에는 푸르스름한 직물 같은 안개가 빛에 어른거리며 걸려 있었다. 스트라스부르에 가까워질수록 날은 점점 어두워졌다. 보름달이 높이 떠 있었고, 멀리 있는 사물은 모두 어둡게 보였다. 그 옆의 산들만 여전히 윤곽이 뚜렷했다. 대지는 금으로 만든 접시 같았고, 황금색 달빛이 그 위로 거품을 내며 물결쳤다. 렌츠는 차분하게 밖을 응시했다. 예감도, 충동도 없었다. 다만 사물들이 어둠 속으로 사라질수록 마음속에선 어렴풋한 불안감이 커져 갔다. 그들은 숙박을 해야 했다. 그는 다시 여러 차례 자살을 시도했지만, 감시가 너무 심했다. 이튿날 아침 비가 오락가락 내리는 흐린 날씨에 스트라스부르에 도착했다. 그는 정신이 말짱해 보였고, 사람들과도 정상적으로 이야기했다. 남들이 하는 대로 따라 했지만, 마음속에는 끔찍한 공허가 도사리고 있었다. 불안이나 욕망은 없었다. 실존은 그에게 어쩔 수 없는 짐이었다. 그는 그렇게 살아갔다.

# 헤센 지방의 전령

### 1834년 7월 판본과 11월 판본

# 헤센 지방의 전령(7월판)

## 첫 번째 소식

### 1834년 7월 다름슈타트

**사전 지침**

이 전단은 헤센 지방에 진실을 전할 목적으로 작성되었다. 그러나 진실을 말하는 자는 교수형에 처해지고, 진실을 읽은 사람조차 양심의 선서를 위배한 법관들에 의해 처벌받을 수 있다. 따라서 이 전단을 입수한 사람은 다음 사항을 따르기 바란다.

1) 경찰에 체포되지 않으려면 전단은 집 바깥에 안전하게 보관하라.

2) 전단은 믿을 만한 친구들에게만 전달하라.

3) 자기 자신만큼 믿지 못할 것 같은 사람에게는 몰래 집 앞에 갖다 놓기만 하라.

4) 그럼에도 전단을 읽은 뒤 소지하고 있다가 발각되면 막 관청에 신고하러 가려던 참이었다고 둘러대라.

5) 집에서 전단이 발견되더라도 그것을 읽지 않은 사람은 당연히 죄가 없다.

**오두막에는 평화를! 궁전에는 전쟁을!**

1834년은 마치 성경이 거짓말을 한 대가로 벌을 받는 해인 듯하다. 그러니까 신은 다섯째 날에는 농민과 수공업자를, 여섯째 날에는 제후와 귀족을 만들고, 그 연후에 이들에게 땅 위를 기어다니는 모든 것들을 다스리라고 말한 듯하기 때문이다. 농민과 시민도 그들에겐 벌레 같은 족속과 다름없다. 귀족들의 삶은 기나긴 일요일이다. 그들은 멋진 옷을 입고 으리으리한 집에 살며, 기름진 얼굴에 자기들만의 고상한 언어로 말을 한다. 반면에 민중은 그들 앞에 놓인 경작지의 똥거름이나 마찬가지다. 농부는 쟁기를 몰고, 귀족은 그 뒤에서 쟁기에 묶인 황소와 농부를 몰아댄다. 알곡은 귀족이 챙기고, 농민에게 남은 건 쭉정이뿐이다. 농민의 삶은 기나긴 평일이다. 일면식도 없는 것들이 백주 대낮에 버젓이 농민의 경작지를 다 등쳐 먹는다. 농부의 몸은 곳곳이 굳은살이고, 농부의 땀방울은 귀족의 식탁 위에 올라간 소금이다.

헤센 대공국의 주민 71만 8,373명은 매년 636만 3,364굴덴을 국가에 낸다. 정리하면 이렇다.

| | |
|---|---|
| 1) 직접세 | 2,128,131플로린 |
| 2) 간접세 | 2,478,264플로린 |
| 3) 국유지 사용세 | 1,547,394플로린 |
| 4) 군주권 | 46,938플로린 |
| 5) 벌금 | 98,511플로린 |
| 6) 기타 | 64,198플로린 |

| 계 | 6,363,363플로린 |
|---|---|

이 돈은 민중의 몸에서 짜낸 피고름의 십일조다. 그로 인해 70여만 명이 구슬땀을 흘리고, 신음하며, 굶주린다. 그 돈은 국가의 이름으로 강제 징수된다. 강제로 거두는 자들은 정부를 근거로 내세우고, 정부는 국가 질서 유지에 필요하기 때문이라고 말한다. 이 무슨 폭력적인 짓인가? 대체 국가란 무엇인가? 한 지역에 많은 사람들이 모여 살고, 모두가 따라야 할 규칙과 법이 존재할 때, 우리는 그곳 사람들이 하나의 국가를 이루고 있다고 말한다. 그렇다면 국가는 곧 〈만인〉이다. 국가의 질서 유지자는 〈만인〉의 안녕을 보장하고 〈만인〉의 안녕에 기반하는 법률이다. 그런데 보라! 헤센 대공국에서는 국가가 어떤 꼴을 하고 있는지. 국가 질서 유지의 명목으로 어떤 일이 벌어지고 있는지. 70여만 명의 사람이 질서 유지를 위해 6백만 굴덴을 내고 있다. 그게 무슨 뜻인가? 사람들은 질서 속에서 살기 위해 들판의 마소처럼 일해야 한다는 것이다. 그렇다면 이 나라에서 질서 속에서 산다는 것은 곧 굶주리고 혹사당한다는 것을 의미한다.

이 질서를 만들고, 이 질서를 감시하는 자들은 누구인가? 그것은 대공국 정부다. 정부는 대공과 최고위직 관리들로 이루어져 있다. 다른 관리들은 정부가 질서의 원활한 유지를 위해 임명한 남자들이다. 이들의 수는 상당히 많다. 국가 위원회, 정부 위원회, 지방 위원회, 지역 위원회, 성직자 위원회, 학교 위원회, 재정 위원회, 삼림 위원회 등에 소속된 모든 위원과 실무자가 그들이다. 민중은 그들 소유의 가축 떼다. 그들은 민중의 목동으로서 민중의 젖을 짜고 가죽을 벗긴다. 그들은 농민의 살갗으로 옷을 해 입고, 가난한 사람에게서 빼앗은 것을 자신의 집에 쟁여 둔다. 과부와 고아의 눈물은 그들의 얼굴에 번드르르하게 흐르는 기름이다. 통치자는 자유롭게 살지만, 민중에게는 노예로 살 것을 강요한다. 당신들은 그들에게 6백만 굴덴의 세금을 내고, 그들은 그 대가로 당신들을 통치한다. 다시 말해 그들은 당신들을 쥐어짜 배를 불리고, 당신들에게서 인권과 시민권을 빼앗는다. 이제보라! 당신들이 흘린 땀의 결과물이 어떤 것인지.

내무부와 사법부 예산으로 매년 111만 607굴덴이 지출된다.

당신들은 그 대가로 수백 년 동안 축적된 자의적인 시행령과 대부분 낯선 언어로 적힌 쓰레기 같은 한 무더기의 법을 받았다. 당신들은 그런 법을 통해 이전 세대의 모든 부조리를 물려받고, 이전 세대를 짓눌렀던 억압을 고스란히 이어받았다. 법은 귀족과 학자라는 소수 계급의 전유물로서, 이 계급은 그런 형편없는 법을 통해 스스로에게 통치권을 부여했다. 그러한 법적 정의는 민중을 더 쉽게 착취하기 위해 질서라는 이름으로 당신들을 휘어잡으려는 수단에 지나지 않는다. 이 정의는 당신들이 알아들을 수 없는 법률과 당신들이 모르는 원칙, 당신들이 이해할 수 없는 판결을 통해 표명된다. 사법부의 정의는 어떤 것에도 매수되지 않을 만큼 확고하다. 왜냐하면 매수의 유혹에 흔들리지 않을 만큼 충분한 보상을 받기 때문이다. 보상을 주는 당사자는 정부다. 사법부의 대다수 공복은 살과 영혼을 정부에 판다. 그들의 푹신한 의자 위에는 46만 1,373굴덴의 돈다발이 쌓여 있다(법원과 형사 소송의 유지에 들어가는 비용이다). 이 신성한 공복들의 제복과 지팡이, 군도는 19만 7,502굴덴의 은으로 덮여 있다(경찰과 헌병 등에 들어가는 비용이다). 독일의 사법부는 수백 년 전부터 제후들에게 몸을 파는 창녀다. 당신들은 사법부로 걸어가는 한 걸음 한 걸음마다 길바닥을 은으로 도배하고, 가난과 굴종으로 사법부의 판결을 구걸하고 있다. 서류 접수에 들어가는 돈을 생각해 보라! 법원 사무실에서 연신 머리를 조아리고, 사무실 앞에서 한없이 기다리는 당신의 모습을 생각해 보라! 법원 정리(廷吏)와 서기에게 지급되는 급료를 생각해 보라! 당신들은 당신의 감자를 훔친 이웃을 고소할 수 있다. 그러나 국가 조직이 당신들의 땀방울로 아무 쓸데도 없는 수많은 관리를 살찌우려고 세금과 공과금 명목으로 매일 당신들의 재산을 훔쳐 가는 것을 고소할 수 있는가? 몇몇 기름진 배를 채우기 위해 소수의 전횡이 횡행하고, 그 전횡이 바로 법이라고 고소할 수 있는가? 민중은 국가의 경작지를 일구는 마소나 다름없다고 호소할 수 있는가? 잃어버린 인권을 찾아 달라고 하소연할 수 있는가? 당신들의 그런 한탄을 들어 줄 법원이 어디 있고, 그것을 판결해 줄 판사가 과연 어디 있겠는가? 그것은 당신들의 이웃인 포겔스베르크 주민들이 쇠사슬에 묶여 로켄부르크 교도소로 끌려간 것에서도 명확히 드러난다.[1]

1 헤센 지방에서 1830년 가을 농민 봉기가 일어났고, 거기에 가담한 많은

혹시라도 자신의 배를 채우고 부정한 재물을 모으는 것보다 정의와 공익을 우선시하는 판사나 관리가 있어 민중의 착취자가 아니라 진정한 인민 위원이 되고자 나서면, 제후 산하의 최고 위원회가 그들조차 착취의 대상으로 삼아 버린다.

재무부에는 매년 155만 1,502플로린이 지급된다.

그 돈에서 재무 위원회, 수석 징수원, 세금 통보원, 하위 징수원의 급료가 지불된다. 이들은 그 돈을 받고 당신들 논밭의 수확량을 계산하며, 당신들의 머릿수를 헤아린다. 당신들이 밟는 땅뙈기 하나하나와 당신들이 씹는 음식 하나하나에 세금이 매겨진다. 그렇게 거둔 세금으로 저 높으신 양반들은 연미복 차림으로 모여 앉고, 민중은 벌거벗은 채 그들 앞에 허리를 굽히고 서 있다. 저들은 민중의 허리와 어깨를 짚어 보고는 아직 얼마나 더 지탱할 수 있을지 진단해 낸다. 저들이 자비를 베푸는 경우는 더 이상 부려 먹을 수 없을 정도로 가축이 쇠약해졌을 때뿐이다.

군대에는 91만 4,820굴덴이 지급된다.

그 대가로 당신의 아들들은 알록달록한 군복을 몸에 걸치고서 총이나 북을 어깨에 메고, 매해 가을이면 아무렇게나 총질을 해댄다. 또한 궁정의 높으신 양반들과 귀족의 버릇없는 사내아이들은 성실한 사람들의 아이들 앞에 서서 북과 나팔을 들고 도시의 대로를 위협적으로 활보한다. 90만 굴덴의 대가로 당신의 아들들은 폭군에게 충성을 맹세하고 위정자들의 궁전을 지킨다. 당신의 아들들은 북소리로 당신들의 한숨

포겔스베르크 주민들이 체포되었다.

소리를 덮고, 당신들이 자유로운 인간임을 내세우려 들라치면 개머리판으로 당신들의 머리통을 부수어 버린다. 당신의 아들들은 합법적인 강도들을 보호하는 합법적인 살인자들이다. 죄델[2]에서 일어난 일을 떠올려 보라! 그곳에서 당신의 형제들, 당신의 자식들은 형제 살인자이자 아버지 살인자였다.

국가 연금의 형태로 관리들에게 지급되는 돈은 총 48만 굴덴이다.

관리들은 일정 기간 국가에 충실히 복무하고 나면, 다시 말해 질서와 법이라는 이름으로 정기적으로 자행되는 착취의 열렬한 하수인으로 일하고 나면 국가로부터 연금을 받아 편안한 생활을 누린다.

정부 부처와 국가 위원회에 지급되는 돈은 17만 4천6백 굴덴이다.

독일 어디서건 최고의 악당들은 제후에게 밀착해 있는 인물들이다. 그건 최소한 이 대공국에서만큼은 너무나 자명하다. 정직한 사람은 국가 위원회에 들어가는 순간 퇴출당한다. 만일 정직한 사람이 지금도 장관직을 유지하고 있다면, 그는 독일 어디서나 그렇듯이 제후의 꼭두각시에 불과하다. 심지어 이 허수아비는 시종이나 마부, 아내, 애인, 이복형제에 의해서도 조종된다. 현재 독일의 상황은 예언자 미가가 「미가」 7장 3절과 4절에서 말한 것과 비슷하다. 〈몹쓸 일에

2 헤센 농민 봉기 기간 중인 1830년 9월 30일 죄델 마을에서 일어난 학살 사건을 가리킨다. 정부군은 봉기에 가담하지 않은 양민들조차 반란군의 일부로 오인해서 총을 쏘았고, 그 바람에 무장 충돌로 이어져 많은 사상자가 나왔다.

만 손을 대고 관리들은 값나가는 것 아니면 받지도 않으며, 재판관들은 뇌물을 주어야 재판을 하고 집권자는 멋대로 억울한 선고를 내리는구나. 조금 낫다는 것들이 가시덤불 꼴이요, 조금 바르다는 것들이 가시나무 울타리보다 더하구나. 아, 북녘에서 형벌이 떨어져 이제 당장 혼란이 일어나리라.〉 당신들은 가시와 찔레 울타리의 값을 비싸게 치르고 있다. 왕실과 궁전 경비로 매년 82만 7,772굴덴을 내기 때문이다.

내가 지금껏 언급한 기관과 사람은 그저 도구와 하수인에 지나지 않는다. 그들이 자신의 이름으로 행하는 것은 없다. 그들의 임명장에도 〈L〉이라고 적혀 있을 뿐이다. 신의 총애를 받는 〈루트비히〉[3]라는 뜻이다. 그들은 〈대공의 이름으로〉라는 말을 경외심으로 외쳐 댄다. 당신들의 집기를 경매에 붙이고, 당신들의 가축을 몰아내고, 당신들을 감옥으로 보낼 때 외치는 일종의 군호(軍號)다. 그들은 대공의 이름을 앞세우며 말한다. 그들이 그렇게 지칭하는 인간은 신성하고 절대적이며 존엄한 불가침의 존재다. 그러나 제후의 망토를 벗기고 그 인간 자체를 보라. 그 역시 배가 고프면 밥을 먹고, 눈꺼풀이 무거워지면 잠을 잔다. 그 역시 당신들처럼 벌거벗은 연약한 몸으로 태어나 당신들처럼 넘어지고 엎어지면서 세상 속으로 들어간다. 그렇게 당신들과 똑같은 인간이 지금 당신들의 목덜미를 발로 짓누르고, 70여만 명을 자신의 쟁기에 묶고, 그런 일을 담당할 장관을 임명하고, 자신이 부과

---

3  루트비히 2세Ludwig II(1777~1848)를 가리킨다. 그의 공식 명칭은 다음과 같다. 〈신의 총애를 받는 헤센과 라인의 대공 루트비히 2세.〉

한 세금으로 당신들의 재산을 갈취하고, 자신이 만든 법으로 당신들의 목숨을 좌우하고, 귀족과 귀부인을 궁신(宮臣)으로 거느리며, 신에 버금가는 그런 권력을 마찬가지로 비범한 집안 출신의 아내를 맞아들인 자식들에게 물려준다.

　슬프구나, 당신들 불쌍한 우상 숭배자들이여! 당신들은 자신을 잡아먹는 악어를 숭배하는 이교도와 같다. 당신들이 악어에게 씌워 준 왕관은 당신들 본인에겐 자신의 몸을 짓누르는 가시 면류관이요, 당신들이 손에 쥐여 준 왕홀은 당신들을 징벌하는 채찍이요, 당신들이 앉힌 왕좌는 당신과 당신의 자식들을 고문하는 의자다. 군주는 당신들의 몸 위를 기어다니며 피를 빠는 거머리의 머리요, 장관들은 거머리의 이빨이요, 관리들은 거머리의 꼬리다. 고관대작을 꿰찬 귀족들의 게걸스러운 배는 군주가 땅에 부착시켜 놓고 피를 빠는 사혈 단지다. 군주의 법령 아래 찍힌 〈L〉자는 우리 시대의 우상 숭배자들이 경배하는 짐승의 표식이요, 군주의 망토는 궁정의 신사 숙녀가 육욕에 빠져 뒤엉켜 구르는 양탄자다. 그들은 훈장과 휘장으로 종양을 가리고, 고급 천으로 나병에 걸린 몸뚱이를 덮는다. 민중의 딸들은 그들의 하녀이자 매춘부요, 민중의 아들들은 그들의 하인이자 군인이다. 언제 다름슈타트로 가거든 높으신 양반들이 당신들의 돈으로 어떻게 즐기는지 보라. 그런 다음 굶주리는 당신의 아내와 자식들에게 이야기하라. 당신들의 빵이 다른 놈들의 배를 얼마나 불리는지, 당신들의 땀으로 염색한 옷이 얼마나 아름다운지, 당신들의 굳은살 박인 손으로 재단한 리본이 얼마나 우아한지, 민중의 뼈로 지은 저택이 얼마나 으리으리한지! 그런 다음 연기 자욱한 오두막으로 기어 들어가 다시 잠을 청하고, 자갈밭이나 다름없는 경작지에서 등골 휘게 일하라. 그러다 보면 당신 아이들도 언젠가 적통의 왕자가 적통의 공주와 결혼해서 적통의 왕자를 낳는 일에만 몰두하고 사는 것을 알게 될 것이고, 열린 유리문으로 식탁보를 보면서 높으신 양반들이 무엇을 먹는지 보고, 농민에게서 짜낸 기름으로 불을 붙인 등불의 냄새를 맡을 것이다. 당신들은 이 모든 걸 감내한다. 그 나쁜 놈들이 당신들에게 〈이 정부는 신에게서 왔다〉고 말하기 때문이다. 그러나 이 정부는 신에게서 온 것이 아니라 거짓의 아비[4]에게서 온 것이다. 독일 제후들은 적법한 정부가 아니다. 그들은 적법한 정부, 즉 그 옛날 민중에 의해 자유롭게 선출된 독일 황제[5]를 수백 년 전부터 경멸해 왔고 끝내 배신했다. 독일 제후들의 권력은 민중의 선택이 아닌 배신과 거짓 맹세에서 나왔으므로, 그들의 존재와 행위는 신의 벌을 받을 것이다. 그들의 지혜는 기만이고, 그들의 정의는 착취다. 그들은 땅을 짓밟고, 가난한 사람들을 짓누른다. 당신들이 이런 제후들 가운데 한 명이라도 신의 세례를 받은 자라고 칭한다면, 이는 신에 대한 모독이다. 그 말은 곧 신이 악마에게 세례를 내려 독일 땅의 제후에 앉혔다는 뜻이기 때문이다. 이 제후들은 우리의 사랑하는 조국 독일을 갈기갈기 찢어 버렸고, 우리의 선조들이 자유롭게 선출한 황제를 배신

---

4 성경에서 사탄을 가리키는 표현. 「요한의 복음서」 8장 44절 참조.
5 의도적인 역사 왜곡이다.

했다. 지금 당신들에게 충성을 요구하는 자들이 바로 이 배신자와 인간 착취자들이다! 그러나 어둠의 제국은 끝을 향해 가고 있다. 제후들이 착취를 일삼는 이 작은 독일 땅에서 머잖아 민중에 의해 선택된 정부가 이끄는 〈자유 국가〉가 부활할 것이다. 성경은 말한다. 황제의 것은 황제에게 주라고.[6] 그렇다면 이 제후들, 이 배신자들에게는 무엇을 주어야 할까? 바로 〈유다가 받았던 그것이다〉!

신분제 의회에 지출되는 돈은 1만 6천 굴덴이다.

1789년 프랑스 민중은 오랫동안 왕의 마소 노릇을 하며 고생한 것에 신물이 났다. 민중은 봉기했고, 자기들이 신뢰하는 남자들을 소집했다. 이 남자들이 한자리에 모여 말했다. 왕은 다른 이들과 똑같은 인간이고, 국가의 첫 번째 종복일 뿐이며, 민중에게 책임을 져야 하고, 직무를 제대로 수행하지 않을 때는 처벌될 수 있다고. 이어 그들은 인간의 권리를 만천하에 공포했다. 〈누구도 좋은 가문 출신이라고 해서 타인보다 나은 권리와 직함을 물려받지 않고, 누구도 재산이 많다고 해서 타인보다 나은 권리를 행사할 수 없다. 최고 권력은 만인, 또는 다수의 의지에서 나온다. 이 의지는 곧 법이고, 신분제 의회나 민중 대표들을 통해 표출된다. 대표는 만인에 의해 선출되며, 누구나 선출될 수 있다. 선출된 대표들은 각자 자신을 선출한 사람들의 의지를 밝히고, 그중 다수의 의지가 다수 민중의 의지와 일치하는 것으로 보아야 한다. 왕은 그들이 공포한 법을 제대로 집행하는 일에만 애써

6 「마태오의 복음서」 22장 21절 참조.

야 한다.) 왕은 이 헌법을 충실히 따르겠다고 맹세했지만 결국 민중을 배신했고, 민중은 배신자에게 마땅한 법에 따라 왕을 처형했다. 이어 프랑스인들은 세습 왕정을 폐지했고, 자유의사에 따라 새 정부를 선출했다. 이는 모든 민중이 이성과 성경으로부터 부여받은 권리이다. 법의 집행을 감시하는 남자들은 민중 대표의 총회에서 임명되었고, 그들이 새 당국을 구성했다. 이렇게 해서 정부와 입법자는 민중에 의해 선출되었고, 프랑스는 자유 국가가 되었다.

유럽의 나머지 왕들은 프랑스 민중의 위력에 경악했을 뿐아니라, 처음으로 처형당한 왕의 시신을 보면서 자신들의 목도 부러질 수 있고, 착취당하는 신민이 프랑스인들의 자유의 외침에 깨어날 수도 있다고 생각했다. 그리하여 막대한 장비와 무기로 무장한 채 사방에서 프랑스로 쳐들어갔고, 게다가지방 귀족과 상류층까지 상당수 들고 일어나 그들에게 동조했다. 그에 격분한 민중은 힘껏 떨치고 일어나 배신자들을제압하고 왕들의 용병을 섬멸했다. 이제 막 돋아난 여린 자유는 전제 군주들의 피를 먹고 자랐으며, 자유의 목소리에왕들은 공포에 떨고 민중은 환호성을 질렀다. 그러나 프랑스인들은 아직 여리디여린 자유를 나폴레옹이 자신들에게 선사한 명성과 맞바꾸었고, 그를 황제 자리에 앉혔다. 그러자전능한 신은 프랑스가 세습 왕정의 우상 숭배에서 벗어나 인간을 자유롭고 평등한 존재로 창조한 자신을 섬기게 하기 위해 황제의 군대를 러시아에서 얼어 죽게 했고, 프랑스를 카자흐 기병의 가죽 채찍으로 징벌했으며, 프랑스인들에게 부르봉가의 뚱보들을 다시 왕으로 내주었다. 징벌의 시간이 지나자 용맹한 남자들은 1830년 7월 배신자 샤를 10세를 국외로 추방했다. 그럼에도 해방된 프랑스는 또다시 〈반(半)세습〉 왕정으로 돌아섰고, 위선자 루이 필리프의 손에 새로운 징벌용 채찍을 쥐어 주었다. 그런데 샤를 10세가 왕위에서 쫓겨났을 때 독일을 비롯해 온 유럽이 크게 기뻐했고, 억압받던 독일 지방의 주민들은 자유의 투쟁에 나섰다. 제후들은 민중의 분노를 비켜 갈 수 있는 방법을 논의했고, 그중 교활한 자들은 이렇게 말했다. 〈우리의 권력 일부를 내놓읍시다. 그래야 나머지를 지킬 수 있습니다.〉 그렇게 해서 이들은 민중 앞에 나와 말했다. 〈우리는 그대들이 쟁취하고자 하는 자유를 선사하고자 한다.〉 그러면서 두려움에 떨며 권력의 일부를 던져 주고는 자신들의 자비로운 은총에 대해 이야기했다. 안타깝게도 민중은 그들의 말을 믿고 물러섰으며, 그로써 독일도 프랑스처럼 기만당했다.

그 이유는 분명하다. 현재의 독일 헌법을 보라. 어떤 꼴을 하고 있는가? 제후들이 알곡을 털어 내고 남긴 빈 짚풀에 불과하지 않은가? 신분제 의회는 어떤가? 제후와 장관들의 탐욕에 어쩌다 한두 번 제동을 걸기는 했으나, 자유의 견고한 성을 세우기엔 한없이 느린 우마차에 불과하다. 또 우리의 선거법은 어떤가? 대다수 독일인의 시민권과 인권을 심각하게 침해하고 있다. 대공국의 선거법을 생각해 보라. 그에 따르면 아무리 올곧고 선한 생각을 가졌다 하더라도 땅이 많지 않은 사람은 선출될 수 없는 반면에, 당신들에게 2백만 굴덴

을 훔치려고 했던 그롤만[7] 같은 사람은 선출된다. 그뿐만이
아니다. 대공국의 헌법을 생각해 보라. 헌법 조문에 따르면
대공은 신성하고 책임이 면제된 불가침의 존재다. 또한 가족
에게 작위를 세습하고, 전쟁을 일으킬 권리가 있으며, 군대
에 대한 독점적인 통수권을 부여받는다. 게다가 신분제 의회
를 소집하는 것은 물론이고 연기하거나 해산할 수도 있다.
의회는 어떤 법률도 제출하지 못하고, 법을 만들어 달라고
간청해야 하며, 법을 공포할지 거부할지는 전적으로 제후의
임의에 맡겨져 있다. 대공이 가진 권력은 무제한에 가깝다.
다만 의회의 동의 없이 새로운 법을 만들거나 세금을 부과하
면 안 될 뿐이다. 하지만 그마저도 유명무실하다. 대공이 어
떤 때는 의회의 동의에 아랑곳하지 않고, 어떤 때는 제후의
권력을 뒷받침하는 옛 법만으로 충분해서 새로운 법이 필요
없기 때문이다. 참으로 한심하기 짝이 없는 헌법이 아닐 수
없다! 그런 헌법에 매인 의회에 무엇을 기대한단 말인가? 의
회가 결연한 민중의 동지들로 구성되어 그 안에 민중의 배신
자는 없다고 하더라도, 비겁한 겁쟁이들만 가득하다면 무엇
을 기대하겠는가? 껍데기만 남은 헌법에 그나마 남은 최소
한의 권리마저 지키지 못하는 의회에 무엇을 기대하겠는가?
그들의 유일한 저항은 대공이 그렇지 않아도 빚더미에 앉아
있는 민중에게 자신의 개인적인 빚을 떠넘기려고 했던 2백

7 Friedrich von Grolmann(1784~1859). 1830년 2백만 굴덴에 이르는
루트비히 2세의 개인 부채를 국고로 떠넘기려는 정부의 신청서에 찬동한 보
수 의원.

만 굴덴을 거부한 것뿐이었다. 그런데 대공국의 신분제 의회에 충분한 권한이 주어지고, 오직 대공국만이 진정한 헌법을 갖고 있다 하더라도, 그 영광은 곧 끝나고 말 것이다. 빈과 베를린에서의 탐욕은 주구들의 발톱을 더욱 날카롭게 갈아 작은 자유라도 통째로 말살해 버리고 말 것이다. 독일의 전 민중은 자유를 쟁취해야 한다. 친애하는 시민들이여, 그 시간은 멀지 않았다. 신은 지난 수백 년 동안 지상에서 가장 영광스러운 땅인 이 아름다운 독일을 내부와 외부의 착취자들에게 내주었다. 왜냐하면 독일 민중이 선조들의 자유와 평등 정신, 신에 대한 경외심에서 멀어졌고, 많은 자잘한 주인들과 소(小)공작, 엄지 왕들에 대한 우상 숭배에 빠졌기 때문이다.

외부 착취자 나폴레옹의 지휘봉을 부러뜨린 신은 우리 내부 압제자들의 우상도 민중의 손으로 부수어 버릴 것이다. 이 우상들은 금과 보석, 훈장과 휘장으로 번쩍거리지만, 그 내부에서는 〈여전히 벌레는 죽지 않고 기어다니며, 우상의 발은 점토로 만들어져 있다〉. 당신들이 지금껏 변심한 것의 잘못을 고백하고 진실을 깨닫는다면 신은 우상의 발을 박살낼 힘을 주실 것이다. 그 진실은 다음과 같다. 〈오직 하나의 신만 존재한다. 이 신 말고는 존귀하고 성스럽고 책임에서 자유로운 지고의 존재라 불릴 만한 다른 신은 없다. 신은 모든 인간을 애당초 동등한 권리를 가진 자유로운 존재로 창조했고, 민중의 신뢰를 받고 민중이 명시적 또는 암묵적으로 선출한 정부 외에 다른 어떤 정부에도 축복을 내리지 않는다. 그 외의 다른 당국, 다른 권력은 민중을 지배할 권리가 없다. 다만 악마도 결국 신에게서 왔다고 할 수 있다면 그런 권력도 신에게서 왔다고 할 수 있을 뿐이다. 그런 악마 같은 당국에 대한 복종은 오직 악마의 권력이 무너질 때까지만 유효하다. 한 민족을 하나의 언어를 통해 하나의 몸으로 통일시킨 신은 그 몸을 갈기갈기 찢어 4등분, 또는 심지어 서른 조각으로 나눈 권세 있는 자들을 민중 살해자와 압제자로 간주하여 여기 이승에서는 잠시, 저기 저승에서는 영원히 벌할 것이다. 그 이유는 명확하다. 성경에 따르면 신이 하나로 통일시킨 것을 인간이 나누어서는 안 되기 때문이다. 황무지를 천국으로 만들 수 있는 전지전능한 신이라면 비탄과 불행에 빠진 나라도 다시 천국으로 바꿀 수 있을 것이다. 제후들이 갈기갈기 찢어 놓고 민중을 착취하기 이전의 그 아름답고 소중한 독일과 같은 천국을.〉

독일 제국은 썩고 부패했으며, 독일인들은 신과 자유를 저버렸다. 그래서 신은 이 나라가 자유 국가로 거듭 태어날 수 있도록 폐허로 만들었고, 당분간 〈사탄의 천사들〉에게 권세를 주어 독일을 주먹으로 내리치게 했으며, 〈권세와 세력의 악신들과 암흑세계의 지배자들과 하늘의 악령들〉(「에페소인들에게 보낸 편지」 6장 12절)에게 힘을 주어 시민과 농민을 괴롭히며 피를 빨아먹게 했고, 불의와 예속보다 정의와 자유를 더 사랑하는 모든 이들에게 횡포를 부리게 했다. 하지만 이제 그 시간도 끝나 가고 있다!

신이 괴물로 점찍어 놓은 바이에른의 왕 루트비히를 보라. 신실한 사람들을 자신의 초상화 앞에 무릎 꿇리고 진실을 말하는 사람들을 말 잘 듣는 판사들을 시켜 감옥으로 보낸 신성 모독자요, 모든 이탈리아식 악덕의 웅덩이에서 몸을 뒹군 돼지요, 바알 신을 믿는 왕실을 위해 말 잘 듣는 의회로부터 매년 영원히 5백만 굴덴을 받아 낸 늑대다. 그렇다면 이렇게 물을 수 있다. 〈정녕 이것이 신의 축복을 받은 정부인가?〉

뭐? 네가 신의 당국이라고?
신의 축복을 받아서
그렇게 약탈하고 착취하고 가둔다고?
너는 신에게서 온 것이 아니라 폭군에 불과해!

당신들에게 말하건대, 이제 그 늑대와 다른 늑대들의 시간은 끝났다. 독일이 저지른 죄악 때문에 이런 제후들로 벌을 내린 신이 다시 독일을 치유할 것이다. 〈나는 조급하게 생각하지 아니하고 가시덤불, 엉겅퀴가 자란다 해도 싸움 싸우듯이 모조리 살라 버리리라.〉(「이사야」27장 4절)

신이 루트비히 왕의 등에 점지해 놓은 악의 혹이 더 커지지 않듯이, 다른 제후들의 파렴치한 짓거리도 더는 계속될 수 없다. 그들은 이제 끝났다. 주님이 억압의 성채를 무너뜨린 다음, 이 독일에 생명과 힘, 자유의 축복이 다시 활짝 꽃피게 할 것이다. 제후들은 독일 땅을 「에제키엘」37장에 묘사된 것처럼 거대한 시체 들판으로 만들었다. 〈야훼께서 손으로 나를 잡으시자 야훼의 기운이 나를 밖으로 이끌어 내셨다. 그래서 들 한가운데 이끌려 나가 보니 거기에 뼈들이 가득히 널려 있는 것이었다.〉 이 메마른 해골을 보며 주님은 뭐라고 말씀하셨던가! 〈너희에게 힘줄을 이어 놓고 살을 붙이고 가죽을 씌우고 숨을 불어넣어 너희를 살리면, 그제야 너희는 내가 야훼임을 알게 되리라.〉 주님의 이 말씀은 예언자 에제키엘의 말처럼 독일 땅에서도 실제로 증명될 것이다. 〈내가 바라보고 있는 가운데 뼈들에게 힘줄이 이어졌고 살이 붙었으며 가죽이 씌워졌다. (⋯⋯) 숨이 불어왔다. 그러자 모두들 살아나 제 발로 일어서서 굉장히 큰 무리를 이루었다.〉

지금껏 독일의 상황은 예언자 에제키엘이 쓴 것과 같다. 당신들의 몸뚱이는 바짝 메말라 뼈밖에 남지 않은 해골이다. 왜냐하면 당신들의 삶을 규정하는 질서라는 것이 결국 착취의 질서이기 때문이다. 당신들은 이 대공국에서 한 줌밖에 안 되는 인간들에게 6백만 굴덴을 내주고, 당신들의 목숨과 재산은 전적으로 이들의 자의에 맡겨져 있다. 찢겨진 독일 땅의 다른 나라에 사는 사람들도 마찬가지다. 당신들은 하찮기 그지없는 존재고, 가진 것도 하찮기 그지없다! 당신들에겐 권리도 없다. 당신들은 아무리 먹어도 배가 차지 않는 압제자들이 요구하는 것을 내주어야 하고, 그들이 당신들의 어깨에 지운 무거운 짐을 견뎌야 한다. 한 명의 압제자로 인해 대지와 민중은 바짝 마르고, 독일 땅에는 그런 압제자가 서른 명이나 된다. 그러나 독일은 곧 그 예언자가 말한 대로 될 것이다. 부활의 날은 지체되지 않을 것이고, 시체 가득한 들판에 바스락거리는 소리와 움직임이 일면서 새로 태어난 사람들이 거대한 군대를 이룰 것이다.

눈을 들어 한 줌도 안 되는 압제자들의 무리를 세어 보라. 그들의 힘은 당신들에게서 빨아먹은 피와 당신들이 무기력하게 내준 팔에서 나오는 것일 뿐이다. 대공국에 있는 그들의 수는 대략 1만이고 당신들은 70만 명이다. 나머지 독일에서도 압제자와 민중의 비율은 다르지 않다. 저들은 창칼과 기병대로 위협하겠지만, 나는 분명히 말한다. 민중에게 칼을 든 자는 민중의 칼에 죽을 것이다. 지금의 독일은 시체 가득한 들판이지만 곧 천국이 될 것이다. 독일 민족은 한 몸이고, 당신들은 그 몸의 일부다. 죽은 것처럼 보이던 시체가 움찔거리기 시작하면 독일 민족은 하나가 된다. 주님께서 민중을 예속에서 자유로 이끌 남자들을 통해 신호를 주면 즉시 일어나라. 그러면 하나의 전체 몸이 당신들과 함께 부활할 것이다.

당신들은 지금껏 굴종의 가시밭에서 머리를 조아리며 등골이 휘게 일해 왔다. 이제는 이 여름 동안 자유의 포도밭에서 땀 흘리며 일하라. 그러면 천대 만대에 이를 때까지 자유로워질 것이다.

당신들이 오랫동안 땅을 일구어 온 괭이로 이제는 압제자들의 무덤을 파라. 당신들이 지어 준 억압의 성채를 무너뜨리고 이제는 자유의 집을 지어라. 그러면 당신의 자식들은 생명수의 세례를 받은 자유의 몸으로 거듭날 것이다. 주님이 전령과 신호로 당신들을 부를 때까지 깨어 있으라. 정신을 무장하라. 그리고 스스로 이렇게 기도하면서 자식들에게도 가르쳐라. 〈주여, 압제자들의 지휘봉을 부러뜨리고 우리에게 주의 제국이, 정의의 제국이 다가오게 하소서. 아멘.〉

# 헤센 지방의 전령(11월판)

### 첫 번째 소식

1834년 11월 다름슈타트

**오두막에는 평화를! 궁전에는 전쟁을!**

1834년은 마치 성경이 거짓말을 한 대가로 벌을 받는 해인 듯하다. 그러니까 신은 다섯째 날에는 농민과 수공업자를, 여섯째 날에는 제후와 귀족을 만들고, 그 연후에 이들에게 땅 위를 기어다니는 모든 것들을 다스리라고 말한 듯하기 때문이다. 농민과 시민도 그들에겐 벌레 같은 족속과 다름없다. 제후들의 삶은 기나긴 일요일이다. 민중은 그들 앞에 놓인 경작지의 똥거름이나 마찬가지다. 농부는 쟁기를 몰고, 귀족은 그 뒤에서 쟁기에 묶인 황소와 농부를 몰아댄다. 알곡은 귀족이 챙기고, 농민에게 남은 건 쭉정이뿐이다. 농민의 삶은 기나긴 평일이다. 일면식도 없는 것들이 백주 대낮에 버젓이 농민의 경작지를 다 등쳐 먹는다. 농부의 몸은 곳곳이 굳은살이고, 농부의 땀방울은 압제 군주들의 식탁 위에 올라간 소금이다.

헤센 대공국의 주민 71만 8,373명은 매년 636만 3,364굴덴을 국가에 낸다. 정리하면 이렇다.

| | |
|---|---|
| 1) 직접세 | 2,128,131플로린 |
| 2) 간접세 | 2,478,264플로린 |
| 3) 국유지 사용세 | 1,547,394플로린 |
| 4) 군주권 | 46,938플로린 |
| 5) 벌금 | 98,511플로린 |
| 6) 기타 | 64,198플로린 |
| 계 | 6,363,363플로린 |

이 돈은 민중의 몸에서 짜낸 피고름의 십일조다. 그로 인해 70여만 명이 구슬땀을 흘리고, 신음하며, 굶주린다. 그 돈은 국가의 이름으로 강제 징수된다. 강제로 거두는 자들은 정부를 근거로 내세우고, 정부는 국가 질서 유지에 필요하기 때문이라고 말한다. 이 무슨 폭력적인 짓인가? 대체 국가란 무엇인가? 한 지역에 많은 사람들이 모여 살고, 모두가 따라야 할 규칙과 법이 존재할 때, 우리는 그곳 사람들이 하나의 국가를 이루고 있다고 말한다. 그렇다면 국가는 곧 〈만인〉이다. 국가의 질서 유지자는 〈만인〉의 안녕을 보장하고 〈만인〉의 안녕에 기반하는 법률이다. 그런데 보라! 헤센 대공국에서는 국가가 어떤 꼴을 하고 있는지. 국가 질서 유지의 명목으로 어떤 일이 벌어지고 있는지. 70여만 명의 사람이 질서 유지를 위해 6백만 굴덴을 내고 있다. 그게 무슨 뜻인가? 사람들은 질서 속에서 살기 위해 들판의 마소처럼 일해야 한다는 것이다. 그렇다면 이 나라에서 질서 속에서 산다는 것은 곧 굶주리고 혹사당한다는 것을 의미한다.

이 질서를 만들고, 이 질서를 감시하는 자들은 누구인가? 그것은 대공국 정부다. 정부는 대공과 최고위직 관리들로 이루어져 있다. 다른 관리들은 정부가 질서의 원활한 유지를 위해 임명한 남자들이다. 이들의 수는 상당히 많다. 국가 위원회, 정부 위원회, 지방 위원회, 지역 위원회, 성직자 위원회, 학교 위원회, 재정 위원회, 삼림 위원회 등에 소속된 모든 위원과 실무자가 그들이다. 민중은 그들 소유의 가축 떼다. 그들은 민중의 목동으로서 민중의 젖을 짜고 가죽을 벗긴다. 당신들은 그들에게 6백만 굴덴의 세금을 내고, 그들은 그 대가로 당신들을 통치한다. 다시 말해 그들은 당신들을 쥐어짜 배를 불리고, 당신들에게서 인권과 시민권을 빼앗는다. 보라! 당신들이 흘린 땀의 결과물이 어떤 것인지.

내무부와 사법부 예산으로 매년 111만 607굴덴이 지출된다.

당신들은 그 대가로 수백 년 동안 축적된 자의적인 시행령과 대부분 낯선 언어로 적힌 쓰레기 같은 한 무더기의 법을 받았다. 당신들은 그런 법을 통해 이전 세대의 모든 부조리를 물려받고, 이전 세대를 짓눌렀던 억압을 고스란히 이어받았다. 그러한 법적 정의는 민중을 더 쉽게 착취하기 위해 질서라는 이름으로 당신들을 휘어잡으려는 수단에 지나지 않는다. 이 정의는 당신들이 알아들을 수 없는 법률과 당신들이 모르는 원칙, 당신들이 이해할 수 없는 판결을 통해 표명된다. 사법부의 정의는 어떤 것에도 매수되지 않을 만큼 확고하다. 왜냐하면 매수의 유혹에 흔들리지 않을 만큼 충분한 보상을 받기 때문이다. 보상을 주는 당사자는 정부다. 대다수 판사들은 살과 영혼을 정부에 판다. 그들의 푹신한 의자 위에는 46만 1,373굴덴의 돈다발이 쌓여 있다(법원과 형사 소송의 유지에 들어가는 비용이다). 이 신성한 공복들의 제복과 지팡이, 군도는 19만 7,502굴덴의 은으로 덮여 있다(경찰과 헌병 등에 들어가는 비용이다). 독일에서 사법부는 제후들에게 몸을 파는 창녀다. 당신들은 사법부로 걸어가는 한 걸음 한 걸음마다 길바닥을 은으로 도배하고, 가난과 굴종으로 사법부의 판결을 구걸하고 있다. 서류 접수에 들어가는 돈을 생각해 보라! 법원 사무실에서 연신 머리를 조아리고, 사무실 앞에서 한없이 기다리는 당신의 모습을 생각해 보라! 법원 정리(廷吏)와 서기에게 지급되는 급료를 생각해 보라! 당신들은 당신의 감자를 훔친 이웃을 고소할 수 있다. 그러나 국가 조직이 당신들의 땀방울로 아무 쓸데도 없는 수많은 관리를 살찌우려고 매일 당신들의 재산을 훔쳐 가는 것을 고소할 수 있는가? 몇몇 기름진 배를 채우기 위해 소수의 전횡이 횡행하고, 그 전횡이 바로 법이라고 고소할 수 있는가? 민중은 국가의 경작지를 일구는 마소나 다름없다고 호소할 수 있는가? 잃어버린 인권을 찾아 달라고 하소연할 수 있는가? 당신들의 그런 한탄을 들어 줄 법원이 어디 있고, 그것을 판결해 줄 판사가 과연 어디 있겠는가? 그것은 당신들의 이웃인 포겔스베르크 주민들이 쇠사슬에 묶여 로켄부르크 교도소로 끌려간 것에서도 명확히 드러난다.

혹시라도 자신의 배를 채우고 부정한 재물을 모으는 것보다 정의와 공익을 우선시하는 판사나 관리가 있어 민중의 착취자가 아니라 진정한 인민 위원이 되고자 나서면, 제후 산하의 최고 위원회가 그들조차 착취의 대상으로 삼아 버린다.

재무부에는 매년 155만 1,502플로린이 지급된다.

그 돈에서 재무 위원회, 수석 징수원, 세금 통보원, 하위 징수원의 급료가 지불된다. 이들은 그 돈을 받고 당신들 논밭의 수확량을 계산하며, 당신들의 머릿수를 헤아린다. 당신들이 밟는 땅뙈기 하나하나와 당신들이 씹는 음식 하나하나에 세금이 매겨진다. 그렇게 거둔 세금으로 저 높으신 양반들은 연미복 차림으로 모여 앉고, 민중은 벌거벗은 채 그들 앞에 허리를 굽히고 서 있다. 저들은 민중의 허리와 어깨를 짚어 보고는 아직 얼마나 더 지탱할 수 있을지 진단해 낸다. 저들이 자비를 베푸는 경우는 앞으로도 먹인 것보다 수백 배로 더 부려 먹기 위해 필요하다고 생각될 때뿐이다.

군대에는 91만 4,820굴덴이 지급된다.

그 대가로 당신의 아들들은 알록달록한 군복을 몸에 걸치고서 총이나 북을 어깨에 메고, 매해 가을이면 아무렇게나 총질을 해댄다. 또한 궁정의 높으신 양반들과 귀족의 버릇없는 사내아이들은 성실한 사람들의 아이들 앞에 서서 북과 나팔을 들고 도시의 대로를 위협적으로 활보한다. 90만 굴덴의 대가로 당신의 아들들은 폭군에게 충성을 맹세하고 위정자들의 궁전을 지킨다. 당신의 아들들은 북소리로 당신들의 한숨 소리를 덮고, 당신들이 자유로운 인간임을 내세우려 들라치면 개머리판으로 당신들의 머리통을 부수어 버린다. 당신의 아들들은 합법적인 강도들을 보호하는 합법적인 살인자들이다. 죄델에서 일어난 일을 떠올려 보라! 그곳에서 당신의 형제들, 당신의 자식들은 형제 살인자이자 아버지 살인자였다.

국가 연금의 형태로 관리들에게 지급되는 돈은 총 48만 굴덴이다.

관리들은 일정 기간 국가에 충실히 복무하고 나면, 다시 말해 질서와 법이라는 이름으로 정기적으로 자행되는 착취의 열렬한 하수인으로 일하고 나면 국가로부터 연금을 받아 편안한 생활을 누린다.

정부 부처와 국가 위원회에 지급되는 돈은 17만 4천6백 굴덴이다.

독일 어디서건 최고의 악당들은 제후에게 밀착해 있는 인물들이다. 그건 최소한 이 대공국에서만큼은 너무나 자명하다. 카를 틸 장관[1]은 매년 1만 5천 굴덴의 보수를 받는다. 30년 동안 장관을 지낸다고 하면 30만 굴덴 이상의 돈을 혼자 꿀꺽하는 셈이다. 그건 젊은 가게른[2]이 의회의 동의를 받아 수치스럽고 신의 없는 당의 수괴로 임명한 국가 위원회의 크나프[3]도 마찬가지다. 사실 장관들 중에서 직무상의 맹세

---

1 Karl du Thil(1777~1859). 헤센 대공국의 정치인. 1821년부터 외무 장관과 재무 장관을 지냈고, 1829~1848년까지는 총리를 역임했다.
2 Heinrich von Gagern(1799~1880). 귀족 출신이면서 자유주의 성향을 지닌 정치인. 헤센 대공국에서 행정 관료로 시작해 1833년에 강제로 퇴임했다. 1832~1836년까지 의회에 몸담았고, 혁명기에 다양한 정치 활동을 벌였다.
3 Johann Friedrich Knapp(1776~1848). 헤센 대공국의 하원 의장에 선출되었고, 추밀 고문관을 지냈다.

를 두 번 이상 어기지 않은 사람은 없다. 일단 그들은 의회의 동의 없이는 어떤 세금도 징수하지 않을 거라고 맹세했다. 그러나 의회가 요구를 들어주지 않으면, 의회를 해산하고 또 해산해 버린다. 그러고는 의회의 동의를 거치지 않고 세금을 징수한다. 두 번째 맹세 위반은 사법부에 관한 것이다. 그들은 법원의 독립성을 침해하지 않겠다고 맹세했다. 그러나 미니게로데[4] 법원장 같은 사람은 내쫓고, 수백만 굴덴을 도둑질한 벨러[5] 같은 판사를 끌어들였다. 또한 그들은 슐츠 박사[6] 사건 같은 민사 사건을 군사 재판에 넘겼고, 에밀 왕자[7]를 시켜 피고인 슐츠 박사에게 수년간의 요새 금고형 판결을 내리게 했다. 정직한 사람은 국가 위원회에 들어가는 순간 퇴출당한다. 만일 정직한 사람이 지금도 장관직을 유지하고 있다면, 그는 독일 어디서나 그렇듯이 제후의 꼭두각시에 불과하다. 심지어 이 허수아비는 시종이나 마부, 아내, 애인, 이복

4 Ludwig Minnigerode(1773~1839). 자유주의 성향의 법률가. 헤센-다름슈타트의 법원장을 지내던 중에 아들이 당국에 체포되면서 조기 은퇴해야 했다.

5 Eberhard Jodocus Heinlich Weller(1776~1856). 보수적 성향의 정치인 겸 법조인. 1834년 미니게로데 후임으로 다름슈타트 법원장에 임명되었다. 의원 시절인 1830년에는 루트비히 2세가 왕자일 때 진 개인적인 부채 수백만 굴덴을 국가가 대신 떠안는 것에 동의했다.

6 Friedrich Wilhelm Schulz(1797~1860). 자유주의 성향의 출판인 겸 정치인. 1833년 가을, 국가의 안전을 위협하는 모의에 가담했다는 이유로 체포되어 군사 법정에 넘겨졌다. 5년 형을 선고받았으나 구금 중 탈출에 성공해서 프랑스로 망명했다.

7 Emil von Hessen-Darmstadt(1790~1856). 루트비히 1세의 아들이자 루트비히 2세의 아우. 메테르니히의 동지로서 1832년부터 상원 의장을 지냈고, 루트비히 2세에 대한 영향력이 컸다.

형제에 의해서도 조종된다. 현재 독일의 상황은 예언자 미가가 「미가」 7장 3절과 4절에서 말한 것과 비슷하다. 〈몹쓸 일에만 손을 대고 관리들은 값나가는 것 아니면 받지도 않으며, 재판관들은 뇌물을 주어야 재판을 하고 집권자는 멋대로 억울한 선고를 내리는구나. 조금 낫다는 것들이 가시덤불 꼴이요, 조금 바르다는 것들이 가시나무 울타리보다 더하구나. 아, 북녘에서 형벌이 떨어져 이제 당장 혼란이 일어나리라.〉 당신들은 가시와 찔레 울타리의 값을 비싸게 치르고 있다. 왕실과 궁전 경비로 매년 82만 7,772굴덴을 내기 때문이다.

내가 지금껏 언급한 기관과 사람은 그저 도구와 하수인에 지나지 않는다. 그들이 자신의 이름으로 행하는 것은 없다. 그들의 임명장에도 〈L〉이라고 적혀 있을 뿐이다. 신의 총애를 받는 〈루트비히〉라는 뜻이다. 그들은 〈대공의 이름으로〉라는 말을 경외심으로 외쳐 댄다. 당신들의 집기를 경매에 붙이고, 당신들의 가축을 몰아내고, 당신들을 감옥으로 보낼 때 외치는 일종의 군호(軍號)다. 그들은 대공의 이름을 앞세우며 말한다. 그들이 그렇게 지칭하는 인간은 신성하고 절대적이며 존엄한 불가침의 존재다. 그러나 제후의 망토를 벗기고 그 인간 자체를 보라. 그 역시 배가 고프면 밥을 먹고, 눈꺼풀이 무거워지면 잠을 잔다. 그 역시 당신들처럼 벌거벗은 연약한 몸으로 태어나 당신들처럼 넘어지고 엎어지면서 세상 속으로 들어간다. 그렇게 당신들과 똑같은 인간이 지금 당신들의 목덜미를 발로 짓누르고, 70여만 명을 자신의 쟁기에 묶고, 그런 일을 담당할 장관을 임명하고, 자신이 부과한 세금으로 당신들의 재산을 갈취하고, 자신이 만든 법으로 당신들의 목숨을 좌우하고, 귀족과 귀부인을 궁신(宮臣)으로 거느리고, 신에 버금가는 그런 권력을 마찬가지로 비범한 집안 출신의 아내를 맞아들인 자식들에게 물려준다.

슬프구나, 당신들 불쌍한 우상 숭배자들이여! 당신들은 자신을 잡아먹는 악어를 숭배하는 이교도와 같다. 당신들이 악어에게 씌워 준 왕관은 당신들 본인에겐 자신의 몸을 짓누르는 가시 면류관이요, 당신들이 손에 쥐여 준 왕홀은 당신들을 징벌하는 채찍이요, 당신들이 앉힌 왕좌는 당신과 당신의 자식들을 고문하는 의자다. 군주는 당신들의 몸 위를 기어다니며 피를 빠는 거머리의 머리요, 장관들은 거머리의 이빨이요, 관리들은 거머리의 꼬리다. 고관대작을 꿰찬 귀족들의 게걸스러운 배는 군주가 땅에 부착시켜 놓고 피를 빠는 사혈 단지다. 군주의 법령 아래 찍힌 〈L〉자는 우리 시대의 우상 숭배자들이 경배하는 짐승의 표식이요, 군주의 망토는 궁정의 신사 숙녀가 육욕에 빠져 뒤엉켜 구르는 양탄자다. 그들은 훈장과 휘장으로 종양을 가리고, 고급 천으로 나병에 걸린 몸뚱이를 덮는다. 민중의 딸들은 그들의 하녀이자 매춘부요, 민중의 아들들은 그들의 하인이자 군인이다. 언제 다름슈타트로 가거든 높으신 양반들이 당신들의 돈으로 어떻게 즐기는지 보라. 그런 다음 굶주리는 당신의 아내와 자식들에게 이야기하라. 당신들의 땀으로 염색한 옷이 얼마나 아름다운지, 당신들의 굳은살 박인 손으로 재단한 리본이 얼마나 우아한지, 민중의 뼈로 지은 저택이 얼마나 으리으리한지! 그런 다음 연기 자욱한 오두막으로 기어 들어가 다시 잠을 청하고, 자갈밭이나 다름없는 경작지에서 등골 휘게 일하라. 그러다 보면 당신 아이들도 언젠가 적통의 왕자가 적통의 공주와 결혼해서 적통의 왕자를 낳는 일에만 몰두하고 사는 것을 알게 될 것이고, 열린 유리문으로 식탁보를 보면서 높으신 양반들이 무엇을 먹는지 보고, 농민에게서 짜낸 기름으로 불을 붙인 등불의 냄새를 맡을 것이다. 당신들은 이 모든 걸 감내한다. 그 나쁜 놈들이 당신들에게 〈이 정부는 신에게서 왔다〉고 말하기 때문이다. 그러나 이 정부는 신에게서 온 것이 아니라 거짓의 아비에게서 온 것이다. 독일 제후들은 적법한 정부가 아니다. 그들은 적법한 정부, 즉 그 옛날 민중에 의해 자유롭게 선출된 독일 황제를 수백 년 전부터 경멸해 왔고 끝내 배신했다. 독일 제후들의 권력은 민중의 선택이 아닌 배신과 거짓 맹세에서 나왔으므로, 그들의 존재와 행위는 신의 벌을 받을 것이다. 그들의 지혜는 기만이고, 그들의 정의는 착취다. 그들은 땅을 짓밟고, 가난한 사람들을 짓누른다. 당신들이 이런 제후들 가운데 한 명이라도 신의 세례를 받은 자라고 칭한다면, 이는 신에 대한 모독이다. 그 말은 곧 신이 악마에게 세례를 내려 독일 땅의 제후에 앉혔다는 뜻이기 때문이다. 이 제후들은 우리의 사랑하는 조국 독일을 갈기갈기 찢어 버렸고, 우리의 선조들이 자유롭게 선출한 황제를 배신했다. 지금 당신들에게 충성을 요구하는 자들이 바로 이 배신자와 인간 착취자들이다! 그러나 어둠의 제국은 끝을 향해 가고 있다. 제후들이 착취를 일삼는 이 작은 독일 땅에서 머잖아 민중에 의해 선택된 정부가 이끄는 〈자유 국가〉가 부활할 것이다. 성경은 말한다. 황제의 것은 황제에게 주라고. 그렇다면 이 제후들, 이 배신자들에게는 무엇을 주어야 할까? 바로 〈유다가 받았던 그것이다〉!

신분제 의회에 지출되는 돈은 1만 6천 굴덴이다.

1789년 프랑스 민중은 오랫동안 왕의 마소 노릇을 하며 고생한 것에 신물이 났다. 민중은 봉기했고, 자기들이 신뢰하는 남자들을 소집했다. 이 남자들이 한자리에 모여 말했다. 왕은 다른 이들과 똑같은 인간이고, 국가의 첫 번째 종복일 뿐이며, 민중에게 책임을 져야 하고, 직무를 제대로 수행하지 않을 때는 처벌될 수 있다고. 이어 그들은 인간의 권리를 만천하에 공포했다. 〈누구도 좋은 가문 출신이라고 해서 타인보다 나은 권리와 직함을 물려받지 않고, 누구도 재산이 많다고 해서 타인보다 나은 권리를 행사할 수 없다. 최고 권력은 만인, 또는 다수의 의지에서 나온다. 이 의지는 곧 법이고, 신분제 의회나 민중 대표들을 통해 표출된다. 대표는 만인에 의해 선출되며, 누구나 선출될 수 있다. 선출된 대표들은 각자 자신을 선출한 사람들의 의지를 밝히고, 그중 다수의 의지가 다수 민중의 의지와 일치하는 것으로 보아야 한다. 왕은 그들이 공포한 법을 제대로 집행하는 일에만 애써야 한다.〉 왕은 이 헌법을 충실히 따르겠다고 맹세했지만 결국 민중을 배신했고, 민중은 배신자에게 마땅한 법에 따라 왕을 처형했다. 이어 프랑스인들은 세습 왕정을 폐지했고, 자유의사에 따라 새 정부를 선출했다. 이는 모든 민중이 이성과 성경으로부터 부여받은 권리이다. 법의 집행을 감시하는 남자들은 민중 대표의 총회에서 임명되었고, 그들이 새 당국을 구성했다. 이렇게 해서 정부와 입법자는 민중에 의해 선출되었고, 프랑스는 자유 국가가 되었다.

유럽의 나머지 왕들은 프랑스 민중의 위력에 경악했을 뿐 아니라, 처음으로 처형당한 왕의 시신을 보면서 자신들의 목도 부러질 수 있고, 착취당하는 신민이 프랑스인들의 자유의 외침에 깨어날 수도 있다고 생각했다. 그리하여 막대한 장비와 무기로 무장한 채 사방에서 프랑스로 쳐들어갔고, 게다가 지방 귀족과 상류층까지 상당수 그들에게 동조했다. 그에 격분한 민중은 힘껏 떨치고 일어나 배신자들을 제압하고 왕들의 용병을 섬멸했다. 이제 막 돋아난 여린 자유는 전제 군주들의 피를 먹고 자랐으며, 자유의 목소리에 왕들은 공포에 떨고 민중은 환호성을 질렀다. 그러나 프랑스인들은 아직 여리디여린 자유를 나폴레옹이 자신들에게 선사한 명성과 맞바꾸었고, 그를 황제 자리에 앉혔다. 그러자 전능한 신은 프랑스가 세습 왕정의 우상 숭배에서 벗어나 인간을 자유롭고 평등한 존재로 창조한 자신을 섬기게 하기 위해 황제의 군대를 러시아에서 얼어 죽게 했고, 프랑스를 카자흐 기병의 가죽 채찍으로 징벌했으며, 프랑스인들에게 부르봉가의 뚱보들을 다시 왕으로 내주었다. 징벌의 시간이 지나자 용맹한 남자들은 1830년 7월 배신자 샤를 10세를 국외로 추방했다. 그럼에도 해방된 프랑스는 또다시 〈반(半)세습〉 왕정으로 돌아섰고, 위선자 루이 필리프의 손에 새로운 징벌용 채찍을 쥐여 주었다. 그런데 샤를 10세가 왕위에서 쫓겨났을 때 독일을 비롯해 온 유럽이 크게 기뻐했고, 억압받던 독일 지방의 주민들은 자유의 투쟁에 나섰다. 제후들은 민중의 분노를 비켜 갈 수 있는 방법을 논의했고, 그중 교활한 자들은 이렇게 말했다. 〈우리의 권력 일부를 내놓읍시다. 그래야 나머지를 지킬 수 있습니다.〉 그렇게 해서 이들은 민중 앞에 나와 말했다. 〈우리는 그대들이 쟁취하고자 하는 자유를 선사하고자 한다.〉 그러면서 두려움에 떨며 권력의 일부를 던져 주고는 자신들의 자비로운 은총에 대해 이야기했다. 안타깝게도 민중은 그들의 말을 믿고 물러섰으며, 그로써 독일도 프랑스처럼 기만당했다.

그 이유는 분명하다. 현재의 독일 헌법을 보라. 어떤 꼴을 하고 있는가? 제후들이 알곡을 털어 내고 남긴 빈 짚풀에 불과하지 않은가? 신분제 의회는 어떤가? 제후와 장관들의 탐욕에 어쩌다 한두 번 제동을 걸기는 했으나, 자유의 견고한 성을 세우기엔 한없이 느린 우마차에 불과하다. 또 우리의 선거법은 어떤가? 대다수 독일인의 시민권과 인권을 심각하게 침해하고 있다. 대공국의 선거법을 생각해 보라. 그에 따르면 아무리 올곧고 선한 생각을 가졌다 하더라도 땅이 많지 않은 사람은 선출될 수 없는 반면에, 당신들에게 2백만 굴덴을 훔치려고 했던 그롤만 같은 사람은 선출된다. 그뿐만이 아니다. 대공국의 헌법을 생각해 보라. 헌법 조문에 따르면 대공은 신성하고 책임이 면제된 불가침의 존재다. 또한 가족에게 작위를 세습한다. 게다가 신분제 의회를 소집하는 것은 물론이고 연기하거나 해산할 수도 있다. 의회는 어떤 법률도 제출하지 못하고, 법을 만들어 달라고 간청해야 하며, 법을 공포할지 거부할지는 제후의 임의에 맡겨져 있다. 대공이 가진 권력은 무제한에 가깝다. 다만 의회의 동의 없이 새로운 법을 만들거나 세금을 부과하면 안 될 뿐이다. 하지만 그마저도 유명무실하다. 대공이 어떤 때는 의회의 동의에 아랑곳하지 않고, 어떤 때는 제후의 권력을 뒷받침하는 옛 법만으로 충분해서 새로운 법이 필요 없기 때문이다. 참으로 한심하기 짝이 없는 헌법이 아닐 수 없다! 그런 헌법에 매인 의회에 무엇을 기대한단 말인가? 의회가 결연한 민중의 동지들로 구성되어 그 안에 민중의 배신자는 없다고 하더라도, 비겁한 겁쟁이들만 가득하다면 무엇을 기대하겠는가? 그들의 유일한 저항은 대공이 그렇지 않아도 빚더미에 앉아 있는 민중에게 자신의 개인적인 빚을 떠넘기려고 했던 2백만 굴덴과 새로운 성을 짓는 데 들어갈 비용 1백만 굴덴을 거부한 것뿐이었다. 하지만 과도한 세금 부담을 완화하고 절망스러운 정부의 변화를 이끌어 내기엔 의회의 역할이 턱없이 부족해 보인다. 권력을 가진 제후는 카를 틸처럼 도시와 지방 사정에 정통한 간부(姦夫)를 해임하기보다 오히려 의회를 해산한다. 또한 지방 선거를 철회하는 것은 물론이고 공개적으로 〈의회에 대한 인내〉를 언급한다. 의회와 지방에 거지처럼 손을 벌리지 않고는 개인 빚도 갚지 못하고 아들에게 결혼 자금도 대주지 못하는 주제에, 마치 자기가 신이라도 되는 것처럼 말이다! 신실한 민중은 이런 식으로 자신의 대표를 통해 합헌적으로 조롱당하고 있다. 그런데 대공국의 신분제 의회에 충분한 권한이 주어지고, 오직 대공국만이 진정한 헌법을 갖고 있다 하더라도, 그 영광은 곧 끝나고 말 것이다. 빈과 베를린에서의 탐욕은 주구들의 발톱을 더욱 날카롭게 갈아 작은 자유라도 통째로 말살해 버리고 말 것이다. 독일의 전 민중은 자유를 쟁취해야 한다. 친애하는 시민들이여, 그 시간은 멀지 않았다. 신은 지난 수백 년 동안 지상에서 가장 영광스러운 땅인 이 아름다운 독일을 내부와 외부의 착취자들에게 내주었다. 왜냐하면 독일 민중이 선조들의 자유와 평등 정신, 신에 대한 경외심에서 멀어졌고, 많은 자잘한 주인들과 소(小)공작, 엄지 왕들에 대한 우상 숭배에 빠졌기 때문이다.

외부 착취자 나폴레옹의 지휘봉을 부러뜨린 신은 우리 내부 압제자들의 우상도 민중의 손으로 부수어 버릴 것이다. 이 우상들은 금과 보석, 훈장과 휘장으로 번쩍거리지만, 그 내부에서는 〈여전히 벌레는 죽지 않고 기어다니며, 우상의 발은 점토로 만들어져 있다〉. 당신들이 지금껏 변심한 것의 잘못을 고백하고 진실을 깨닫는다면, 신은 우상의 발을 박살낼 힘을 주실 것이다. 그 진실은 다음과 같다. 〈오직 하나의 신만 존재한다. 이 신 말고는 존귀하고 성스럽고 책임에서 자유로운 지고의 존재라 불릴 만한 다른 신은 없다. 신은 모든 인간을 애당초 동등한 권리를 가진 자유로운 존재로 창조했고, 민중의 신뢰를 받고 민중이 명시적 또는 암묵적으로 선출한 정부 외에 다른 어떤 정부에도 축복을 내리지 않는다. 그 외의 다른 당국, 다른 권력은 민중을 지배할 권리가 없다. 다만 악마도 결국 신에게서 왔다고 할 수 있다면 그런 권력도 신에게서 왔다고 할 수 있을 뿐이다. 그런 악마 같은 당국에 대한 복종은 오직 악마의 권력이 무너질 때까지만 유효하다. 한 민족을 하나의 언어를 통해 하나의 몸으로 통일시킨 신은 그 몸을 갈기갈기 찢어 4등분, 또는 심지어 서른 조각으로 나눈 권세 있는 자들을 민중 살해자와 압제자로 간주하여 여기 이승에서는 잠시, 저기 저승에서는 영원히 벌할 것이다. 그 이유는 명확하다. 성경에 따르면 신이 하나로 통일시킨 것을 인간이 나누어서는 안 되기 때문이다. 황무지를 천국으로 만들 수 있는 전지전능한 신이라면 비탄과 불행에 빠진 나라도 다시 천국으로 바꿀 수 있을 것이다. 제후들이 갈기갈기 찢어 놓고 민중을 착취하기 이전의 그 아름답고 소중한 독일과 같은 천국을.〉

독일 제국은 썩고 부패했으며, 독일인들은 신과 자유를 저버렸다. 그래서 신은 이 나라가 자유 국가로 거듭 태어날 수 있도록 폐허로 만들었고, 당분간 〈사탄의 천사들〉에게 권세를 주어 독일을 주먹으로 내리치게 했으며, 〈권세와 세력의 악신들과 암흑세계의 지배자들과 하늘의 악령들〉(「에페소인들에게 보낸 편지」 6장 12절)에게 힘을 주어 시민과 농민을 괴롭히며 피를 빨아먹게 했고, 불의와 예속보다 정의와 자유를 더 사랑하는 모든 이들에게 횡포를 부리게 했다. 하지만 이제 그 시간도 끝나 가고 있다!

신이 괴물로 점찍어 놓은 바이에른의 왕 루트비히를 보라.

신실한 사람들을 자신의 초상화 앞에 무릎 꿇리고 진실을 말하는 사람들을 말 잘 듣는 판사들을 시켜 감옥으로 보낸 신성 모독자요, 모든 이탈리아식 악덕의 웅덩이에서 몸을 뒹군 돼지요, 바알 신을 믿는 왕실을 위해 말 잘 듣는 의회로부터 매년 영원히 5백만 굴덴을 받아 낸 늑대다. 그렇다면 이렇게 물을 수 있다. 〈정녕 이것이 신의 축복을 받은 정부인가?〉

뭐? 네가 신의 당국이라고?
신의 축복을 받아서
그렇게 약탈하고 착취하고 가둔다고?
너는 신에게서 온 것이 아니라 폭군에 불과해!

당신들에게 말하건대, 이제 그 늑대와 다른 늑대들의 시간은 끝났다. 독일이 저지른 죄악 때문에 이런 제후들로 벌을 내린 신이 다시 독일을 치유할 것이다. 〈나는 조급하게 생각하지 아니하고 가시덤불, 엉겅퀴가 자란다 해도 싸움 싸우듯이 모조리 살라 버리리라.〉(「이사야」27장 4절)

신이 루트비히 왕의 등에 점지해 놓은 악의 혹이 더 커지지 않듯이, 다른 제후들의 파렴치한 짓거리도 더는 계속될 수 없다. 그들은 이제 끝났다. 주님이 억압의 성채를 무너뜨린 다음, 이 독일에 생명과 힘, 자유의 축복이 다시 활짝 꽃피게 할 것이다. 제후들은 독일 땅을 「에제키엘」37장에 묘사된 것처럼 거대한 시체 들판으로 만들었다. 〈야훼께서 손으로 나를 잡으시자 야훼의 기운이 나를 밖으로 이끌어 내셨다.

그래서 들 한가운데 이끌려 나가 보니 거기에 뼈들이 가득히 널려 있는 것이었다.〉이 메마른 해골을 보며 주님은 뭐라고 말씀하셨던가! 〈너희에게 힘줄을 이어 놓고 살을 붙이고 가죽을 씌우고 숨을 불어넣어 너희를 살리면, 그제야 너희는 내가 야훼임을 알게 되리라.〉주님의 이 말씀은 예언자 에제키엘의 말처럼 독일 땅에서도 실제로 증명될 것이다. 〈내가 바라보고 있는 가운데 뼈들에게 힘줄이 이어졌고 살이 붙었으며 가죽이 씌워졌다. (……) 숨이 불어왔다. 그러자 모두들 살아나 제 발로 일어서서 굉장히 큰 무리를 이루었다.〉

지금 독일의 상황이 그러하다. 당신들의 몸뚱이는 바짝 메말라 뼈밖에 남지 않은 해골이다. 왜냐하면 당신들의 삶을 규정하는 질서라는 것이 결국 착취의 질서이기 때문이다. 당신들은 이 대공국에서 한 줌밖에 안 되는 인간들에게 6백만 굴덴을 내주고, 당신들의 목숨과 재산은 전적으로 이들의 자의에 맡겨져 있다. 찢겨진 독일 땅의 다른 나라에 사는 사람들도 마찬가지다. 당신들은 하찮기 그지없는 존재고, 가진 것도 하찮기 그지없다! 당신들에겐 권리도 없다. 당신들은 아무리 먹어도 배가 차지 않는 압제자들이 요구하는 것을 내주어야 하고, 그들이 당신들의 어깨에 지운 무거운 짐을 견뎌야 한다. 한 명의 압제자로 인해 대지와 민중은 바짝 마르고, 독일 땅에는 그런 압제자가 서른 명이나 된다. 그러나 독일은 곧 그 예언자가 말한 대로 될 것이다. 부활의 날은 지체되지 않을 것이고, 시체 가득한 들판에 바스락거리는 소리와 움직임이 일면서 새로 태어난 사람들이 거대한 군대를 이룰 것이다. 그리되면 헤센 사람은 튀링겐 사람에게, 라인란트 사람은 슈바벤 사람에게, 베스트팔렌 사람은 작센 사람에게, 티롤 사람은 바이에른 사람에게 동지의 손을 내밀 것이다. 위대한 조국 독일의 모든 종족들 가운데 가장 뛰어난 남자들이 시민들의 자유 투표로 선출되어 독일 심장부에서 제국 의회이자 민중 의회를 개최하고, 그 후 지금은 바빌론의 창녀나 다름없는 연방 의회가 우상 서른네 명의 뜻에 따라 법과 진실을 조롱하는 곳에서 기독교적으로 형제들을 다스릴 것이다. 그리되면 우상 서른네 명의 아집 대신 보편 의지가, 우상 숭배자 무리의 이기심 대신 조국 독일의 보편적 안녕이 이 세상을 지배하고, 그 연후엔 시민과 농민의 목에 씌워졌던 굴레가 벗겨져 나가고, 지방 제후와 왕처럼 독일을 통 크게 도둑질해 먹은 큰 도둑과 이런 급변의 분위기를 틈타 형제들의 재산으로 자기 배를 불리는 작은 도둑들에 대한 인민 재판이 열리고, 그 연후엔 죄 없이 추방당한 사람들이 자유롭게 고향으로 돌아오고 죄 없이 갇힌 사람들이 감옥 문을 나서며, 그 연후에는 예술과 학문이 자유에 복무하는 가운데 활짝 꽃피고, 기술과 농업, 상업이 자유의 축복 속에서 번성하고, 출신이 아닌 용맹함이, 맹목적인 복종이나 비굴한 충성이 아닌 자유에 대한 갈망이 명예로 여겨지는 진정한 독일 연방군이 나타나게 될 것이다.

눈을 들어 한 줌도 안 되는 압제자들의 무리를 세어 보라. 그들의 힘은 당신들에게서 빨아먹은 피와 당신들이 무기력하게 내준 팔에서 나오는 것일 뿐이다. 대공국에 있는 그들의 수는 대략 1만이고 당신들은 70만 명이다. 나머지 독일에서도 압제자와 민중의 비율은 다르지 않다. 저들은 창칼과 기병대로 위협하겠지만, 나는 분명히 말한다. 민중에게 칼을 든 자는 민중의 칼에 죽을 것이다. 지금의 독일은 시체 가득한 들판이지만 곧 천국이 될 것이다. 독일 민족은 한 몸이고, 당신들은 그 몸의 일부다. 죽은 것처럼 보이던 시체가 움찔거리기 시작하면 독일 민족은 하나가 된다. 주님께서 민중을 예속에서 자유로 이끌 남자들을 통해 신호를 주면 즉시 일어나라. 그러면 하나의 전체 몸이 당신들과 함께 부활할 것이다.

당신들은 지금껏 굴종의 가시밭에서 머리를 조아리며 등골이 휘게 일해 왔다. 이제는 이 여름 동안 자유의 포도밭에서 땀 흘리며 일하라. 그러면 천대 만대에 이를 때까지 자유로워질 것이다.

당신들이 오랫동안 땅을 일구어 온 괭이로 이제는 압제자들의 무덤을 파라. 당신들이 지어 준 억압의 성채를 무너뜨리고 이제는 자유의 집을 지어라. 그러면 당신의 자식들은 생명수의 세례를 받은 자유의 몸으로 거듭날 것이다. 주님이 전령과 신호로 당신들을 부를 때까지 깨어 있으라. 정신을 무장하라. 그리고 스스로 이렇게 기도하면서 자식들에게도 가르쳐라. 〈주여, 압제자들의 지휘봉을 부러뜨리고 우리에게 주의 제국이, 정의의 제국이 다가오게 하소서. 아멘.〉

# 뇌신경에 관한 시범 강연

**취리히 1836년**

존경하는 청중 여러분!

(……) 생리학과 해부학 영역에서는 기본적으로 두 가지 상반된 입장이 대치하고 있습니다. 이 입장은 심지어 민족적인 특색까지 띠고 있어서 하나는 영국과 프랑스에서, 다른 하나는 독일에서 우위를 보입니다. 첫 번째 입장은 유기적 생명의 모든 현상을 〈목적론적〉 관점에서 관찰합니다. 그러니까 수수께끼의 해답을 작용의 목적에서, 한 기관이 수행하는 일의 유익함에서 찾습니다. 또한 개체를 오직 외부 목적에 복무하는 무언가로만, 그것도 외부 세계에 대해 어떤 때는 개체로서, 어떤 때는 종으로서 자신을 관철하려고 애쓰는 무언가로만 이해합니다. 이 입장에 따르면 모든 유기체는 일정 지점까지 자신을 보존하기 위한 인위적 수단을 갖춘 복잡한 기계입니다. 그러다 보니 인간에게 내재한 가장 아름답고 순수한 형태들의 발현, 다시 말해 정신이 물질의 장벽을 뚫고 아주 얇은 베일 뒤에서 움직이는 것 같은 느낌을 주는 가장 고결한 기관들의 완벽한 형성조차도 그런 기계의 최대치

에 지나지 않습니다. 이 입장을 주장하는 사람들은 머리뼈를 그 속의 뇌를 보호할 목적으로 만들어진 버팀대를 갖춘 인위적 궁륭으로, 뺨과 입술은 저작 기관과 호흡 기관으로, 눈은 복잡한 유리로, 눈썹과 속눈썹은 그 유리 앞의 커튼으로, 눈물은 눈을 촉촉하게 유지하기 위한 물방울 정도로만 여깁니다. 이 입장에서 비약적으로 발전한 것이 바로 〈라바터〉[1]의 종교적 열광주의입니다. 그는 행복에 겨운 표정으로 입술 같은 것을 신적인 것으로 찬양하니까요.

목적론적 방법은 영원한 순환 속에서 움직입니다. 기관들의 작용을 목적으로 전제하면서 말이죠. 예를 들면 이런 식입니다. 〈눈이 제대로 기능하려면 각막이 촉촉이 유지되어야 하고, 그러려면 눈물샘이 필요하다.〉 그렇다면 눈물샘은 눈을 촉촉하게 하려고 존재하는 것이고, 그로써 이 기관의 출현이 설명됩니다. 더 이상 의문은 있을 수 없습니다. 하지만 반대쪽 입장에서는 이렇게 말합니다. 눈물샘은 눈이 촉촉해지라고 있는 게 아니라, 눈물샘이 있어서 눈이 촉촉해지는 것이라고요. 또 다른 예로 손이라는 것도 우리가 뭔가를 잡기 위해 존재하는 것이 아니라, 손이 있어서 뭔가를 잡을 수 있다는 것이죠. 목적론적 방법의 유일한 법칙은 〈최대한으로 가능한 합목적성〉입니다. 그렇다면 우리는 당연히 그 목적의 목적에 대해서 묻지 않을 수 없고, 이 목적론적 방법은

---

1 Johann Caspar Lavater(1741-1801). 스위스의 목사, 작가, 철학자이자 인상학의 대표자. 담즙, 다혈, 점액, 우울의 4기질론과 사람의 인상에 따른 그의 성격론은 당시 유럽에서 널리 유행했다.

다른 모든 질문에 대해서도 마찬가지로 무한한 순환을 만들어 냅니다.

자연은 목적에 따라 행동하지 않습니다. 자연은 어떤 하나가 다른 것들에 조건을 지우는 일련의 무한한 목적들에 매몰되어 있는 게 아니라, 자기 속의 온갖 형상들에 그저 〈스스로 만족할〉 뿐입니다. 존재하는 모든 것은 오직 스스로를 위해 존재한다는 겁니다. 그런 존재의 법칙을 찾는 것이 목적론의 반대편에 있는 입장의 목표인데, 저는 그것을 〈철학적 입장〉이라고 부르고 싶습니다. 〈목적론적 입장〉에서는 목적이었던 모든 것이 〈철학적 입장〉에서는 결과입니다. 목적론적 학파가 대답을 끝내는 곳에서 철학적 입장에서는 질문이 시작됩니다. 우리에게 모든 점에서 말을 거는 이 질문은 전체 조직을 위한 하나의 근본 법칙 속에서만 그 답을 찾을 수 있고, 그로써 철학적 방법에서 개인의 육체적 실존은 자기 보존에 복무하는 것이 아니라 가장 단순한 설계도와 선에 따라 고차원의 순수한 형태를 만들어 내는 미적 법칙, 즉 근원 법칙[2]의 발현입니다. 철학적 견해에 따르면 모든 것, 즉 형식과 질료[3]는 이 법칙에 묶여 있고, 모든 기능은 이 법칙의 결과입니다. 이 결과는 어떤 외부적 목적에 의해서도 구속되지 않습니다. 또한 그 결과들 사이의 이른바 합목적적이라고 하

2 괴테가 〈근원 현상〉이라고 부른 개념과 연관이 있는데, 모든 경험적 현상을 파생시키는 선험적 근본 형식을 가리킨다. 뷔히너가 〈미적 질〉을 강조한 것은 그의 자연과학적 관찰과 심미관 사이에 관련성이 있음을 보여 준다.
3 자연 철학에서 형식은 내적 본질이고, 질료는 그 내적 형식에 의해 형태가 결정되는 물질이다.

는 상호 작용과 공동 작용 역시 한 가지 동일한 법칙, 그러니까 그 결과들이 당연히 서로를 파괴하지 않는 한 가지 동일한 법칙의 발현 속에 존재하는 필연적인 조화에 지나지 않습니다.

그런 법칙에 대한 물음이 자연스럽게 이르는 지점은 예부터 절대지(絕對知)에 열광적으로 도취되어 있던 두 가지 원천, 즉 신비주의와 이성 철학자들의 교조주의입니다. 그런데 우리가 직접적으로 인지하는 자연적 삶과 이성 철학자들의 교조주의 사이에 다리를 놓으려는 시도는 지금껏 성공했다고 볼 수 없습니다. 선험 철학은 여전히 삭막한 황야에 있습니다. 선험 철학과 생생한 초록의 삶 사이에는 아직 갈 길이 멀고, 선험 철학이 장차 그 길을 끝까지 갈 수 있을지도 큰 의문입니다. 선험 철학은 아무리 기발한 시도를 한다고 해도 결국 체념할 수밖에 없습니다. 아무리 노력해도 목표에 도달할 수 있는 것이 아니라, 그저 노력 자체에 의미를 두는 데 만족해야 하기 때문이죠.

그런데 이러한 노력은 지극히 만족스러운 결과에 이르지는 못했지만 자연 연구에 변화의 바람을 일으키기에는 충분했습니다. 원천을 발견하지 못했음에도 사람들은 많은 지점에서 땅 밑으로 물줄기가 흘러가는 소리를 들었고, 몇몇 지점에서는 아예 맑고 신선한 물이 콸콸 솟기도 했습니다. 특히 의미심장한 진보를 이루어 낸 영역은 식물학과 동물학, 인상학, 비교 해부학입니다. 하나의 목록으로는 정리할 수 없을 정도로 수백 년 동안 부지런히 축적되어 온 엄청난 자료들을 토대로 단순하고 자연스러운 그룹들이 형성되었습니다. 지극히 모험적인 이름 아래 복잡하게 뒤엉켜 있던 이상한 형태들이 무척 아름다운 균형 속에서 해체되었습니다. 또한 그 전에는 멀리 동떨어진 사실로서 기억조차 하기 어려웠던 많은 것들이 서로 밀착하거나, 따로 떨어져 발전하거나, 아니면 서로 대립하게 되었습니다. 게다가 전체적인 것에는 이르지 못했음에도 상호 연관성을 보여 주는 지점들이 나타났고, 무수한 사실들에 지친 우리의 눈은 식물 잎의 변태나 척추에서 파생된 머리뼈 같은 아름다운 부분들에 행복하게 머물 수 있게 되었습니다. 엄마의 뱃속에 있을 때 태아의 영혼 이동이 그런 변태와 관련이 있고, 더 나아가 동물계의 분류에서는 오켄[4]의 〈대표 기관 이론〉이 그러합니다. 또한 비교 해부학에서는 모든 것이 일정한 통일성을 지향하고, 모든 형태의 가장 단순한 원시적 유형으로의 환원을 추구합니다. 그래서 사람들은 머지않아 머리뼈 형성을 위한 자율 신경계 조직을 해석할 수 있게 되었습니다. 다만 뇌와 관련해서는 지금까지 그렇게 성공적인 결과가 나오지 않았습니다. 하지만 머리뼈가 척추골에서 나왔다면 뇌는 변형된 척수이고, 뇌신경은 척수 신경이라고 할 수 있어야 합니다. 그러나 이것을 하나하나 증명하는 것은 여전히 어려운 수수께끼

4 Lorenz Oken(1779~1851). 독일의 자연 철학자이자 생물학자. 모든 생명 조직에는 대표적인 기본 단위, 즉 원형이 있고, 그것이 변해서 각종 기관과 생물이 생성된다고 주장했다. 예를 들어 척추동물의 원형은 지네처럼 각 체절에 한 쌍의 다리를 가진 생물이고, 뼈의 근본 조직인 척추에서 두개골과 손, 발 등이 나왔다고 한다.

로 남아 있습니다. 뇌의 물질이 어떻게 척수의 단순한 형태로 환원될 수 있을까요? 기원과 발달 과정이 복잡하기 짝이 없는 뇌신경을, 어떻게 척수를 따라 이중으로 균등하게 뻗어 있고 전체적으로 지극히 단순하고 규칙적으로 흘러가는 척수 신경과 비교할 수 있을까요? 마지막으로 머리뼈와 척추의 관계는 어떻게 설명해야 할까요? 이 질문들과 관련해서는 여러 가지 답이 시도되었지만, 그중에서도 특히 많은 수고를 한 사람이 카루스[5]입니다.

이 자리에서는 카루스가 『뼈 구조와 껍질 구조의 평가에 대하여 *Von den Urteilen des Knochen- und Schalengerüstes*』에서 뇌신경을 어떻게 정리했는지 소개하겠습니다. 그에 따르면 뇌에는 세 가지 주요 부분이 있습니다. 대뇌반구와 사구체, 소뇌가 그것입니다. 이 부분들에는 세 쌍의 뇌신경이 연결되어 있고, 각각의 뇌신경에서는 두 개의 뿌리, 즉 앞 뿌리와 뒤 뿌리가 달린 척수 신경이 나옵니다. 이 뿌리들은 공통의 줄기로 결합되지 않고 각자 고유한 신경을 형성합니다. 뒤쪽 세 개의 뿌리는 후각, 시각, 청각 신경입니다. 반면에 앞 뿌리는 시각 신경의 다섯 번째 쌍, 청각 신경의 열 번째 쌍에 해당하고, 후각 신경에 해당하는 부분은 누두[6]를 통한 퇴화의 흔적만 남아 있습니다. 나머지 뇌신경은 이 뿌리들에 종속된 다른 부분들입니다. 그래서 두 번째 뇌신경의 뒤 뿌

5 Karl Gustav Carus(1789~1869). 독일의 의사이자 화가이자 자연 철학자. 괴테와 셸링, 헤겔의 영향을 받은 그는 우주를 신적인 것이 관장하는 하나의 전체성으로 이해했다.

6 *infundibulum*. 척추동물의 사이뇌 밑에 있는 툭 튀어나온 부분.

리는 시각 신경과 도르래 신경으로, 앞 뿌리는 얼굴 신경과 눈돌림 신경, 갓돌림 신경, 본래의 삼차 신경으로, 그리고 세 번째 뇌신경의 앞 뿌리는 혀인두 신경, 혀밑 신경, 더부 신경, 본래의 미주 신경으로 갈라집니다. 이러한 분류가 불충분하다는 것을 증명하려면 미주 신경과 삼차 신경 같은 명확한 감각 신경을 독립된 운동 뿌리로 만드는 것이 얼마나 부적절한지만 주목하면 됩니다. 가장 의미 있는 시도는 아마 아르놀트[7]의 시도일 겁니다. 그는 머리뼈-척추가 두 개 있다고 생각합니다. 이 머리뼈-척추에서 두 개의 척추 사이 구멍이 나오고, 그와 함께 두 쌍의 뇌세포가 나옵니다. 첫 번째 뇌신경의 앞쪽, 또는 운동 뿌리는 눈의 근육 신경 세 개와 삼차 신경의 일부를 이룹니다. 삼차 신경의 대부분을 이루는 것은 뒤 뿌리입니다. 두 번째 뇌신경에 대해 말씀드리자면, 그것의 앞 뿌리는 혀밑 신경과 더부 신경으로, 뒤 뿌리는 미주 신경으로 넘어갑니다. 미주 신경절과 삼차 신경절은 척수 신경절에 해당합니다. 얼굴 신경은 앞쪽 뇌신경에, 혀인두 신경은 뒤쪽 뇌신경에 속하지만, 이것들은 두 뿌리 중 하나에 포함되는 것이 아니라 운동 섬유와 감각 섬유가 합성된 혼합 신경으로 볼 수 있습니다. 또한 위쪽 안와[8]와 찢어진 틈새는 두 개의 척추 사이 구멍을 이루고, 타원형과 원형의 구멍은 첫 번째 척추 사이 구멍, 관절 융기 구멍은 두 번째 척추 사이 구멍에 속하는 것으로 여겨집니다. 시각과 후각, 청각 신

7 Friedrich Arnold(1803~1890). 독일의 의사이자 해부학자, 인상학자.
8 머리뼈 속 안구가 들어가는 공간. 눈구멍.

경은 특수 그룹으로 분류됩니다. 이것들은 본래의 뇌신경이 아니라 뇌의 돌출부로 여겨지는데, 이는 태아에서 그것의 발달 과정, 척수 신경절에 해당하는 신경절의 결여, 그것의 고유한 감각 외에 다른 감각은 인지하지 못한다는 사실에 의거한 견해입니다. 첫눈에 볼 때 이러한 단순한 인상 때문에 굉장히 추천할 만한 것으로 여겨지는 이 분류에 대해 여러 가지 반박이 제기되었는데, 특히 세 가지 고도의 감각 신경을 분리한 것이 문제였습니다. 신경 조직의 수동적 측면은 〈민감성〉이라는 보편적 형태 속에서 나타납니다. 개별 감각이라고 하는 것들은 이러한 보편적 감각의 변형에 불과하고, 시각과 청각, 후각, 미각은 그 감각의 세분화된 발현일 뿐입니다. 이는 유기체의 단계적 관찰에서 나온 결과입니다. 우리는 둔감한 공통 감각이 모든 신경 활동의 본질을 이루는 아주 단순한 유기체에서부터 어떻게 서서히 특수한 감각 기관이 분화되고 형성되는지 단계적으로 추적할 수 있습니다. 그것들의 감각은 결코 새로 추가된 것이 아니라 좀 더 고차원적인 잠재력의 변형일 뿐입니다. 그건 감각의 기능을 전달하는 신경도 마찬가지입니다. 이 신경들은 나머지 감각 신경들보다 좀 더 완벽한 형태로 나타나는데, 그렇다고 해서 본래적인 전형성을 잃지는 않습니다. 〈척추동물에서 모든 감각 신경은 뒤쪽의 골수 끈에서 나온 뿌리 다발이 특징이고, 그러므로 고도의 세 가지 감각 신경은 독립적인 예민한 뿌리에 지나지 않습니다.〉 어류에서는 이러한 상황이 매우 뚜렷이 나타나는데, 잉어의 경우 그 기원이 나머지 감각 신경과 마찬가지로 뒤쪽 골수 끈이나 피질 척수로에 의해 증명되는 것처럼 보입니다. 어쨌든 아직도 할 이야기가 많이 남은 상태에서 이 문제를 계속 논의하는 건 너무 멀리 나가는 일이라고 생각합니다.

가장 복잡한 형태, 즉 인간으로부터 바로 시작하는 건 별로 의미가 없어 보입니다. 우리를 가장 확실한 길로 이끌어 주는 것은 가장 단순한 형태입니다. 왜냐하면 이런 단순한 형태들에서는 원초적인 것, 또는 절대 필수적인 것만 나타나기 때문입니다. 단순한 형태들은 지금 우리가 논의하는 문제의 본질을 보여 줍니다. 태아 단계에서는 잠정적으로, 하등 척추동물의 경우에는 독립된 형태로 말입니다. 태아 단계에서는 형태들이 너무 빠르게 바뀌고 일시적으로 후딱 지나가 버릴 때가 많아서, 어느 정도 만족할 만한 결과에 도달하려면 많은 어려움을 극복해야 합니다. 반면에 하등 척추동물의 경우는 형태들이 완전하게 형성되어 있어서 가장 단순하고 분명한 유형을 연구할 시간이 충분합니다. 그렇다면 우리는 이런 질문을 던져 볼 수 있습니다. 최하등 척추동물의 경우 어떤 뇌신경이 제일 먼저 나타날까? 이 신경들은 뇌의 물질 및 머리뼈-척추와 어떤 관계가 있을까? 인간을 정점으로 하는 척추동물의 발달 단계를 보면 뇌신경의 수는 어떤 법칙에 따라 증가하거나 감소하고, 그 기능이 단순해지거나 복잡해질까? 과학이 지금껏 우리 손에 쥐여 준 사실들을 요약하면, 아홉 쌍의 뇌신경이 있습니다. 후각 신경, 시각 신경, 눈의 세 가지 근육 신경, 삼차 신경, 청각 신경, 미주 신경, 그리고 모든 척추동물들에게서 발견되는 혀밑 신경이 그것입니다. 반면에 나머지 세 가지 뇌신경, 즉 얼굴 신경, 혀인두 신경, 더부 신경은 어떤 때는 독립적인 신경으로, 어떤 때는 미주 신경이나 삼차 신경의 가지로 형성되거나, 아니면 완전히 없어지고 맙니다. 그래서 얼굴 신경은 어류에선 다섯 번째 쌍의 천장 가지로 나타났다가 다수의 파충류와 조류에서는 사라지고, 그러다 포유류에서 다시 나타납니다. 감정의 표현력이 강조되고 코 호흡이 점점 중요해지면서 말이죠. 또한 혀인두 신경은 어류에선 독자적인 줄기로 나타났지만 일부가 첫 번째 아가미로 넘어감으로써 미주 신경의 한 가지처럼 변모해 버렸고, 개구리와 뱀에게서는 혀의 가지를 이루는 미주 신경과 융합되었으며, 거북류에게서는 다시 독립되었다가 조류와 포유류에게서는 마침내 독립적인 신경으로 자리 잡았습니다. 그래서 어류와 양서류의 경우는 미주 신경이 직접 운동 섬유 같은 역할을 함으로써 더부 신경의 흔적은 찾아볼 수 없습니다. 도마뱀류, 거북류, 조류에서야 그것은 독립적으로 떨어져 나오기 시작했고, 포유동물에서조차 일반적으로 미주 신경과 구분되지 않습니다. 저는 이 세 개의 신경 쌍을 파생 신경이라고 부릅니다. 그리고 이것들이 어디서 미주 신경과 삼차 신경의 독립된 가지로서 나타나는지를 관찰했습니다. 그 독립이 신경 원줄기의 웬만큼 증가된 기능에 좌우되는 가지들 말이죠. 이로써 문제가 한결 단순해지면서 이제 우리는 이렇게 물을 수 있게 되었습니다. 나머지 쌍들은 어떻게 척수 신경의 유형으로 환원할 수 있을까? 모든 척수 신경은 척수관을 나가는 순간 앞쪽은 운동을, 뒤쪽은 감각을 전달하는 두 개의 뿌리 다발에서 나옵니다. 두 뿌리는 척수에서 공통의 신경 줄기까지 일정한 간격을 두고 결합됩니다. 두 개의 척수 신경은 각각 착생을 통해 추골에 해당하는 척수절을 형성합니다. 이것이 가장 단순한 관계입니다. 이제 그것은 어떤 방식으로 변형될 수 있을까요?

1) 두 뿌리가 더 이상 하나의 공통 줄기로 결합되지 않고, 각각 독립해서 자기만의 순수한 운동 신경 또는 감각 신경을 형성합니다.

2) 두 뿌리가 결합하기는 하지만, 뿌리 섬유에서 국부적인 분리가 발생하는 바람에 운동 섬유와 감각 섬유가 두 개의 뿌리가 합성된 신경에서 나온 가지들로 균등하게 분배되지 못합니다. 이 상태에서 다시 앞서 진행된 상태로 넘어갑니다.

3) 두 뿌리 중 하나가 쇠퇴하면서 다른 하나만 발달합니다.

4) 두 뿌리는 각각 특수한 하나의 신경으로 발달할 수 있고, 이 신경 자체도 다시 여러 개의 독립된 줄기로 나누어질 수 있습니다.

제가 곧 증명하겠지만 뇌와 척수 신경 사이의 여러 차이는 이 네 가지 변형에서 그 원인을 찾을 수 있습니다. 이 변형들 덕분에 뇌세포 쌍은 여섯 가지로 구별되는데, 저는 여섯 개의 머리뼈-척추가 그에 일치한다고 가정하고, 그 근거를 특히 어류에서 찾을 수 있다고 생각합니다. 여기서 여섯 개의 뇌세포 쌍은 혀밑 신경, 미주 신경, 청각 신경, 다섯 번째 쌍, 눈의 근육 신경을 포함한 시각 신경, 그리고 후각 신경입니다.

혀밑 신경이 원래 뒤 뿌리와 척수 신경절을 갖추고 있고, 그로써 다른 모든 척수 신경처럼 독립적인 신경 줄기로 간주되어야 한다는 사실을 증명하는 것만큼 쉬운 일은 없습니다. 어류의 마지막 뇌신경에는 넓은 앞 뿌리와 가느다란 뒤 뿌리가 하나씩 있는데, 뒤 뿌리에는 신경절이 달려 있습니다. 이 뇌신경은 두개강의 구멍을 통해 나와 두 개의 가지, 즉 앞가지와 뒷가지로 나누어집니다. 앞가지는 궁형을 이루며 앞쪽 설골(舌骨) 근육으로 이어지고, 뒷가지는 첫 번째 척수 신경과 결합해서 앞쪽 말단으로 나아갑니다. 혀밑 신경으로서 이 신경의 중요성은 거의 한눈에 드러나는데, 앞가지는 궁형을, 뒷가지는 고리 형태를 이루고 있습니다. 개구리도 우리에게 그에 대한 직접적인 증거를 제공합니다. 개구리의 경우 어류와 마찬가지로 미주 신경과 첫 번째 척수 신경 사이에서 두 개의 뿌리가 달린 하나의 신경이 나옵니다. 이 신경도 마찬가지로 두 개의 가지로 나누어지는데, 여기서 앞가지는 혀의 근육 조직으로 분산되고, 뒷가지는 어류와 고등 척추동물처럼 앞쪽 말단으로 나아갑니다. 이 신경이 고등 동물의 혀밑 신경에 해당한다는 사실, 그리고 어류에서는 의문시되었던 그 신경과 동일하다는 사실은 두말할 필요가 없어 보입니다. 그러니까 어류와 개구리에서는 혀밑 신경이 독자적인 신경으로 나타나는 동시에 아주 뚜렷한 척수 신경의 특징을 보입니다. 더 나아가 개구리의 경우 그것은 원래 첫 번째 척수 신경입니다. 또한 이 신경과 연결된 머리뼈-척추는 다시 등뼈로 변하고, 그로써 미주 신경은 마지막 뇌신경이 됩니다. 게다가 마이어[9]는 다양한 종류의 포유동물에서 신경절을 갖춘 혀밑 신경의 가느다란 뒤 뿌리를 발견했습니다. 그건 심지어 인간에게서도 발견되는데, 인간의 혀밑 신경에서는 앞서 언급한 변형 중에서 세 번째 변형이 나타납니다. 감각 뿌리는 퇴화하고 운동 뿌리만 발달하는 변형인데, 이는 어류와 개구리에서 이미 뒤 뿌리에 대한 앞 뿌리의 우위로 해석되었던 것이기도 합니다.

삼차 신경과 관련해서 말씀드리면, 인간에게서도 감각을 담당하는 대부(大部)와 운동을 담당하는 소부(小部)의 독특한 관계를 토대로 삼차 신경과 척수 신경의 유사성이 오래전부터 명백하게 인정되고 있습니다.

어류의 상황도 비슷합니다. 게다가 어류에서는 삼차 신경과 얼굴 신경 사이에 밀접한 관계가 존재하고, 또한 대부분 운동 가지로서 척수 신경의 앞 뿌리에 해당하는 천장 가지의 특이한 조직이 존재합니다.

고등 동물에서는 미주 신경 문제가 훨씬 복잡하지만, 여기서도 하등 동물들의 형태가 도움이 됩니다. 가령 강꼬치고기의 경우 미주 신경은 두 개의 뿌리, 즉 앞 뿌리 및 뒤 뿌리와 함께 아주 뚜렷하게 생성되어 있습니다. 여기서 두 뿌리는 두개강에서 꽤 길게 나온 뒤에야 하나로 결합되어 신경절

9  Rudolf Robert Maier(1824~1888). 독일의 해부학자이자 병리학자.

을 형성합니다. 미주 신경의 이 척수 신경절은 몸집이 아주 큰 어류에서 많이 발견되고, 알려져 있듯이 인간에게서도 발견됩니다. 미주 신경과 삼차 신경은 두 번째 변형, 즉 운동 섬유와 감각 섬유의 국부적 분리를 보여 줍니다. 그것도 제가 이미 설명한 것처럼 이 신경들이 나누어지는 줄기들, 즉 얼굴 신경과 혀인두 신경, 더부 신경 속에서의 국부적 분리입니다. 미주 신경에서의 이러한 분리는 삼차 신경에서보다 좀 더 완벽하게 이루어집니다. 이는 더부 신경과 미주 신경의 관계에서 비롯된 것으로 보입니다. 미주 신경은 실제로 어떤 형태의 운동 섬유도 없어 보입니다. 열 번째 쌍과 다섯 번째 쌍은 척추동물 전체를 통틀어 주목할 만한 대칭을 보여 줍니다. 미주 신경과 가슴, 복강의 관계는 삼차 신경과 얼굴의 구멍들, 즉 입과 콧구멍의 관계와 비슷합니다. 한마디로 삼차 신경은 잠재력이 더 큰 미주 신경입니다. 이 관계는 특히 포유류에서 뚜렷이 나타납니다. 열 번째 쌍은 세 가지 신경 줄기, 즉 더부 신경, 원래의 미주 신경, 혀인두 신경으로 나뉘고, 다섯 번째 쌍도 마찬가지로 세 가지 신경 줄기, 즉 얼굴 신경, 원래의 삼차 신경, 삼차 신경의 혀 가지로 나누어집니다. 여기서 삼차 신경의 혀 가지는 완벽하게 독립적인 신경으로 보아도 무방합니다. 얼굴 신경은 더부 신경이 목과 일부 흉곽강의 호흡 신경인 것처럼 머리의 호흡 신경이고, 삼차 신경의 혀 가지는 미주 신경 줄기가 창자관의 감각 신경인 것처럼 혀의 감각 신경입니다. 오켄은 창자관의 가장 완전한 이 부분, 즉 내장 감각의 이 기관을 미각이라고 불렀는데, 상당히 의미심장하다고 할 수 있습니다. 마지막으로 미주 신경이 혀의 미각 신경으로서의 혀인두 신경에 해당하듯이 삼차 신경은 코와 눈의 보조 신경으로서 분리된 채 흘러가는 시각 신경에 해당합니다.

이제 남은 건 차원이 좀 더 높은 세 가지 감각 신경과 척수 신경의 유사성을 증명하는 일입니다. 청각 신경과 후각 신경은 뒤 뿌리로 간주될 수 있습니다. 앞 뿌리는 퇴화했죠. 제가 이러한 유사성을 유추하는 근거는 혀밑 신경입니다. 어류와 개구리, 포유류 일부에 존재하는 혀밑 신경의 뒤 뿌리는 인간의 경우는 퇴화해서 앞 뿌리만 발달했습니다. 청각 신경과 후각 신경은 그 반대입니다. 뒤 뿌리만 발달했고 앞 뿌리는 퇴화했죠. 어쨌든 두 경우 다 운동 뿌리는 얼굴 신경으로 대체됩니다. 청각 신경에서는 이것이 쉽게 설명됩니다. 얼굴 신경에 해당하는 물고기의 천장 가지와 아가미강의 관계를 고려하면 말입니다. 다시 말해 오켄이 속귀를 제외한 귀가 아가미강의 변형이라는 사실을 증명했는데, 이에 의거해서 조류와 포유류의 경우 얼굴 신경이 바깥귀와 속귀에 제공하는 섬유들이 천장 가지와 아가미강의 관계를 복제하고 있다는 것은 쉽게 알 수 있습니다.

눈의 시각 신경과 근육 신경에서는 마침내 두 뿌리가 독립된 신경으로 등장합니다. 즉 뒤 뿌리는 두 번째 쌍으로, 앞 뿌리는 세 번째, 네 번째, 여섯 번째 쌍으로 말이죠. 여기서 후자의 쌍들은 한 뿌리가 다시 특별한 독립적 뇌줄기로 해체되는 네 번째 변형에 해당합니다. 세 번째 쌍과 여섯 번째 쌍은 거의 같은 수준으로 아주 가깝게 생성되고, 하나가 다른 하나보다 골수에서 좀 더 일찍 나오는 공통 뿌리의 두 다발을 형성합니다. 반면에 네 번째 쌍과 관련해서는 이해하는 데 상당한 어려움이 따르지만, 일부 어류의 상태를 참조하면 그 난관은 대부분 해소됩니다. 다시 말해 잉어나 강꼬치고기의 경우 네 번째 쌍은 피질 척수로의 가장자리, 그러니까 세 번째 쌍과 여섯 번째 쌍과 같은 골수 끈에서 나옵니다.

이 신경은 눈의 근육 신경에서 그 자체로 최고의 발전 단계에 도달합니다. 예를 들면 이 신경과 나머지 신경과의 관계는 말발굽과 사람 손의 관계와 비슷합니다. 전자에서는 아직 결합되어 있던 것이 후자에서는 아주 아름다운 관계로 분리되어 있습니다. 이러한 발전은 눈의 중요성과 관련이 있는데, 오켄은 그에 대해 정말 타당하게 이렇게 말했습니다. 눈은 최고 기관으로서 모든 유기체의 꽃이거나, 아니면 오히려 열매에 가깝다고 말이죠.

이로써 여섯 쌍의 뇌신경이 발견되었습니다. 1) 후각 신경, 2) 세 번째, 네 번째, 여섯 번째 쌍을 가진 시각 신경, 3) 삼차 신경, 4) 청각 신경, 5) 미주 신경, 6) 혀밑 신경.

뇌신경의 이러한 분류에 대한 합당한 근거는 뇌머리뼈와 뇌신경의 비교에서 찾을 수 있습니다. 하지만 이 자리에서는 둘을 비교하면서 여섯 쌍의 뇌신경이 어떻게 여섯 개의 머리뼈-척추에 상응하는지를 증명하기엔 시간이 허락지 않습니다.

끝으로 뇌신경을 서로 비교해 보면 이것들은 두 개의 그룹으로 묶을 수 있을 듯합니다. 소리와 빛을 인지하는 청각 신경과 시각 신경으로 이루어진 한 그룹은 동물적 삶의 가장 순수한 형태입니다. 반면에 혀밑 신경, 미주 신경, 삼차 신경, 후각 신경으로 이루어진 다른 그룹은 식물적 삶을 동물적 삶으로 고양시킵니다. 예를 들어 소화와 호흡 활동은 미주 신경을 통해 우리에게 의식되고, 소화관의 핵심 요소인 혀는 혀밑 신경의 영향으로 우리의 의지에 종속되며 그로써 우리 머리의 진정한 일원이 됩니다. 장 시스템과 호흡 시스템의 감각에 해당하는 미각과 후각은 삼차 신경과 후각 신경의 영향을 받으며 발달합니다. 하지만 그렇다고 해서 이 두 번째 그룹의 신경들이 나머지 척수 신경들과 결코 본질적으로 다르지는 않습니다. 생식 기관으로 이어지는 허리 신경보다 훨씬 더 말이죠. 두 번째 그룹과 소화 및 호흡의 관계는 허리 신경과 생식 활동의 관계와 비슷합니다. 게다가 모든 척수 신경은 호흡 운동에 영향을 끼침으로써 자율 신경계와도 연결되어 있습니다.

# 천재, 그 빛남과 안타까움

흔히 〈천재는 1퍼센트의 영감과 99퍼센트의 노력으로 만들어진다〉고 말한다. 재능만으로는 위대한 성취를 이루지 못하며, 그 뒤에는 반드시 불굴의 땀방울이 숨어 있다는 뜻일 터이다. 맞는 말이다. 아무리 훌륭한 재능을 갖추고 있더라도 그것만으로는 충분치 않다. 그런데 저 말을 했다는 에디슨이야 그렇게 노력할 시간이 충분히 주어져 있었지만, 정말 그럴 만한 삶의 시간조차 거의 주어지지 않은 사람이 약관의 나이에 범인은 감히 꿈도 꾸지 못할 성취를 이루어 냈다면 그걸 노력한 덕이라고 말할 수 있을까? 천재란 하늘이 내린 재능이다. 타고난다는 말이다. 물론 만들어진 천재도 있지만, 타고난 불세출의 재능을 짧게 불사른 뒤 세상으로부터 인정받지 못한 채 홀연히 세상을 떠난 천재도 있다. 뷔히너가 거기에 딱 들어맞는 사람이다. 이유를 하나하나 들어보겠다.

첫째, 독창성이다. 칸트는 『판단력 비판』에서 〈어떤 규칙으로도 묶을 수 없는 것〉을 만들어 내는 재능을 천재라고 불렀다. 그렇다면 천재의 가장 중요한 특징은 독창성이다. 누구도 생각지 못하고, 누구도 흉내 낼 수 없는 것을 창출하는 기발함과 번뜩임을 갖고 있어야 한다는 말이다. 뷔히너 문학에는 그것이 있다. 현실을 포착해 내는 특유의 시선, 낯설지만 씹을수록 입에 감기는 비유, 사유와 현실 인식을 풀어내는 독특한 문체 같은 것들이다. 특히 단어나 어구에 최대한의 의미를 집어넣는 〈극한의 농축성〉은 탁월하다. 가능성의 한계까지 의미를 실은 밀도 높은 언어가 구사된다. 엘리아스 카네티Elias Canetti는 모든 작가 중에서 뷔히너가 〈언어의 농축성〉 면에서 가장 뛰어나다고 칭찬했다. 그에게 뷔히너의 문장은 늘 새로웠다. 뷔히너는 모두를 알지만, 모두는 항상 그를 새롭게 느꼈다. 상투적 어구와 표현이 배제된 독창적 아름다움은 뷔히너의 가장 큰 천재성이다.

그의 문학적 독창성은 형상화 수단인 극작법, 즉 넓은 의미의 형식에서도 빛을 발한다. 당대에는 아직 시간과 장소, 사건의 일체성을 강조하는 고전주의적 〈닫힌 형식〉이 주를 이루었다. 뷔히너는 이런 전통적 기법을 과감히 깨뜨린다. 그의 드라마에서는 무조건적인 시작과 궁극적인 결말, 그리고 인과율에 따른 기승전결 구조 대신 개별 사건이 각각의 의미 속에 앙상블을 이루는 열린 결말이 지배하고, 사건과 인물의 위계질서적 구조가 무너지고, 암시와 생략이 곳곳에 포진하고, 개인적 사고와 경험이 중시되고, 사건 진행에서 다양한 방향성과 전환이 이루어진다. 브레히트나 베케트의 작품처럼 말이다. 이같이 뷔히너는 문체와 극작법 모두에서 탁월한 재능을 발휘한 대가였다.

둘째, 시대와의 불화다. 천재 중에는 물론 괴테처럼 시대와 너무나 잘 지냈을 뿐 아니라 생전에 최고의 명성을 누린 인물도 있지만, 도덕적으로나 정서적으로나 도저히 받아들일 수 없을 만큼 당대의 시대정신을 앞서 나간 바람에 죽을 때까지 성공을 맛보지 못한 사람도 있다. 전자의 인물은 충분히 박수를 받을 수 있겠으나, 어쩌면 삶의 실패를 숙명으로 알고 살아가는 우리 같은 범인에게는 크게 매력적으로 다가오지 못하는 것이 사실이다. 우리는 옹졸한 시대적 한계에 가로막혀 천재성을 인정받지 못하고 좌절을 겪은 사람에게 더 큰 공감과 애정을 느낀다. 뷔히너는 오랜 시간이 지나서야 비로소 진가를 인정받았다. 「당통의 죽음」은 1902년에, 「보이체크」는 1913년 초연이 이루어졌고, 급기야 1923년에는 〈게오르크 뷔히너 상〉이 제정되어 오늘날까지도 모든 작가가 열망하는 독일 최고의 문학상으로 자리 잡았다.

셋째, 삶의 시련이다. 삶의 시련에는 여러 종류가 있겠으나, 뷔히너의 경우는 시대의 부조리함에 저항하는 과정에서 부득이 생긴 정치권력에 의한 시련이었다. 1830년 파리 7월 혁명의 여파로 절대 왕정에 반대하는 정치적 저항 운동이 거세게 불붙는다. 뷔히너 역시 이 운동에 적극 뛰어든다. 1834년 〈인권 협회〉라는 반체제 단체를 조직하고, 빈민과 농민들을 향해 지배 계급에 대한 폭력 혁명을 선동하는 사회주의적 소책자를 쓰고 배포한다. 곧 수배령이 떨어지고, 외국으로의 도주가 시작된다. 갑작스러운 죽음으로 그의 정치적 저항은 결실을 보지 못했지만, 어쨌든 그는 짧은 삶 동안 시대적 불의에 눈을 감지 않은 혁명가였다. 그 대가로 편안히 작품 활동에만 집중할 수 없었을 텐데도, 어떻게 정치 활동과 문학 활동을 병행할 수 있었는지 불가사의해 보인다. 어쩌면 삶의 시련과 채찍질을 창조적 성취로 바꾸어 내는 특별한 재능이 있었는지 모른다.

넷째, 다방면의 관심이다. 사실 한 분야의 천재치고 다른 영역에까지 관심을 보이는 경우는 많지 않다. 뷔히너는 문학을 떠나 현실 정치와 철학, 의학과 자연 과학에도 크나큰 관심을 보였다. 그는 다름슈타트에서 김나지움을 마친 뒤 스트라스부르 대학교 의학부에서 의학과 자연 과학을 공부했다. 그 당시 헤센 공국 밖에서는 2년 이상 공부할 수 없었기에, 2년 뒤 헤센으로 돌아와 기센 대학교에서 의학 공부를 이어 갔다. 1836년에는 스트라스부르 자연사 협회에서 어류의 신경계에 관한 연구를 발표했고, 이 협회의 정식 회원으로 등록되었으며, 논문은 학회지에 실렸다. 또한 같은 해 어류의 신경계 연구로 취리히 대학교에서 박사 학위를 받았고, 그 대학교에서 뇌신경에 관한 주제로 시범 강의를 한 다음 강사에 임용되었다. 그의 학문적 관심은 의학과 자연 과학에만 한정되지 않았다. 짧은 시간에 문학과 철학, 종교를 비롯해 고대의 정신문화에 이르기까지 관련 책들을 수없이 많이 읽었다. 특히 셰익스피어와 호메로스, 괴테, 민요, 아이스킬로스, 소포클레스를 좋아했고, 장 파울과 낭만주의 작가들의 책을 탐독했으며, 데카르트와 스피노자에 관한 평론을 쓰기도 했다. 과연 어떤 작가가 23년이라는 짧은 삶 동안 이렇게 많은 분야에 관심을 보이고 일정한 성과를 낼 수 있었을까.

다섯째, 요절이다. 뷔히너는 정치적 혁명을 꿈꾸며 시대에 저항하면서도 문학과 학문 분야에서 막 물이 오르던 시기에 느닷없이 티푸스에 걸려 삶을 마감한다. 그때 그의 나이 겨우 스물셋이었다. 젊은 나이의 갑작스러운 죽음이야 누구에게나 안타까운 일이다. 특히 좀 더 오래 살았더라면 얼마나 더 큰 성취를 남겼을지 모르는 인물이라면 아쉬움은 배가 될 수밖에 없다. 여기서 이런 의문이 든다. 그가 좀 더 오래 살았다면 더 큰 성취를 남겼을까? 당연히 그랬을 가능성이 높다. 하지만 이런 반론도 가능하다. 인간은 재능을 발휘할 시간이 정해져 있다. 누군가는 청년기에 재능을 발휘하다가 나이 들면서 시들해지는 반면에, 누군가는 만년에야 꽃을 피운다. 그렇다면 요절한 천재도 이미 젊은 시절에 모든 걸 다 쏟아붓고 홀연히 떠난 것은 아닐까? 모를 일이다. 역사에 가정이 없듯 개인의 삶에도 가정이 없다. 다만 그 재능이 너무 아까웠기에 좀 더 오래 살아 그 성취의 크기를 보고 싶다는 바람은 누구에게나 있다. 그래서 우리는 충분히 발휘되지 못한 재능을 아쉬워하고 가슴 깊이 사랑하는지도 모른다.

## 당통의 죽음

1835년 1월에 쓰기 시작해서 한 달 만에 끝낸 이 극작품은 프랑스 혁명이 배경이다. 18세기 말에 발발한 프랑스 혁명은 왕정의 불합리성, 신분제 사회의 불평등, 빈부 격차, 경제적 어려움, 보편적 인권 의식의 성장 등이 맞물리며 시작되었다. 그런데 자유와 인권을 내건 혁명은 갈수록 혁명 세력 간의 노선 투쟁으로 변질되면서 민중의 삶은 외면받고, 정치적 반대파에 대한 숙청만 격화된다. 본질은 사라지고 대립과 혼란만 남은 이 상황에서 자연스레 이런 의문이 솟구친다. 대체 누구를 위한 혁명이고, 무엇을 위한 혁명인가? 인류 역사상 세상을 구하겠다고 나선 혁명가들이 오히려 세상을 더욱 어지럽히고, 피를 부르고, 민생을 도탄에 빠뜨린 일은 또 얼마나 많았던가?

이 작품의 핵심은 혁명 지도자이자 동지였던 당통과 로베스피에르의 갈등이다. 당통은 왕정을 무너뜨린 뒤 1792년 9월 21일 프랑스 제1공화국을 건설하는 데 주도적인 역할을 했고, 혁명 재판소를 설치해 혁명의 적들을 처단한 과격분자였다. 그러나 시간이 갈수록 무고한 사람의 목숨을 빼앗는 혁명의 모순을 깨닫고 괴로워하면서 자포자기적 향락에 빠진다. 자신이 주도한 혁명이 전혀 다른 방향으로 흘러가는 상황에 대한 허망함 때문이다. 그는 이제 혁명 독재와 공포 정치를 완화하고 반대파에게 자비를 베풀 것을 주장한다.

반면에 로베스피에르는 피의 메시아를 자처한다. 예수가 자신의 피로 인간을 구원했다면 그는 인간의 피로 인간을 구원하려 하고, 예수가 사형의 고통을 맛보았다면 자신은 사형 집행인의 고통을 맛보려 한다. 또한 스스로 청렴한 도덕군자 역을 맡으며 모든 사람을 도덕적 인간으로 만들고자 한다. 혁명의 목표는 미덕이고, 미덕은 공포로 실현되어야 한다.

악덕은 처벌되어야 하고, 처벌의 공포에서 도덕적인 인간이 나온다. 여기에 개인적 즐거움과 쾌락이 들어설 자리는 없다. 세상의 모든 향락은 거부된다. 그러기에 개인적인 삶을 존중하고 개별적 행복을 찾는 당통의 모습은 로베스피에르의 눈에 부도덕하고 반혁명적으로 비친다. 결국 그의 혁명은 공포 정치로 흘러간다.

목표가 수단을 정당화할 수 있을지도 의문이지만, 그걸 차치하더라도 과연 미덕이 공포나 폭력으로 실현될 수 있을까? 또한 미덕과 악덕을 나누는 기준은 무엇이고, 인간의 욕망과 쾌락을 악덕으로 규정할 권리는 누구에게 있는가? 사실 인간은 어떤 형태의 즐거움이든 자신에게 맞는 행복을 좇을 권리가 있다. 그건 어쩌면 천부의 권리이자 타고난 본능에 가깝다. 그런 본능을 공포라는 외적 수단으로 개조하는 것이 가능할까? 물론 공포가 욕망을 일시적으로 누를 수는 있다. 그러나 인간의 본성은 질기고 또 질기다. 외적 요인으로 잠시 억압된 것은 언제든지 다시 터져 나올 수밖에 없다. 인간 개조가 가능했다면 세상의 온갖 독재 국가에서는 도덕적 인간이 넘쳐나야 한다. 그러나 다들 알고 있듯 현실은 그렇지 않았다. 게다가 수많은 혁명의 역사가 증명하는 것처럼 그건 가능하지도, 옳지도 않다. 인간의 행복 실현이 최고의 가치여야 할 혁명이 역설적으로 인간을 공포로 억누르고, 그 과정에서 수많은 사람의 목숨을 빼앗아 간다면 과연 그것은 누구를 위한 혁명인가?

당통은 혁명이 그런 무자비한 공포 정치로 넘어가는 것을 받아들이지 못한다. 그로써 혁명 동지였던 두 사람의 길은 갈린다. 국민 공회와 공안 위원회를 장악한 로베스피에르는 당통을 체포하고 부정부패와 반역 혐의로 재판에 부친 뒤 단두대로 보낸다. 혁명의 허망함으로 고뇌하던 당통은 죽음을 삶의 짐을 내려놓을 수 있는 구원으로 여기고 당당히 단두대에 선다.

결국 역사란 돌고 도는 것일까? 불과 몇 개월 뒤 정치 지형이 바뀌면서 로베스피에르도 당통의 뒤를 이어 단두대 앞에 선다. 이 대목에서 피에르 베르니오Pierre Vergniaud의 말이 떠오른다. 〈혁명은 사투르누스처럼 자기 자식까지 잡아먹는구나!〉 신화에 따르면 사투르누스(그리스 신화에서는 제우스의 아버지 크로노스)는 나중에 자식들이 커서 자기 자리를 빼앗지 않을까 염려되어 자식들이 태어나자마자 모두 잡아먹었다고 하는데, 이 말은 프랑스 혁명 초기 베르니오가 처형장으로 끌려가면서 마지막으로 내뱉은 탄식이다. 물론 이는 프랑스 혁명에만 해당되는 얘기가 아니다. 스탈린이 혁명의 이름으로 무수한 동지들을 처단했듯, 혁명의 무자비한 칼날은 자신의 자식이라고 비켜 가지 않는다.

「당통의 죽음」은 1835년 출판업자가 검열에 대한 걱정 때문에 작품을 일부 삭제한 채로 출간되었다. 그럼에도 1843년 판 브록하우스 백과사전에 따르면 이 작품은 여전히 〈냉소적 적나라함과 감동적 진실이 돋보이는 피투성이 토르소〉라는 평이 붙었고, 오랜 외면 끝에 1902년 처음으로 무대에 올랐다.

## 보이체크

1836년 6월에서 9월 사이에 쓰기 시작한 것으로 추정되는 「보이체크」는 초고 형태의 미완성 희곡이다. 유고로 발견된 네 편의 초안은 페이지뿐 아니라 막이나 장도 구분되어 있지 않았고, 심지어 등장인물이 달라지기도 했다. 게다가 잉크가 변색되어 판독에도 어려움이 따랐다. 「보이체크」가 최초로 꼴을 갖추어 소개된 것은 오스트리아 작가이자 출판업자인 카를 에밀 프란초스Karl Emil Franzos 덕분이다. 그는 변색된 잉크를 화학적 처치로 읽을 수 있게 되었고, 뷔히너의 정신과 색깔에 맞게 뼈대와 줄거리를 정리한 뒤, 1879년에 뷔히너 전집에 실었다. 당시 제목은 판독 오류로 인해 「보체크」였고, 이를 토대로 만들어진 알반 베르크Alban Berg의 오페라 제목도 「보체크」였다.

이후 1920년 게오르크 비트코프스키Georg Wittkowski가 「보이체크」의 단행본을, 1922년에는 프리츠 베르게만Frits Berghemann이 뷔히너 전집을 출간했다. 비트코프스키는 작품 생성 과정을 고려하지 않고 자료 판독과 장면 배열에만 집중했고, 베르게만은 프란초스나 비트코프스키처럼 함부로 첨삭을 하지는 않았지만 장면 배열을 변경하거나 뷔히너가 삭제한 장면을 삽입하면서 여러 초안을 섞어 넣었다.

미완성 초고를 작품 형태로 출간하거나 극 공연이 가능한 상태로 만들려면 당연히 편집 작업이 필수적이다. 정밀한 분석과 비판적 판단에 기초한 역사 비평본은 1960년대에 들어서야 발행되었다. 베르너 레만Werner Lehmann의 뷔히너 전집을 기점으로 1972년에는 로타 보른쇼이어의 단행본이 출간되었다. 특히 레만의 비평본은 1980년 뮌헨의 카를 한저 출판사에서 간행한 뷔히너 전집의 토대가 되었고, 가장 권위 있는 판본으로 인정받고 있다. 이 번역본이 원본으로 삼은 데테파우(dtv)판 역시 카를 한저 출판사 판본과 동일하다(참고로 데테파우 출판사는 독일 열한 개 출판사가 출자해 만든 문고판 출판사이고, 카를 한저는 그 출자사 중 한 곳이다). 따라서 이 번역본의 「보이체크」가 원본으로 삼은 텍스트는 카를 한저 출판사의 뷔히너 전집이지만, 일부 지문이나 내용 면에서 텍스트 이해에 도움이 될 경우 다른 판본을 참조 및 보완했음을 밝힌다.

작품 속 보이체크는 실존 인물이다. 1780년 라이프치히에서 가발장이의 아들로 태어난 요한 크리스티안 보이체크가 그 주인공이다. 그는 1821년 6월 크리스티아네 우스트라는 과부를 칼로 찔러 살해하고, 1824년 8월 라이프치히 시청 앞 광장에서 공개 처형되었는데, 그의 〈사례〉는 당시 법학계와 법의학계를 비롯해 일반 대중에게 비상한 관심을 불러일으켰다.

여덟 살 때 어머니를 잃은 보이체크는 여러 가지 기술을 배우고 일자리를 구하려고 했지만 번번이 실패하고, 혼란스러운 전쟁통에 아버지마저 죽으면서 네덜란드, 스웨덴, 메클렌부르크 용병 부대를 전전하다가 탈영해서 스웨덴으로 향한다. 정신의학자 클라루스의 감정서에 따르면 자기 아이를 임신한 아가씨를 찾아가려고 했다고 한다. 그는 프로이센 군대를 마지막으로 군 생활을 마감하고, 1818년 라이프치히로 돌아와 과부 우스트를 만난다. 세 들어 사는 집주인의 의붓딸이다. 두 사람은 연인 관계로 발전하지만, 얼마 안 가 우스트가 다른 남자들, 특히 라이프치히 군인들을 사귀지 말라는 보이체크의 말을 거부하면서 분노와 질투의 시간이 시작된다. 1821년 초 보이체크는 좀도둑질과 우스트에 대한 학대로 8일간 구금된다. 이후 사회적인 추락이 시작되고, 허드렛일도 구하지 못한 상태에서 노숙을 하며 구걸로 근근이 살아간다. 그러다 1821년 6월 연인을 칼로 찔러 죽인다. 실직과 굶주림, 세상의 멸시, 증오, 질투가 만들어 낸 결과였다.

보이체크에 대한 사형 선고를 두고 학계에서 많은 논란이 일었다. 우선 그가 정신 이상자라는 소견과 그렇지 않다는 소견이 첨예하게 대립했다. 이 소견들에는 각각 생리학적·병리학적·심리학적 기준이 깔려 있었고, 보이체크의 유전적 소인과 사회적 조건, 그리고 그에 따른 책임 능력에 관한 문제가 깊이 있게 논의되었다. 보이체크의 운명과 이런 다양한 소견은 의학을 잘 모르는 동시대인들에게도 큰 관심을 불러일으켰다. 한마디로 보이체크의 범행이 스스로 어쩔 수 없는 유전적 소인이나 사회적 요인에 의한 것인지, 아니면 스스로 책임질 수 있는 상태에서 저질러진 것인지에 대한 문제가 사람들의 마음을 사로잡은 것이다.

뷔히너는 클라루스 교수의 정신 감정서를 비롯해 다른 사람들의 감정서도 읽은 것으로 보인다. 감정서가 실린 의학 잡지를 아버지가 구독했기 때문이다. 뷔히너는 이 사건에다 여러 다른 소재를 버무려 한 인간의 개인적 비극을 문학적으로 형상화했다. 여기서 비극은 목적론적인 운명에서 비롯되지 않는다. 한 인간의 존재 목적이 다른 어떤 존재에 있다면 개인은 결국 자기 자신에게 소외될 수밖에 없다. 뷔히너는 그런 목적론에 반기를 든다. 개인의 운명을 결정하는 것은 오히려 그 개인을 둘러싼 사회적·역사적 요인이라는 것이다. 이런 식의 사회적·역사적 결정론과 자기 소외는 뷔히너 문학의 주요 특징이다.

사회사적으로 보면 「보이체크」는 가장 비천한 계층 출신이 주인공으로 나오는 독일 최초의 비극이다. 그러다 보니 주인공은 타인과의 소통이나 세계 해석 면에서 제한된 능력을 보인다. 고결하게 말할 재주가 없는 것은 물론이고, 자기 생각을 조리 있게 표현하거나 자기 세계를 빈틈없이 구축하는 것은 애초에 불가능하다. 이 작품에서 그는 주체적 인간이 아닌 타인의 도구이자 사회적 상황으로 파탄 난 개체로 그려진다. 다만 역사적 인물로서의 보이체크와는 달리 연인을 잔인하게 학대하지는 않는다. 연인에 대한 질투와 의심으로 점점 괴로워하다가 미쳐 가는 그의 모습은 연민을 자아내기에 충분하다.

보이체크가 사회와 자기 자신으로부터 소외되어 가는 과정은 착취와 억압으로 설명할 수 있다. 착취는 목적이고, 억압은 수단이며, 소외는 결과이다.

보이체크는 대위의 이발사로 일하면서 벌어들이는 수입으로는 마리와 마리의 아이를 먹여 살리지 못한다. 그래서 매일 2그로셴을 받고 박사의 실험 대상이 된다. 실험 조건은 3개월 이상 완두콩만 먹고, 매일 소변 검사를 받는 것이다. 박사는 이 실험으로 보이체크를 당나귀로 바꿀 수 있다고 생각한다. 돈만 주면 인간도 얼마든지 짐승으로 만들 수 있다는 오만함이 엿보인다. 보이체크의 노동력은 이미 바닥났다. 그의 실존은 마소나 다름없다. 그에게 굴레를 씌운 주인들은 자신의 목적을 위해 인정사정없이 채찍질을 하며 보이체크를 착취한다.

이런 지배 체제의 착취를 공고히 하는 수단은 억압이다. 억압의 도구는 크게 넷으로 나뉜다. 첫째, 평생 동안 보이체크의 의식에 주입된 지배 이데올로기이다. 이는 걸핏하면 도덕을 들먹이며 보이체크를 가르치려는 대위의 모습에서 잘 드러난다. 둘째, 보이체크가 오랫동안 경제적으로 예속된 채 복종해 온 군대이다. 셋째, 돈을 미끼로 보이체크를 생체 실험의 도구로 삼은 과학이다. 넷째, 일말의 이해와 동정심을 보이지 않고 가차 없이 보이체크를 살인범으로 단죄한 사법 체계이다. 이런 착취와 억압의 결과가 보이체크의 소외로 나타난다. 그것도 추상적인 차원의 소외가 아닌 직접적이고 실존적인 소외, 즉 자기 정체성의 상실이다.

형식 면에서 「보이체크」는 인과적인 기승전결 구조에 따라 사건이 일어나고 종결되는 전통 형식을 따르지 않는다. 이는 이미 복잡한 산업 사회로 진입한 19세기 유럽이 더 이상 개인에 의해 전체 질서가 파괴되고 복원되는 단순한 사회가 아님을 반영하고 있다. 이 작품은 하나의 이념을 내세우려고 제반 모순을 일거에 해결하는 닫힌 희곡이 아니라, 개인의 경험과 생각이 주를 이루는 열린 형식을 택함으로써 모순을 노골적으로 드러내고 엄격한 사건 진행을 거부한다.

보이체크가 반쯤 미쳐서 저지른 살인은 경제적·정신적으로 착취당한 개인의 어쩔 수 없는 선택이었다. 작가는 주인공의 비극을 개인적 차원이 아닌 사회적 차원으로 본다. 그러니까 개인의 잘못이나 성격적 결함이 아닌 사회의 구조적 모순에서 보이체크의 비극적 운명이 비롯되었다고 생각하는 것이다. 대위나 박사, 교수처럼 구체적 이름 없이 직업과 신분으로만 등장하는 인물들 역시 사회 계층의 대변자로 볼 수 있다.

### 레옹스와 레나

뷔히너의 유일한 희극 작품이다. 그것도 단순한 희극이 아니라 낭만주의적 희극 요소와 정치 풍자가 적절하게 섞여 있다. 생활고에 시달리던 뷔히너는 코타 출판사의 희극 작품 현상 공모에 출품하려고 1836년 초 작품을 쓰기 시작한다. 그러나 마감일을 지키지 못해 반려된다. 이후 뷔히너는 생애 마지막 몇 개월 동안 작품을 계속 손질한다. 이 극은 60여 년이 지난 1895년 5월 31일에 뮌헨에서 초연되는데, 이후 작가의 현대성에 대한 새로운 조명이 이루어진다. 독일 작가 에리히 케스트너Erich Kästner는 이 작품을 독일어권에서 가장 중요한 고전 희극 여섯 편 중 하나로 꼽는다.

삶의 무료함에 찌든 왕자는 따분한 궁중 생활이 싫고, 왕위를 물려받는 것도 싫다. 게다가 부왕이 정해 준 공주와 결혼할 마음도 없다. 그의 내면에는 이상적 여인이 있다. 그런 여인을 만나 삶의 껍데기를 훌훌 벗어던지고 자유롭게 사는 것이 꿈이다. 왕자의 이런 모습은 발레리오의 눈에는 현실을 모르는 한낱 낭만적 이상주의자로밖에 보이지 않는다. 발레리오는 셰익스피어 희극의 광대나 『돈키호테』의 산초와 비슷한 인물이다. 그가 보기에 왕자는 안락한 현실에 젖어 배고픔과 가난이 무엇인지 한 번도 고민해 본 적이 없는 철부지다. 그런 인간이 삶의 지루함에 대해 투덜대는 것은 가진 자들의 배부른 투정에 지나지 않는다. 포도주 한 잔과 노동 뒤의 나른한 휴식을 행복으로 알고 살아가는 일반 백성도 삶의 무료함을 모르지 않지만, 삶의 고단함 때문에 무료함을 느낄 새가 없다는 것이다.

발레리오에게 인간은 잘 만들어진 자동 기계다. 그렇다면 남녀 간의 사랑도 기계적 메커니즘의 일부다. 왕자가 대단하게 생각하는 이상적 사랑도 그저 시간이 되면 생물학적 본능에 따라 소프트웨어가 돌아가는 기계적 장치에 불과하다. 레옹스와 레나는 각자 부왕의 결혼 강요에 반발해서 왕국을 떠나 도망치던 길에 만나 사랑하게 된다. 둘은 이 사랑을 필연이라 생각하지만, 발레리오에겐 그저 우연의 산물일 뿐이다. 사건 진행도 인물들의 심리를 토대로 전개되지 않고, 극적 긴장도 없다. 플롯은 점진적으로 펼쳐지는 것이 아니라, 개별 사건들, 즉 도망을 결심하고 도망자들이 만나 결혼을 결심하는 일이 급작스럽게 이루어진다. 사랑도 갑작스럽고, 결혼도 갑작스럽다.

이 작품은 위트와 풍자가 넘치는 언어유희의 폭죽놀이다. 문학적 인용과 암시가 기교적으로 어우러진 환상적인 만화경 같은 풍경의 이면에는 당시의 사회적·정치적 환경에 대한 신랄한 비판이 깔려 있다. 절대 왕정의 부조리함, 비합리적인 현실 도피, 백성을 노리개로 여기면서도 퇴폐적인 지루함밖에 모르는 상류층에 대한 비판이다. 왕은 부패하지도 사악하지도 않지만 하릴없이 쓸데없는 일만 반복하고, 신하들은 정신과 영혼 없이 앵무새처럼 왕의 말만 되풀이한다. 그들은 로봇이자 꼭두각시다. 작가는 마지막으로 발레리오의 입을 빌려 자신이 꿈꾸는 세계를 넌지시 이야기한다.

그럼 저는 장관이 되어 이런 법령을 내릴 겁니다. 〈손에 굳은살이 박인 자는 나라의 지원을 받게 될 것이고, 몸이 아픈데도 일하는 자는 법적 처벌을 받게 될 것이며, 땀방울 묻은 빵을 먹는 것을 자랑하는 자는 미쳤거나, 인간 사회에 위험한 인물로 간주될 것이다.〉 그런 다음 우리는 나무 그늘에 누워 신에게 마카로니와 멜론, 무화과를 청하고, 감미로운 목소리와 고전적인 몸과 편안한 종교를 내려 달라고 부탁할 것입니다!

### 렌츠

「렌츠」는 뷔히너가 붙인 제목이 아니다. 이 작품은 1839년, 그러니까 뷔히너 사후에 한 잡지에 발표되었는데, 정확한 집필 시기는 알 수 없지만 1835년에 쓰기 시작해서 1836년 1월 전에 끝낸 것으로 추정된다. 소설은 실존 작가 야코프 미하엘 라인홀트 렌츠Jakob Michael Reinhold Lenz(1751~1792)가 점점 악화되는 자신의 정신병을 극복하려는 노력을 서술하는데, 많은 부분이 렌츠의 실제 편지와 요한 프리드리히 오벌린Johann Friedrich Oberlin 목사의 기록에 의존하고 있다.

우선 실존 인물 렌츠에 대해 알아보자. 질풍노도의 작가 렌츠는 개신교 목사의 아들로 태어나 모스크바 빈민굴에서 초라한 죽음을 맞이한 비운의 천재 작가였다. 벗이었던 괴테만큼 탁월한 문학적 재능을 타고났지만, 수많은 착상(着想)을 하나의 작품으로 엮어 내는 데 필요한 문학적 형상화 능력이 부족했고, 괴테처럼 자신의 재능을 과시하고 선전하는 기술도 없었으며, 현실의 삶과도 화합할 줄 몰라 평생을 가난 속에서 소심하게 살았다. 심지어 흠모하던 여인 프리데리케 브리온Friederike Brion을 두고 괴테와 사랑싸움에 말려들어 괴테의 미움을 사기도 했다.

당시 괴테는 렌츠에 대해 이렇게 썼다. 〈그는 늘 자기 마음대로 사랑했고〉, 여자가 그런 그를 받아 주지 않자 〈유치하게도 자살 소동까지 벌였다〉. 게다가 이런 소동의 배경에는 〈나에게 피해를 주고, 주변의 동정을 끌어내 나를 파멸시키려는〉 의도가 깔려 있었다. 당대의 문화 권력인 괴테에게 미움을 산다는 것은 별로 알려지지 않은 작가에게는 사형 선고나 다름없었다. 물론 렌츠를 향한 괴테의 미움에는 렌츠가 종종 재능 면에서 자신에 비견되는 것에 대한 불쾌함도 작용했던 것으로 보인다. 위대한 재능은 자신과 비슷한 재능을 인정하지 않는 법이니까 말이다.

불운한 천재는 생전에 받지 못한 찬사를 늘 나중에야 받을 수밖에 없는 걸까? 러시아 작가 니콜라이 카람진Nikolai Karamzin은 『러시아 여행자의 편지』에서 렌츠에 대해 이렇게 쓴다.

깊은 우울증이 그의 정신을 갉아먹었다. 이런 상태에서도 그는 탁월한 문학적 착상으로 우리를 놀라게 했고, 선량한 정신으로 우리를 감동시켰다. (……) 그가 스물세 살까지 쓴 작품들을 보면 한 위대한 정신의 여명이 느껴진다. 그러나 먹구름이 아름다운 여명을 덮었고, 해는 뜨지 않았다. 셰익스피어를 위대한 문호로 만들었던 깊은 감성의 바다가 렌츠에게는 오히려 몰락의 요인으로 작용했다. 아마 상황이 조금만 달랐더라면 렌츠는 불멸의 작가가 되었을지도 모른다.

뷔히너의 소설은 이처럼 삶에 내쳐지고 사랑에 실패한 렌츠가 1778년 1월 포게젠 지방의 산골 마을 발트바흐로 가는 길을 그리는 것에서부터 시작한다. 친구의 권유로 오벌린 목사를 찾아가는 길이었다. 완전히 지친 상태였다. 겨울 산을 뚫고 오느라 힘들기도 했지만, 현실에 내쫓기듯 살아온 삶에 파김치가 된 상태였다. 더구나 정신 분열증은 점점 심해지고 있었다.

마을에 도착하자 오벌린 가족은 렌츠를 따뜻하게 맞아 주었다. 렌츠는 이들의 평온한 모습에 위안을 얻고, 자신의 어린 시절을 떠올리며 안정감을 느꼈다. 물론 낮에만 그랬다. 어둠이 깔리면 예전의 야릇한 공포가 다시 덮쳤고, 모든 것이 꿈같고 거북하게 느껴졌으며, 정체 모를 불안이 찾아왔다. 그러면 내면의 뜨거운 광기를 이기지 못하고 차가운 우물에 뛰어들거나 창문에서 뛰어내렸다. 그렇게라도 해야 일시적으로 마음이 안정되었다.

악몽이 이어졌고, 마음의 고통은 가라앉지 않았다. 그는 이 작은 산골 마을을 자신을 〈광기〉로부터 구해 줄 유일한 희망으로 여겼다. 그래서 이곳 생활에 적응하려 했고, 낮의 기억을 떠올리며 희망을 길어 올리려 했다. 심지어 오벌린을 모범 삼아 신에게 의탁하려 했지만, 그마저도 여의치 않아 오히려 신을 모독하고 말았다. 〈그는 마치 거대한 주먹을 하늘로 뻗어 신을 낚아챈 뒤 구름 사이로 질질 끌고 갈 수 있을 것 같았고, 세상을 잘근잘근 씹어 조물주의 얼굴에다 뱉을 수 있을 것 같았다.〉 그는 결국 이곳 생활에 스며들지 못했다. 달콤한 안정감의 시간은 짧았고, 절망과 고독의 시간은 길었다.

상황은 더욱 악화되었다. 심지어 오벌린에게 자신이 연인을 죽였다고 고백하기도 했다. 광기에 의한 망상이었다. 이제는 오벌린과 이 산골 마을의 평온함에도 마음이 안정되지 않았다. 골짜기의 정적에서 얻은 평온은 모두 사라졌고, 낮에도 발작이 일고 환청이 들렸다. 결국 오벌린은 그를 떠나 보낼 수밖에 없었다. 렌츠는 무덤덤하게 떠났다. 불안이나 욕망은 없었지만, 마음속엔 끔찍한 공허가 도사리고 있었다. 〈그는 그렇게 살아갔다.〉 이 마지막 문장은 실존 인물 렌츠 의 『가정 교사』에 나오는 주인공의 독백을 떠올리게 한다. 〈나는 이 참담한 삶을 이대로 마지막까지 지켜볼 수밖에 없 다. 내게는 죽음조차 허락되지 않았으니.〉

　의학자이기도 했던 뷔히너가 이 작품에서 어느 정도까지 인간의 광기를 문학적 자유로 포장하고 세상에 대한 냉소로 여겼는지는 미지수이지만, 삶의 핍박으로 문학적 재능을 마 음껏 펼치지 못하고 불행하게 생을 마감한 한 천재에 대해 연민과 공감을 느낀 것은 분명해 보인다. 아무튼 「렌츠」는 뷔히너의 작품 중에서 유일하게 정치색이 배제된 작품으로, 그동안 문학사에서 소외된 렌츠의 부정적 이미지를 바꾸려 고 했다는 점에서 선배 천재 작가에게 바치는 뷔히너의 오마 주로 봐도 무방할 듯하다.


### 헤센 지방의 전령

　프랑스 혁명의 이상을 가슴에 품고 헤센 민중에게 혁명 의식을 불어넣고자 한 이 텍스트는 나폴레옹 해방 전쟁 이후 독일에서 발행된 가장 탁월하고 중요한 정치 선전물 중 하나 이다. 1834년 뷔히너는 당시의 유명한 반체제 인사 프리드 리히 루트비히 바이디히Friedrich Ludwig Weidig를 소개받 고, 민중으로 하여금 자신의 비참한 상황을 깨닫게 하는 동시에 봉건 체제에 대한 봉기를 주창하는 팸플릿을 쓰기로 마음먹는다. 그런데 자신이 쓴 글에 바이디히가 수정을 가하자 뷔히너는 분노하고, 나중에는 이것을 자신의 글로 인정하지 않겠다고까지 말한다. 실제로 바이디히가 얼마만큼 개입했는지는 알 수 없지만, 어쨌든 작가의 자존심을 건드릴 정도로 가필이 이루어진 것은 분명해 보인다. 그해 11월에는 레오폴트 아이헬베르크Leopold Aichelberg에 의해 또 한 차례 수정된 원고가 마르부르크에서 발행된다. 일부 문구가 삭제되거나 새로 삽입되었는데, 예를 들어 〈사전 지침〉이 사라지고 〈오두막에는 평화를! 궁전에는 전쟁을!〉이라는 구호로 바로 시작한다. 7월판은 1834년 7월 31일 밤에 처음 뿌려졌는데, 몇 부를 제작했는지는 정확히 알려져 있지 않지만 대략 1천2백~1천5백 부로 추정된다.

「헤센 지방의 전령」은 성경의 「창세기」에 기술된 내용이 잘못되었다고 넌지시 비꼬는 것에서부터 시작한다. 「창세기」에는 신이 모든 인간을 여섯째 날에 만든 것으로 적혀 있지만, 작금의 현실을 보면 인간 중에 귀족과 제후만 여섯째 날에 창조되었고, 민중은 다섯째 날에 만들어져 개돼지처럼 지배자들에게 짓밟히고 있다는 것이다. 인간이라고 모두 같은 인간이 아니다. 농민은 등골이 휘게 일하는데도 영원히 굶주림과 가난에서 벗어나지 못하지만, 귀족과 제후는 농민의 피고름으로 기름진 안식을 누리고 있다. 이어 뷔히너는 국가가 백성에게 거둔 세금 목록을 구체적인 수치와 함께 제시하면서 그것이 어디에 쓰이는지 하나하나 설명한다. 개략

하면 민중을 수탈하는 관료 조직을 유지하고, 상류층의 배를 불리고, 항의하는 민중의 머리통을 부수고, 반항하는 자들을 처벌하는 데 사용된다. 다시 말해 민중의 돈을 민중을 탄압하고 착취하는 데 쓰고 있는 것이다.

그렇다면 이런 국가 조직에 대한 봉기는 백성의 당연한 권리다. 뷔히너는 혁명의 정당성과 절박함을 부르짖는다. 민중 스스로의 힘으로 압제자들의 무덤을 파고, 억압의 성채를 무너뜨리고, 자유의 집을 지으라고 절규한다. 비장하고 단호하면서도 문학적 감수성과 비유가 넘치는 명문이다. 이 문장들의 창끝은 상류 귀족층에게만 향하는 것이 아니라 자유주의적 부르주아지에게도 향한다. 자유주의적 시민 계급은 귀족이 조금만 양보하거나 약속하면 그것으로 만족하고 뒤로 물러난다. 그러나 굶주리고 가난한 민중이 그런 약속과 양보로 얻을 수 있는 것은 없다. 지배 계급은 궁지에 몰릴 때만 잠시 들어 주는 척하다가 빈틈이 보이면 바로 반격에 나서기 때문이다.

따라서 뷔히너는 지배자와 유산자 계급에 대한 혁명을 요구한다. 그런데 이상을 부르짖는 것만으로는 민중을 변혁의 물결로 이끌 수 없다. 그들을 움직이려면 두 가지 방법이 필요하다. 하나는 물질적 궁핍을 눈앞에 선명하게 보여 주는 방법이다. 뷔히너는 제후나 부유한 부르주아지와는 달리 민중은 얼마나 비참하게 사는지 생생하게 묘사한다. 다른 하나는 종교적 믿음에 대한 호소다. 현실이 성경 말씀에서 얼마나 벗어나 있는지를 설명하면서 성경에 맞는 사회를 건설하는 것이 곧 신을 섬기고 신의 선함을 실현하는 것이라고 주장한다. 실제로 이 팸플릿에는 성경 구절이 자주 등장한다.

인쇄된 팸플릿은 기센 인권 협회 조직원들에 의해 비밀리에 배포된다. 그런데 조직에 숨어 있던 밀정의 신고로 팸플릿을 소지한 조직원이 체포된다. 그럼에도 압수당하지 않은 나머지 팸플릿은 계속 배포된다. 당국은 팸플릿의 등장에 격한 반응을 보인다. 결국 지명 수배령이 떨어지자 뷔히너는 1835년 검거를 피해 독일 국경을 넘어 스트라스부르로 도주한다. 반면에 바이디히는 동지들과 함께 체포되어 고문과 비인간적인 수감 생활에 시달리다가 1837년 자살로 생을 마감한다. 뷔히너도 1837년 초에 병으로 죽지만, 「헤센 지방의 전령」은 1848년 3월 혁명 이전의 정치 투쟁기에 무척 중요한 역할을 한다.

### 뇌신경에 관한 시범 강연

뷔히너는 생애 마지막 2년 동안 자연 과학과 철학적 문제에 깊은 관심을 보였다. 1836년 9월 잉어의 신경계 연구로 취리히 대학교 철학부 박사 학위를 받았는데, 이 논문에는 자연 과학적 분석을 넘어 깊은 철학적 고찰이 깔려 있다. 1836년 10월 그는 시범 강연을 위해 스위스로 떠났다. 당시 스위스의 상황은 좋지 않았다. 현지에서 활동하던 왕정 체제 반대파들이 줄줄이 체포되었고, 탄압을 피해 독일에서 스위스로 도주한 반체제 인사들도 무수히 추방되었다. 정치 활동을 하지 않고 정기적으로 소재지를 보고한다는 조건으로 소수의 사람만 체류가 허가되었다. 뷔히너는 취리히 대학교에서 시범 강연을 성공리에 마치고 강사에 임용되었으나, 1836년 11월 말에 6개월짜리 망명자 체류 허가증만 받을 수 있었다. 그럼에도 정치적 망명자들과의 교류는 멈추지 않았다.

뷔히너는 11월 5일 취리히 대학교에서 시범 강연을 했다. 주제는 박사 학위 논문과 마찬가지로 유기체 내의 가장 단순한 형태를 토대로 특정 유형을 연구하는 것이었다. 출발점은 독일의 철학적 방법론이었다. 뷔히너는 영국과 프랑스에 뿌리를 둔 목적론적 입장과는 분명히 선을 그었다. 목적론적 태도의 최고 법칙은 유기체의 〈합목적성〉이다. 즉 모든 것에는 목적이 있다는 것이다. 예를 들어 눈물샘은 각막을 촉촉하게 유지하기 위해 존재하고, 인간의 손은 무언가를 잡기 위해 존재한다. 그런데 이런 식으로 대상을 보게 되면 모든 개체는 자체의 의미와 가치를 잃고, 다른 무언가를 위한 수단으로 전락하고 만다. 게다가 하나의 목적 위에는 다른 목적이 있고, 그 위에는 또 다른 목적이 있어야 한다. 이렇게 올라가다 보면 자연은 위계질서의 형태를 띨 수밖에 없고, 이 세계를 움직이는 최종 목적도 존재할 수밖에 없다. 최종 목적은 무엇일까? 이것은 과학적으로 규명되지 않는 영역이다. 그렇다면 자연 과학은 합리적 영역을 떠나 초감각적인 세계로 넘어가야 하고, 그와 함께 과학의 토대는 무너진다.

반면에 철학적 방법은 목적이 아니라 개별 기관의 작용을 탐구한다. 모든 개체는 다른 무언가를 위해 존재하는 것이 아니라 그 자체의 작용과 활동 속에 고유의 의미가 있다. 그의 말을 직접 들어 보자. 〈자연은 목적에 따라 행동하지 않습니다. 자연은 어떤 하나가 다른 것들에 조건을 지우는 일련의 무한한 목적들에 매몰되어 있는 게 아니라 자기 속의 온갖 형상들에 그저 스스로 만족할 뿐입니다. 존재하는 모든 것은 오직 스스로를 위해 존재한다는 겁니다. 그런 존재의 법칙을 찾는 것이 목적론의 반대편에 있는 입장의 목표입니다.〉 이는 어떤 하찮은 것도 허투루 보지 않고 따뜻한 애정을 표하는 작가에겐 당연한 입장일지 모른다. 그런 의미에서 뷔히너의 자연 과학적 논고는 그의 철학적 입장뿐 아니라 미학적 원칙과도 부합하는 듯하다. 이 강연 원고는 그런 철학적 입장을 뇌신경의 분석을 통해 과학적으로 풀어내고 있다. 다만 온전한 형태로 전해지지 않고, 일부가 훼손되거나 상실된 것은 유감이다.

2020년 1월
박종대

# 게오르크 뷔히너 연보

**1813년 출생** 10월 17일 헤센-다름슈타트 대공국의 고델라우에서 유복한 집안의 4남 2녀 중 장남으로 태어남. 외과의였던 아버지는 의사 집안 출신이고, 어머니는 관료 집안 출신.

**1816년** 3세 아버지가 대공국 공의(公醫)로 임명되면서 가족이 다름슈타트로 이주.

**1819년** 6세 집에서 이때부터 어머니에게 19세까지 기초 교육을 받음.

**1822년** 9세 카를 바이터스하우젠 박사가 운영하는 사립 학교에 입학.

**1825년** 12세 다름슈타트 김나지움에 입학. 호메로스, 셰익스피어, 괴테, 장 파울, 고전 문학, 낭만주의 시를 읽고, 피히테 철학에 관심을 보임.

**1828년** 15세 처음에는 문학 소모임이었다가 차츰 정치적 목적으로 바뀐 동아리에 참여. 나중에는 기센과 다름슈타트의 〈인권 협회〉 회원들도 이 모임에 참석함(1834). 어머니의 생일에 맞춰 헌시 「바다의 푸른 물결에 빠져Gebadet in des Meeres blauer Flut」를 씀.

**1829년** 16세 가을 학기에 〈영웅적 죽음〉에 관한 주제로 웅변.

**1830년** 17세 다름슈타트 웅변 경연 대회에 〈우티카의 카토에 대한 변호〉라는 주제로 참가.

**1831년** 18세  김나지움을 졸업하고 스트라스부르 대학교 의학부에 입학. 12월에 대학생 연합 단체 〈오이게니아〉에 가입.

**1832년** 19세  오이게니아에서 〈독일의 정치 상황〉에 대해 강연.

**1833년** 20세  4월에 독일 혁명의 도화선이 된 프랑크푸르트 경비대 습격 사건 발생. 뷔히너는 부모에게 편지를 써서 이 사건을 언급. 그 밖에 프랑스 사회 이론과 혁명 이론 탐구. 특히 신바뵈프주의와 생시몽주의에 몰두. 6월에 부모에게 편지를 보내 〈아이들 장난 같은 혁명〉에는 동참하지 않겠지만 사회 정치적 문제를 해결하려면 폭력적 투쟁이 필요하다고 밝힘. 7월에 빌헬미네 예글레와 비밀리에 약혼하고 10월에 기센 대학교 의학부에 등록. 11월에 뇌막염으로 학업을 중단하고 다름슈타트로 돌아감.

**1834년** 21세  1월에 기센으로 돌아가 학업을 이어 감. 반체제 인사 프리드리히 루트비히 바이디히를 소개받음. 프랑스 혁명사 공부. 경비대 습격 사건을 일으킨 여러 동료와 함께 프랑스 〈인권 및 시민권 협회〉를 본떠 기센에 〈인권 협회〉를 창립. 3월에 정치적 팸플릿 「헤센 지방의 전령 Der Hessische Landbote」 초안 작성. 4월에 인권 협회 다름슈타트 지부 개설. 기센 대학교에서 강의 시작. 7월 「헤센 지방의 전령」 인쇄. 바덴부르크에서 오버헤센의 혁명가들과 회동. 「헤센 지방의 전령」을 배포하던 동료가 밀고로 체포. 인권 협회 회원도 여럿 검거됨. 위험을 피해 아버지의 실험실에서 일하며 스피노자와 루소, 테네만의 철학 및 프랑스 혁명을 공부. 약혼녀의 다름슈타트 방문. 체포된 동료들을 구출하고, 전단지를 계속 뿌릴 자금을 확보하고, 회원들에게 무기 사용법을 훈련시킬 방안을 인권 협회에서 논의함. 11월 「헤센 지방의 전령」 개정판 나옴.

**1835년** 22세  1월에 오펜바흐와 프리트베르크에서 예심 판사에게 심문을 받음. 1월 말 「당통의 죽음 Dantons Tod」을 쓰기 시작해서 2월 말에 탈고. 원고를 출판사에 보낸 지 1주일 만에 다름슈타트 예심 판사의 소환을 받음. 3월 프랑스 국경을 넘어 스트라스부르로 도주. 도피 생활 중에 헤센 출신의 정치적 망명자들과 교류. 6월에 반역 혐의로 지명 수배. 7월에 「당통의 죽음」이 일부 잘려 나간 상태로 출간. 10월에 빅토르 위고의 번역본 출간. 자연 과학 및 철학 수업을 들음. 잉어의 신경계에 관한 논문 집필. 11월부터 그리스 철학, 데카르트, 스피노자에 대한 강의 원고 작업.「렌츠Lenz」쓰기 시작.

**1836년** ²³세  잉어의 신경계 연구 논문을 스트라스부르 자연사 협회에서 세 차례에 걸쳐 발표. 5월에 이 협회의 정식 회원으로 등록. 논문은 협회 학회지에 발표됨. 코타 출판사의 희극 공모전에 출품하려고 「레옹스와 레나Leonce und Lena」를 썼으나 신청 마감일을 지키지 못해 반려됨.「레옹스와 레나」및「보이체크Woyzeck」를 계속 씀. 〈카르테시우스 이후 독일 철학의 발전〉에 관한 강연 원고 준비. 9월에 잉어의 신경계 연구 논문으로 취리히 대학교 박사 학위 취득. 취리히 대학교에서 뇌신경에 관한 주제로 시범 강연. 강사로 임용됨. 11월부터 「레옹스와 레나」및 「보이체크」작업 몰두.

**1837년** 사망  2월 2일 갑작스러운 발병. 2월 14일 티푸스로 진단받고 순식간에 건강 악화. 2월 17일 약혼녀 취리히 도착. 2월 19일 오후 4시 23세의 나이로 숨을 거둠. 21일 취리히의 크라우트가르텐 공동묘지에 묻힘.

**1839년**  잡지 『독일을 위한 전보 Telegraph für Deutschland』에「렌츠」가 처음 발표됨.

**1875년**  취리히베르크의 게르마니아휘겔로 묘지 이장.

**1879년**  생전에 발표된 작품을 비롯해 유고 형태로 남아 있던 뷔히너의 원고가 오스트리아 작가 카를 에밀 프란초스의 대대적인 편집 작업을 거쳐 전집 형태로 처음 출간됨. 『게오르크 뷔히너: 전집과 유고 Georg Büchner: Sämtliche Werke und handschriftlicher Nachlaß』.

**1895년**  5월 31일 뮌헨에서 「레옹스와 레나」 초연.

**1902년**  1월 베를린 벨 알리앙스 극장에서 「당통의 죽음」 초연.

**1913년**  11월 8일 뮌헨 레지덴츠 극장에서 「보이체크」 초연. 이후 이 작품은 수많은 언어로 번역되었고, 수차례에 걸쳐 새로운 해석이 가미됨.

**1921년**  알반 베르크가 「보이체크」를 오페라로 공연. 당시 제목은 판독 오류로 〈보체크〉였음. 이후 뷔히너의 여러 작품은 오늘날까지도 오페라로 공연되고 있음.

**1922년**  프리츠 베르게만에 의해 수정 보완된 전집 출간. 『전집과 편지 *Sämtliche Werke und Briefe*』.

**1923년**  독일 최고의 문학상으로 여겨지는 〈게오르크 뷔히너 상〉 제정.

**1947년**  「보이체크」가 영화로 만들어짐. 지금껏 총 열두 번 영화화됨.

**1963년**  뷔히너 탄생 150주년을 맞아 동독에서 기념우표 발행.

**1967년**  뷔히너의 문학적 성취를 기리는 의미에서 동독의 한 해양 실습선에 〈게오르크 뷔히너〉라는 이름이 붙음.

**1977년**  「당통의 죽음」이 영화로 만들어짐. 지금껏 총 네 번 영화화됨.

**1979년**  뷔히너의 삶이 로타르 바르네케 감독에 의해 영화로 만들어짐. 이후 「렌츠」는 두 번, 「레옹스와 레나」는 세 번 영화로 만들어짐. 〈게오르크 뷔히너 학회〉 창립.

**1980년**  엄격한 과학적 검증과 역사적 고증을 거친 최초의 역사 비평본 전집이 뮌헨의 카를 한저 출판사에서 출간됨. 『게오르크 뷔히너의 작품과 편지*Georg Büchner. Werke und Briefe*』.

**1981년**  마르부르크에 게오르크 뷔히너 연구소 설립.

**2013년**  뷔히너 탄생 200주년을 맞아 기념우표와 기념주화 발행. 오펜바흐에서 「헤센 지방의 전령」에 나오는 구호 〈오두막에는 평화를! 궁전에는 전쟁을!〉이라는 제목의 전시회 개최. 그 밖에 현재 독일에는 브레멘과 프랑크푸르트, 기센, 예나, 마크데부르크, 로슈토크 등지에 뷔히너의 이름을 딴 거리가 있고, 헤센 지방과 베를린을 비롯해 브레머하펜, 잘체에 그의 이름을 딴 학교가 있음.

**열린책들 세계문학 247** 뷔히너 전집

**옮긴이 박종대** 성균관대학교에서 독어독문학과와 대학원을 졸업하고 독일 쾰른에서 문학과 철학을 공부했다. 사람이건 사건이건 표층보다 이면에 관심이 많고 어떻게 사는 것이 진정 자기를 위하는 길인지 고민하는 제대로 된 이기주의자가 꿈이다. 지금껏 『그리고 신은 애기나 좀 하자고 말했다』, 『악마도 때론 인간일 뿐이다』, 『9990개의 치즈』, 『군인』, 『데미안』, 『수레바퀴 아래서』, 『바르톨로메는 개가 아니다』, 『나폴레옹 놀이』, 『유랑극단』, 『목매달린 여우의 숲』, 『늦여름』, 『토마스 만 단편선』, 『위대한 패배자』, 『주말』, 『귀향』 등 많은 책을 번역했다.

**지은이** 게오르크 뷔히너  **옮긴이** 박종대  **발행인** 홍예빈·홍유진
**발행처** 주식회사 열린책들  **주소** 경기도 파주시 문발로 253 파주출판도시
**전화** 031-955-4000  **팩스** 031-955-4004  **홈페이지** www.openbooks.co.kr
Copyright (C) 주식회사 열린책들, 2020, *Printed in Korea.*
ISBN 978-89-329-1247-9 04850  ISBN 978-89-329-1499-2 (세트)
**발행일** 2020년 2월 25일 세계문학판 1쇄  2023년 10월 20일 세계문학판 2쇄

이 도서의 국립중앙도서관 출판예정도서목록(CIP)은 서지정보유통지원시스템 홈페이지(http://seoji.nl.go.kr)와 가자료공동목록시스템(http://www.nl.go.kr/kolisnet)에서 이용하실 수 있습니다.(CIP제어번호:CIP2020005932)

# 열린책들 세계문학
## Open Books World Literature